Lucy-Anne Holmes

Halb verliebt ist voll daneben

Buch

Schauspielerin Sarah Sargeant hat ihn endlich gefunden: den perfekten Mann fürs Leben. Und das war nicht gerade einfach. Jetzt ist aber alles traumhaft und romantisch und am liebsten würde sie ihren Simon gar nicht mehr loslassen. Doch dann muss sie beruflich nach L. A. und mutiert von einer Minute auf die andere von einer »Ich liebe Dich« hauchenden Traumprinzessin zu einem durchgedrehten telefonwerfenden nervlichen Wrack. Aber warum? Was ist denn auf einmal los mit ihr? Und wann war eigentlich der Moment, als das Glas plötzlich nicht mehr randvoll, sondern ziemlich leer war? Lag es an dem Foto von Simons halbnackter Exfreundin in sehr anzüglicher Yogapose, das sie in seinem Filofax gefunden hat? Oder an der heißen Sexszene, die sie selbst mit dem wohl hübschesten Mann auf Erden drehen musste? Und wie soll das eigentlich alles enden?

Autorin

Lucy-Anne Holmes ist Schauspielerin und Autorin. Sie hat lange in London gelebt und wohnt derzeit in New York. *Halb verliebt ist voll daneben* erzählt dort weiter, wo ihr 2010 veröffentlichter erster Roman *Oh Happy Dates* aufhörte: beim Happy End.
Derzeit schreibt die Autorin an ihrem dritten Roman, der ebenfalls bei Blanvalet erscheinen wird.

Von Lucy-Anne Holmes bei Blanvalet lieferbar:
Oh Happy Dates (37512)

Lucy-Anne Holmes

Halb verliebt ist voll daneben

Roman

Aus dem Englischen
von Elfriede Peschel

blanvalet

Die Originalausgabe erschien 2010
unter dem Titel »The (Im)Perfect Girlfriend« bei Pan Books, an imprint of Pan Macmillan, a division of Macmillan Publishers Limited, London

MIX
Papier aus verantwortungsvollen Quellen
FSC® C014496

Verlagsgruppe Random House FSC-DEU-0100
Das FSC®-zertifizierte Papier *Holmen Book Cream*
liefert Holmen Paper, Hallstavik, Schweden.

1. Auflage
Deutsche Erstausgabe November 2011
bei Blanvalet Verlag, einem Unternehmen
der Verlagsgruppe Random House GmbH, München

Umschlaggestaltung: © bürosüd°, München
Umschlagmotiv: Masterfile; bürosüd°
Redaktion: Margit von Cossart
LH · Herstellung: sam
Satz: KompetenzCenter, Mönchengladbach
Druck und Bindung: GGP Media GmbH, Pößneck
Printed in Germany
ISBN: 978-3-442-37828-9

www.blanvalet.de

Voller Liebe für Paul,
einen wunderbaren Menschen

1

Ich hatte einmal eine ganz wunderbare Beziehung zu einem Mann namens Simon. Wir hätten glücklich und zufrieden bis ans Ende unserer Tage zusammenleben können. Taten wir aber nicht. Unsere wunderbare Beziehung folgte den üblichen ausgetretenen Pfaden.

Sie ging den Bach runter.

Wenn ich nur wüsste, wann genau die Sache ins Rutschen kam. Gab es da einen Moment zwischen uns, in dem ein pulsierender roter Alarmknopf mit der Aufschrift VERHÄNGNIS! aktiviert wurde? Oder war die Beziehung immer schon schlecht? War sie von Anfang an kaputt, wir jedoch zu berauscht von Sex, Zwei-zum-Preis-von-einem-Angebotswein und Fußmassagen, dass wir es gar nicht mitkriegten?

Oder hab ich einfach alles verpatzt?

Wetten, dass es Letzteres war! Etwas zu verpatzen war schon immer meine besondere Stärke.

Hätte ich die Beziehung nur behütet. Ich wünschte, ich hätte sie gepäppelt wie ein Kind.

Anfangs war sie nämlich perfekt. Ich erinnere mich noch gut an den ersten Dezember letzten Jahres. Kollektives Wohlwollen machte sich in London breit, man nennt es auch Vorweihnachtsstimmung. Der Himmel zeigte sich in seinem üblichen schmutzigen Unterhosengrau, und es war kalt wie in der Kirche zur Frühmesse. Doch in allen Zeitungen las man von der globalen Erwärmung, was Simon und ich sehr ernst nahmen. Wir hatten beschlossen, den Thermostatregler nicht anzufassen, sondern unsere Körperwärme als Heizquelle einzusetzen und häufig gemeinsam zu baden. Wir waren Ökokrieger und funktionierten unsere Zweizimmerwohnung in Camden zur Flitterwochensuite auf den Malediven um.

Simon und ich waren gut zwei Monate zusammen, aber bereits seit zwölf Jahren Freunde, und wir teilten uns seit einem guten Jahr eine Wohnung. Simon meinte, er habe geduldig darauf gewartet, dass ich endlich aufwachte und erkannte, dass die Liebe meines Lebens im Nebenzimmer schlief. Zu meiner Verteidigung muss ich sagen, dass mir Aufwachen immer schon schwerfiel. Aber nichtsdestotrotz, wir liebten uns. In einer Seifenblase aus Liebe schwebten wir über dem jahreszeitlichen Chaos. Ich hätte nie gedacht, dass es auf der Welt eine Nadel geben könnte, die spitz genug wäre, sie zum Platzen zu bringen. Und schon gar nicht hätte ich damit gerechnet, dass jemand eine Axt wetzte in der Absicht, unsere Liebesblase zu zertrümmern.

Früher habe ich Weihnachten immer gehasst. Jahr für Jahr habe ich versucht, die fröhlichen Gesichter der Frauen aus der Werbung nachzuahmen. Aber es will keine rechte Freude aufkommen, wenn man in jedem Laden fünfundvierzig Minuten in der Schlange an der Kasse steht, wohl wissend, dass mindestens zwei Kreditkarten abgelehnt werden, und man sich zudem fettleibig fühlt, weil man ein Kleid anprobiert hat, in dem man wie ein Weihnachtsmann aus Pappmaschee aussieht. Ich habe die Weihnachtsprozedur nur überstanden, indem ich gegen den Schmerz antrank.

Letztes Jahr hingegen war die Weihnachtszeit die glücklichste Zeit meines Lebens. Ich hatte sogar einen Adventskalender gekauft. So weit bin ich tatsächlich gegangen, als ich Weihnachten nicht hasste.

»Du darfst das erste Türchen öffnen, Schatz«, sagte Simon am Abend des ersten Dezember. Wir hatten gerade mal wieder gebadet und lagen zusammengekuschelt unter einer Decke auf dem Sofa. »Und ich werde dir deine Füße massieren.«

Er zog meine Füße in seinen Schoß, und ich biss dem Schokoschneemann, der hinter dem Türchen mit der Nummer 1 zum Vorschein kam, den Kopf ab.

»Ich liebe dich, Sarah«, sagte Simon.

Aber das hätte ich auch gewusst, wenn er es nicht gesagt hätte. Ich wusste es allein aufgrund der Tatsache, dass er sich meinen Füßen auf weniger als drei Meter näherte. Ich hatte nämlich immer Schweißfüße gehabt. Das liegt an meiner hartnäckigen Vorliebe für billige Schuhe mit hohen Absätzen. Fast mein ganzes Leben lang hat meine Familie mich Käsefuß genannt. Als Antwort darauf habe ich meine Schuhe in Plastiktüten gesteckt, die ich gut verschlossen außerhalb von Wohnräumen aufbewahrte, und meine Stinkefüße mit kräftigen Männerdeodorants besprüht. Simon wusste eine weitaus radikalere Antwort auf meine Füße. Er fand, sie müssten geliebt werden. Also wusch er sie im Bad, cremte sie ein und massierte sie, wenn wir auf dem Sofa lagen.

»Und ich liebe dich, Simon Gussett«, erwiderte ich träumerisch.

Ich betrachtete sein hübsches Gesicht mit den blauen Augen und den braunen sexy Bartstoppeln und seine muskulösen Hände, die meine Füße kneteten, und lächelte. Er erwiderte das Lächeln, und wie jedes Mal, wenn wir einander in die Augen schauten, löste dies unweigerlich eine bestimmte Reaktion aus. Wir mussten uns küssen.

Simon zu küssen war perfekt. Weder stießen dabei die Zähne gegeneinander, noch lief der Sabber. Wir küssten uns, bis wir aufhören mussten, um nach Luft zu schnappen, doch da waren meine Lippen schon immer so geschwollen, als hätte mich eine Biene gestochen. Wir grinsten einander an, und mich überkam das Bedürfnis, etwas unglaublich Intellektuelles von mir zu geben.

»Habe ich schon erwähnt, dass ich hoffnungslos in dich verliebt bin?«

Er seufzte zufrieden und nahm die Arbeit an meinen Füßen wieder auf. Dann setzte er zu einer tiefschürfenden und bedeutungsvollen Diskussion über ein sehr wichtiges Thema an.

»Weißt du, wer meine Lieblingsschauspielerin ist?«

»Äh ... Angelina Jolie?«

»Nein, die sieht eklig aus.«

»Penélope Cruz.«

»Wohl kaum.«

»Ich geb's auf.«

»Sarah Sargeant.«

Ich strahlte, denn ich bin Sarah Sargeant. Und ich bin Schauspielerin. Und würde in nur zwei Tagen nach L.A. fliegen, um eine Rolle in meinem ersten Hollywoodfilm zu spielen. In keinem x-beliebigen Hollywoodfilm. Nein, in einem Psychothriller von Eamonn Nigels. Mit siebzehn Zeilen würde ich eine Stripperin namens Taylor, die in einer Hecke umgebracht wird, unsterblich machen. Das war nicht einfach, nur die nächste Stufe meiner Karriereleiter. Es war meine Chance, ein Bein oben auf den Speicher zu kriegen.

Ich habe Werbung für Pizza Hut gemacht. Bei *The Bill* und *Midsomer Murders* mitgespielt. Habe im West End auf der Bühne gestanden. Und jetzt also Hollywood. Mein Traum wurde wahr. Es war die Erfüllung all dessen, wofür ich je in meinem Erwachsenenleben gearbeitet, geschauspielert und ausgiebig gekellnert hatte. Außerdem hatte ich einen wunderbaren Freund, der auf mich stolz war. Es überraschte mich, dass ich nicht platzte vor lauter Glück.

»Sarah Sargeant … Ich habe gehört, dass sie ganz groß rauskommt«, warf ich ein, als wäre ich bei *Newsnight*.

»Und ich weiß, dass ich bei ihr ganz groß rauskomme«, gab er grinsend wie ein Bauarbeiter, der ein junges Mädchen anmacht, zurück.

Ich kicherte unanständig.

»Und weißt du, wer mein liebster Organisator von Wohltätigkeitsprojekten ist?«

Das war das Sahnehäubchen auf dem Kuchen. Auch Simons Karriere entwickelte sich richtig gut. Er hatte viel Geld als Alleinimporteur eines Getränks auf Tequila-Basis gemacht, das in einem realistisch geformten Plastikpenis serviert wird. Aber er ist ein so guter Mensch, dass er nicht einfach nur Geld verdienen und für sich ausgeben will. Also hat er ein Wohltätigkeitsprojekt ins Leben ge rufen, das Teenagern Abenteuerurlaube ermöglicht, die es sich ansonsten nicht leisten könnten. Unsere erste Reise war nach Brasilien gegangen. Ich begleitete ihn. Sie war ein ungeheurer Erfolg, und jetzt hatte Eamonn Nigels, der berühmte Filmregisseur, mir nicht nur siebzehn Zeilen Text in seinem Film gegeben, sondern unterstützte Simons Projekt auch noch finanziell.

»Nein, natürlich weiß ich nicht, wer dein liebster Organisator von Wohltätigkeitsprojekten ist. Bono?«

»Pah!«

»Geldof?«

»Mach dich nicht lächerlich.«

»Wer denn dann?«

»Elton John.«

Ich fand das sehr lustig. Simon vergaß meine Füße und stürzte sich auf mich. Und am Ende lag ich quieksend in seiner Achselhöhle, während er mich kitzelte. Ich wünschte mir, die Zeit nach diesem Moment in der Achselhöhle wäre nicht so schnell davongaloppiert. In den darauffolgenden Tagen bahnte sich nämlich eine Veränderung an.

Eine Reihe ominöser Anrufe brachte schleichend unser harmonisches Gleichgewicht ins Wanken.

2

Der erste Anruf erfolgte, als wir gerade unseren Christbaum kaufen wollten. Was nicht heißen soll, dass wir uns im grünen Hampstead wie im Comic durch die schneebedeckten Straßen kämpften und einen echten Nadelbaum über unseren Köpfen balancierten. Weit entfernt davon. Wir befanden uns bei Argos in der Camden High Street. Argos hatte lange Zeit auf meiner Liste unerfreulicher Dinge gestanden. Und zwar ziemlich weit oben, zwischen dem Verzehr von Innereien und Scheidenpilzen. Also hätte ich es wissen müssen.

Vermutlich sollte man Argos dazu gratulieren, dass man dort den einfachen Vorgang des Einkaufs zur Schwerstarbeit macht. Warum kann man nicht in einen Laden gehen, sich nehmen, was man haben möchte, und es dann bezahlen, wenn man stattdessen diese lustige kleine Prozedur über sich ergehen lassen kann?

1) Man suche sich einen Katalog, der noch alle Seiten hat.
2) Man finde den Code für den gewünschten Gegenstand.
3) Man finde einen Stift und einen Bestellschein.
4) Man schreibe den Code auf den Bestellschein …
5) … und stelle sich an der Kasse an.
6) Man unterhalte sich eventuell mit dem Mann, der einem entweder erklären wird, der gewünschte Gegenstand sei nicht auf Lager (in diesem Fall gehe zurück zu 1) oder einem das Geld abnimmt und einem eine Quittung mit einem Code darauf gibt.
7) Man warte, bis der Code auf einem Bildschirm erscheint.
8) Man gehe an die Theke und stelle sich zusammen mit den anderen Leuten, deren Code auf dem Bildschirm erschienen ist, in der Schlange an.

9) Man nehme den Gegenstand, der der gewünschte Gegenstand sein kann oder auch nicht.

An fraglichem Tag kamen Simon und ich bei Nummer 3 nicht weiter, weil jemand sämtliche kleinen Bleistifte gemopst hatte, die der Laden bereitstellte.

»Würde es meiner Filmstarfreundin etwas ausmachen, hierzubleiben, während ich rüber zum Wettbüro laufe und mir dort einen Stift klaue?«, fragte Simon.

»Das macht deiner Filmstarfreundin überhaupt nichts aus.« Ich lächelte. Es gefiel mir, wenn er mich seine Filmstarfreundin nannte. »Solange sie einen kleinen Kuss mit einem winzigen Stück Zunge bekommt, bevor ihr Wohltätigkeitsprojektorganisator sie eine ganze Minute allein lässt«, erwiderte ich, weil die Liebe einem das Gefühl gibt, Gott zu sein, einen jedoch wie einen Schwachkopf daherbrabbeln lässt.

Wir knutschten ein wenig, was ein achtjähriger Junge mit einem »Würg!« kommentierte, dann rannte Simon los und ließ mich mit dem Katalog zurück.

Meine Hand umklammerte einen ein Meter hohen künstlichen Weihnachtsbaum, für den wir uns wegen seiner Lichterkaskade und seines moderaten Preises von zwanzig Pfund entschieden hatten, als mein Handy klingelte. Es war Eamonn Nigels.

»O mein Gott!«, rief ich frohlockend, als ich ranging. »Stell dir vor! Simon und ich kaufen gerade einen Christbaum, und wir haben beschlossen, statt eines Engels ein Bild von dir auf die Baumspitze zu setzen! Weil du für uns so was wie ein Engel bist.«

Nun ist Eamonn Nigels allerdings ein erfolgreicher

Filmregisseur mit Würde und Understatement. Und es lag auf der Hand, wie abscheulich er den Gedanken finden musste, wir könnten seinen Kopf ausschneiden, auf Pappe kleben und ihn mit bunten Lichtern umkränzen. Aber ich wollte ihn wissen lassen, wie dankbar wir ihm beide waren.

»Wo bist du denn, Sarah? Das klingt besorgniserregend!«

»Kann man so sagen. Bei Argos.«

»Ach, du Arme.«

»Hm. Ist ja nicht mehr lange! Ich sehe dich in ein paar Tagen«, kreischte ich. »Wie ist das Wetter denn in L. A.? Ich meine, ich weiß natürlich, dass es wärmer ist als hier. Ich habe mein Konto hoffnungslos überzogen, um Sommerklamotten zu kaufen«, kicherte ich. »Aber abends wird es sicherlich immer etwas kühler, oder? Das redet mir jedenfalls meine Mum immer ein. Kurz und gut: Brauche ich eine Jacke?« Ich habe die Angewohnheit, unentwegt Mist zu erzählen, wenn ich aufgeregt bin.

»Ach, Sarah. Ich weiß nicht, wie ich es sagen soll, aber wir kriegen den Film nicht. Das Studio hat bankrottgemacht.«

»Wie bitte?«, fragte ich leise.

Wie in Trance ließ ich unseren Baum los, lief an den künstlichen Bäumen und den Weihnachtseinkäufern vorbei hinaus in die eisige Luft. Ich sah Simon aus dem Wettbüro stürzen und über die viel befahrene Straße sprinten. Er sah mich und wedelte grinsend mit einem blauen Kugelschreiber, wobei er nur um ein Haar der Kühlerhaube des 134ers entkam. Es war das erste Mal, seit wir zusammen waren, dass ich sein Lächeln nicht erwidern konnte.

»Das Studio ist pleite, Sarah«, wiederholte Eamonn. »Es tut mir schrecklich leid. Ich rufe dich bald wieder an.«

Traurig beendete ich das Gespräch und ließ mich auf einen Stapel Argos-Kataloge neben dem Eingang fallen.

»Ich werde doch nicht nach L.A. fahren«, schluchzte ich, als Simon mich erreichte.

»O Mist, Baby«, sagte er und zog meinen Kopf an seine Brust.

»Verfluchte Scheiße«, stöhnte ich in seinen Pullover, während die Enttäuschung sich breitmachte.

Jetzt hatte ich keinen Job und kein Geld. Mir blieb nur mein zerschlagener Traum und ein Haufen Oberteile, die ich mir nicht hatte leisten können und die ich jetzt nicht mehr brauchte. Ich war dem Erfolg so nah gewesen, dass ich ihn riechen konnte, aber kurz bevor ich ihn in meine Finger bekam, zog irgendein Mistkerl ihn mir weg.

»Na, komm schon, Baby. Denk positiv.«

Simon war ein wichtiger Botschafter des positiven Denkens. Er war der einzige Mann, der mir je begegnet ist, der Bücher aus der Körper-Geist-Seele-Abteilung der Buchläden kauft. Seine neueste Erwerbung war *Der Weg zur Erleuchtung*. Und dank dieser Bücher wurde er so entspannt, dass es ihm überhaupt nichts ausgemacht hatte, als ich vor das Wort »Weg« mit Kugelschreiber »Rück« geschrieben hatte. Ich las solche Bücher nicht. Ich liebte eher Schmöker.

»Bitte nicht die Positivschiene, Schatz. Darf ich mich nicht einfach mal in Selbstmitleid suhlen?«, protestierte ich.

»Nein, Sare! Die Energie fließt dorthin, worauf man sich konzentriert! Wenn du dich darauf konzentrierst, keinen Job zu haben, wirst du nie einen Job bekommen.

Na los, stell dir vor, dass du einen anderen Job bekommst.«

Ich stöhnte theatralisch wie ein Kind, dem man gesagt hat, es solle seine Spielsachen aufheben.

»Schließ deine Augen«, befahl Simon.

Ich gehorchte widerwillig.

»Und jetzt stell es dir vor!«

»Simon!«

»Stell es dir vor. Los doch. Du bist auf der Bühne in einem großen Theater. Das Publikum schreit Hurra. Kannst du es hören?«

»Hm«, sagte ich, obwohl der Verkehr und das Gerausch der Automatiktüren von Argos das Einzige waren, was ich hören konnte.

»Ja!«, platzte er laut heraus – mit so viel Begeisterung, dass ich meine Augen aufschlug, um einen verstohlenen Blick auf ihn zu werfen.

Simon hatte die Augen noch immer geschlossen. Sein Gesicht war verkniffen. Er atmete tief ein, als könnte er Sommertau und nicht den Rauchabzug riechen. Dabei lächelte er zufrieden, er schien mich wirklich in einer großen Theaterrolle zu sehen. Ich saß da und schaute ihn an und fand, dass er der reizendste Mann auf dieser Erde war.

3

Also das war nicht exakt der Anfang vom Ende zwischen Simon und mir. Noch war keine wirkliche Veränderung eingetreten. Wir liebten uns nach wie vor. Der einzige Unterschied war der, dass ich mich wie ein Stück Scheiße fühlte. Ich war von einer Filmstarfreundin zu einer arbeitslosen Freundin abgestiegen.

Wenn ich ehrlich zu mir war, fühlte ich mich ein wenig wertlos. Betrachtete man unsere Beziehung als ein glänzendes neues Auto, dann war auf meiner Seite eine Delle aufgetaucht, für die ich mich schämte. Aber ich versuchte, die Karosserie auszubeulen. Simons Rezept lautete, die Enttäuschung zu meinem Vorteil zu nutzen. Also brachte ich die folgenden drei Tage damit zu, an Theater und Fernsehsender Bewerbungen zu schicken:

Lieber potenzieller Arbeitgeber,
eigentlich hätte ich diese Woche nach L. A. fliegen sollen, um den neuen Eamonn-Nigels-Film zu drehen. Das Studio, das für diesen Film zuständig gewesen wäre, ist bankrottgegangen.
Deshalb wende ich mich heute ganz vorwitzig an Sie für den Fall, dass Sie einen Job für eine talentierte Schauspielerin in den Zwanzigern* zu vergeben haben. Hollywoods Verlust könnte Ihr Gewinn sein.
Ich wäre Ihnen sehr verbunden, wenn Sie mich für eine der von Ihnen zu vergebenden Rollen in Erwägung zögen.

Mit freundlichen Grüßen
Sarah Sargeant

*Eigentlich war ich dreißig, also war das eine kleine Notlüge.

Dem Brief fügte ich meinen Lebenslauf bei. Ich war stolz auf meinen Lebenslauf, obwohl noch ein bis zwei weitere Notlügen drinsteckten. Ich bin keine geborene Lügnerin. Ich habe in meinem Leben so gut wie noch nie gelogen. Ich habe nämlich eine Klosterschule besucht. Der Einfluss katholischer Schuldgefühle hat meinen Lebenslauf geprägt. Die wenigen Male, die ich gelogen habe, wurde die Lüge auf sehr peinliche Weise aufgedeckt und öffentlich gemacht. (Vor allem, als ich eine erfundene Sexgeschichte in einen Blog stellte und der *Evening Standard* darüber ein Feature veröffentlichte. Aber das ist eine lange Geschichte.)

Zu meiner Verteidigung sei gesagt, dass Lügen zum Lebenslauf dazugehört. Ein Lebenslauf ist Werbematerial. Und wir alle wissen doch, dass Werbung aus schönen Lügen besteht, damit die Sachen sich besser verkaufen.

Im Allgemeinen ist der Lebenslauf eines Schauspielers viel fiktiver als der eines normalen Menschen. Bei uns gibt es ganze Absätze, bei denen das Ausschmücken richtig Spaß macht. Ich würde wirklich gern den Menschen kennenlernen, der so viel Rückgrat hat, es nicht mal mit kreativem Schreiben zu versuchen, wenn er nach den wichtigsten »Fähigkeiten« gefragt wird. Was die »Fähigkeiten«-Abteilung angeht, bin ich gefährlich schwach bestückt. Hier eine kleine Auswahl:

Windsurfen (einmal gemacht)
Eislaufen (hab ich mal gemacht, als ich sieben war)
Flamenco (könnte ich sicherlich dran anknüpfen)
Gesprochenes Deutsch (Ja! Danke!)

Yoga (Simon macht es, also konnte ich mir viel abschauen)

Es gibt noch zwei weitere schreckliche Absätze in unseren Lebensläufen, die geradezu nach ausweichenden Formulierungen verlangen. Zum einen das Gewicht. In meinem Lebenslauf steht, dass ich vierundfünfzig Kilo wiege. Als ich vor sechs Jahren achtundfünfzig Kilo wog, war meine Angabe noch nicht besonders gelogen. Doch als ich dann im letzten Jahr bei sechsundsechzig Kilo angelangt war, vermutlich schon. Und dann das Singen. Die meisten Schauspieler können singen und müssen deshalb angeben, in welcher Tonlage sie singen können. Meine Tonlage ist die falsche, aber das kann man nicht schreiben und auch nicht »kann Töne nicht zuordnen – außer wenn betrunken«, denn Sinn für Humor ist beim Verfassen eines Lebenslaufs nicht gefragt. Also schrieb ich »Alt«, was bedeutet »schafft die hohen Töne nicht«, eine Tonlage, die meiner Einschätzung nach Schauspielerinnen angeben, die nicht besonders gut singen können.

Ich gebe durchaus zu, dass mein Lebenslauf ein paar Flunkereien beinhaltet, aber das macht mich noch nicht zu Bill Clinton. Und als mein Agent mich am 5. Dezember vergangenen Jahres anrief, aß ich gerade das fünfte Schokolädchen aus meinem Adventskalender. Es war ein Stern.

»Sarah!«

»Ist das etwa mein reizender Agent?«

»Gewiss doch, Sarah, wer sonst?«

Mein Agent ist tatsächlich reizend. Er ist ein fröhlicher vornehmer Mann Ende vierzig. Leibhaftig bin ich ihm erst zweimal begegnet. Unsere Beziehung besteht im Wesentlichen darin, dass er mich anruft, um mir mitzuteilen, dass ich ein Vorsprechen für einen Werbespot habe, um mich anschließend anzurufen und mir zu erklären, dass ich beim Vorsprechen für den Werbespot durchgefallen bin. Aber dennoch würde ich ihn gern öfter sehen. Er hat schönes üppiges rotes Haar. Viele Männer würden derart rotes Haar eher kurz halten. Nicht so Geoff, er macht auf Mick Hucknall. Aber er übertrifft Mick noch – denn er trägt dazu Bart. Und für den Fall, dass die Leute nicht erkennen, mit was für einem Exzentriker sie es zu tun haben, raucht er auch noch Pfeife.

»Ich habe nachgedacht.«

»Du überraschst mich.«

»Ich habe über die perfekte Rolle für mich nachgedacht.«

»Das ist ja wunderbar, Sarah.«

»George Clooneys Masseurin.«

»Fantastisch, Sarah, das werde ich seinen Leuten gleich mitteilen. Ich wünschte, alle meine Klienten wüssten wie du so genau, was sie wollen. Aber man hat dir einen Job angeboten.«

»Was?«

»Einen Job.«

»Mir?«

»Ja.«

»Soll das ’n Scherz sein?«

»Ich habe wohl kaum Zeit, dich zum Spaß anzurufen, Sarah.«

»Aber …«

»Es ist ein Weihnachtsmärchen.«

»Ein Weihnachtsmärchen!«

»Die Rolle der Prinzessin.«

»Ich? Eine Prinzessin!«

Ich habe noch nie in einem Weihnachtsmärchen mitgewirkt. Aber vor meinem geistigen Auge sah ich Hunderte von Kindern, die mich mit strahlenden Gesichtern in meinem hübschen Kleid mit Diadem bestaunten, während sie zum ersten Mal den Zauber einer Theateraufführung erlebten. Das war ein schönes Bild. Genau wie das der Zahl, die auf meinem Bankauszug erscheinen würde.

»Möchtest du die Rolle annehmen? Sie sind in einer Notlage.«

»Ja! Ich auch.«

»Ist ja wunderbar.«

»Moment mal. Warum bietet man mir das an?«

»Verantwortlich dafür ist Dominic, der Regisseur, mit dem du im vergangenen Sommer gearbeitet hast. Offenbar hast du ihm einen Brief geschrieben und mitgeteilt, dass du ohne Arbeit bist. Nun, seine Hauptdarstellerin ist ausgestiegen. So, wie es sich anhört, ist die Situation ziemlich dramatisch. Egal, er hat gemeint, er könne auf dein Vorsprechen verzichten. Wenn du die Rolle willst, kriegst du sie. Du bist genauso groß und schwer wie das Mädchen, das ausgestiegen ist, also wird das Kostüm passen. Und man hat sogar vor, extra für dich noch ein Flamenco-Solo einzubauen, falls Zeit bleibt, es zu choreografieren.«

Vielleicht hätte ich an dieser Stelle mit offenen Karten spielen sollen, aber ich entschied mich für die Bühne. Im Nachhinein sollte sich das als großer Fehler erweisen.

4

Dominic, der Regisseur, war nur eine Katastrophe von einem Nervenzusammenbruch entfernt, als ich das Theater betrat.

Er strahlte, als er mich sah.

»Wenn ich sage, es ist ein Albtraum, dann ist das noch geschönt«, flüsterte er mir gerührt ins Ohr.

Im Weihnachtsmärchenland schienen aufregende Dinge zu geschehen. Der für die Rolle der Prinzessin vorgesehene zweiundzwanzigjährige *Hollyoaks*-Star war tags zuvor während der Generalprobe mit dem verheirateten ehemaligen Kricketspieler durchgebrannt, der den König spielte. Der Rest der Besetzung war verständlicherweise am Abend ausgegangen, um sich zu betrinken, wobei zu allem Unglück einer der Tänzer wegen unsittlicher Zurschaustellung im Kentucky Fried Chicken um die Ecke verhaftet worden war. Der junge Mann wurde derzeit verhört, doch man ging davon aus, dass er wieder zur Truppe stoßen würde, wenn er gegen Kaution freigelassen wurde.

In der Zwischenzeit versuchte Dominic Anrufe der lokalen und nationalen Presse und der Familien der zwei geflüchteten Schauspieler abzuwimmeln. Keiner wusste, wohin die Turteltäubchen geflogen waren, doch es gab Gerüchte, wonach man sie in einem Billighotel nahe der M5 gesichtet hatte. Die Geschichte war besser als jeder Artikel eines Sensationsblatts.

»Also hier ist Ihr Skript«, sagte Dominic, der Regisseur, reichte mir den dicken Packen von *Jack und der*

Bohnenstängel und bugsierte mich auf die Bühne. »Wir gehen jetzt das Stück in aller Ruhe durch und bauen Sie und Dennis ein.«

»Dennis?«

»Dennis Waterman, er ersetzt unseren abtrünnigen Kricketspieler. Aber er taucht erst in der zweiten Hälfte auf. Lassen Sie uns anfangen.«

Meine Mum wird hocherfreut sein, überlegte ich. Sie ist ein begeisterter Fan von Dennis Waterman und Piers Morgan. Verrückt.

»Ich möchte Ihnen nur versichern, Dominic, dass Sie bei dieser Prinzessin keine Sorge haben müssen, dass sie angesichts des Königs ihre Kontrolle verliert«, versprach ich im Bühnenflüsterton.

»Schön, Sie hier zu haben, Sarah Sargeant.«

»Schön, hier zu sein.«

Er lächelte und sah zum ersten Mal an diesem Tag nicht mehr ganz so aus wie Gordon Ramsay vor seiner Schönheitsoperation, sondern eher wie der begabte Regisseur Anfang dreißig, der er auch war.

Die Probe begann ganz hervorragend. Die Generalprobenphase einer Aufführung fand ich schon immer toll. Ich hatte zu diesem Zeitpunkt zwar noch kein Kostüm an, aber die Gewandmeisterin wurde jede Sekunde erwartet. Alle anderen waren schon voll kostümiert und geschminkt. Sogar das arme Mädchen im Bohnenstängel aus Pappmaschee, dessen Gesicht braun geschminkt war. Ganze Horden von Tänzern kamen als Bauernhoftiere auf die Bühne und zogen eine schweißtreibende Show ab, um dann zwanzig Minuten später als Schneeflocken zurückzukehren und die nächste Einlage zu tanzen. Das

Drama hinter der Bühne hatte für so viel Energie gesorgt, dass alle ihr Bestes gaben.

Sehr schnell begeisterte ich mich für meine Rolle als Prinzessin. Ich nahm mir Zara Phillips und Prince Harry zum Vorbild. Spielte sie übertrieben vornehm mit einer Vorliebe für Pferde und spätabendliche Trinkgelage. Ich veränderte sogar die Zeile »Ich war shoppen« in »Ich war in einem Klub« – ich sagte das so, als hätte ich einen Kater und brächte mein eines Auge nicht auf. Dafür erntete ich einen großen Lacher, und Dominic klatschte. Genau darum ging es. Simon hatte Recht gehabt. Ich würde Applaus in einem großen Theater bekommen. Und plötzlich empfand ich überwältigende Dankbarkeit für die chaotische Folge von Ereignissen, die mir diese Erfahrung beschert hatten. Ich liebte meinen Job. Und dabei war es egal, ob ich ihn in Hollywood oder in Cricklewood machte. Ich war mit Leib und Seele Schauspielerin, und zwar wo und wann immer sich mir dafür Gelegenheit bot. Visualisierung war wirklich der Bringer.

Aber dann gefror mir das Blut in den Adern. Mir drehte sich der Magen um. Meine Kehle wurde trocken, meine Hände sonderten Schweiß ab. Ich wusste nicht, was ich tun sollte. Aber im Skript stand ganz eindeutig:

PRINZESSIN SINGT SOLO

Ich schloss meine Augen in der Hoffnung, dass es sich um einen Flashback von meiner einzigen LSD-Erfahrung vor vielen Jahren handelte. Ich öffnete sie wieder. Mist. Nein, so viel Glück hatte ich nicht. Die Worte waren noch immer da, und wie um sie mit einem Leuchtmarker hervorzuheben, spielte ein Klavier ein paar bemerkenswert hohe Töne, und zehn Tänzer, als Chihuahuas verkleidet, kamen spielerisch hinter mir auf die Bühne gekrochen.

»Oh, das ist Ihr erstes Lied, Sarah«, erklärte Dominic, der neben mir auf die Bühne geklettert kam. DAS ERSTE! »Können wir das mal durchspielen, damit Sarah die Melodie in den Griff bekommt?«

ICH HABE IN MEINEM GANZEN LEBEN NOCH KEINE MELODIE IN DEN GRIFF BEKOMMEN!

Der Pianist nickte. Ich konzentrierte mich angestrengt aufs Zuhören. Vielleicht lag es an der Atmosphäre oder an den Chihuahuas oder der Tatsache, dass ich die Rolle unbedingt haben wollte – jedenfalls redete ich mir ein, dass ich singen konnte. Mir fielen Simons Worte von wegen Visualisierung wieder ein. Ich bildete mir ein, die hohen Töne perfekt umsetzen zu können. Fühlte mich mächtig und zu allem fähig. Das war der Moment, auf den ich gewartet hatte. Als der Pianist erneut das Lied spielte, holte ich tief Luft. Dann öffnete ich meinen Mund.

Das Geräusch, das eine Ente macht, wenn sie von einem Fuchs angegriffen wird, habe ich zwar noch nie gehört, aber es dürfte dem Geräusch ähnlich sein, das ich an jenem Tag von mir gab. Es war definitiv das Geräusch eines Vogels in Not. Dominic, die Chihuahuas und der Pianist lachten allesamt fröhlich.

»Toll, aber jetzt mal im Ernst, Sarah!«, erklärte Dominic.

»Okay«, flüsterte ich und lächelte ihn dabei matt an.

Der Pianist setzte erneut an. Diesmal brachte ich denselben Ton heraus, nur VIEL lauter. Der Pianist hörte zu spielen auf. Die Chihuahuas krabbelten nicht weiter, und Dominic verging das Lächeln.

Das Schweigen wurde schrecklich laut. Es hallte in meinen Ohren, als es mir zuschrie, dass ich nicht singen konnte und ich durch alles Visualisieren der Welt nicht melodiös werden würde.

»Äh … ich wusste nicht, dass ich singen muss, ich, äh … kann nicht singen«, murmelte ich.

Er sah mich finster an, kaute hungrig an der Innenseite seiner Lippe und sagte dann nach einer langen Pause: »Scheiße.«

»Scheiße« war das Wort, das er zehn Sekunden später wiederholte, als eine Dame auftauchte. Sie hielt ein winziges Stück weißen Stoff in den Händen, das an eine Serviette erinnerte, und auch sie sah mich finster an, als sie gequält rief: »DU SAGTEST, SIE HABE DIESELBE GRÖSSE WIE DIESES *HOLLYOAKS*-FLITTCHEN!«

5

Und so kam es, dass ich letzte Weihnachten in *Jack und der Bohnenstängel* den Bohnenstängel spielte. Zwei Aufführungen täglich, sechs Tage die Woche stand ich bis auf den Weihnachtsfeiertag jeden Tag auf der Bühne und schwitzte in einem Pappmascheekostüm mit braun angemaltem Gesicht und einem festgefrorenen Lächeln, während ich darauf wartete, meine vierzehn Zeilen loszuwerden.

Simon hingegen hatte einen ganz fantastischen Dezember. Sein Wohltätigkeitsprojekt war mit fünf anderen Londoner Wohltätigkeitsprojekten für ein großes Benefizkonzert an Neujahr in der Royal Albert Hall nominiert worden. Ich war nicht neidisch auf ihn. Überhaupt nicht. Aber in mir setzte sich das Gefühl fest, womöglich nicht gut genug für ihn zu sein. Es war ein Gefühl, das Wurzeln schlug. Im Rückblick hatte das vermutlich etwas mit unserem ersten Krach zu tun.

Es war am Heiligen Abend. Simon sah sich zusammen mit meiner Mum und meinem Dad die Abendvorstellung an, danach wollten wir alle im Auto meiner Eltern runter nach Eastbourne fahren, um dort gemeinsam mit ihnen den Weihnachtstag zu verbringen.

Ich hatte schon öfter kleine Rollen in einer kleinen Theaterproduktion gehabt, und sie hatten mir immer Spaß gemacht. Solche Rollen haben viele Vorteile. Man hat jede Menge Zeit, um in der Garderobe Liebesromane und Zeitschriften zu lesen und über Jungs und übers Shoppen zu plaudern. Und man hat jede Menge Zeit, um sich Make-up von den anderen Schauspielerinnen auszuleihen, sodass man nach der Vorstellung in eine Bar gehen und aussehen kann, als arbeite man bei Mac.

Die Rolle des Bohnenstängels gewährte mir diese Vorteile nicht. Ich war während der gesamten Aufführung auf der Bühne und hatte somit keine Chance, mich mit den anderen Schauspielern anzufreunden. Was eine Schande war, denn ich hätte ein freundschaftliches Umfeld gut vertragen können. Ich hatte nämlich keine guten Freunde unter den Darstellern. Dabei hätte ich nicht sagen können, ob es daran lag, dass mich nach meinem

Gequake zum Klavier alle für einen Freak hielten, oder daran, dass ich dachte, sie hielten mich dafür, und deshalb selbst auf Distanz ging. Außerdem ließ sich die braune Farbe von meinem Gesicht nur schwer entfernen, und wenn ich sie dann entfernt hatte, sah mein Gesicht aus, als wäre es eben erst aus einer Vagina gepresst worden, während alle anderen in der Bar aussahen wie Cheryl Cole.

Deshalb hielt meine Begeisterung sich auch in Grenzen, als ich nach der Aufführung am Heiligen Abend zu den anderen stieß. Ich wollte nur noch ins Auto und weg. Leider sollte es nicht sein. Schließlich war Weihnachten, und an Weihnachten will jeder was trinken. Es überraschte mich aber schon etwas, dass es meinem Part ner und meiner Familie gelungen war, sich während einer Familienunterhaltung, bei der siebzig Prozent des Publikums unter acht Jahren waren, völlig abzuschießen.

Ich kam allein aus der Garderobe und huschte dann in den Pub nebenan, wo wir uns verabredet hatten. Meinen Vater entdeckte ich als Ersten. Die natürlichen Lebensräume meines Vaters sind Golfplätze und Pubs, weshalb er sich in diesem Gewühle richtig wohlzufühlen schien. Er hatte sich mit einem der schwulen Tänzer aus meiner Aufführung angefreundet, der ihm eine Pirouette mit Jazzdance-Einlage beibrachte. Mein Vater war nicht gemacht für Jazzdance. Er bewegt sich unsicher und hat einen ziemlichen Rettungsring um die Hüften – und er hätte die Drehung besser hinbekommen, wenn er sein Bierglas abgestellt hätte. Meine Mutter stand neben ihm und versuchte mit geschlossener Schutzkappe ein Foto von ihm zu machen.

Ich hielt es für das Beste, sie in Ruhe zu lassen und erst mal Simon zu holen. Ich ließ also Michael Flatley und Annie Leibowitz allein und lief durch den überfüllten Pub, um Simon aufzuspüren.

»O mein Gott!«, schrie eine der Tänzerinnen. »Dein Freund ist hinreißend!«

Diese Tatsache schien sie derart umzuhauen, dass ich einen Moment lang wie angewurzelt stehen blieb. Aber dann lächelte ich und nickte und lenkte meine Schritte in die Richtung, aus der sie gekommen war. Als ich Simon endlich sah, eilte ich nicht sofort auf ihn zu. Ich blieb stehen und beobachtete ihn.

Er sah hinreißend aus. Er trug einen Kapuzenpulli, den ich ihm während meiner Hollywood-Shoppingtour gekauft hatte. Er hatte die Farbe eines Bühnenvorhangs. Sie stand ihm gut. Er wirkte entspannt und lächelte. Aber er unterhielt sich auch mit der hübschen zierlichen Neunzehnjährigen, die meine Rolle als Prinzessin übernommen hatte. Seine Hand ruhte auf ihrem winzigen Schenkel in Netzstrümpfen, und er sagte offenbar etwas Lustiges, weil sie kicherte. Ich stand so angewurzelt da wie ein Baum. Ich wollte nicht zu ihnen rübergehen. Weil ich wusste, dass ich neben diesem Mädchen vor lauter Dicksein am liebsten im Boden versunken wäre. Ich überlegte mir einen lustigen Einstieg, aber mit eingezogenem Hintern ist das nicht so einfach. Wegen Weihnachten war mein Gehirn bereits abgeschaltet, also verweilte ich etwa eine Minute lang wie ein Idiot, bis Simon aufschaute und Blickkontakt zu mir aufnahm. Er sprang vom Barhocker und kam zur Begrüßung auf mich zugeeilt. Dann umarmte er mich.

»Ich umarme gerade einen Bohnenstängel!«, schrie er.

Das Mädchen, das die Prinzessin spielte, lachte. Mir war nicht nach Lachen zumute. Mir war es peinlich. Ich dachte, sie lachten über mich, weil ich den Bohnenstängel spielte.

»Können wir gehen, Schatz? Ich bin geschafft und muss auch noch Auto fahren«, sagte ich leise.

»Ach, Baby. Bleib doch noch auf einen Drink!«, sagte er, wieder fortissimo.

Alle sahen mich an. Und ich schwebte aus mir heraus und sah, was sie sahen: die Spielverderberin mit dem fetten Hintern, deren Gesicht ein extremes Peeling über sich hatte ergehen lassen, die weder singen noch schauspielern konnte, der es aber irgendwie gelungen war, den gut aussehenden lustigen Typen an Land zu ziehen. In diesem Moment hasste ich mich und nahm es Simon übel, dass ich mich seinetwegen so mies fühlte. Das zugeben zu müssen, macht mich nicht stolz. Aber genauso empfand ich es.

»Schatz, ich muss fahren!«, herrschte ich ihn an. Es klang nach PMS.

»Ja, stimmt«, sagte er, jedoch ziemlich emotionslos.

Er machte die Runde und schüttelte den Theaterleuten, die er gerade erst kennengelernt hatte, die Hände. Danach gelang es uns mit viel Überredung und weiteren Jazzgesten, die für ein ganzes Mittelschulmusical gereicht hätten, Mum und Dad aus dem Pub und in den Wagen zu bugsieren, wo sie prompt einschliefen.

Wir (ich) fuhren eine Ewigkeit, ohne ein Wort zu wechseln. Bis Radio 2 den Will-Young-Song *Leave Right Now* spielte. Simon drehte die Lautstärke voll auf, und wir schmetterten mit. Für den Rest der Fahrt wurde das Radio dann wieder leise gedreht, um uns Slade zu ersparen, und Simon summte die Melodie aus dem Weihnachtsmärchen.

Richtig seltsam wurde der Abend erst, als wir uns auf der M25 befanden. Diese verdammte Straße.

»Sare?«

»Hm.«

»Weißt du, was ich toll fände?«

»Nicht doch, Schatz. Ich werde jetzt nicht anhalten«, sagte ich.

Er war betrunken. Ich ging davon aus, dass er Appetit auf gebratenes Hühnchen hatte. Doch damit lag ich falsch.

»Du brauchst nicht anzuhalten«, sagte er anzüglich.

»Simon! Keine Handgreiflichkeiten, während ich fahre!«

Mein Entsetzen war verständlich. Ich bin schließlich auch in Bestform nicht die sicherste Fahrerin.

»Auch das meine ich nicht, Baby.«

»Also, was fändest du dann toll?«

»Ein Baby.«

»O nein!«

»Angesichts all dieser Kinder beim Weihnachtsmärchen habe ich überlegt …«

Ich wandte meinen Blick kurz von der Straße ab und sah Simon an. Es sollte ein »Du-bist-betrunken-und-tickst-nicht-mehr-richtig«-Blick sein. Aber er verwandelte sich in einen erschrockenen »O-MEIN-GOTT!-ER-MEINT-ES-ERNST!«-Ausdruck, als ich sein Gesicht sah, das sanfter nicht hätte sein können. Was ging da vor sich?

Simon hielt seinen Kopf leicht schräg. Ein verklärtes Lächeln lag auf seinem Gesicht. Ein Gesicht, wie Männer es kriegen, wenn sie bei Marks & Spencer Männer sehen, die Babys halten. Es lag nicht in meiner Absicht, angewidert die Nase zu rümpfen. Ich wusste nicht einmal, dass ich es tat.

»Sare! Warum siehst du mich mit deinem ›Mist-ich-muss-noch-die-Steuererklärung-machen‹-Gesicht an?«

»Tue ich gar nicht.«

»Tust du wohl.«

Pause.

»Mist, ich muss noch meine Steuererklärung machen.«

Pause.

»Baby.«

»Was?«

»Warum hast du das Thema gewechselt?«

»Weil du betrunken bist.«

»Bin ich nicht.«

»Bist du schon.«

»Bin ich nicht.«

»Aah! Es ist wie im Weihnachtsmärchen! Er ist hinter dir! Du bist sturzbesoffen. Du hattest deine Hände überall auf diesem Mädchen. Es war peinlich. Und jetzt bist du völlig … meschugge.«

»Sare! Was ist denn los mit dir?«

»Mit MIR? Du bist doch derjenige, der ein einziger Albtraum ist.«

Und begann gleich darauf, Simon seine Trunkenheit gebetsmühlenartig unter die Nase zu reiben, während mich dabei nur ein Gedanke beherrschte: BABYS! ER GLUCKT! WAS FÜR EIN MIST!

Wissen Sie, ich stand noch nie besonders auf Babys. Alle sagten immer: Oh, ist er oder sie nicht süß?, und ich stand immer dabei und dachte mir: Nein! Es sieht aus, als wäre es gerade durch ein sehr kleines Loch gepresst worden. Und der Gedanke, etwas von der Größe eines Highland-Terriers durch mein sehr kleines Loch zu pressen, das dabei zur Größe eines Eimers mutieren würde und zur Belohnung ein schreiendes Etwas zu bekommen, das ständige Aufmerksamkeit forderte, hatte mich noch nie besonders angesprochen.

Irgendwann einmal wollte ich schon ein Baby mit Simon haben, die Idee, ein kleines Stück von uns zu bekommen, war zugegebenermaßen verlockend. Aber nicht jetzt! Nicht in den nächsten Jahren. Nicht, bevor ich es beruflich zu was gebracht hatte. Oder jedenfalls erst dann, wenn ich glaubte, die Weisheit zu besitzen, so ein kleines Wesen aufziehen zu können. Jetzt war Üben angesagt. Ich war mir sicher, dass sich irgendwann auch bei mir der Bruttrieb meldete, und dann würde ich ihn mir packen und sagen: Lass es krachen, großer Junge!

Aber jetzt noch nicht. Ich fand es unfassbar, dass er es überhaupt vorgeschlagen hatte.

Wir fuhren schweigend weiter.

6

Am nächsten Tag erwähnte keiner von uns den Streit oder das Baby-Thema. Der einzige Hinweis, den ein geschickter Schnüffler hätte entdecken können, war mein vehementes Überspringen des Stücks *When a Child is Born* auf Mums schrecklicher Weihnachtslieder-CD.

Und wir verbrachten einen schönen Tag. Der sich aus meinen liebsten Weihnachtsvergnügungen zusammensetzte:

1) Vor dem Aufstehen einen Karamell- und einen Schokoriegel essen.
2) Vor dem Mittagessen Champagner im Morgenrock trinken.
3) Knusprige Bratkartoffeln und Truthahnhaut verspeisen.
4) Zwei Nickerchen auf dem besten Sofa halten.

»Val, das war köstlich!«, lobte Simon meine Mutter nach dem Weihnachtsessen.

Wir saßen zu viert um den Esszimmertisch. Vollgefuttert mit Festtagsköstlichkeiten. Sämtliche Gürtel am Tisch waren gelockert und in meinem Fall war auch der Reißverschluss meiner Hose geöffnet worden. Doch das hieß nicht, dass wir zu essen aufgehört hätten. Der Käse stand noch auf dem Tisch, ebenso die Baileys-Eiscreme. Besser gesagt, ich hatte sie in der Hand. Ich kratzte den Karton aus. Dad verputzte den Rest Brandy-Butter, während er in Paul McKennas Buch *Ich mach dich schlank* las. Jahr für Jahr kaufe ich meinem Vater Diätbücher. Denn er kann diese Jahreszeit des Übermaßes besser genießen, wenn er sich mit dem Diät- und Fitnessplan beschäftigt, den er nach Neujahr in die Tat umzusetzen gedenkt.

»Dich zu verköstigen, ist wirklich eine Freude, Simon«, erwiderte meine Mum lächelnd.

Ich glaube, dass meine Mum und mein Dad Simon mehr liebten als ich. Und er erwiderte diese Liebe. Von ganzem Herzen.

Bei der Zuteilung der Eltern hat Gott es gut mit mir gemeint. Meine sind reizend. Sie sind seit fast vierzig Jahren verheiratet. Ich glaube, der Erfolg ihrer Ehe liegt darin, dass sie beide über eine kleine Portion Wahnsinn verfügen, der sich prächtig mit dem des anderen ergänzt. So könnte man beispielsweise die ungezügelte Schwärmerei meines Vaters für Selina Scott und Katherine Jenkins für merkwürdig halten, solange man die pornografischen Schreie meiner Mutter nicht gehört hat, sobald Piers Morgan auf dem Fernsehschirm erscheint. Und einigen würde mit Sicherheit das mit Besessenheit betriebene tägliche Golfspiel meines Vaters auf die Nerven gehen. Aber meine Mutter nennt ihn einfach Golden Ball und döst mit der Zeitung auf dem Sofa ein, sobald er gegangen ist. Sie haben immer noch Spaß zusammen und halten Händchen, und nach dem Sonntagsbraten gibt's ein Schmusetänzchen zu den Klängen der Drifters.

Und ich dachte, zwischen mir und Simon würde es mal genauso sein. Wir würden einander zum Lachen bringen und der Welt die Stirn bieten. Ich sah es vor mir, wie wir voller Spaß und Abenteuer durchs Leben zogen und dann irgendwo in einem kleinen Bungalow mit einem Gemüsegarten alt wurden.

»Mein Gott, ist das eine Wohltat, einmal kein braunes Gesicht und einen Kreis von zweitausend kreischenden Kindern in den Ohren zu haben«, seufzte ich, nachdem ich die Eiscremeschachtel ausgeschleckt hatte.

»Also, Simon war ganz wunderbar zu den Kindern, die

gestern Abend hinter uns saßen, Sarah«, sagte meine Mutter in einem Ton, der andeuten sollte: »ER WIRD EIN GANZ HERVORRAGENDER DAD SEIN, LIEBES. LASS DIR GANZ SCHNELL EINEN DICKEN BAUCH MACHEN, DAMIT DU IHN NICHT VERLIERST.«

»Hat er?«, sagte ich, denn sie sprach mich an, und in so einem Fall sollte man antworten.

»Es waren liebe Kinder«, sagte Simon. »Sie waren nur nicht gut erzogen.«

Meine Mutter gackerte, als wollte sie ein Ei legen.

»Die hätten mal eine tüchtige Tracht Prügel gebraucht, wenn du mich fragst«, schnaubte mein Vater. »Haben mich ständig in den Rücken getreten.«

»Du wärst ein reizender Dad«, sagte meine Mutter mit weiterem Gegacker in Richtung Simon.

Simon strahlte. Ich erstarrte. Dad hüstelte, aber es könnte auch an der Brandy-Butter gelegen haben.

»Wie findest du das Buch, Dad?«, sagte ich und wechselte geschickt das Thema.

»Möchtest du denn Kinder haben, Simon?«, erkundigte sich meine Mutter, ohne auf mein Ausweichmanöver einzugehen.

»Äh … ja … Val. Ich kann's kaum erwarten.«

Ich sagte nichts dazu. Ich schenkte mir nur noch ein Glas Wein ein, weil ich mich plötzlich viel zu nüchtern fühlte, und sprang auf, um die CD zu wechseln, weil durch einen göttlichen Scherz plötzlich *When a Child Is Born* lief.

»Leg Katherine Jenkins auf«, sagte mein Dad und wurde bei der Aussicht auf Katherine Jenkins plötzlich munter.

Ich gehorchte. Ich stand neben dem CD-Spieler und blätterte die makellosen Fotos von der walisischen Sängerin im CD-Booklet durch. Wetten, dass von dieser verdammten Katherine Jenkins keiner erwartete, dass sie Kinder warf. Das Ärgerlichste an dieser ganzen Babythematik war die Erwartung, dass ich eins bekam. Wäre ich nach Hollywood gegangen, um den Eamonn-Nigels-Film zu drehen, hätte mit Sicherheit keiner von mir erwartet, mit dem Brüten anzufangen.

Ich bin immer gern eine Frau gewesen. Wir sind viel hübscher und klüger als die Männer, und unsere Klamottenläden stellen die ihren in den Schatten. Aber plötzlich wurde Frausein zum Problem. Ich hätte einfach sagen sollen: Mann, Leute, nicht so voreilig! Können wir nicht noch ein bisschen warten? Ich hab zwar nur einen Bohnenstängel gespielt, aber ich habe es noch nicht aufgegeben, in Zukunft was mit mehr Substanz zu bekommen! Also lasst uns Gespräche dieser Art vielleicht für ein bis fünf Jahre auf Eis legen!

Ich frage mich, was passiert wäre, wenn ich etwas in der Art gesagt hätte. Überhaupt etwas gesagt hätte. Aber ich wich dem Thema einfach aus. Und das tat ich vermutlich, weil ich Mum und Simon so sehr liebte. Schließlich will keiner die Menschen enttäuschen, die er liebt.

Doch darauf kam es jetzt auch gar nicht an, denn mein Vater tat etwas Großartiges. Er sprang vom Tisch auf. Nein, das ist irreführend. Er kam stöhnend, ächzend und rülpsend in einer langsamen Bewegung vom Sitzen zum Stehen.

»Zeit für die Sportschau«, sagte er und verließ das Esszimmer, um sich ins Wohnzimmer zu begeben, wo er sich vor den Fernseher setzte. Aber auf seinem Weg durch den Flur rief er: »Ich glaube, dein Handy klingelt, Sarah.«

Normalerweise hätte ich es einfach klingeln lassen. Plötzliche Bewegungen nach weihnachtlichen Genüssen können nur zu Verletzungen führen. Aber da das Gespräch gefährlich in Richtung Babys abzugleiten drohte, stürzte ich aus dem Zimmer und grapschte mir mein Mobiltelefon. Und ich bin mehr als froh, dass ich es tat.

»Sarah! Hier ist Eamonn! Frohe Weihnachten!«

»Du klingst, als wärst du beschwipst, Eamonn!«, sagte ich und bewies damit, dass ich ebenso beschwipst war, denn ansonsten hätte ich es nicht gewagt, einem berühmten Filmregisseur so etwas zu unterstellen.

»Voll wie eine Strandhaubitze!«, erwiderte er, und ich fand es brillant. »Ich bekam gestern Abend ein Fax von meinem Freund bei Universal«, fuhr er fort. »Nun, es kann gedreht werden! Ich wollte dich eigentlich nicht stören, aber ich dachte, dass es ein hübsches Weihnachtsgeschenk für dich ist. Das wollte ich loswerden. Grüß Simon von mir. Ich lege jetzt lieber auf.«

Er legte auf.

»Ich gehe nach Hollywood, Baby!«, kreischte ich und fühlte mich unheimlich erleichtert, als ich das Wort »Baby« aussprach. Das war ein Problem, das ruhig noch eine Weile warten konnte.

7

Bis Silvester trat ich weiter jeden Tag auf. Die Babyfrage wurde zwischen Simon und mir oder Mum nicht mehr erörtert. Aber darüber nachgedacht habe ich schon. Sie wurde zu einem kleinen Virus auf meiner Festplatte. Jedes Mal, wenn ich in meinem Pappmascheekostüm dastand, rieb sich mein Gehirn so lange an der Frage der Fortpflanzung, bis es wie eine schwärende Wunde schmerzte. Ich malte mir immer wieder aus, wie ich Simon sagte, ich sei noch nicht bereit für Babys, woraufhin er mir den Laufpass gab. Aber ich hatte auch Gewissensbisse, weil ich nicht ehrlich zu ihm war. Wenn er tatsächlich jetzt Sprösslinge haben wollte, sollte ich ihn vielleicht freigeben, damit er sie mit jemand anderem in die Welt setzen konnte. Nur, der Gedanke, dass eine andere Simons Baby bekommen sollte, war zu schrecklich. Ich bekam Zustände, als ich mir vorstellte, dass Simon mich verlassen und mit einer anderen ein Baby bekommen könnte. Es war, als würden mich unsichtbare Hände erdrosseln. Einem Weihnachtsspiel sind derart düstere Gedanken nicht förderlich. Mein Gesicht nahm dann unweigerlich einen Ausdruck an, als hätte ich Probleme beim Stuhlgang.

Ich behielt meine Ängste für mich. Ließ sie in mir gären bis zum letzten Tag des Weihnachtsspiels, als meine Freundin Julia kam, um sich die Aufführung anzusehen. Danach wollte sie mich und all meine Taschen in ihrem unzuverlässigen Mercedes nach Hause fahren.

Julia traf zeitig vor der Abendvorstellung ein. Wir hatten geplant, in meiner Pause zwischen den beiden Vorstellungen zusammen essen zu gehen. Julia ist meine allerbeste Freundin, aber ich hatte sie während meiner Zeit beim Weihnachtsspiel kaum gesehen, und wenn, dann nur zusammen mit Simon und ihrem Freund Carlos. Deshalb freute ich mich auf einen schönen Schwatz unter Mädels, unzensiert, ohne Rücksicht auf die Jungs. Als ich sie auf mich warten sah, rannte ich laut rufend die Treppen des Theaters hinunter.

»Ah!«, kreischte sie, als ich mich ihr entgegenwarf, denn ich bin eine Frau, und wir Frauen machen das so.

Sie sah hübsch aus. Julia war immer schon sehr attraktiv gewesen, mit großem Schmollmund und einem Dekolleté, um sich darin zu verlieren. Aber seit sie mit Carlos liiert war, sah sie wirklich zum Reinbeißen aus. Und an diesem Tag war sie in ihrem neuen Mantel, hochhackigen Stiefeln und rosigen Wangen eine umwerfende Erscheinung.

»Du siehst wahnsinnig toll aus!«, teilte ich ihr voller Bewunderung mit.

»O mein Gott, Sare, wie siehst du denn aus!«, rief Julia, sobald sie mich richtig anschauen konnte.

Aber nicht im Sinne von O-mein-Gott-Sarah-wie-toll-du-wieder-aussiehst. Ich hatte sie seit einer Ewigkeit nicht gesehen. Offenbar war ihr aufgefallen, wie viel Weihnachtspudding ich angesetzt hatte.

»Ach, ich weiß, Frau mit Fettarsch«, sagte ich besorgt. »Komme ich dir viel dicker vor?«

Zwei Tage später wollte ich nach Hollywood aufbrechen. Ich hatte seit Weihnachten versucht, etwas abzunehmen, aber wenn überall Weihnachtssüßigkeiten herumliegen, ist das nicht so einfach.

»Nein, du siehst aus wie immer«, sagte sie.

Ich setzte zur Umarmung an. Sie entzog sich.

»Was ist denn?«

»Du bist ganz braun, Sare!«, sagte sie und bezog sich damit auf die Tatsache, dass mein Gesicht noch immer geschminkt war.

»Oh, das! Ich hatte keine Lust, die Farbe zu entfernen. Es dauert ewig, und für die Abendvorstellung müsste ich mich dann wieder schminken. Macht es dir was aus?«

»Du hast ein braun angemaltes Gesicht. Politisch korrekt ist das nicht«, flüsterte sie.

»An diesen Anblick ist man hier gewöhnt. Ich gehöre zum Inventar. Vermutlich machen sie sich gleich lustig nach dem Motto ›deine Darbietung war hölzern‹.«

»Verrückt«, murmelte sie und hakte sich bei mir unter.

Wir landeten in einem lauten, gemütlichen Bistro, in dem es wirklich gutes Essen und guten Wein gab. Es war eins der Treffen mit Freunden, bei denen es so viel aufzuarbeiten gibt, dass das Gespräch einen explosiven Charakter bekommt.

»O mein Gott! Habe ich dir von Carlos und diesem Produzenten erzählt?«

»Nein.«

»Also wir waren auf dieser Pacha Party.«

»Und, wie ist es gelaufen? Was hattest du an?«

»Das rote Kleid. Aber danach habe ich es gewaschen, und es ist eingelaufen.«

»Mist. Das ist mir mit meinem schwarzen schulterfreien Pullover auch passiert.«

»Und ich habe es so gern getragen.«

»Ist da Knoblauch drin?«

»Jede Menge.«

»Wenigstens muss ich in dem Stück nicht viel sagen.«

»Wie ist Dennis Waterman denn so?«

»Ganz in Ordnung.«

»Was wollte ich erzählen?«

»Hm … was über Carlos. Ist er eigentlich schon mal auf Babys zu sprechen gekommen?«

Das war das erste Mal, dass wir in unserem Dialog zum Luftholen kamen. Sie sah mich ernst an und beugte sich vor.

»Wie meinst du das? Meinst du richtige Babys?«, fragte sie und deutete auf ein Kind in einem Hochstuhl am Nebentisch.

Es freute mich, dass sie das Wort Babys so vorsichtig aussprach, als wäre es toxisch.

»Ja.«

»Nein. Gott sei Dank. Wieso?«

»Simon wünscht sich ein Kind.«

»Wie furchtbar!«

»Genau.«

»Aber du bist meine Superstar Schauspielerfreundin. Du kannst doch im Moment kein Baby gebrauchen.«

»Ich danke dir, Jules«, sagte ich und es war mir ernst damit.

»Dann ist es ja gut. Aber man muss sagen, dass Simon mit Kindern wirklich sehr gut umgehen kann.«

»Weiß ich.«

Das war das nächste Problem, mit dem mein sadistisches Gehirn geliebäugelt hatte. Simon kam mit Kindern ganz hervorragend zurecht. Er war so etwas wie der Rattenfänger von Hameln. Wenn er unterwegs war, egal wo, tauchten sie wie aus dem Nichts auf und folgten ihm.

»Mein Gott, weißt du noch, das eine Mal, als er dieses Kind so sehr zum Lachen brachte, dass es sich übergeben musste?«

»Aber mich hassen Kinder!«, jammerte ich.

»Nein!«, warf sie sofort ein. Überlegte dann aber noch einen Moment. »Na ja, das Wort ›hassen‹ ist in diesem Zusammenhang vielleicht ein wenig übertrieben …«

Ich schaute hinüber zu dem Hochstuhl. Ein winziges Wesen, dessen Geschlecht unklar war, warf Chips auf den Boden. Ich zögerte. Dann lächelte ich das Kind an.

»Hallo, du da«, sagte ich mit einer Stimme wie Yogi Bär.

Das Baby sah mich an und erwiderte mein Lächeln. Es sah wirklich süß aus, obwohl man es ruhig mal mit einem feuchten Waschlappen hätte abwischen können. Und ich war unglaublich erleichtert, dass ein Kind mich zu mögen schien. Auch wenn auf der Hand lag, dass es mich nicht so sehr mochte, wie es Simon gemocht hätte. Aber ich konnte ein Kind zum Lächeln bringen, und das war doch schon was.

Plötzlich wurde mir klar, dass dieses Kind mich gar nicht anlächelte. Es zog eine Grimasse und fing zu weinen an. Besser gesagt, zu schreien. Ich sah Julia an. Sie zitterte vor unterdrücktem Lachen – was wirklich sehr hilfreich war.

»Verdammt, Jules. Dieses Baby hasst mich«, zischte ich ihr zu.

»Nicht fluchen vor dem Baby«, ermahnte sie mich ernst.

»Verdammt«, flüsterte ich zurück.

»Es liegt an deinem Gesicht.«

»Ich kann doch nichts für mein Gesicht!«

Julia schnaubte in ihre Pasta und begann erneut zu lachen.

»Oh, jetzt weiß ich wieder, was ich dir erzählen wollte«, sagte sie dann plötzlich. »Dieser amerikanische Produzent möchte mit Carlos an einem Tanzstück arbeiten.«

»O mein Gott. Wie cool ist das denn!«

»Ich weiß.«

»Ich fass es nicht.«

»Ach, und Sare?«

»Was?«

»Dieses Baby schreit, weil du ein braunes Gesicht hast, du Dummerchen.«

8

Das Gespräch mit Julia war sehr hilfreich. Und zu der Erleichterung, nicht die Einzige mit Babyphobie zu sein, kam die begeisterte Aufregung, dass ich endlich zum Filmen nach Hollywood kam.

»Ich fliege nach L.A., um einen Film zu drehen«, trällerte ich vor mich hin.

Und ich glaube, wenn ich ein Mann gewesen wäre, hätte ich davon einen kleinen Ständer bekommen.

Am Abend vor meinem Abflug war alles fertig gepackt. Ich hatte für alle Wetterlagen vorgesorgt, dazu für unvorhergesehene Eventualitäten wie Kopfschmerzen, Regelschmerzen, Unwohlsein. Für Sarah Sargeant eine organisatorische Meisterleistung. Ich wollte unter allen Umständen verhindern, dass mir die Freude an dieser Reise vergällt wurde.

»Was ist das denn?«, fragte Simon mit Blick auf den kleinen Trolley, den ich im Flurschrank gefunden und zu meinem Handgepäck erkoren hatte.

»Ein Trolley.«

»Das sehe ich auch. Nein. Von wem ist der?«

»Ist das nicht deiner?«

»Ne.«

»Oh.«

Er studierte den Trolley eingehend. Es war ein schickes Teil.

»Ach, vielleicht doch«, meinte er achselzuckend. »Hab offenbar vergessen, dass ich einen habe.«

Da Simon viel gereist war, dachte ich nicht weiter darüber nach, dass er sich einen Koffer gekauft, dies dann aber vergessen hatte.

»Darf ich ihn benutzen?«, erkundigte ich mich höflich.

»Was meins ist, ist auch deins, Baby.«

»Danke, Süßer.«

Und süß war er, an diesem Tag war er wirklich zum Anbeißen. Außerdem war er nackt, splitterfasernackt. Die Umwelt hatten wir zu diesem Zeitpunkt bereits abgeschrieben, sämtliche Heizkörper liefen auf Hochtouren. Und das war viel angenehmer, als auf dem Ökopfad zu wandern. Allerdings fühlte ich mich durch Simons männliche Pracht ziemlich abgelenkt und vergaß häufig, was ich tun wollte.

»Hast du die Kamera eingepackt?«

»Ja.«

Simon hatte mir seine alte Digitalkamera überlassen.

»Und der Koffer ist gepackt?«

»Ja«, verkündete ich und deutete stolz auf meinen alten abgewetzten Koffer, in den ich für jeden Tag mindestens zwei Kleidungsstücke zur Auswahl eingepackt hatte, und das für sechs Wochen. Ich konnte nur hoffen, dass er nicht platzte.

»Höschen.«

»Wie bitte?«

»Hast du an Höschen gedacht?«

»O verdammter Mist, nein!«, rief ich.

»Das ist wieder mal typisch«, meinte er kopfschüttelnd und lächelte.

»Es war Absicht. Ich wollte dort eigentlich keine anziehen«, scherzte ich.

»Ach, Sare, sag nicht so was.«

»Wieso nicht?«

»Mir gefällt die Vorstellung nicht, dass du da drüben mit all diesen Kerlen unterwegs bist. Und dann noch dieser Schauspieler, mit dem du die Sexszene hast.«

»Baby«, gurrte ich, »es ist eine Vergewaltigung, und er tötet mich. Das dürfte wohl kaum affengeiler Sex sein.«

»Mir gefällt die Vorstellung trotzdem nicht.«

»Ach, Schätzchen«, sagte ich und ging auf ihn zu.

Ich war nicht nackig. Ich war voll bekleidet. Mit meinem nicht besonders hübschen birnenförmigen Körper laufe ich nicht gern nackt herum. Nackt bin ich am liebsten unter einer Decke bei gelöschtem Licht mit einem kurzsichtigen Mann, der schon mindestens zwei Drinks intus hat. Aber Simon nackt war ein erfreulicher Anblick, denn er hatte den durchtrainierten Körper von jemandem, dem Sport Spaß(!) macht.

Ich schlang meine Arme um seine Taille und stellte mich dicht vor ihn. Rieb meine Nase an den Bartstoppeln seiner Wange und küsste ihn dann.

»Oh, heben wir gleich ab?«, sagte ich, weil sich etwas gegen meinen Schenkel drückte.

»Ja, das tun wir. Wir haben einen Ständer!«

Aber ehe ich mich besagtem Ständer zuwendete, schaute ich ihm in die Augen und sagte: »Ich will nur dich, immer nur dich, Simon Gussett. Du weißt, dass du mir vertrauen kannst.«

Und er hielt meinem Blick stand und zuckte mit keiner Wimper. »Und für mich gibt es nur dich, Sarah Sargeant, für immer. Ich brauche dir wohl nicht zu versichern, dass auch du mir vertrauen kannst.«

Wie sich herausstellen sollte, war das ein Haufen Mist. Aber das wussten wir zum damaligen Zeitpunkt noch nicht, also stürzten wir uns aufeinander und hatten ganz fantastischen Sex auf dem Koffer, und dann weihte ich meine neue Kamera ein, indem ich von uns beiden obszöne Fotos machte.

9

Nicht lange, da hatte ich ein Problem mit dem Satz »Ich fliege nach L.A., um einen Film zu drehen«. Und dabei ging es um einen richtigen Film, der in sämtlichen Kinos auf der ganzen Welt gezeigt werden sollte.

Ich befand mich in Heathrow, dem Ausgangspunkt

meiner Reise nach Hollywood, und hatte den Eindruck, jemand hätte meine Nerven in Benzin getaucht und dann mit einem Streichholz angezündet. Ein mir vertrautes Angstgefühl machte sich in meinem Magen breit, und ich befürchtete, dass dessen Inhalt bald auf meinen Schuhen landete.

Simon lächelte mich mitfühlend an. »Babyschatz. Hab keine Angst. Alles wird gut. Dein Akzent ist großartig.«

»O mein Gott! Der Akzent!«, schluchzte ich und kniff dabei meinen Hintern zusammen.

Hier lag das nächste Problem, ich sollte im Film eine Kalifornierin darstellen – in L. A. Ich war aber keine Kalifornierin, ich wurde in einem kleinen Bezirk südlich von Croydon geboren. Und obwohl ich in Croydon das Licht der Welt erblickt hatte, sah ich ganz und gar nicht wie Kate Moss aus. Eher wie Coleen Nolan. Und vor der Linse sieht man noch mal zehn Pfund schwerer aus.

»Simon, ich glaube, ich brauche ein Klo.«

»Nicht doch, Baby, du brauchst keine Angst zu haben, atme einfach und denk positiv!« Er begann meinen Rücken zu streicheln. »Du bist ganz hervorragend. Hervorragend. Hervorragend als Schauspielerin und was den Akzent betrifft. Und wenn's darum geht, einen zu blasen, bist du auch ganz hervorragend.«

Für diese Bemerkung knuffte ich ihn in den Magen. Das entwickelte sich zu einem Marathongag. Als Simon und ich ein Paar wurden, war ich lange, lange Zeit Single gewesen und hatte über ein Jahr keinen Sex gehabt. Und so war unser Sex anfangs ein wenig unbeholfen. Als wir uns das erste Mal gegenseitig auszogen, fühlten wir uns nicht ganz wohl dabei. Ich benahm mich so, wie ich mich benahm, als ich das erste Mal in einen Sexshop ging. Ständig musste ich kichern und riss schmutzige Witze. Eine Schande, denn ich wollte unbedingt einen sittsamen Eindruck machen. Ich wollte alles in den Schatten stellen, was Simon zuvor erlebt hatte. Als ich dann seinen Penis umschlossen hielt, ertappte ich mich dabei, obendrauf zu klopfen und zu sagen: »Test, Test, eins, zwei, drei.« Danach sang ich dann eine Strophe von *Sweet Child o' Mine*. Die Nerven, wissen Sie. Und dabei mag ich Guns N'Roses eigentlich gar nicht.

»So und jetzt möchte ich dir das hier geben.« Simon zog ein Bündel Dollarnoten aus seiner Gesäßtasche. »Damit du dir wegen des Geldes keine Sorgen zu machen brauchst und dir am Flughafen ein Taxi leisten kannst.«

»Du brauchst mir kein Geld zu geben, Baby.«

»Nun nimm schon, Sare, nimm das Geld.«

»Nicht nötig. Ich brauche es nicht.«

»Dann kauf dir was Hübsches.«

»Du redest wie ein Chef, der seine Sekretärin nötigt.«

»Ja«, sagte er und klang höchst zufrieden. »Tu dir was Gutes, Mausilein.«

»Steck es weg, Simon! Du siehst aus, als wolltest du mich zur Unzucht auffordern.«

»Stimmt. Wie wär's, wenn du mir einen deiner fantastischen Blowjobs angedeihen ließest?«

»Simon!«

»Ich will das Geld nicht!« Er warf es auf den Boden.

»Ich heb es nicht auf«, sagte ich.

Aber man kann schließlich nicht zusehen, wenn gutes Geld verkommt, und binnen zweieinviertel Sekunden lag ich auf Händen und Knien und raffte die Scheine zusammen. Dabei musste ich mich bei der zierlichen jungen Frau entschuldigen, die hinter mir stand. Sie hielt ihren Kettenanhänger fest umklammert – ein Kruzifix.

Als ich mich erhob, hielt Simon sein Filofax und einen Kugelschreiber in der Hand.

»Schreib mir doch bitte deine Hoteladresse auf, Baby.«

»Hm«, sagte ich und nahm ihm den Terminkalender aus der Hand. Er sah so umwerfend aus, dass ich ihm einen kleinen Kuss auf die Lippen drücken musste. »Du bist der wunderbarste Mann auf der ganzen Welt«, ließ ich ihn wissen.

»Ich bin der glücklichste Mann auf der ganzen Welt«, sagte er, legte seine Arme um meine Taille und küsste mich zurück.

»Ich werde dich wahnsinnig vermissen.«

»Oooh, Schatz.«

Wir redeten in Babysprache, denn das macht man so, wenn man verliebt ist.

Ich blätterte in seinem Filofax, um eine leere Seite zu finden, als ein Foto herausfiel.

»Verwahrst du ein Foto von mir in deinem Terminkalender?«, quiekste ich mit meiner Babystimme, hob es auf und erstarrte.

»Was zum Teufel soll das?«, flüsterte ich, definitiv nicht mehr in Babysprache.

»Bloß ein Foto«, sagte er achselzuckend.

Noch jetzt ist es mir unbegreiflich, wie er das sagen konnte.

»Bloß ein Foto!«, wiederholte ich.

Das Foto in Simons Filofax war keins von mir. Es war auch nicht von seiner Mum. Es war auch kein Foto von

Kylie aus ihrem *Can't-Get-You-out-of-My-Head*-Video. Es war das Foto einer jungen Frau namens Ruth. Und sie war in Unterwäsche und nahm eine eindeutige Yogahaltung ein.

Simon mag zwar behaupten, er habe geduldig gewartet, bis mir die Augen dafür geöffnet wurden, dass die Liebe meines Lebens im Nachbarzimmer schlief. Dabei vergaß er aber zu erwähnen, dass er sich die Zeit hauptsächlich mit atemberaubendem Sex vertrieb, und zwar mit einer sehr gelenkigen Schönheit namens Ruth. Und sie war nicht einfach irgendeine Frau. Sie war eine Frau ohne sichtbare Cellulitis, die ihre Zehen berühren konnte. Und es war nicht einfach irgendein altmodischer atemberaubender Sex, es war Sex, bei dem ich Ohrenzeugin war, weil wir eine gemeinsame Wohnung hatten und die Wände dünn waren. Sie waren ein Jahr zusammen gewesen und hatten sich erst ein oder zwei Monate bevor Simon und ich zusammenkamen getrennt. Bis zu diesem Moment hatte ich kaum an sie gedacht. Aber es sollte mir unmöglich werden, sie wieder zu vergessen.

Die Entdeckung dieses Fotos nahm mich arg mit. Einfach ausgedrückt, ich drehte deswegen fast durch. Also gut, nicht nur fast, völlig. Wenn ich den Zeitpunkt benennen müsste, an dem ich mich in den Albtraum einer durchgeknallten Frau zu verwandeln begann, dann war es wohl dieser. Nicht dass es gleich geschah. Es war keine Verwandlung wie bei Superman. Es war eine langsame Metamorphose.

Aber was sollte ich sagen, als ich es entdeckte? Ach wie reizend, Schatz, du hast das Foto deiner halb nackten Exfreundin in deinem Filofax. Hübsches Höschen! Sollen wir es nicht rahmen und im Wohnzimmer aufhängen?

Aber ich sagte gar nichts.

»Was ist denn los, Sare?«, fragte er. »Es ist ein hübsches Foto. Du bist doch nicht eifersüchtig, oder?«

Ich schüttelte meinen Kopf, und zum Glück nickte die kräftig geschminkte Frau vom Schalter mir in dem Moment zu.

10

Bevor das Flugzeug abhob, war ich verständlicherweise ziemlich durcheinander. Mal abgesehen von dem schrecklichen Foto, das ich gerade entdeckt hatte, und dem peinlichen Zwischenfall bei der Gepäckdurchleuchtung, während der eine Dame meine Canesten Creme und die Packung Immodium hochhielt und mich bat, beides in je eine durchsichtige Plastiktüte zu packen, hatte ich noch ein weiteres Problem entdeckt, das mit dem Fliegen nach L.A. zum Filmen verbunden war: das Fliegen.

Bin ich eigentlich die einzige Person, der aufgefallen ist, dass da was nicht stimmen kann? Ein Flugzeug wiegt fast neunhunderttausend Pfund. (Warum muss ich mir diese Fakten auch über Wikipedia beschaffen?) Neunhunderttausend Pfund, das ist ganz schön schwer. Meiner Erfahrung nach bleiben schwere Dinge nicht in der Luft. Sie haben die Neigung, mit großer Geschwindigkeit nach unten zu plumpsen, bevor sie dumpf aufschlagen. Mehr brauche ich wohl nicht zu sagen.

Dass man, um nach L.A. zu kommen, fliegen musste, empfand ich als dickes Haar in der Suppe, oder, realistischer gesprochen, als Taube im Triebwerk. Das kommt tatsächlich vor. Wikipedia wies mich darauf hin. Manchmal fliegen Tauben ins Triebwerk. Und wenn sie das tun, fällt das Triebwerk aus. Der betrunkene Pilot kriegt das natürlich nicht mit. Verwirrt blinzelt er in den Nebel. Die Stewardessen versuchen, die kleinen Leuchtschriften ZIGARETTE-HAT-IN-DER-TOILETTE-FEUER-GEFANGEN auszuschalten. Die Passagiere niesen, weil sie sich mit Schweinegrippe angesteckt haben. Dann erheben sich die Flugzeugentführer.

Vermutlich hätte ich den Simon machen und was Positives denken sollen, anstatt vor dem Start in einem Flugzeug zu sitzen und mir Gedanken wegen der kommerziellen Luftfahrtlogistik zu machen. Aber ich war wegen des Fotos so wütend auf ihn, dass ich mich seinetwegen weigerte, das Ganze von der positiven Seite zu sehen. Und weil sich unser Abflug verzögerte, hatte ich lange Zeit, im eigenen Saft zu schmoren. Wir mussten noch auf einen Passagier warten, der zwar eingecheckt hatte, dann aber verschwunden war. Also, Busse warten nicht. Die halten ohnehin selten an. Auch Züge warten nicht einfach die paar Minuten, die du brauchst, um dir einen Kaffee für unterwegs zu holen. Doch wir standen da und warteten auf jemanden, bis dieser oder diese mit dem Duty Free Shopping fertig war! Die junge Frau aus der Warteschlange saß auf dem Sitz neben mir. Auch sie machte einen sehr verängstigten Eindruck. Sie hatte seit dem Einsteigen ihr kleines Kruzifix nicht mehr losgelassen. Vermutlich wusste auch sie von den Tauben.

Wenigstens saß ich in der ersten Klasse und hatte ein Glas Champagner vor mir. Ich liebe Champagner. Welche einigermaßen vernünftige Frau tut das nicht? Ich kenne keine. Davon wird mir immer ganz leicht im Kopf, und ich fühle mich wohl wie in einem Sprudelbad. Obwohl die Wirkung in diesem Fall ungewöhnlich lang auf sich warten ließ. Doch da ich großzügig daran glaubte, dass sie irgendwann schon noch einsetzte, trank ich einen großen perlenden Schluck nach dem anderen – aus einem Glasglas, nicht aus einem Plastikglas. Ich schnippte zur Probe mit meinem Fingernagel dagegen. Und als ich das tat, kam der gut aussehende Steward mit einer geöffneten Champagnerflasche über den Gang auf mich zugeeilt.

»Notfall«, keuchte er, als er bei mir ankam.

Ich schaute unauffällig auf die junge Frau mit dem Kruzifix. Sie sah aus, als würde sie sich gleich in die Hose machen.

»Sie brauchen einen Nachschlag?«

Lächelnd füllte der Steward mein Glas nach.

»Ich liebe die erste Klasse«, trällerte ich zur Melodie von *I Love Paris*.

»Ich bin Brian«, stellte er sich vor.

Er war groß, hatte dunkle Haare, ein breites, unwiderstehliches Grinsen und sehr schöne Zähne.

»Sarah.«

Ich wandte mich mit einem Lächeln der jungen Frau neben mir zu, aber sie hatte sich scheinbar ins Gebet vertieft. Zu mir hätte eine Sitznachbarin, die Männer ausstehen konnte und gern dem Alkohol zusprach, besser gepasst. Diese war ein komisches kleines Ding. Sie hatte ein hübsches Gesicht, zarte Züge und strahlend blaue Augen, trug aber einen französischen Zopf und eine hochgeschlossene weiße Bluse. Ein interessanter Look. Erinnerte sehr an die Kirche Jesu Christi der Heiligen der Letzten Tage, vor allem wegen des Betens.

Ich griff nach meiner Digitalkamera und ging die Fotos durch, die wir am letzten Abend gemacht hatten. Im Grunde waren darauf nur ineinander verwobene Gliedmaßen zu sehen. Aber auf einem hatte ich meine Beine um Simons Hals geschlungen. Das war eins meiner Lieblingsfotos. Simon sah umwerfend aus und meine Beine aus diesem Blickwinkel beinahe dünn. Dann gab es noch eins vom aufrecht stehenden Simon mit einer Banane vor seinen Genitalien. Und eins von Simon, wie er die Banane aß und seine Genitalien zeigte. Ich war hin und weg von meiner Digitalkamera gewesen. Und jetzt war ich drauf und dran, alle Fotos zu löschen. Digitalkameras hatten auf meiner Liste der Lieblingsdinge sofort einen Platz zwischen Stützstrumpfhosen und Schweinebratenkruste eingenommen. Sie erinnerten mich nur noch an dieses widerliche Foto, das Simon vermutlich damit aufgenommen hatte.

»Wie sieht's aus, noch ein Glas Blubberwasser? Oder möchten Sie vielleicht zu was Stärkerem übergehen? Ein Gin Tonic vielleicht oder eine Bloody Mary?«, erkundigte sich der auf dem Boden neben mir kniende Brian.

»Hm.« Keine leichte Frage. Ich setzte mein nachdenkliches Gesicht auf.

»Also, ich werde Ihr Glas jetzt erst mal mit Schampus auffüllen, vor dem Essen werde ich Ihnen dann eine nette Bloody Mary …«

Er sprach seinen Satz nicht zu Ende. Ganz offensichtlich hatte mir die Ankunft des verspäteten Passagiers seine Aufmerksamkeit gestohlen.

»Oh, ist man endlich fertig mit Shoppen?«, flötete ich Brian zu.

Es sollte verschwörerisch klingen, kam aber recht laut rüber. Also gut, sehr laut. So laut, dass die fromme junge Frau von ihrem Gebet aufsah und zu kichern begann. Ich erwähnte, dass ich mich dank Champagner immer so angenehm leicht fühle. Ich vergaß hinzuzufügen, dass ich laut werde. Eigentlich werde ich sogar ZUERST LAUT! Genau, in Großbuchstaben – mit einem Gefahrenzeichen. Ich kämpfte gegen den Drang an, mich bei allen zu entschuldigen. Ich war überdreht. Die erste Klasse zermürbt einen Neuling. Ständig musste ich daran denken, dass bestimmt gleich jemand kam, um mir auf die Schulter zu tippen und zu sagen: »Gehen Sie zurück auf Ihren Platz.«

Nach der ganzen Warterei hatte ich insgeheim gehofft, dass der Neuankömmling Anne Robinson oder Simon Cowell wäre. Was mich an der ersten Klasse wirklich enttäuscht, sind die fehlenden Promis und die in Überzahl vorhandenen dicken Geschäftsleute mit Tendenz zur Vollglatze.

Ich beugte mich auf den Gang hinaus in der Hoffnung, ganz aus der Nähe ein Prachtexemplar der zahnärztlichen und plastischen Schönheitschirurgie aus dem Reality-TV zu Gesicht zu bekommen. Aber sobald ich des Spätankömmlings ansichtig wurde, zog ich meinen Kopf zurück auf meinen Sitz und bemerkte, dass mein Atem schneller ging. Er war umwerfend. Es überraschte mich nicht, dass die Maschine auf ihn gewartet hatte. Ich könnte wetten, dass das Flughafenpersonal zu ihm gesagt hat: Lassen Sie sich ruhig Zeit, wie wär's mit einem Croque Monsieur? Relaxen Sie doch erst mal, bevor Sie sich bei Ted Baker umsehen!

Einen derart gut aussehenden Menschen hatte ich noch nicht in Fleisch und Blut gesehen. Dieser Typ war mit Sicherheit Model. Oder Surfer. Oder ein Schauspieler, dessen Idealrolle nur griechischer Gott sein konnte. Er war mindestens eins dreiundachtzig. Breitschultrig und langbeinig. Seine Löwenmähne – blond, ungekämmt – reichte ihm bis auf die Schultern, und seine Bräune kam mit Garantie nicht aus der Tube. Er trug ein ausgewaschenes eng sitzendes T-Shirt mit der Aufschrift SUCK, und bis zu diesem Tag hatte ich noch keine derart perfekt abgetragene Jeans gesehen. Er kam mir bekannt vor, vermutlich kannte ich ihn aus meinen Pubertätsfantasien.

Aber so umwerfend er auch aussah, zufrieden war ich nicht. Ich hätte mir eine berühmte Person gewünscht. Keine schöne Person. Ich befinde mich nicht gern in Gesellschaft gut aussehender Leute. Damit kann ich nicht umgehen. Ich benehme mich dann immer wie ein Volltrottel.

Mein Blick wanderte zu Brian, dem Steward. Er war auch keine Hilfe. Er war wie gebannt. Ich hatte ohnehin schon vermutet, dass er zu reizend war, um hetero zu sein. Der griechische Gott öffnete das Gepäckfach über mir. Sein Unterleib befand sich ein wenig über meiner Augenhöhe. Rasch wandte ich meinen Blick ab und vertiefte mich in das Unterhaltungsprogramm für den Flug auf meinem Schoß. Dabei war ich mir seines Unterleibs auch weiterhin sehr bewusst, da dieser sich wirklich sehr dicht neben meinem Kopf befand.

Ich warf einen verstohlenen Blick nach oben, um zu sehen, was er für ein Problem hatte. Er griff in das Gepäckfach, verweilte aber in dieser Bewegung und stand da wie eine Statue. Er starrte mich an. Es sah aus, als befände sich unter der Haut seines Oberarms ein Muskel in der Form einer reifen Orange. Ich versuchte meinen Blick davon zu lösen. Schaute wieder auf meinen Schoß. Spürte jedoch, dass er mich weiterhin ansah.

Am Flughafen hatten mich recht viele Leute angestarrt. Das dürfte wohl an der Pyjamahose gelegen haben, die ich anhatte. Ich war nämlich die Einzige auf dem ganzen Heathrow-Gelände, die die Bequemlichkeit erkannt hat, die das Tragen von Pyjamas während eines Fluges mit sich bringt. Nachdem ich jahrelang versucht hatte, chic auszusehen in der Hoffnung, mir damit ein Upgrade zu erschleichen, hatte ich diesmal begeistert festgestellt, dass es gar nicht nötig war. Also reiste ich in den bequemsten Klamotten, die Primark zu bieten hatte.

Ich hörte den griechischen Gott sagen: »Hey.«

Er hatte eine tiefe männliche Stimme und einen leicht schleppenden amerikanischen Tonfall. Ich ging davon aus, dass er Brian meinte. Da ich es nicht über mich brachte, ihn noch mal anzusehen, stierte ich weiter auf meinen Schoß. Das Magazin mit dem Unterhaltungsprogramm für den Flug war einfach zu fesselnd.

»Hey«, sagte er, lauter diesmal. »Wie heißen Sie?«

Zwar wusste ich, dass er unmöglich mich meinen konnte, beschloss aber doch, ein Auge zu riskieren, wenn auch ganz zwanglos. Ich hob meinen Kopf und warf mein Haar zurück. Seine Augen waren auf meine gerichtet! Er redete mit MIR! Er wartete auf eine Antwort.

Scheiße! Wie hieß ich noch mal? Seine Mundwinkel umspielte ein amüsiertes Lächeln.

»Oh, Sarah … Sarah … Sarah … S…S…S… Sarah Sargeant«, antwortete ich.

Im Bemühen, ganz cool zu klingen, hörte ich mich an wie ein Zwölfjähriger vor dem Stimmbruch, der Kippen zu kaufen versucht.

»Hi.« Er nickte mir zu. »Ich bin Leo. Leo Clement.«

Ich sagte nicht: »Das ist aber ein verdammt cooler Name«, was unter den gegebenen Umständen schon eine bemerkenswerte Leistung war. Doch auf meine tatsächliche Reaktion, nämlich mit den Worten »Entschuldigen Sie mich bitte, ich muss aufs Klo« wegzurennen, konnte ich auch nicht gerade stolz sein.

Ich hatte die Toilette schon fast erreicht, da hörte ich ihn schleppend sagen: »Sie haben da was fallen lassen, Sarah Sargeant.«

»Oh, was denn?« Ich drehte mich um.

Ich war inzwischen richtig cool. Hatte endlich begriffen, wie man das machte.

Er hielt mir etwas mit seiner ausgestreckten Hand entgegen. Ich spinkste darauf. Es war die durchsichtige Tüte mit der Canesten Creme. Sie war offenbar aus meiner Handtasche gefallen. Ich schnappte sie mir, vergaß, dass ich auf die Toilette musste, und eilte zurück zu meinem Sitzplatz. Mein einziger Gedanke war: Jetzt wird die ganze erste Klasse denken, ich habe Scheidenpilze! Irgendwie hätte ich mich in der Economy-Klasse wohler gefühlt.

Mit hochrotem Kopf setzte ich mich. Die junge Frau neben mir streckte ihre Hand aus und legte sie mir sanft auf den Arm.

»Sagtest du … sagten Sie gerade, Sie heißen Sarah Sargeant?«, sprach sie mich mit einem anderen amerikanischen Akzent an.

»Ja«, gab ich lächelnd zurück, in der Hoffnung, sie werde mich nicht zu meinen Scheidenpilzen befragen. Mir war das so peinlich, dass ich zitterte.

»Wir werden zusammenarbeiten. Ich heiße Erin Schneider. Ich spiele auch in dem Nigels-Film mit.«

»Das ist ja unglaublich! Schön, dich kennenzulernen! Bist du aufgeregt?«, gab ich, sie gleich zwanglos duzend, zurück.

»Ja, und wie.«

»O mein Gott, ich auch. Ich mache mir vor Angst fast in die Hose, weil ich für Eamonn Nigels arbeiten werde!« Ich merkte, dass ich wie ein Wasserfall redete, aber schließlich lag ein großes gemeinsames Abenteuer vor uns.

»Ich habe dieselbe Kamera.« Lächelnd nickte sie in Richtung meiner Panasonic. »Macht tolle Bilder.«

»Hm. Also ich bin mir im Moment da nicht mehr so sicher …«

Endlich glitt das Flugzeug über die Startbahn. Erin holte tief Luft und griff wieder nach ihrem Kreuz.

»Oh, tut mir leid, meine Liebe, ich rede dummes Zeug. Bete ruhig weiter«, sagte ich.

Und ich hoffte, dass mir ein freundliches und verständnisvolles Lächeln gelungen war.

Für den Start nahm Brian mir den Champagner weg. Sehr ärgerlich. Ich lehnte mich in meinen Sitz zurück, schloss die Augen und versuchte mir einzureden, in einem ganz sicheren Zug zu sitzen. Ich weiß nicht, wie lange ich so angespannt dasaß, bis mich jemand mit »Hey« ansprach. Es war Leo Clement, den ich an seiner tiefen Cowboystimme erkannte. Ich öffnete ein Auge. Er beugte sich über seine Rückenlehne, was sehr ungezogen von ihm war, denn das Anschnallzeichen war noch nicht erloschen.

»Wir sind in den Wolken«, sagte er und richtete seinen Blick dabei aufs Flugzeugfenster.

Tatsächlich. Wir stießen gerade durch die Wolkendecke.

»Von mir wird behauptet, ich sei immer in den Wolken«, erwiderte ich lächelnd.

Dabei blieb es. Brian sagte ihm, er solle sich hinsetzen.

11

Sobald sich ein schlimmer Gedanke bei mir eingenistet hat, versteht mein Geist es nur zu gut, sich dieses Gedankens zu bemächtigen und ihn dank künstlicher Befruchtung so lange zu vermehren, bis aus ihm tausend schlimme Gedankensprösslinge hervorgegangen sind.

Da denke ich beispielsweise: Mist, ich bin pleite. Binnen etwa viereinhalb Sekunden tauchen auch schon andere Gedanken in meinem Kopf auf. Ich kann meine Miete nicht bezahlen, es wird zur Zwangsräumung kommen, ich werde mich um einen anständigen Job kümmern müssen, damit ich aus den Schulden rauskomme, ich kann überhaupt nichts. Ich werde am King's Cross enden und dort für Geld Blowjobs machen, obwohl ich selbst darin nicht besonders gut bin. Und dann fange ich an zu weinen.

Auf diesem Flug lernte ich eine wichtige Lektion. Alkohol sorgt dafür, dass schlimme Gedanken sich noch schneller vermehren. So gut ich mich auch mit Brian verstand, den Dessertwein zur Schokogötterspeise hätte ich besser sein lassen. Und den Portwein hätte ich auch nicht gebraucht, den er mir unbedingt zu meinem Käse und den Biskuits hatte aufdrängen müssen. Verzweifelt versuchte ich die schlüpfrigen Fantasien, Simon und Ruth betreffend, zu verdrängen. Sie waren einfach zu schrecklich.

»So, mein Engel, lassen Sie es sich schmecken«, sagte Brian, als er mir meinen vierten, vielleicht auch fünften Gang vorsetzte. »Oho, was sehe ich da für eine Leidensmiene, Täubchen?«

»Es ist nichts«, sagte ich lächelnd. »Danke.«

»Mir können Sie's doch sagen. Sie wissen ja, geteiltes Leid ist halbes Leid.«

»Nein, ist schon gut, Brian. Sie werden sich doch nicht meinetwegen langweilen wollen.«

»Um Himmels willen, nein! Sie werden mich nicht langweilen. Nun kommen Sie schon, reden Sie es sich von der Seele.«

Ich sah ihn seufzend an.

»Nein, es ist einfach zu schrecklich.«

»Männerprobleme?«

»Hmm.«

»Wer ist der Mann?«

»Er heißt Simon.«

»Ist er ein Rohling?«, fragte er theatralisch.

»Nein«, kicherte ich. »Er ist reizend.«

Ich griff nach meiner Digitalkamera und zeigte ihm ein Foto von Simon. Es war das mit der Banane, das weniger zweideutige. Brian war regelrecht beeindruckt.

»Also gut. Wo liegt das Problem?«

Ich holte tief Luft. Eigentlich wollte ich nichts sagen, tat es dann aber doch.

»Ich entdeckte ein Foto in seinem Terminkalender.«

Brian nickte auf angenehm einfühlsame Weise. Ich holte noch mal tief Luft, bevor ich weiterredete.

»Es war von seiner Ex.« Ich hielt inne und versuchte Ruhe zu bewahren. »Sie macht darauf gerade den Hund.«

Ich glaube, Brian versuchte, ein Lächeln zu unterdrücken. Mir fiel auf, dass er seine Wangen einsaugen musste, bevor er wieder sprach.

»Was ist ›der Hund‹?«

Normalerweise würde ich nach einem schweren Abendessen in einem Flugzeug keine Yogastellung demonstrieren, aber Brians unverhohlener Mangel an Mitgefühl zwang mich, es doch zu tun. Ich warf einen prüfenden Blick auf meine Nachbarn. Erin schlief fest, und Leo Clement hatte sich in seinen Sitz zurückgelegt und seine Augenmaske auf. Er sah aus wie eine Fledermaus (wenn man es freundlich meinte) oder wie ein Trottel (wenn nicht). Ich ging auf dem Gang zu Boden, legte meine Hände vor meinen Füßen ab und streckte dann meinen Hintern in die Luft.

»Autsch, Mist«, murmelte ich, weil diese indischen Positionen ungewohnt für mich waren. »Aahhh, leck mich!«

»Du bist nicht mein Typ, Schätzchen«, sagte Brian ganz im Stil von Julian Clary. Und dann in professionellem Ton: »Oh, entschuldigen Sie vielmals, Sir. Ich habe unserer Sarah ein paar Dehnübungen aufgegeben. Auf einem Langstreckenflug sind Dehnübungen sehr zu empfehlen. Soll ich Ihnen vielleicht auch welche zeigen?«

Ich guckte zwischen meinen Beinen hindurch und sah einen der übergewichtigen Geschäftsleute den Kopf schütteln, bevor er rasch kehrtmachte und sich eine andere Route zurück zu seinem Sitz suchte.

»Was hatte sie denn auf dem Foto an?«

»Höschen und BH«, sagte ich verächtlich.

»Oh.«

»Genau! Es ist ein Yogaporno.«

Ich brach auf dem Boden zusammen und schaute hoch zu Brian, der kopfschüttelnd über mir stand.

»Und was sagte er zu dem Foto?«

»Er meinte, es sei ein hübsches Foto, und deshalb habe er es behalten.«

»War es denn ein hübsches Foto?«

»Na ja, hinter ihr sieht man einen Sonnenuntergang und so«, sagte ich, nachdem ich einen Moment nachgedacht hatte. »Aber es ist trotzdem ein Foto von IHR, wie sie ihren verdammten Arsch in die Luft reckt!«

»Was hat er sonst noch gesagt?«

»Er sagte, ich sei …« Ich schnaubte. Es war so was von lächerlich, dass er das gesagt hatte. »… eifersüchtig«, beendete ich meinen Satz mit einem boshaften Lachen.

Mir fiel auf, dass Brian wieder Probleme mit seiner Wangenmimik hatte. Ich sah darüber hinweg.

»Ich habe eine Idee.«

»Ja?«

»Ich werde Sie fotografieren, wie Sie den Hund machen. Das lassen Sie dann entwickeln und legen es ihm in seinen Terminkalender. Er wird das bestimmt süß und lustig finden.«

»Okay«, sagte ich und reichte ihm meine Kamera. »Ach ja, nehmen Sie mich auch noch mit meinem Mobiltelefon auf?«

»Gutes Mädchen«, sagte er stolz, als ich mit in die Luft gerecktem Po wieder auf dem Boden hockte. »Wissen Sie, das ist viel gesünder, als das Foto zu nehmen und über ihren Haaren zu verbrennen.«

»Brian?«

»Hm.«

»Ich habe das Gefühl, als würden wir uns schon eine Ewigkeit kennen.«

»Komisch, nicht?«

»Brian?«

»Hmmm?«

»Das mit dem Haareverbrennen …«

»Was ist damit?«

»Das würde mir auch gefallen.«

12

Ich landete also am Flughafen von Los Angeles, LAX, wie die Amerikaner ihn nennen. Ein grotesker Spitzname. Denn wie ich feststellen musste, als mich ein Beamter der Flughafenpolizei durch den Flughafen führte, ging es dort ganz und gar nicht lax zu.

»Tschuldigung, aber könnten Sie vielleicht den Griff um meinen Arm etwas lockern?«, jammerte ich, denn der Mann vom Sicherheitsdienst hatte einen Griff wie ein Krebs.

»Ich habe den Befehl, Sie aus dem Flughafengebäude zu begleiten, Ma'am«, erwiderte er nicht sehr freundlich.

»Ich habe doch nur ein Foto gemacht.«

»Fotografieren im Flughafen ist bei uns nicht gestattet, Ma'am.«

Mir gefiel es auch nicht, »Ma'am« genannt zu werden, denn schließlich bin ich nicht die Queen.

»Ich habe aber keine entsprechenden Schilder gesehen«, brummelte ich.

Ich hatte schließlich nur ein Foto von Erin gemacht, wie sie durch die Einreisekontrolle ging. Ein kunstvolles Foto. Darauf waren ihr kleines Gesicht mit seinem »Ich-bin-gerade-einer-Sekte-entkommen«-Ausdruck und der Hinterkopf des Mannes von der Einwanderungsbehörde sowie ihr Pass zu sehen. Es war so ein Foto, wie man es in den Zeitschriften findet, die bei Trendfriseuren ausliegen. Egal, der Anblick meiner Digitalkamera setzte jedenfalls die Kontrollmaschinerie in Gang. Mit dem Ziel, zu beweisen, dass die Kamera böse war. Doch immerhin verdanke ich diesem Vorfall, dass ich sehr schnell zum Ausgang des Flughafens kam.

Wir gingen unter dem Exit-Schild nach draußen, und die erste Person, die ich sah, war Rachel Bird, Eamonn Nigels' Freundin, die gekommen war, um mich abzuholen. Ich hatte die gleiche Schule besucht wie Rachel, wenngleich wir damals eigentlich nichts miteinander zu tun hatten, da sie zwei Jahrgänge über mir war. Ein Jahr zuvor waren wir uns zufällig über den Weg gelaufen, und ich hatte sie dann, von meiner Seite aus völlig unbeabsichtigt, mit Eamonn bekannt gemacht. (In einem Sadomaso-Klub. Doch das ist eine andere lange Geschichte.)

Sie wartete vor dem LAX auf mich in den kürzesten ausgefransten Shorts, die ich je gesehen habe. Im Vergleich dazu wurde für Slips von Marks & Spencer eine Menge Stoff verarbeitet. Sie muss ihre Bikinizone mit Wachs enthaart haben, um die überhaupt tragen zu können. Sie sah sagenhaft aus. Die Kuh. Lange gebräunte Beine, besagte nicht existente Shorts und ein weißes Westchen über einem gemusterten Bikinioberteil, dessen Inhalt sich nach einer gelungenen Brustvergrößerung sehen lassen konnte.

Der Mann vom Sicherheitsdienst verstärkte den Griff und zog seinen Burger-Bauch ein, als er sie sah.

»Sarah«, stieß Rachel Bird hervor und sah mich an.

»Oh, ich hatte eine Ladung Dro…«

Ich konnte mich gerade noch zurückhalten, den Satz zu vervollständigen. Zum Glück. Ich glaube nicht, dass LAX sich die Chance einer Leibesvisitation und einer Geldstrafe wegen Vergeudung kostbarer Polizeizeit hätte entgehen lassen.

»Ist das Ihre Freundin, Ma'am?«

»Ja. Sie hat wohl vergessen, ihre Shorts anzuziehen.«

Der Mann vom Sicherheitsdienst überprüfte doch tatsächlich seinen Atem, indem er in seine Hand hauchte. Unglaublich.

»Sarah! Was ist los?«

Rachel war wirklich besorgt. Alle Blicke waren auf mich gerichtet. Und ich wäre so gern meinen Satz über die Drogen in meiner Muschi losgeworden. Der Griff des Mannes lockerte sich, als wir uns Rachel näherten.

»Könnte ich bitte meine Kamera zurückbekommen?«

»Erst muss ich überprüfen, was Sie damit aufgenommen haben.«

Er schaltete meine Kamera ein und ging meine Fotos durch. Als er zu dem kam, auf dem meine Beine so dünn aussahen, meinte er: »Mamma mia.« Endlich kam er zum Ende. Er löschte das letzte Bild und gab mir die Panasonic mit einem Augenzwinkern zurück. Rachel und ich bewegten uns auf den Ausgang zu.

»Sarah, du wurdest gerade in Begleitung von Sicherheitspersonal durch den LAX geführt und trägst außerdem einen Pyjama.«

»Ja, das weiß ich, Rachel. Aber wie geht es dir?«

»Gut.«

Wir traten aus dem Flughafengebäude, und da war es. Dieses Ding, von dem man gern vergisst, dass es für den Rest der Menschheit Alltag ist. Die Sonne. Die strahlende Sonne. Es war Mittagszeit, und da war sie, schien stolz von einem wolkenlosen Himmel. Ich öffnete meine Arme weit, schloss meine Augen und sonnte mich einen Moment.

»Sarah. Sieh zu, dass du in den Wagen kommst. Du siehst aus wie eine Irre.«

»Stell dir vor Rachel, Erin Schneider war mit mir im Flugzeug. Sie spielt auch im Film mit. Sollten wir sie nicht mitnehmen?«

»Unter gar keinen Umständen werde ich dieses christliche Gör irgendwohin mitnehmen«, ereiferte sie sich und beschleunigte ihren Schritt. Dann schloss sie die Tür eines cremefarbenen Sportwagens auf. So einen Wagen hatte ich bisher nur in Hip-Hop-Videos gesehen.

»Lebe den Traum!«, murmelte ich, während ich die Karosserie streichelte.

Kaum war ich eingestiegen, fuhr Rachel bereits im vierten Gang und überholte jemanden auf dem Standstreifen.

»Verflucht, was soll das, Rachel?«, kreischte ich, den Kopf in die Nackenstütze gepresst.

»Ich liebe dieses Auto!«, schrie sie und lächelte mich an.

»Und ich liebe mein Leben!«, wimmerte ich neben ihr.

Ich wollte mir einen ersten Eindruck von L.A. verschaffen, aber bis jetzt sah ich nur Haarsträhnen vor meinem Gesicht. Vor einer Ampel blieben wir stehen.

»Haben wir gewonnen?«, fragte ich sie.

»Wie bitte?«

»Den Grand Prix.«

Rachel lächelte.

»Es geht hier nur langsam voran. Zu viel Verkehr.«

»Pah. Woher kennst du denn Erin?«

»Erinner mich nicht dran«, sagte Rachel schaudernd.

»Erzähl es mir, Rachel.«

»Das war in meinem früheren Leben.«

»Ach du liebe Zeit. Redest du vom ausschweifenden Leben einer ehemaligen Klosterschülerin?«

»Genau das. Ihr Dad ist Pastor oder wie immer man das hier nennt. In New York. Und er hat mich beim Sex in seiner Kirche erwischt.«

»Ich kann nicht glauben, dass du so was gemacht hast«, flüsterte ich entsetzt.

Rachel und ich hatten keine normale Schule besucht, wir waren auf einer Klosterschule gewesen, von Nonnen unterrichtet. Und ich kann mich ganz sicher nicht daran erinnern, dass sie uns was von Schäferstündchen an geheiligten Orten erzählt hatten.

»Ich ging da mit einem Typen, der dort wohnte. Uns war langweilig. Erins Dad ist so was wie ein Promi-Prediger, und wir fanden es lustig, ein Nümmerchen in seiner Kirche zu schieben.«

»Aha.«

»Die beste Tageszeit für ein Nümmerchen in einer Kirche ist im Allgemeinen die Mittagszeit. Der Geistliche isst gern, und so hat man normalerweise seine Ruhe.«

»Ein guter Tipp fürs Leben.«

»Aber nicht so Erins Vater. Erins Vater spürte, dass in seiner Kirche ein paar Seelen gerettet werden mussten. Er kam aus seiner Wohnung und verlangte, dass wir uns anzogen und danach gemeinsam mit ihm aßen. Also saßen wir wie die heilige Familie zum Essen um den Tisch.«

»Aber der Pastor hatte deine Genitalien gesehen!«, würgte ich heraus.

»Hm. Da hat Erin mich mit diesem ›Du-wirst-in-der-Hölle-verrotten‹-Lächeln angesehen und gesagt: ›Es ist nie zu spät, Gott zu finden, weißt du, er hört dir immer zu.‹ Oder irgendwas in der Art. Jedenfalls erwiderte ich darauf: ›Wir haben doch nur versucht, meinen G-Punkt zu finden.‹ Aber das war eine Antwort, die nicht gut an kommt, wenn man mit einer fünfzehnjährigen Pastorentochter beim Mittagessen sitzt. Also baten sie uns, zu gehen. Weißt du, erst haben sie uns gegen unseren Willen gezwungen, mit ihnen zu Mittag zu essen, obwohl wir nicht mal Hunger hatten – wir hatten nämlich den ganzen Tag gekokst. Und dann sollten wir plötzlich gehen.«

»Ich fand sie ziemlich nett.«

»Das ist gut, denn du bist mit ihr im selben Hotel.«

»Wird das für dich nicht ein wenig seltsam, wenn du sie wiedersiehst?«

»Ich bezweifle, dass sie mich wiedererkennt. Ich hatte damals einen schwarzen Bob. Aber ich werde sie garantiert wiedererkennen.«

»Jetzt erzähl mir, wie es mit Eamonn läuft.«

»Ach Sarah, es ist schrecklich.«

»Wieso?«

»Ich sehe ihn überhaupt nicht mehr. Er arbeitet den ganzen Tag.«

»Er ist hier, um einen Film zu drehen, Rachel!«

»Ja, schon, aber in London hatten wir so viel Zeit zusammen. Es war himmlisch. Jetzt kriege ich nur noch den müden Eamonn zu Gesicht, der abends neben mir ins Bett fällt.«

»Das ist sicher nur vorübergehend.«

»Hm«, stimmte sie mir traurig zu.

Wir schwiegen eine Weile. Ich musste an Simon und dieses verdammte Foto denken.

»Was ist *The Secret*?«

»Ein Selbsthilfebuch.«

»Nein! Das Geheimnis einer guten Beziehung.«

»Weiß nicht.« Sie überlegte einen Moment. »Oh, Eamonn hat es gern, wenn ich ihn an dem Stückchen zwischen seinen Eiern an …«

»Rachel! Das meinte ich nicht.«

»Was meinst du dann?«

»Ich … äh … ich weiß auch nicht so recht, aber ich glaube nicht, dass die Antwort im Geschlechtsverkehr liegt.«

Rachel sah mich mit hochgezogener Braue an. »Da wärst du aber überrascht.«

Wir waren in eine geschäftige zweispurige Küstenstraße eingebogen. Das hier war *Baywatch, Beverly Hills 90210* und *The Lost Boys* zusammen und ich mitten drin. Ich hatte das Gefühl, mich auszukennen, weil ich diese Straße so oft im Fernsehen gesehen hatte. Das Tollste an L.A. waren aber weder die Sonne noch der Ozean, sondern die Tatsache, dass hier jeder wie Rachel Bird aussah. Kein Hässlicher weit und breit. Und hätte man Punkte für Attraktivität verliehen, hätte keiner weniger als acht von zehn Punkten bekommen. Die Frauen waren alle gleichmäßig gebräunt, hatten lange schlanke Beine und liefen mit Yogamatten unterm Arm herum, nein, Moment, viel cooler, es waren Surfbretter. Und die Männer. Die Männer! Entweder saßen sie mit nacktem Oberkörper auf ihren Fahrrädern oder schlenderten in halb geschlossenen Neoprenanzügen umher. Alle strahlten und waren gebräunt und sahen unvorstellbar gesund aus. Kein Vergleich zu England. Ich fragte mich, ob ich hier jemals heimisch würde.

Plötzlich machte Rachel eine Notbremsung vor einem prachtvollen weißen Gebäude.

»Da wären wir«, sagte sie, sprang aus dem Wagen und ging zum Kofferraum.

Ich blieb wie gebannt sitzen und kriegte vor Staunen

den Mund nicht mehr zu. Das große weiße Gebäude war mein Hotel. Es befand sich am Strand. Man brauchte buchstäblich nur durch die Hoteltür zu gehen, über goldenen Sand zu laufen und in den Pazifik einzutauchen. Ich stieg aus, und Rachel reichte mir meinen Koffer und den Trolley.

»Ich lebe den Traum! Ich lebe den Traum«, rief ich.

»Beruhige dich, Sarah«, erinnerte sie mich matt und umarmte mich dann überraschend herzlich.

»Ich bin so froh, dass du hier bist. Ich werde jetzt zu meinem Yogakurs aufbrechen. Wenn du magst, kannst du mitkommen. Nein? Gut. Ich seh's dir an, dass du kein Yogafan bist. Aber eine wichtige Sache muss ich noch loswerden. Versuch ja nicht zu schlafen, sonst bringt der Jetlag dich um. Bleib wach, solange du kannst. Wir sehen uns dann morgen auf der Willkommensparty.«

»Danke fürs Abholen, Rachel«, sagte ich. Ich stand auf dem Gehweg und winkte ihr zum Abschied.

»Geh verdammt noch mal rein, Sarah. Weißt du überhaupt, wie du aussiehst?«, zischte sie.

»Ich denke, L.A. kann ein wenig Normalität vertragen«, erklärte ich ihr mit den Hüften wackelnd, weil das eindeutig stimmte.

Rachel bedachte mich daraufhin mit einem Blick, der besagte: Du bist geistesgestört, und es gibt nur wenige Orte, an denen ich mich in der Öffentlichkeit mit dir wohlfühle.

Aber das war mir egal.

»Oh, Rachel, was war das noch mal? Diese Stelle zwischen den Eiern und dem …?«

Aber sie ließ den armen Motor bereits wieder aufheulen und hörte mich nicht mehr. Ich verfolgte, wie sie in weniger als einer halben Sekunde von Null auf Hundert beschleunigte.

»Hi, ich bin Sarah Sargeant, ich drehe einen Film in L.A. und wohne in einem Hotel am Strand«, sagte ich mit affektierter Stimme zu mir.

Unter meinem Pyjama trug ich einen schwarzen Schlüpfer und ein kleines Leibchen mit eingearbeitetem BH. Das war meine bequemste Unterwäsche. Für einen elfstündigen Flug wollte ich keine Drähte und Tangastrings am Körper haben. Meine bequeme Unterwäsche ging ohne Peinlichkeit auch als Bikini durch. Ich beschloss, ein wenig durchs Wasser zu waten oder vielleicht sogar ein paar Züge zu schwimmen. Das letzte Mal, dass ich im Meer schwimmen war, war in Eastbourne, und das erforderte Mut und anschließend einen doppelten Brandy.

Vergiss das Einchecken und das Auspacken, sagte ich mir. Mir war nach Sonne und Meer. Ich wünschte mir eine Bräune, die nicht vom Drogisten kam. Also änderte ich meinen Kurs. Keine dreißig Sekunden, und ich lief durch Sand. Verdammt heißen Sand. Ich rannte Richtung Meer, um meine heißen Füße abzukühlen. Suchte mir ein Plätzchen aus, das ich ganz für mich haben konnte. Entkleidete mich. Ließ all meine Sachen auf einem unordentlichen Haufen liegen. Stand mittendrin in den Wellen, die gegen meine Füße klatschten, und hob meine Arme hoch über den Kopf. Es war heißer als in einer Sauna, aber eine sanfte Brise liebkoste meinen Körper. Ich fühlte mich erhaben.

»Das ist der Beginn meines Traums!«, flüsterte ich, und stieß dann ruckartig einen Würgelaut aus.

Ich gelobte mir, in Zukunft auf Anspielungen auf *X-Factor* zu verzichten.

13

Julia hatte als meine beste Freundin darauf bestanden, dass ich mit ihr skypte, sobald irgendwas Wichtiges während meines Aufenthalts in L. A. passierte. Sie dachte an Erlebnisse wie mein erstes Treffen mit der Besetzung, nachdem ich meine erste Szene gedreht hatte, oder ein Date mit George Clooney, der mir zufällig über den Weg gelaufen war und mich zu einem Cocktail nach Mexiko mitgenommen hatte. Sie hatte nicht damit gerechnet, dass ich mit ihr skypen würde, sobald ich mein Hotelzimmer betreten hatte.

»Du liebe Zeit, Sarah!«, kreischte sie, sobald sie mich sah. »Was ist denn mit deinem Gesicht passiert?«

»Ist es so schlimm?«, krächzte ich.

»Carlos, Schatz, komm und sieh dir Sarahs Gesicht an.«

Dieses verdammte Skypen. Carlos' verschwommenes Gesicht tauchte neben dem von Julia auf dem Bildschirm auf. Carlos und Julia gingen seit ein paar Monaten miteinander. Carlos ist ein großer, bulliger Typ. Er ist kein Latino, trotz seines exotischen Namens. Er stammt aus Southgate. Seine Mutter benannte ihn nach einem spanischen Kellner vom Tapas-Restaurant am Bahnhof. Carlos hat mein Zustimmungsnicken als bester Freund bekommen, was ich nur sehr sparsam vergebe. Und wehe, es mag ihn einer nicht, der kriegt es mit mir zu tun, denn er ist so unbeschwert und angenehm. Er lächelt sich durchs Leben wie ein charmanter Cherub. Und er ist ein richtiger DJ. Julia hat schon vorher mit DJs rumgeknutscht, im Allgemeinen Typen mit einer Kiste voller Schallplatten, die sie in den Wohnungen von Freunden abspielten. Aber Carlos legt in großen Klubs auf und wird dafür bezahlt, dass er nach Ibiza kommt. Er ist vermutlich der coolste Mensch, den Julia und ich jemals gesprochen haben, und wirkt dennoch nicht einschüchternd. Er mag Tanzmusik und redet genauso gern Blödsinn wie wir. Er ist großartig.

Schweigend stierten sie in England auf ihren Computer. Beim Gedanken, wie mein Gesicht auf dem Schirm aussehen mochte, zog sich alles in mir zusammen.

»Nun erzähl schon, was passiert ist!«, bedrängte Julia mich.

»Ich bin in der Sonne eingeschlafen.«

»Für wie lange?«

»Eine Ewigkeit.«

»Hattest du dich wenigstens eingecremt?«

»Nein.«

»Tut es weh?«, fragte Carlos.

»Es ist eine einzige Qual.«

Ich versuchte Carlos aus Dank für diese einfühlsame Frage anzulächeln, aber wegen der damit verbundenen Schmerzen wurde es eher zur Grimasse eines Schlaganfallopfers.

Nachdem ich geschwommen war, hatte ich mich zum Trocknen hingelegt, dann kann ich mich erst wieder an die Hand erinnern, die jemand plötzlich auf meine Brust legte. Ich schlug die Augen auf und sah Erin mich abtasten. Nicht, weil sie meinen Körper so toll fand. Nein, sie hatte mich von ihrem Balkon aus gesehen und war besorgt. Sie versuchte, mich mit Sonnencreme einzuschmieren. Leider geschah dies etwa vier Stunden zu spät.

»Aber du bist nicht überall rot, Sare, ein Stück ist noch ganz weiß.«

Julia deutete auf meine rechte Wange. Während meine linke Wange reinstes Tomatenrot war, war die rechte halb Tomatenrot, halb schönstes englisches Weiß. Man lege etwas Blaues neben mich und ich ginge als französische Flagge durch. Offenbar hatte ich mir im Schlaf einen Arm über den Kopf gelegt, denn die Unterseite meines rechten Arms war ebenfalls verbrannt.

»Ich steh auf diesen Look.«

Julia fing zu lachen an. Vielleicht hätte ich dankbar sein sollen, dass es so lange dauerte, bis sie losprustete, denn eigentlich hatte ich damit gerechnet, dass es sofort losging. Aber keine reine Lachnummer zu sein, war wenig tröstlich. Wenn dein Anblick jemandem die Sprache verschlägt, ist das wohl kaum besser.

»Das ist nicht wirklich lustig, Jules«, stellte ich klar.

Julia lacht wie niemand sonst, den ich kenne. Einmal wurde sie sogar aufgefordert, das Kino zu verlassen, weil sie so laut lachte. Ich hatte Verständnis dafür. Die Popcorn, die sie aß, flogen nach allen Seiten.

Jetzt lachte sie so sehr, dass ihr die Nase lief. Sie verschwand vom Bildschirm und tauchte dann mit einem Taschentuch wieder auf; aber als sie sich wieder einigermaßen gefangen hatte, beugte Carlos sich über sie und flüsterte ihr was ins Ohr. Und das löste eine erneute Lachsalve aus.

»Was hat er gesagt?«

Julia schüttelte nur den Kopf, nicht in der Lage zu antworten.

»Was denn?«

»Nichts.«

»Julia!« Jetzt wurde ich wirklich sauer. Die Lächerlichkeit, der man eine Person mit Sonnenbrand aussetzen durfte, hatte ihre Grenzen. »Was hat er gesagt?«

»Er sagte …«

Sie musste aufhören. Es schüttelte sie vor Lachen.

»Jules!«

»Er sagte gerade … o tut mir leid, Sare, du weißt doch, wie das ist, wenn du anfängst und nicht … aufhören kannst. Okay. Er sagte nur …« Sie gab fast auf, hielt aber durch wie ein Nationalgardist und holte tief Luft. »Du hast dieselbe Farbe wie das Paprikahühnchen, das wir zum Essen hatten!«

Im Geiste entzog ich ihm mein Zustimmungsnicken als bester Freund, denn er prustete jetzt auch los. Ich begann, meinen Laptop vor ihren lachenden Gesichtern zuzuklappen.

»Ach, Mann, es tut mir leid«, schrie Julia.

»Hör zu, Jules, ich habe in vierundzwanzig Stunden eine Leseprobe mit der gesamten Besetzung und danach am Abend eine Party. Eine L.A. Filmparty. Und mir tut alles weh. Sieh nur, was ich für Schlitzaugen habe. Das kommt daher, dass sie so geschwollen sind – allein schon das Öffnen tut weh. Und siehst du nicht, dass ich mit geschlossenen Lippen spreche. Weil es eine einzige Qual ist. Und, UND jetzt rate mal, was ich am Flughafen in Simons Terminkalender entdeckt habe?«

»Was denn?«

»Ein Foto von Ruth in Unterwäsche …«

Sie schnappten beide nach Luft.

»Etwa ein obszönes?«, fragte Julia – für meinen Geschmack ein wenig zu genüsslich.

»Nein, sie machte Yoga. Ihr Hintern war in der Luft. Keine Cellulitis. Überhaupt keine. Als hätte man sie retuschiert. Dieses Miststück.«

Gut, ich bedauere, dies gesagt zu haben, denn Ruth war eigentlich kein Miststück. Sie war bloß nicht die Warmherzigste. Sie arbeitete im Finanzwesen, war überaus karrierebewusst und gut organisiert. Aber ein Miststück war sie nicht. Ich hätte das nicht sagen dürfen. Zumal einen der Begriff »Miststück« süchtig machen kann.

»Hm. Gelenkiges Miststück«, stimmte Julia mir zu.

»Warum hat er sich von ihr getrennt?«, wollte Carlos wissen.

Julia und ich sahen einander mit großen Augen an. Das war wieder eine lange Geschichte. Aber im Wesentlichen ging es dabei um eine Hochzeit, bei der Julia sich an Simon rangeschmissen hatte. Sie knutschten ein bisschen. Eine kurze Knutscherei im Suff. Aber Ruth kam dahinter. Doch keine von uns war willens, diese Information an Carlos weiterzugeben.

»Ach, so genau weiß ich das nicht, sie waren einfach nicht füreinander geschaffen«, brummelte ich.

»Ja«, stimmte Julia mir zu. »Und sie kann keine Kinder bekommen, aber er wollte eine Familie gründen. Er meinte, was Langfristiges würde nie daraus. Sie hatten beide einfach nur ein bisschen Spaß miteinander.«

Carlos sagte darauf: »Ach so«, aber ich starrte erstaunt auf den Bildschirm.

»Sie kann keine Kinder bekommen?«, wiederholte ich schließlich.

»Wusstest du das nicht?«, fragte Julia mich überrascht.

»Nein. Wann hat er dir das erzählt?«

»Auf dieser … äh … Hochzeit. Kurz bevor er mir sagte, wie gern er dich hat.«

»Warum hast du mir das denn nicht gesagt?«

»Ich dachte, du wüsstest das.«

»Wusste ich nicht.«

»Hat er an diesem Abend noch was anderes gesagt?«

»Nur, dass er dich gern hat und du eine wirklich gute Mum wärst.«

Skype begriff offenbar das Konzept schlüpfrigen Beziehungsklatsches nicht, denn ihre Gesichter gefroren genau in diesem Moment auf dem Bildschirm zu Standbildern und die Verbindung brach ab.

Die Nachricht, dass Ruth nicht schwanger werden konnte, warf mich völlig aus der Bahn. Sie führte mich zu der Überlegung, ob Simon und Ruth ansonsten noch zusammen wären. Die Überlegung, dass Simon womöglich ein Baby mehr wollte als mich, irritierte mich. Doch erleichtert kann ich sagen, dass ich auf sehr positive und reife Weise darauf reagierte. Ich stellte mich kurzerhand der Tatsache, dass Kinder zu haben für Simon sehr wichtig war, und nahm mir vor, dieses Thema bei ihm anzuschneiden, sobald ich wieder zurück in England war.

Doch Sekunden, bevor ich diese reife Erkenntnis hatte,

schickte ich ihm eine anklagende SMS ohne Kuss und Gruß:

Warum hast du mir nicht gesagt, dass Ruth keine Kinder bekommen kann?

Worauf er sofort zurückschrieb:

Komische Frage. Es gibt keinen Grund. Froh, dass du sicher gelandet bist. Xxx

Julia und Carlos meldeten sich noch einmal, aber wir kamen nicht mehr auf Ruth oder Babys zu sprechen. Das Gespräch nahm eine gänzlich andere Richtung.

»Wie war der Flug?«, erkundigte sich Carlos.

»Cool.« Ich nickte. Wir starrten uns ein paar Augenblicke schweigend an. Dann sagte ich unvermittelt: »Habt ihr schon mal von einem Typen namens Leo Clement gehört?«

Sie verzogen beide die Gesichter.

»Bei der Erwähnung dieses Namens klingelt was bei mir, aber ich weiß nicht, woher ich ihn kennen könnte«, meinte Carlos achselzuckend.

»Wieso? Wer ist das denn?«, wolle Jules wissen.

»Nur ein Typ, der mit mir im Flugzeug war. Eine wirklich umwerfende Erscheinung. Deshalb dachte ich, er muss berühmt sein.«

»Hast du mit ihm geplaudert?«

»Nein«, sagte ich kopfschüttelnd. Dann gab ich ihnen noch etwas an die Hand, womit sie sich über mich lustig machen konnten. »Er hob meine Canestensalbe auf. Sie fiel aus meiner Handtasche, als ich aufstand, um aufs Klo zu gehen.« Julia hielt die Luft an. »Oh, bleibt dran, Leute, es klopft an meiner Tür.«

Ich hörte Carlos fragen: »Was ist denn Canesten?«, aber Julia gackerte so heftig, dass sie ihm nicht antworten konnte.

Ich erhob mich langsam. Offenbar war nicht nur mein Gesicht puterrot, sondern die gesamte Vorderseite meines Körpers, mit Ausnahme der Stellen, wo mein großer Schlüpfer und der BH mich geschützt hatten. Stöhnend arbeitete ich mich zur Tür vor.

»Hallo?«

Ich hätte meinen Laptop ausschalten sollen. Es klang ganz danach, als hätte Julia im Hintergrund einen Anfall. Ich konnte kaum verstehen, wer es war.

»Hallo.« Es war die Stimme einer Amerikanerin. Ich dachte, sie wolle vielleicht das Bett machen oder so.

»Danke, mir geht es gut. Danke.«

»Sarah, ich bin es, Erin. Wie fühlst du dich?«

Ich öffnete die Tür einen Spalt und trat dann einen Schritt zurück. Ich strahlte unheimlich viel Hitze ab und wollte ihr deshalb nicht zu nahe kommen.

»Ich war in der Apotheke und habe mich beraten lassen. Diese Produkte hat man mir empfohlen.« Sie hielt mir eine Tragetasche hin, die fast voll war. »Es sind jede Menge. Du solltest zwei verschiedene Tabletten nehmen und dann ist da auch noch eine Heilsalbe für extreme Verbrennungen.«

»Erin, ich weiß nicht, was ich sagen soll.«

»Sag nichts. Ich freue mich, dir helfen zu können. Du hättest kaum selbst hingehen können.«

»Komm rein, Erin, ich hol nur rasch mein Portemonnaie. Das muss ein Vermögen gekostet haben.«

»Es ist ein Geschenk, Sarah, bitte nimm es an.«

Normalerweise werde ich handgreiflich, wenn ich etwas bezahlen möchte und man mich nicht lässt. In meinem Zustand war das keine Option. Stattdessen stand ich sprachlos vor Erin.

»Du bist ein Engel«, brachte ich schließlich über die Lippen.

Ich erwog, sie zu umarmen, bis mir einfiel, dass der heftige Schmerz, den dies auf meiner gesamten Hautoberfläche auslösen würde, einer solchen Geste ihren Charme nähme. Also zeigte ich ihr, soweit mir dies möglich war, ein Lächeln. Sie lächelte zurück. Es war ein merkwürdig anrührender Augenblick zwischen zwei fast Fremden.

»Erzähl uns von diesem Typen im Flugzeug!« Das war Julia in voller Lautstärke.

Erin sah mich fragend an.

»Meine Freundin auf Skype.«

Erin nickte.

»Sie ist eine ganz Süße«, erklärte ich mitfühlend.

»Süße« ist nicht das erste Wort, das mir zur Beschreibung von Julia einfällt. Es käme schon irgendwann, aber im Gefolge anderer Worte, die mir davor einfielen, wie »Irre«, »Übergeschnappte« und »harter Brocken«. »Süße« habe ich wohl gewählt, weil Erin religiös ist. Gelogen war es schließlich nicht, es war nur nicht die ganze Wahrheit. Und als wollte sie dies beweisen, wählte Julia diesen Moment, um eine Neuschöpfung aus ihrer eigenen Enzyklopädie der Schimpfwörter loszuwerden.

»SARAH! WOHIN IN GOTTES SCHEISSE BIST DU VERSCHWUNDEN?«

Ich zuckte zusammen, was wehtat.

»Ich gehe dann mal lieber«, sagte Erin.

»Es tut mir wirklich sehr leid.« Vermutlich hatte ich jetzt den Rest, den Rachel Bird von Erins Unschuld noch übrig gelassen hatte, auch noch besudelt. »Herzlichen Dank. Ich danke dir. Ich lade dich demnächst mal zu einem Drink ein.«

»Oh, ich trinke nicht.«

»Nein, stimmt, tut mir leid, ja. Aber wie wär's mit einem Milchshake?«

Sie lächelte. »Gern«, sagte sie, und dann, mit dem Kopf auf den Beutel mit Cremes, den ich in der Hand hielt, zeigend, »ich bin sicher, irgendetwas davon hilft.«

»Ich auch«, gab ich mit traurigem Blick zurück, in der Hoffnung, es möge in den nächsten vierundzwanzig Stunden ein Wunder geschehen.

14

Das Wunder ließ auf sich warten. Die Cremes brachten zwar eine leichte Linderung der Schmerzen, doch am folgenden Morgen hatte meine Haut noch immer die Farbe von Ketchup. Ich wusste keinen Rat. Und schon gar nicht wusste ich, was ich anziehen sollte.

Für meinen ersten Tag hatte ich mir zwei schöne Kleidungsstücke gekauft. Julia und ich hatten mit meiner

Kreditkarte einen ganzen Tag in Covent Garden verbracht. Für die Leseprobe hatte ich mir ein reizendes rosafarbenes Nachmittagskleid gekauft und für die Party ein schwarzes schulterfreies Kleid im »Ernsthafte-aber-sexy-Schauspielerin-kurz-vor-ihrem-internationalen-Durchbruch-in-L.A.«-Look. Ich würde eine britische Stilikone werden. Die Sienna Miller für die kräftigere Frau. Julia könnte die Arbeit an den Nagel hängen und meine Stylistin werden. Das hatten wir schon alles geplant.

An diesem Morgen probierte ich das rosafarbene Kleid an. Es sah aus, als hätte man Miss Piggy auf den Grill gelegt und vergessen umzudrehen. Aber allein schon der Gedanke an das eng anliegende schwarze Kleid auf meinem sonnenverbrannten Fleisch trieb mir akute Schmerztränen in die Augen.

Inmitten dieses dermatologischen Dilemmas wählte ich zu meiner eigenen Überraschung plötzlich die Nummer von Rachel Bird, um ihren Rat einzuholen. Und diese überraschte mich wiederum damit, dass sie sich sofort in ihr Auto setzte und mir zu Hilfe eilte.

»Sieh mal, das habe ich dir mitgebracht«, sagte sie.

Sie hielt ein schwarzes Polokleidchen hoch. Es säße selbst an einer Peperami noch knapp.

Traurig schüttelte ich den Kopf.

»Wem gehört das? Barbie?«

»Na gut, hier ist noch eine Alternative, was anderes konnte ich nicht finden.«

Sie zog ein gewaltiges Stück Stoff mit Ethnomuster aus ihrer Tasche. Ich starrte es an.

»Sieht aus wie ein Wandbehang.«

Einen Moment lang wirkte sie verunsichert.

»Es ist ein Wandbehang.«

Rachel Birds Vorschlag, dass ich einen Wandbehang tragen sollte, war wirklich völlig abgefahren.

»Ich dachte, es könnte wie ein Sarong aussehen.«

Ich verzog das Gesicht, obwohl das wehtat.

»Nicht weinen, Sarah, nicht doch.«

Rachel wusste nicht, was sie tun sollte, also stürzte sie sich mit offenen Armen auf mich. Es sollte eine Umarmung werden, doch offenbar sah man mir mein Entsetzen an.

»Oh, entschuldige, nicht berühren«, fiel ihr ein und sie wich zurück.

»Ich werde jetzt ein bisschen heulen, Rachel. Es ist alles in Ordnung mit mir, ich muss nur ein paar Tränen vergießen.«

Ich bemühte mich aufrichtig, nicht in Selbstmitleid zu baden. Aber noch so viele positive Gedanken konnten nicht über diese Tatsachen hinwegtäuschen:

1) Ich würde eine Leseprobe für einen Film machen, einen amerikanischen Akzent imitierend, wobei die meisten Leute im Raum echte Amerikaner waren.
2) Es gab eine Szene, in der ich umgebracht wurde. Dazu gehörten Weinen, Schreien, Sex und Sterben, wohingegen mein Erfahrungshorizont sich hauptsächlich auf komische Rollen und die kleiner Verkäuferinnen beschränkte.
3) Ich sah aus wie ein Paprikahühnchen, das mit zu viel Paprikapulver eingerieben worden war.
4) Meine gesamte Vorderseite schmerzte unerträglich.
5) Mein Freund war von Babys und seiner Exfreundin besessen.

Während die Tränen flossen, entdeckte Rachel Bird einen mit Ketchup verschmierten Teller, der von meinem Zimmerservicegelage am Vorabend stehen geblieben war.

»Was war das?«

»Ein Burger.«

»Sag, dass das nicht wahr ist?« Rachel stöhnte entsetzt auf.

»Doch, er war super.«

Amerikas Beitrag zur internationalen Küche in Form von einem Stück Fleisch, das man zwischen zwei Scheiben Brot klemmte, hatte ich nie richtig ernst genommen. Aber dieser Burger war eine Offenbarung. Er war Ausdruck von Schönheit und Liebe, und ich hatte vorgehabt, mir am Abend noch einen kommen zu lassen. Bis jetzt. Aber das erzählte ich Rachel besser nicht.

»Mach das nie wieder!«, sagte sie streng. Dann schien ihr eine Idee zu kommen, denn plötzlich schwenkte sie um und frohlockte: »Ich hab's! Unten gibt es einen Souvenirladen. Dort verkauft man Kapuzenshirts. Ich hol dir eins. Das kannst du obenrum tragen, den Wandbehang wickelst du dir um die Hüften.«

Normalerweise würde ich beim Gedanken an einen Stilmix aus Heimtextilien zu Sportbekleidung, noch dazu bei tropischen Temperaturen, protestieren, aber unter diesen Umständen hielt ich mich zurück. Ich reichte Rachel mein Portemonnaie. Sie verließ das Zimmer, und ich ließ mich mit meinem Skript aufs Bett fallen. Ich las die erste Zeile, die ich zu sprechen hatte. Dabei gab mein Magen vertraute Gurgellaute von sich und binnen zwanzig Sekunden saß ich bereits zum sechsten Mal an diesem Morgen auf dem Klo. Ich fragte mich, ob Kate Winslet sich auch so auf ihre Rollen vorbereitete. Als ich in mein Zimmer zurückkam, klingelte mein Handy. Bitte, lieber Gott, flehte ich, lass jemanden anrufen und mir ausrichten, dass man die Leseprobe abgesagt hat.

»Baby?«

»Simon.«

»Ich wollte dir nur viel Glück wünschen.«

»Danke.«

»Ich wollte dir sagen, dass du ganz hervorragend sein wirst. Ich dachte mir, du bist sicherlich so nervös, dass du dir für England die Seele aus dem Leib kackst.«

»Das habe ich bereits.« Ich musste lachen.

Einen Moment lang sagten wir nichts. Es war so schön, ihn zu hören, auch wenn er Tausende von Kilometern weit weg war.

»Ich liebe dich, Sarah.«

»Ich liebe dich auch.«

»Obwohl du so ein Idiot bist«, sagte er, wobei er sich offenbar auf meine Reaktion wegen Ruths Foto bezog.

»Simon«, erwiderte ich leicht gereizt. »Daran möchte ich im Moment nicht denken.« Ich seufzte. »Ich finde es unglaublich, dass du das gerade gesagt hast.«

Es folgte angespanntes Schweigen.

»Wie geht es dir denn da drüben?«

»Ich bin in der Sonne eingeschlafen, weshalb ich aussehe wie ein blutiges Stück Rindfleisch. Zur Leseprobe werde ich mich in einen Wandbehang hüllen müssen, weil alles andere zu eng und deshalb schmerzhaft ist.«

Ich ließ ihn lachen.

»Ich war schon immer der Meinung, dass du in einem Wandbehang scharf aussähest.«

»Danke.« Ich wurde weich. »Ich wünschte, du wärst hier.«

»Ich habe von dir geträumt, als ich zu Bett ging.«

»Tatsächlich?«

»Du trugst Fußballsocken und sonst nichts.«

»Wirklich? Ich würde dich gern in einem halb geschlossenen Neoprenanzug sehen.«

»Ich werde versuchen, an mich zu halten, bis du wieder hier bist, Sare, aber garantieren kann ich es nicht.«

Ich lächelte kurz, aber dann musste ich an das denken, was vor mir lag.

»Ich weiß nicht, Simon, ob ich da runtergehen und das schaffen kann. Das ist mein Ernst. Du solltest mich sehen!« Meine Stimme war drei Oktaven höher als sonst. Ich stand kurz vor einer Panikattacke.

»Du bist brillant, Sare, und das ist mein Ernst«, sagte er mit derart ruhiger Stimme, dass ich es ihm fast abnahm. »Ich habe dich das an die achttausendmal üben hören. Ich muss es wissen.«

Wir schwiegen wieder. Sein Atmen war so tröstlich. »Ich hör jetzt besser auf«, sagte er schließlich. »Bis später, Superstar.«

»Bye, Baby.«

Alles wird gut werden, redete ich mir ein, als ich das Handy ablegte.

Und es gelang mir, mich an diesem Gedanken mit meinen Fingernägeln festzukrallen, obwohl Rachel Bird mit einem roten Kapuzentop in XL und dem Aufdruck I LOVE CALIFORNIA auftauchte.

15

Die Leseprobe fand in einem der im Keller gelegenen Veranstaltungsräume meines Hotels statt. Während wir darauf warteten, dass es losging, wurde ich von allen angeglotzt. Ich wäre rot geworden, wenn dies nicht ohnehin mein Dauerzustand gewesen wäre. Wenn ich sage ALLE, dann meine ich die zweiundvierzig Schauspieler, die um einen großen Tisch saßen und die etwa fünfzig anderen Leute mit Notizbüchern, die auf Stühlen entlang der Wände saßen. In Anbetracht der Tatsache, dass wir in einem feudalen Veranstaltungsraum saßen, der mit Spiegeln verkleidet war, konnten mich selbst die hinter mir Sitzenden sehen. Und ich konnte mich selbst auch sehen. Aber ich schaute mich nicht an. Ich sah aus wie eine Riesenchili. Meine Mutter hätte gesagt, ich sei gehemmt und albern, aber diesmal hätte meine Mutter nicht Recht gehabt. Ich wusste, dass mich die Leute anstarrten, denn jedes Mal, wenn ich aufblickte, sah ich in Augen, die sich dann geschickt abwandten.

Eamonn Nigels, der Regisseur, kam auf mich zu. Eamonn sieht sehr viel jünger aus als seine neunundfünfzig Jahre. Rachel Bird meinte, sie sei von seiner Würde beeindruckt gewesen, als sie ihn kennenlernte. Ihn umgibt auf jeden Fall die Aura von Zuversicht und Erfolg. Doch er ist weder protzig noch arrogant. Er ist unaufdringlich. Nur sein Lachen hört sich an, als würde man einen großen Metallgegenstand in einen Mülleimer drücken. Eamonn ist groß und hat dichtes graues Haar, die gemeißelten Gesichtszüge eines russischen Balletttänzers und Augen, denen nichts entgeht.

Er lächelte. Ein freundliches Gesicht.

»Ich werde dir keinen Kuss geben, Schätzchen«, sagte er freundlich.

Ich war ihm dankbar für sein Feingefühl.

»Sonst schmelze ich noch dahin«, fügte er hinzu. Und lachte schallend.

»Das ist untertrieben«, sagte ich matt.

»Ist mir selbst auch schon passiert. Englische Haut«, verkündete er und drückte mich dabei liebevoll.

»Ahhhh!«

»Huch. In unserem gemieteten Haus hängt ein Wandbehang, der sieht genauso aus«, sagte er mit Blick auf meinen Rock.

»Das ist aber schön.«

»Wie war der Flug?«

»Ganz toll. An die erste Klasse könnte ich mich gewöhnen.«

»Und Rachel hat dich abgeholt und sicher zum Hotel gebracht?«

»Das würde ich so nicht sagen. Bist du jemals bei ihr im Auto mitgefahren?«

»Jawoll.« Eamonn blickte sich um und sprach dann mit übertriebener Nonchalance weiter: »War alles in Ordnung mit ihr?«

»Alles bestens.«

»Wirklich?«

»Eamonn.«

»Ja?«

»Quetschst du mich aus?«, fragte ich im Flüsterton.

»Sie ist im Moment nicht sie selbst.«

Bei Rachel und Eamonn spielte ich am Ende immer den Beziehungsberater. Ich wollte ja helfen. Aber ich war dazu kaum qualifiziert. Es war so, als würde sich jemand an mich wenden, um sich Tipps fürs Sonnenbaden geben zu lassen.

»Ich denke, sie fühlt sich einfach nur ein wenig vernachlässigt«, erklärte ich ihm.

»Ich bin hier, um Regie bei einem Film zu führen«, plusterte er sich auf.

»Das habe ich ihr auch gesagt.«

»Ich dachte, ihr Yoga macht sie glücklich.«

»Wenn sie noch gelenkiger wird, Eamonn, kann sie sich bald ihre Haare mit den Füßen hochbinden.«

Eamonn musterte mich nachdenklich. Dann richtete er sich auf und schaute ungeduldig zur Tür.

»Wo BLEIBT er denn?«

»Wer?«

»Dein Mörder«, meinte er mit einem boshaften Augenflackern.

»Oh«, sagte ich überrascht. »Ich dachte, das wäre dieser Mann dort.«

Ich deutete auf einen Mann mit einem warmherzigen, aber außergewöhnlichen Gesicht.

»Nein«, meinte Eamonn spöttisch. »Das ist der Privatdetektiv. Wir haben für dich einen ganz tollen Typen als Gegenpart ausgesucht.«

»Oh.«

»Da kommt er ja endlich.« Eamonn bewegte sich auf seinen Sitzplatz zu.

Und ich schaute zur Tür, als das verschwitzteste

menschliche Wesen, das ich je gesehen hatte, hereinplatzte. Der Typ war groß, und er trug Joggingshorts und ein durchnässtes T-Shirt. Ich starrte das T-Shirt an. Es kam mir bekannt vor. Das Wort SUCK stand darauf. Mir rutschte das Herz in die Hose. Es war der Canesten-Mann aus dem Flugzeug.

»Eamonn, Mann, tut mir leid, es kam kein Taxi«, keuchte Leo Clement. Er hob sein T-Shirt an und wischte sich mit dem Saum die Stirn ab. Die Geste gab den Blick auf seinen ganzen Bauch bis hoch zu seinen Brustwarzen frei. Er war gebräunt und bis zum Nabel zog sich eine Linie glänzender dunkelblonder Haare. Bei diesem Anblick lief mir das Wasser im Mund zusammen. Ich hätte alles darum gegeben, einen der Spuckesauger, wie Zahnärzte sie verwendeten, zur Hand zu haben. »Ich musste hierher laufen.«

»Von wo?«

»Malibu.«

Alle hielten die Luft an. Daraus schloss ich, dass es ziemlich weit war.

»Da drüben sitzt Sarah, sie spielt Taylor. Setz dich neben sie.«

Jetzt hatten alle einen Vorwand, mich anzusehen. Sie nutzten ihn. Ich gab mir alle Mühe und lächelte.

Er kam auf mich zu. Ich ging nicht davon aus, dass er mich wiedererkannte, da ich seit unserer letzten Begegnung in indischen Gewürzen mariniert worden war.

»Hey.« Er lächelte.

Ich nickte und versuchte wie eine professionelle Schauspielerin zu wirken, anstatt wie jemand mit Scheidenpilzen, den man gekocht hatte.

»Wir sind uns im Flugzeug begegnet.«

Als er sich setzte, landete ein Schweißtropfen von ihm auf meiner Hand. Ich verfolgte, wie meine heiße Haut ihn sofort absorbierte, wie das auch mit der halben Tube Sonnenbrandsalbe am Morgen passiert war.

»Stimmt«, sagte ich und täuschte vages Wiedererkennen vor, aber schlecht gespielt.

»Sie lieben Kalifornien?«

Ich brauchte einen Moment, bis ich kapierte, dass er auf mein Kapuzenshirt anspielte.

»O ja, ich liebe Kalifornien. Vor allem das Sonnenbaden.«

Er sah mir wieder direkt in die Augen. Seine Augen hatten das Blau neugeborener Babys. Er sagte etwas. Es klang wie: »Wie geht es Ihrem kleinen Problem?«, aber ich war mir nicht sicher. Ich machte den Mund auf und wollte gerade nachfragen, doch Eamonn kam mir zuvor.

»Also gut, lasst uns anfangen.«

Alle schlugen ihre Skripts auf. Ich presste meine Pobacken zusammen.

16

Ich presste sie während der ganzen Leseprobe so fest zusammen, als müsste ich Stoff damit aufheben. Ich hatte fürchterliche Angst, aber es lief ganz gut … in Anbetracht der Umstände. Ich erntete zwei Lacher. Ich wollte, dass das Publikum Mitleid mit mir hatte, wenn ich stranguliert wurde, und nicht die Fäuste ballte und schenkelklopfend »Jawoll« sagte. Die Lacher waren, glaube ich, gut. Aber ich versuchte meine Freude darüber in Grenzen zu halten, denn vielleicht waren sie ja auch schlecht. Lacher sind gefährlich, denn hat man sie einmal bekommen, wird man süchtig danach. Wenn man an einem Tag einen Lacher erntet und denselben Satz dann ein andermal sagt und es funktioniert nicht ... o Gott. Das ist, als wäre es einem eines Abends endlich gelungen, Brad Pitt abzuschleppen, und hätte am nächsten Abend nur Glück bei einem einäugigen betrunkenen Iren gehabt. Was macht man also, wenn man das nächste Mal ausgeht? Man trägt zu viel Make-up auf und bemüht sich so sehr, dass nicht mal ein Einäugiger einem einen zweiten Blick schenkt. Jegliche Natürlichkeit, die einem einmal zu eigen war, geht verloren, wenn man unbedingt geliebt werden will.

Ich schaffte es tatsächlich, mich zu konzentrieren, obwohl ich mir während der ganzen Leseprobe Leo Clements an meiner Seite nur allzu bewusst war. Ich konnte seinen frischen Männerschweiß riechen. Nach gebratenem Speck ist dies mein Lieblingsduft.

Uns allen wurde klar, dass dieser Film irre gut werden würde. Eamonn Nigels ist einer der erfolgreichsten britischen Regisseure in Hollywood. Er ist bekannt dafür, dass er seine Filme mit überwiegend unbekannten Schauspielern besetzt. Er mag es nicht gern, oder genauer gesagt, »findet es beschissen, verzeiht mein Französisch«, mit den Egos zusammenzuarbeiten, die die Hollywoodsuperstars gern vor sich her tragen. Jedoch sind durch seine Filme viele Superstarkarrieren lanciert worden. Was aber nicht heißen soll, dass ich damit rechnete, ins durchgeknallte Land des Ruhms gelupft zu werden. Ich hatte schließlich nur siebzehn Zeilen zu sprechen, von denen drei aus zwei »Jas« und einem »Hm« bestanden. Ich fand es allein schon erstaunlich, Teil einer derart versierten Truppe zu sein. Hätte meine Haut Berührungen zugelassen, hätte ich mich an jenem Morgen garantiert gezwickt.

Sobald die Leseprobe vorbei war, entspannten sich alle und lächelten und liefen aufgeregt umher. Das heißt, die anderen taten das. Ich blieb einfach sitzen. Ich hatte noch immer Herzklopfen. Ich wollte diesen Job unbedingt gut machen. Erin kam auf mich zu.

»Gut gemacht, Sarah.«

»O danke, Erin.«

»In dieser letzten Szene hatte ich richtig Angst um Sie.«

»Sie haben mich zum Weinen gebracht. Sie waren so perfekt, Erin.«

Lob schien ihr unangenehm zu sein.

»Ihr Gesicht sieht schon viel besser aus.«

»Hmm.«

»Sie sind definitiv auf dem Weg der Besserung.«

»Ich musste lachen, als Eamonn ›Brust‹ sagte.«

»Tatsächlich? Ist mir nicht aufgefallen«, sagte sie und lächelte höflich.

Als Eamonn die Bühnenanweisungen vorlas, während ich meine Szene mit Leo durchging, sagte er: »Seine Hand greift nach ihrer Brust. Ihre Brustwarze wird hart unter seiner Berührung.«

Ich kicherte, als wäre ich sieben. Doch da es eine Vergewaltigungsszene ist, versuchte ich mein Kichern in einen Schrei umzumünzen. Am Ende klang es, als hätte ich mich auf eine Katze gesetzt.

Sobald ich fertig war, sprang Leo vom Tisch auf. Er sagte kein Wort zu mir. Ich nahm an, dass er sich sofort ans Telefon hängen würde, um mit seinem Agenten eine Neubesetzung meines Parts auszuhandeln.

Eamonn schloss Erin in seine Arme.

»Wunderbar. Ich finde es sehr aufregend, mit dir zu arbeiten.«

Ich senkte meinen Blick, wie man das tut, wenn ein Regisseur eine andere Schauspielerin lobt.

»Und du!«, rief er aus und umklammerte meine Schulter mit seiner Hand.

»EAMONN!«, brüllte ich.

»Es hat mir gut gefallen! Du hast sie so warmherzig gemacht, Sarah. Und sie war so lustig. Fantastisch!« SO EIN QUATSCH.

»Aber da war doch noch was, was mir sehr gefallen hat. Was war es noch mal? O ja! Am Anfang der Mordszene hast du so mädchenhaft gekichert.« Seine Augen begannen zu glänzen, während er sprach. »Ich habe nur die schreckliche Seite gesehen, denn schrecklich ist es ja. Aber du hast Recht. Der Schrecken kommt später. Anfangs umwirbt er dich. Er will dich. Da ist ein Mann mit dir zusammen in einer Hecke. Es ist Nacht. Er sieht gut aus. Er ist sexy. Und DANN wird es abscheulich«, sagte er schaudernd. »Fantastisch!«

Plötzlich stand Leo mit einem Teller in der Hand hinter Eamonn. Er hatte sich also nur etwas zu essen geholt. Nach seinem Lauf hatte er bestimmt Hunger.

»Ah, Leo. Großartig. Ich habe mich gerade mit Sarah über die Vergewaltigungsszene unterhalten. Ich fände es gut, wenn sie wie eine zärtliche Liebesszene beginnt und dann düsterer wird. Wir wissen nicht, ob sie erregt ist, ob er hart zur Sache geht oder ob … entschuldigt, ich denke laut. Das mache ich immer, wenn mich die Begeisterung mitreißt.« Er unterbrach sich und lächelte. »Es wird großartig werden. Gut gemacht, Leo. Willkommen an Bord!«

Eamonn und Leo schüttelten einander die Hände. Ich schaute auf den Teller. Es sah aus, als lägen lauter feuchte Waschlappen darauf.

»Was essen Sie da?«

»Oh … oh …«. Er stammelte fast. »Das ist nichts zu essen, das ist für Sie.«

»Hm.«

»Es sind in kalter Milch getränkte Tüchlein.« Ich fragte mich, ob Leo geistesgestört war. »Meine Mum hat immer gesagt, damit lasse sich ein Sonnenbrand am besten lindern.«

Ich berührte eins der Tüchlein an der Oberfläche. Sie waren eiskalt göttlich. Leo stellte den Teller vor mich auf den Tisch. Ich betrachtete ihn. Und beugte mich dann in Zeitlupe wie jemand, der in einem Krimi getötet wird, nach vorn und tauchte mein Gesicht ein.

»Ich lasse sie Ihnen hier«, sagte er.

In dem Moment konnte ich ihm nicht danken, weil mein Gesicht im Waschlappenhimmel war. Die Leseprobe war vorbei und mein Gesicht war kühl. Wonne. Nur ein Gin Tonic hätte diesen Moment noch schöner machen können.

Ich spürte eine Hand auf meinem Rücken. Aber ich brachte es nicht über mich, meinen Waschlappenhimmel zu verlassen. Noch nicht. Dann nahm ich eine strenge Männerstimme wahr.

»Ich bin Miles Mavers, Sarah, der Stimmtrainer. Wir müssen miteinander reden.«

17

Und Miles Mavers hatte ein ernstes Wort mit mir zu reden. In aller Ausführlichkeit. Über meinen fürchterlichen amerikanischen Akzent. Ich muss zugeben, dass mich das dann doch überraschte. Monatelang hatte ich unglaublich hart an meinem amerikanischen Akzent gearbeitet. Mir war so sehr daran gelegen, dass ich eine Menge Geld ausgegeben hatte, um mich von einem Sprachtrainer schulen zu lassen.

Und dennoch hatte Miles Mavers so viel zu kritisieren, dass er mir für den nächsten Tag eine private Trainingsstunde bei ihm empfahl. Vielleicht bin ich zu britisch, aber ich hätte den späten Nachmittag oder späten Vormittag oder nach dem Mittagessen oder nach dem Brunch eine gute Zeit für ein erstes Sprachtraining gefunden. Deshalb überraschte es mich, als Miles unsere Stunde für kurz nach der Morgendämmerung festlegte. An einem Sonntag! Er wollte, dass wir uns an einem Sonntag um acht Uhr morgens trafen. Ich werde das wiederholen. AN EINEM SONNTAG UM ACHT UHR

MORGENS. So was gäbe es in England niemals. An einem Sonntagmorgen in England wird man sich um acht Uhr morgens höchstens noch mal umdrehen und einen kleinen Furz fahren lassen.

Und es ging nicht um einen x-beliebigen Sonntag um acht Uhr morgens. Es war acht Uhr an einem Sonntag nach einer Party. Und nicht irgendeine Party. Eine Martiniparty für die Besetzung und die Filmcrew zum Kennenlernen. Zum Glück für Miles Mavers hatte ich nicht vor, auf die besagte Party zu gehen. Für die von der Sonne Geplagten gab es keine glamourösen L.-A.-Filmpartys, und so nahm ich seinen Vorschlag gern, na ja, relativ gern, an.

Jetzt frage ich mich, ob ich nicht bei Miles Mavers einen sechsten Sinn gehabt habe, denn sosehr ich mich auch bemühte, ich hatte nach unserem ersten Gespräch das Gefühl, nicht warm mit ihm werden zu können, und freute mich kein bisschen auf seinen Unterricht. Er war ein gedrungener kleiner stark gebräunter Mann. Ehrlich gesagt sah sein Gesicht aus, als wäre es aus Plastilin geformt und dann voller Wut eingedrückt worden. Doch er hatte die Aura und das großkotzige Getue eines Mannes, der glaubte, wie Brad Pitt auszusehen. Zu meinem Akzent hatte er nichts Ermutigendes zu sagen. Er sagte nicht: Mann, Sie sind so dicht dran, arbeiten Sie noch ein wenig an Ihren Vokalen, aber dann, Mädchen, dann kann Sandra Bullock einpacken. Er sagte nicht mal: gar nicht so schlecht. Es hieß immer nur: Da müssen wir dran arbeiten, das muss BEDEUTEND besser werden.

Also, ich gebe Leuten den Vorzug, die erst streicheln und dann zuschlagen. Leute, die sagen: Schätzchen, du hast wirklich eine ganz besondere Begabung für die Bühne, aber sollen wir es nicht mal so und so versuchen? Miles Mavers gehörte jedenfalls nicht dazu. Er schlug, schlug und schlug, und er schlug RICHTIG fest zu – noch bevor wir richtig angefangen hatten.

Es war in vielerlei Hinsicht ein glücklicher Zufall, dass ich Miles Mavers nicht mochte, denn für kurze Zeit war ich dadurch so abgelenkt, dass ich aufhörte, mir wegen Simon und Ruth Gedanken zu machen. Traurigerweise blieb es dabei: Es hielt nur ganz kurz an.

An jenem Samstag vor unserem ersten Sprachtraining. »Klopf, klopf.« Ich hörte ein Klopfen und eine Männerstimme an meiner Tür.

»Klopf, klopf«, imitierte ich und lauschte, wie es klang. Ich war mir sicher, dass es amerikanisch klang, und ich war überrascht, wie schnell der Zimmerservice mit meinem Burger kam, denn ich hatte erst fünf Minuten zuvor bestellt.

»Bin gleich da«, schrie ich mit meinem amerikanischen Akzent.

Es war gelogen. Ich bewegte mich so langsam, dass mich ein Siruptropfen hätte überholen können. Vorsichtig entfernte ich die Milchtüchlein von meinem nackten Körper und glitt aus dem Bett, darauf achtend, dass meine sonnenverbrannte Haut mit nichts in Kontakt kam, nicht mal mit anderer sonnenverbrannter Haut. Ich schlüpfte in den hoteleigenen Frotteemorgenmantel in Übergröße und schlurfte zur Tür. Bitte, lieber Gott, sorg dafür, dass der Burger gut durch ist, damit ich keine Kolibakterien bekomme, und dass sie an Ketchup, Mayonnaise und Senf gedacht und bei der Zuteilung meiner Pommes großzügig gewesen sind.

»Komm her, Burger, komm zu Mum«, gurrte ich, während ich die Tür öffnete.

»Ein Fax für Sie, Ma'am.«

»Na so was, danke«, sagte ich mit meinem amerikanischen Akzent, um zu beweisen, dass Miles Mavers falsch lag und ich sehr wohl als Einheimische durchgehen konnte.

Der Mann vom Zimmerservice sah mich an.

»Australierin?«

Mist.

»Äh … nein … Engländerin.«

»Ich habe eine Cousine in Chester.«

»Netter Ort«, erwiderte ich, obwohl ich nie dort gewesen bin.

Ich öffnete den Umschlag. Bestimmt war das eine Liste all meiner Fehler von Miles Mavers, die ich wegen meines angeblichen Down-Under-Akzents ja scheinbar mehr als nötig hatte. Aber das Fax war nicht von ihm. Simons unleserliches Gekrakel fiel mir direkt ins Auge. Gott segne ihn, dachte ich törichterweise. Vermutlich fragt er sich, wie die Leseprobe gelaufen ist.

»Ich habe den besten Freund der Welt«, ließ ich den Mann wissen, der noch immer vor mir stand.

Die Tatsache, dass mein perfekter Freund sich unbedingt fortpflanzen wollte und von seiner Exfreundin sexuell besessen war, behielt ich für mich. Ich fand, darüber sollten nur auserwählte Personen Bescheid wissen.

Der Mann vom Zimmerservice stand da und lächelte mich an, bis mir endlich dämmerte, dass er von mir ein

Trinkgeld erwartete. Ich schlurfte zurück ins Zimmer, um mein Portemonnaie zu holen, und er wartete geduldig auf meine Rückkehr. Ich hatte keine Ahnung, wie viel ich geben sollte. Die zehn Dollar, die ich ihm dann gab, waren offenbar zu viel, wie mir sein Abschiedslächeln verriet. Ich setzte mich in einen Sessel, um Simons Brief in aller Ruhe zu lesen und zu genießen.

Sarah, bevor ich dich wiedersehe, muss ich das loswerden.
Es geht um Ruth.
Ich liebe Ruth.
Sie ist ein großartiges Mädchen, und ich habe mit ihr eine glückliche Zeit verbracht. Ich werde sie immer gern haben, und sie wird immer Teil meines Lebens sein.
Ich verstehe nicht, warum ich dir hätte erzählen sollen, dass sie keine Kinder bekommen kann. Das ist nun wirklich nichts, worüber man einfach so redet.
Außerdem bin ich jetzt mit dir zusammen. Und du bist es, die ich haben möchte. An dich denke ich, wenn ich morgens mit einer Erektion aufwache, an dich denke ich auch den Rest des Tages.
Aber es ärgert mich, dass du dich wegen des Fotos so kindisch aufführst. Es ist doch bloß ein albernes Foto von einer Freundin, Sarah. Ich möchte keine von Eifersucht geprägte Beziehung. Ich möchte, dass du mir vertraust. Weil du das kannst. Mach das, was wir haben, nicht durch diese kleinlichen Gedanken kaputt. Ich flehe dich an.
Ich musste mir das alles von der Seele schreiben, weil wir vor allem anderen in dieser Beziehung ehrlich zueinan-

der sein sollten. Das ist meiner Ansicht nach das Wichtigste.
Also, du dumme Kuh. Ich liebe dich. Lass uns das alles vergessen.
Ich
Xxxx

Ich starrte das Blatt an und musste mich beherrschen, nicht zu würgen.

»Ich habe IHN verärgert. Ich bin kindisch! Eifersüchtig!«

Ich griff zu meinem Mobiltelefon. Am ganzen Leib zitternd vor Wut schrieb ich die längste Textnachricht der Welt.

Mir so etwas zu schicken finde ich unglaublich. Ich hab dir doch gesagt, dass ich während meiner Zeit hier nicht daran denken möchte. Dieser Job ist unheimlich wichtig für mich, Simon! In diesem Fax ging es nur um dich. Überleg doch mal, wie ich mich fühle. Ich habe immerhin mitgekriegt, wie du sie im Zimmer neben mir laut gebumst hast. Ich weiß, dass du heißen Sex mit ihr hattest, und dann finde ich ein Foto von ihr in deinem Terminkalender. Es ist nicht einfach nur ein altes Foto, Simon. Sie trägt nur Unterwäsche und reckt ihren Hintern in die Höhe!!! Also beschuldige mich nicht, eifersüchtig zu sein. Das würde jeder so empfinden.
ICH
PS: Die Leseprobe lief gut. Danke der Nachfrage.

Ich legte mich wieder mit meinen Milchtüchlein ins Bett.

Negative Gedanken vervielfachten sich in erschreckender Geschwindigkeit.

Ich brauchte Arznei in Form meiner Mutter. Es würde mich zwar ein kleines Vermögen kosten, aber das war mir egal. Ich griff nach meinem Handy und wählte die Nummer meiner Eltern.

»Was machst du, Mum, wenn Dad dich so richtig ärgert?«

»Oh, hallo, mein Schatz. Geht es dir gut da drüben?«

»Ja, o ja, nein, schon … ich habe einen schlimmen Sonnenbrand, Mum.«

»Ach, Liebes, das war dumm von dir.«

»Ich weiß!«, stöhnte ich. »Weißt du, wir müssen das Gespräch kurz halten, weil es uns sonst beide bankrott macht. Aber ich habe gerade ein unangenehmes Fax von Simon bekommen. Was soll ich tun?«

»Das sieht unserem Simon so gar nicht ähnlich«, sagte sie, offenbar ging sie davon aus, dass er in jedem Fall im Recht war und ich nicht. »Ich werde dir sagen, was du tun sollst. Tu nichts. Reagiere um Gottes willen nicht in der Hitze des Augenblicks, Sarah. Beruhige dich, trink einen Gin Tonic. Und sprich mit ihm ein andermal darüber.«

Meine Mum weiß immer alles am besten. Ich ließ ihre Worte sacken.

»Mist.«

»O Sarah, du hast doch nicht etwa schon …?«

»O doch, Mum, ich habe.«

»Ach Liebes, das war dumm von dir.«

18

Beim nächsten Klopfen an meiner Tür war ich mir sicher, dass es mein Burger war. Aber nein, es war Rachel Bird, die in einem cremefarbenen Abendkleid mit Maid-Marian-Frisur vor mir stand. Sie sah schön aus und seltsam unschuldig. Nur traurig, dass sie das Mundwerk eines verstimmten Bauarbeiters und den Durchsetzungswillen eines Bauträgers hatte.

»Du KOMMST mit!«

»Tue ich nicht.«

»Tust du verdammt noch mal doch.«

»Verdammt noch mal nicht.«

»Du …«

»Rachel. Bitte sieh doch ein, dass ich nicht in einem Wandbehang zu dieser Party gehen kann.«

»Nein, du kannst natürlich nicht im SELBEN Wandbehang hingehen.« Sie deutete auf eine riesige Reisetasche zu ihren Füßen. »Ich habe dir sämtliche Wandbehänge mitgebracht, die wir haben, damit du auswählen kannst.«

Das war wirklich sehr nett von ihr. Also lächelte ich.

»Hallo, Erin«, rief ich Erin zu, die über den Flur gelaufen kam.

Erin blieb hinter Rachel stehen. Sie beäugte den Bademantel, den ich trug, und den feuchten Waschlappen, den ich an meine verbrannte Wange presste.

»O Sarah, kommst du nicht mit?« Sie klang enttäuscht.

»Nein. Tut mir leid, meine Liebe. Da wird es wimmeln vor Leuten, und sollte mich jemand aus Versehen berühren, besteht Gefahr, dass ich ihm ein Martiniglas in den Hals ramme. Was ich übrigens auch tun werde, wenn Rachel hier mich noch länger zu beschwatzen versucht.«

Ich lächelte Rachel zuckersüß an. Aber Rachel starrte auf Erin – mit offenem Mund.

»Rachel. Erin. Erin. Rachel. Rachel ist Eamonn Nigels' Freundin. Ich werde jetzt wieder in mein Zimmer gehen. Einen tollen Abend wünsch ich euch. Und morgen müsst ihr mir darüber berichten.«

Erin lächelte und streckte ihre Hand aus, um die von Rachel zu schütteln, sie erinnerte sich eindeutig nicht an ihre frühere Begegnung und die Diskussion über G-Punkte. Rachel hakte sich bei Erin unter, was nichts Gutes verheißen konnte.

»Und was ist mit dir, meine Liebe, was wirst du tragen?«, fragte sie in ihrer unverblümten Art, worauf Erin errötete. »Hast du vielleicht etwas, das nicht ganz so nach *Unsere kleine Farm* aussieht? So kannst du auf jeden Fall nicht zu dieser Party gehen.«

»Möchtest du vielleicht reinkommen, Erin, und das Kleid anprobieren, das ich heute Abend hatte tragen wollen?«, bot ich an.

»Das ist doch viel zu groß für sie.«

»Danke, Rachel. Nein, Erin, im Ernst, probier es an. Es ist aus Stretchmaterial. Es wird unglaublich toll an dir aussehen.«

Rachel führte Erin an mir vorbei zu meinem Kleiderschrank. Sie holte mein schwarzes Kleid heraus.

»Ist das ein Herve Leger?« Rachel schnappte nach Luft und riss es vom Bügel.

»Ist es natürlich nicht. Es ist von H&M.«

»Sarah hat Recht, ausnahmsweise. Das wird ganz toll an dir aussehen! Jetzt komm schon her, Süße.«

Erin bewegte sich widerstandslos auf Rachel zu, die das Ende ihres französischen Zopfs packte, die Spange löste und ihr Haar aus dem Zopf befreite. Erin sah aus, als hätte sie gerade ihren Finger in eine Steckdose gesteckt. Es stand ihr gut.

»Bitte schön, Roller Girl«, lachte Rachel.

»Wer ist denn Roller Girl?«

Ich verdrehte die Augen.

»Eine wunderbare Filmfigur«, konnte ich gerade noch einwerfen, ehe Rachel Gelegenheit bekam, sie aufzuklären. Roller Girl war in den Siebzigerjahren ein Pornostar gewesen.

»Ich werde dich gleich schminken, aber zieh erst mal die hier an.«

Rachel reichte Erin ein Paar Ohrringe. Das war eine süße, wenn auch septische Geste, da Rachel sie von ihren eigenen Ohren abnahm. Es waren die größten, funkelndsten lang herabbaumelnden Ohrringe, die ich je gesehen hatte. Die Weihnachtsdekoration der Oxford Street war nichts dagegen.

»Zieh dich um! Sofort!«, lautete Rachels nächste Anweisung.

Gehorsam begann Erin, sich umzuziehen. Sie zog sich scheu in eine Ecke des Raums zurück. Ich wünschte, ich wäre nicht dabei gewesen. Zügellose Klosterschülerin verpasst nettem Christenmädchen einen neuen Look. Es erinnerte mich an etwas, das ich in einer Teenie-Zeitschrift gelesen hatte, als ich acht war. Geschichten dieser Art fanden nie ein gutes Ende.

»Hast du einen Freund, Erin?«, erkundigte sich Rachel.

Das war eine peinliche Frage für Erin, denn erstens war es für jeden eine peinliche Frage, und zweitens für sie erst recht, denn sie trug im Moment nur einen höchst sittsamen Schlüpfer.

Erin schüttelte schüchtern den Kopf. Woraufhin in Rachels Augen ein Ausdruck aufblitzte, der selbst Bruce Willis in Schutzweste Angst eingejagt hätte.

»Du musst auf dich aufmerksam machen, Schätzchen. Wenn du nicht auf dich aufmerksam machst, wird sich keiner für dich interessieren. Aber keine Sorge, meine Liebe, wir finden schon jemanden für dich.«

Erin reagierte darauf mit einem Blick, der deutlich machte, dass ihr diese Aussicht Kopfzerbrechen bereitete. Aber Rachel verfügte über die Gabe, in rascher Abfolge Befehle zu erteilen, sodass einem keine Zeit für Protest blieb, und so nickte Erin nur.

»Möchtest du vielleicht einen Drink, Erin?«, fragte ich sie mitfühlend. »Betrachte ihn als Medizin.«

Sie zögerte, nickte dann jedoch zu meiner Überraschung. Ich machte ihr und Rachel einen Gin Tonic aus meiner Minibar, und hielt, als ich mich umdrehte, die Luft an. Erin sah umwerfend aus. Sie war so hübsch, dass Cheryl Cole unscheinbar daneben ausgesehen hätte.

Rachel verpasste Erin ein unglaubliches Smoky-Eyes-Make-up.

»Trink aus, dann gehen wir.«

Rachel hielt die Arme vor ihrer Brust verschränkt, während Erin schluckte und dann das Gesicht verzog.

»Komm doch bitte mit, Sarah«, flehte Erin mich an.

Ich hatte ein schlechtes Gewissen. Normalerweise hätte ich nicht zugelassen, dass eine süße junge Unschuld von einer sexuell Perversen, die eine alte Rechnung zu begleichen hatte, verführt wurde. Aber ich hatte an diesem Abend meine eigenen Probleme und muss zu meiner Schande gestehen, dass die mich ein wenig boshaft machten.

»Tut mir leid«, sagte ich kopfschüttelnd zu Erin.

»Machst du dann bitte ein Foto von uns?«, bat Erin.

»Natürlich.« Ich ließ mir ihre Kamera geben. Sie standen gemeinsam vor mir. »Sagt ›Lesbierin!‹«, wies ich sie an. Irgendwo hatte ich gelesen, dass das Wort »Lesbierin« einem das perfekte Fotogesicht verleiht.

Rachel brüllte das Wort. Erin öffnete nur überrascht den Mund. Schließlich kriegte ich die beiden doch ganz hübsch aufs Bild. Ich machte sogar noch eins mit meiner bösen Kamera.

»Was wirst du heute Abend machen?«, fragte mich Erin, als ich fertig war.

»Nicht viel«, sagte ich traurig.

»Ist was mit dir?«, erkundigte sich Rachel sanft.

»Nein, nichts. Ich hatte einen kleinen Fax/SMS-Streit mit Simon, das ist alles«, sagte ich und gab Erin ihre Kamera zurück.

Rachels Gesicht strahlte wie eine neue Münze im Sonnenlicht.

»Ach, dann musst du ganz schnell Sex haben, um es wiedergutzumachen!«

»Klasse, Rachel, ich bin in L.A. Oder meinst du etwa …?«

»Komm, Erin«, sagte Rachel mit verschlagenem Grin

sen. »Wir lassen Sarah am besten allein, damit sie Ruhe für ihren Versöhnungssex hat.«

TELEFONSEX!!!

19

TELEFONSEX!

Ich hatte aus einem einfachen Grund noch nie im Leben Telefonsex gehabt: Ich wusste, dass das nur KATASTROPHAL sein konnte. Ich war auf einer Klosterschule – ich muss immer noch kichern, wenn ich das Wort »Pimmel« höre. Und ich bin absolut untauglich, was die Sexsprache betrifft. Wie es aussieht, habe ich ein Problem mit so gut wie allen Sexwörtern. Wie willst du zum Beispiel dein weibliches Genital nennen? Muschi? Zu pornografisch und Kätzchen gegenüber ungerecht. Möse? Klingt, als hätte man da unten eine alte Dose. Fotze? Klingt wie Rotze.

In Anbetracht dieser Gegebenheiten hätte ich an diesem Abend gar keinen Versuch zum Telefonsex unternehmen dürfen. Vor allem nicht mit einem Mann, mit dem ich gerade erst einen Fax/SMS-Streit hatte. Doch ich hatte mir in den Kopf gesetzt, dass Anstiftung zum Telefonsex genau das war, wonach ich gesucht hatte. Er setzte voraus, dass ich mich aus meiner Kuschelecke hervorwagte. Und wenn es eins gab, wofür Simon sich noch mehr begeistern konnte als für Leute, die sich am Positiven orientierten, waren es Leute, die aus ihrer Kuschelecke herauskamen. Ich war bereit dazu, die Sicherheit meiner Kuschelecke zu verlassen, und so legte ich mich also erneut mit milchgetränkten Tüchern bedeckt auf mein Bett und puschte mich hoch fürs Liebesspiel am Telefon.

»Na los, Sarah, so schwer kann's doch nicht sein«, redete ich mir seufzend gut zu. »Oder doch?«

Ich wurde langsam nervös. Aber dann sagte ich mir, dass ich schließlich erwachsen war und Schauspielerin dazu, außerdem auch schon mal Sex gehabt hatte. Wie schlimm konnte es also sein? Hoffentlich sehr schlimm. Hihi.

»Also gut, packen wir's an«, flüsterte ich, als ich Simons Nummer wählte.

»Baby.«

»Hey«, er klang ruhig, jedoch erschöpft.

»Es tut mir leid, du weißt schon …«

»Nicht doch, das warst nicht nur du. Da war ich auch dran beteiligt.«

Eine Pause. Ich nutzte sie, um mit meinem Huren-Alter-Ego in Kontakt zu treten.

»Was machst du gerade?« Ich versuchte, es sexy zu sagen.

»Ich liege auf dem Bett. Hab gerade Fußball gespielt.«

Nicht gerade eine D.-H.-Lawrence-Vorgabe. Ich musste mir mehr Mühe geben.

»Hmm«, gurrte ich. »Bist du verschwitzt?«

»Ne, hab gerade geduscht.«

Ach du liebe Zeit, das war ja, als wollte man versuchen, eine Minutenterrine zu verführen.

»Du bist also sauber, ich hingegen fühl mich richtig versaut.«

»Das bist du auch!« Plötzlich klang er viel lebhafter. »Ich wusste nämlich nicht recht, ob du was getrunken hast oder für eine Rolle übst. Du weißt schon … dass du jemanden spielen musst, der Lernschwierigkeiten hat oder ein Ergebnis von Inzucht ist oder so.«

»Mistkerl.«

»Und was machst du?«, sagte er mit amerikanischem Akzent, mich eindeutig verarschend.

»Ich liege auf meinem Bett …« Ich wollte fortfahren mit: … und denke an deinen Schwanz …, aber das hörte sich so unanständig an. Ich errötete und ließ es dabei bewenden.

»Hm. Was hast du an?«

»Äh … nichts«, sagte ich und nahm schnell die feuchten Lappen ab.

»Du siehst wunderschön aus.«

Ich lächelte. Dann fiel mein Blick auf meinen Körper – und damit auf unzählige Quadratdezimeter knallroter Haut.

»Ich sehe aus wie rohe Leber, du Freak!«, wollte ich schreien, tat es aber glücklicherweise nicht. »Ich werde wohl deine Hände zusammenbinden müssen, damit ich dich beglücken kann, ohne dass du mich ablenkst«, sagte ich stattdessen.

Ich sah auf meine geschwollenen, sonnenverbrannten Handgelenke und schnitt eine Grimasse. Ich hatte die Sache nicht bis zum Ende durchdacht.

»Hm. Ich habe Babyöl. Ich werde dich massieren.«

Bei diesem Gedanken öffnete sich gequält mein Mund. Aber ich hielt mich tapfer. Es gelang mir, die Schmerzensschreie zu unterdrücken, während er mir alle roten

Stellen beschrieb, die er durchwalkte, streichelte und kitzelte. Selbst als er mir mein Höschen auszog, was sich in Wirklichkeit anfühlte, als würde mir jemand mit einem Käsehobel die Haut abschaben, hielt ich still. Ich blendete seine Worte aus und stellte mir stattdessen vor, mit dem Gesicht nach unten auf einer Eislaufbahn zu liegen. Kein sehr erotisches Bild. Telefonsex war stressiger als ich gedacht hatte.

Plötzlich fühlte ich mich erschöpft.

»Du bist so still.«

O Mist, ich hatte das Sexstöhnen vergessen.

»Normalerweise bist du nicht so still.«

Ich versuchte, mir eine schamlose Bemerkung auszudenken, aber dann hielt ich inne.

»Wir hatten doch noch gar nie Telefonsex.« Mein Magen verkrampfte sich. »Du verwechselst mich wohl mit Ruth!«

»Sare!«

»Was?«

»Ich verwechsele dich nicht mit… (seufz) Sare! Ich habe eine Erektion.«

»Was meinst du damit, ich sei ›normalerweise nicht so still‹?«

»Damit meinte ich, wenn wir es normalerweise tun«, seufzte er.

»Ich bin nicht so laut. Sie war es aber. Ich weiß, dass sie verdammt laut war. Weil ich sie gehört habe!« Mir war elend zumute. In meinem Kopf gab es eine gewaltige Explosion, als ich Ruths Schreie im Ohr und Bilder von Simon und Ruth vor Augen hatte, wie sie sich beide nackt wanden. Den Bruchteil einer Sekunde überlegte ich, tief durchzuatmen oder mich zu beruhigen. Aber die schlimmen Gedanken machten dieses Vorhaben zunichte, und ich legte auf. Und weil mir nichts Besseres einfiel, hüllte ich mich in einen der Wandbehänge, zog das Kapuzenshirt an und lief los, um mir ein Bild von der Party zu machen.

20

Ich ging nicht wirklich auf die Party. Dazu war mir mein Dschungel-Look dann doch zu peinlich. Ich schickte eine SMS an Rachel, und sie schrieb zurück, sie werde mir einen Martini besorgen und mich draußen auf der Terrasse treffen. Ich musste einfach überprüfen, ob Erin von Rachel nicht auf die schiefe Bahn gelockt worden war und jetzt womöglich mit ein paar Frauenhelden herummachte.

Ganz so schlimm war es nicht. Aber als die beiden sich mit mir trafen, bedauerte ich es doch, sie miteinander allein gelassen zu haben. Rachel war total aufgedreht, und Erin schwankte. Das konnte nur bedeuten, dass Rachel Erin betrunken gemacht hatte. Sie hatte ihr die Martinis mit Passionsfrucht als alkoholfrei verkauft, und Erin fand sie so köstlich, dass sie gar nicht genug davon hatte bekommen können. Oder Rachel hatte Erin beigebracht, wie man Männer rumkriegte. Und egal wen Rachel in die Kunst der Verführung einwies, ihr Konzept konnte einen das Fürchten lehren. An mir nagte der hässliche Verdacht, dass Rachel erst zufrieden war, wenn Erins Predigervater seine Tochter mit einem brutalen Mann zwischen ihren Beinen auf dem Altar vorfände.

»Neeeiiin, neeiin, langsamer, jaaaaaaaaaaa, so ist's gut, jetzt hast du's raus.« Erin lernte, wie man verführerisch einen Drink mit dem Strohhalm trank. »Genau, arbeite dran. Denk immer an das Mantra: Wenn du nicht auf dich aufmerksam machst, wird dich keiner haben wollen. Gut … gut. So ist's gut, mach langsam.«

»Und was ist, wenn man ihr gar keinen Strohhalm gibt?«, fragte ich. Fragen würde man ja wohl noch dürfen.

Rachel schüttelte den Kopf und verdrehte die Augen. Also hielt ich den Mund und beobachtete Erin bei der Strohhalmfellatio.

»Also sie wird erst ganz viel an ihren Haaren und an ihrem Hals herumfummeln, wie wir das zuvor durchexerziert haben, danach sollte sie das hier machen.«

Rachel begann mit ihrem Finger die Konturen ihrer glänzenden Lippen nachzuzeichnen. »Es ist alles nur eine Frage von Lipgloss. Unmengen Lipgloss. Also umkreist du den Rand deiner Lippen ganz langsam, so etwa, und lässt dann deine Fingerspitze in deinen Mund gleiten, nämlich so.« Rachel begann an ihrem Finger zu saugen.

Man muss dazu sagen, dass Rachel eine versaute Blondine mit rauchiger Stimme ist, die ihren Bachelor in den Schlafzimmerkünsten gemacht hat. Wenn sie sanft an ihrem Finger nuckelt, sieht sie aus wie Christina Aguilera in einer Lippenstiftwerbung. Als die kleine Erin es versuchte, sah es aus, als säße ihr Ring an ihrem Finger fest, den sie auf diese Weise abzukriegen versuchte.

»Das Wichtigste ist jedoch«, fuhr Rachel fort und wischte ihren tropfenden Finger an meinem Wandbehangrock ab, »dass du so tust, als wärst du fasziniert von ihnen.«

»Äh … Rachel, das kannst du ihr doch nicht allen Ernstes empfehlen!«, würgte ich heraus. »Wir haben Tausende Jahre patriarchalischer Gesellschaft hinter uns, und du gibst ihr den Ratschlag, so zu tun, als ob sie die Männer faszinierend fände?«

»Was schlägst du stattdessen vor?«

»Sei du selbst.«

»Wie lange warst du Single, Sarah?«

»Miststück.«

»Niemals, unter gar keinen Umständen darfst du einfach du selbst sein«, sagte Rachel zu Erin und bedachte mich mit einem wütenden Schulleiterinnenblick. Sie wollte noch ein Schimpfwort hinterherschicken, doch eine hohe weibliche Stimme brachte sie zum Schweigen.

»Bist du die Engländerin?«

Rachel und ich wirbelten beide herum. Die schmeichlerische Stimme gehörte zu einer unterernährt aussehenden Frau in einem dieser Tops, die nur Keira Knightley tragen kann, weil sie aus nicht mehr als einem über den Busen drapierten Stofffetzen bestehen. Sie sah mich an.

»Ja.«

»Ich bin Chelsea«, kreischte sie.

Lieber hätte ich eine Symphonie aus Messern auf Tellern und Fingernägeln auf Schultafeln gehört.

»Und ich bin die Camden«, sagte ich und wäre vor Scham am liebsten im Boden versunken, weil ich einen derart schlechten Scherz laut ausgesprochen hatte.

»Was?«

Es hörte sich an wie das Kläffen eines kleinen Hundes.

»War ein wirklich schlechter Scherz. Tut mir leid.«

Genau in diesem Moment holte Chelsea ein kleines rattenähnliches Geschöpf aus ihrer Handtasche, das zu kläffen anfing. Es hatte große Ohren und trug einen grün-rosa gestreiften Pullover.

»O Cleopatra«, sagte sie.

Während sie das arme Ding mit Küssen bedeckte und dabei eloquente Sätze wie »DuhastMummysolieb« und »MummyliebtWuffipu« von sich gab, begriff ich auf einmal, warum man in Amerika Waffen tragen darf.

»Ich werde dich bald oft sehen. Du bekommst nämlich Sprachtraining bei meinem Dad – ein paar Lektionen.«

Lektionen! Lektionen! Sprach sie etwa im Plural? Miles Mavers hatte mir gegenüber nicht mehr als eine Sitzung erwähnt.

»Wir wollen lieber wieder reingehen, Cleopatra«, sagte sie dann zu dem Hund und stakste zurück zur Party, ohne auch nur ein anderes zweibeiniges Wesen wahrzunehmen.

»Tschüss, Chelsea, schön, dich kennengelernt zu haben«, rief ich ihr nach.

Keine Reaktion.

»Schlucken, einfach schlucken«, erklärte Rachel Erin, die aussah, als würde sie gleich kotzen.

Erin schluckte gehorsam, zögerte kurz und strahlte dann wieder.

»Wo waren wir denn?«

»Du hast die Feministinnen gegen dich aufgebracht.«

»O ja, stimmt, das ist ja das Wichtigste. Gib dich

fasziniert, wende deinen Blick nie von ihnen ab, mach dies und das mit deinem Haar und deinem Hals, dann mit deinem Mund und dem Strohhalm. Und binnen einer halben Stunde liegst du im Behindertenklo auf den Knien.«

Ich verdrehte wieder meine Augen, aber Erin strahlte noch immer.

»Jetzt kommt mit, wir gehen rein und testen es.«

Rachel bedeutete Erin, ihr zu folgen, aber Erin schwankte. Die Situation gefiel mir ganz und gar nicht. Erin war so nett zu mir gewesen, und ich wollte sie von Rachel loseisen. Aber auch Rachel war nett zu mir gewesen, und ich wollte sie nicht verärgern.

»Ich sollte Erin lieber hoch ins Bett bringen, Rachel. Sie ist total betrunken.« Ich wandte mich an Erin und fügte rasch hinzu: »Ist nicht schlimm, Schätzchen.«

Ich zog Rachel von Erin weg, sodass sie uns nicht hören konnte.

»Sie ist wirklich nett, Rachel«, sagte ich. »Sollen wir sie nicht lieber zu Bett bringen?«

Rachel sah mich schmollend an.

»Ich habe doch nur ein bisschen meinen Spaß.«

»Rachel! Bitte.«

Rachel sah mich an und zog die Brauen hoch. Plötzlich war ein ziemlicher Tumult an der Terrassentür. Es sah ganz so aus, als käme Leo Clement durch die Tür, umrundet von sechs auf Knien liegenden Frauen. Bei näherem Hinsehen sah man, dass die Frauen alle einen Hund liebkosten und streichelten. Einen ausgewachsenen Hund.

»Oh, da fällt mir noch was Gutes ein«, sagte Rachel

mit Blick auf die Szenerie. »Spiel mit seinem Hund, wenn er einen Hund hat.«

Ich schaute zu Leo Clement. Ich versuchte, meine Augen von Leo Clement abzuwenden. Es war unmöglich. Er trug ein Jackett über einem blassblauen T-Shirt. Das T-Shirt unterstreicht das Blau seiner Augen, überlegte ich. Leo Clement sieht so gut aus, dass einem derart lächerliche Dinge durch den Kopf gehen, dachte ich später. Er hatte die Jeans an, die er auch auf dem Flug angehabt hatte. Alles war zerknittert, als hätte er es gerade erst von seinem Schlafzimmerboden aufgehoben, und sein Haar war so durcheinander, als wäre es gerade erst in einem verschwitzten Bett zerzaust worden.

Er kam auf uns zu. Endlich gelang es mir, meinen Blick abzuwenden. Rede mit Leo Clement so, als wäre er hässlich, sagte ich mir. Rede mit ihm so, als wäre er reizend, versuchte ich es noch mal. HÄSSLICH! Hör zu, Sarah! Rede mit ihm, als wäre er hässlich, instruierte ich mich. Das war meine einzige Hoffnung, wenn ich nicht wie ein Idiot dastehen wollte.

»Hey«, sagte Leo Clement.

»Wie geht's, Hässlicher?«

Eine Sekunde lang stand ich unter Schock. Ich wollte ihm doch nicht sagen, dass er hässlich war! Zum Glück lachte er. Erin sah Rachel an, die ihr zeigte, dass sie mit Verführungstaktik Nummer eins beginnen sollte: Haare und Hals befummeln. Erin griff das auf, zog aber an ihrem Ohrring, während sie mit ihren Haaren spielte. Hätte ich das Spielchen nicht gekannt, hätte ich gesagt, dass sie Läuse hatte.

»Boy«, rief Leo, und der Hund kam zu ihm gerannt.

Die Frauen erhoben und zerstreuten sich. Leos Hund drückte sich an mich und fing an, meinen Wandbehang zu beschnuppern. Ich weiß nie, was ich mit Hunden machen soll. Normalerweise schnüffeln sie an meinem Hintern, und wenn ich dann anfange, mit ihnen zu spielen, wandern sie einfach weiter, und ich stehe dumm da.

»Oh«, sagte ich, weil ich etwas Feuchtes an meinen Zehen spürte. »Oh.«

»Er mag deine Zehen.«

»Hm. Wird wohl der Fußpilz sein«, gab ich zurück, nicht ohne zu registrieren, dass Leo es scheinbar an der Zeit fand, Abstand vom förmlichen Sie zu nehmen.

Ich sah Rachel Erin einen Blick zuwerfen, der nur bedeuten konnte: Sei unter keinen Umständen du selbst. Erin reagierte darauf, indem sie grinsend ihr Gefummel beschleunigte.

Eine Weile standen wir schweigend zusammen, schuldbewusst genoss ich das Zehenlecken. Glücklicherweise tauchte eine Servierdame mit einem Kanapeetablett auf, und Leo und ich nahmen uns jeweils eins.

»Die sind scharf«, sagte die Bedienung. »Sehr scharf.«

Ich aß einen Bissen.

»Oooh ja. Das wird man morgen auf dem Klo spüren«, keuchte ich.

Es kam einfach so aus mir heraus. Rachel warf Erin wieder besagten Blick zu, aber Erins Kopf war merkwürdig verdreht. Ihr Ohr lag fast auf ihrer Schulter. Leo machte einen Schritt auf sie zu.

»Ich glaube, er hat sich in deinem Haar verfangen. Der Ohrring.«

Ich ging, um auch einen Blick darauf zu werfen, aber

Rachel bedeutete mir, zu bleiben, wo ich war. Stolz sah Rachel zu, wie Leo liebevoll Erins Hals umfasste und ihr Ohr inspizierte.

»Da ist alles durcheinander. Ich möchte nicht daran ziehen. Komm ins Licht. Da.« Er führte die schwankende Erin unter die Außenbeleuchtung. Mir fiel auf, wie sanft dieses Kraftpaket war. Und er schien wirklich in Sorge wegen ihres Haars zu sein. »Man muss es vielleicht abschneiden.«

Ich starrte die beiden an und fand, dass sie ein unglaublich schönes Paar abgaben, bis Rachel mich anschnauzte.

»Geh, Sarah, hol eine Schere.«

»Warum ich? Ich habe einen halben Kilometer Ethnoteppich um meine untere Hälfte gewickelt!«

Rachel ignorierte mich und behielt Erin und Leo im Auge. Ich löste meinen Fuß von der Hundezunge und trippelte tatsächlich los wie eine Geisha, um irgendwo eine verdammte Schere aufzutreiben.

21

Nachdem wir Erin befreit hatten, brachten wir sie hoch auf ihr Zimmer und halfen ihr beim Ausziehen. Dann ging ich selbst auch zu Bett. Ich hatte eine fürchterliche Nacht.

Es gibt da eine Sache im Leben, darin bin ich richtig gut. Schlafen. Auf diesem Gebiet habe ich besondere

Fähigkeiten. Mein ganzes Leben habe ich den Schlaf willkommen geheißen und der Schlaf hat immer warmherzig reagiert und mich in seinen Armen gewiegt. Es war eine wunderbare Beziehung.

Ich kann zu jeder Zeit, an jedem Ort, überall schlafen. Ich kann fünf Stunden lang hintereinander wegdösen. Mein Schlaflebenslauf ist beeindruckend. Ich bin auf der Hochzeit meiner ältesten Freundin eingeschlafen. Bei der Schulabschlussprüfung in Geografie bin ich eingeschlafen. Aber in dieser Nacht hatte der Schlaf sich davongemacht, ohne mir Bescheid zu sagen.

Ich lag die ganze Nacht wach und dachte an Simon und das Foto von Ruth in Unterwäsche, das er in seinem Terminkalender aufbewahrte. Grübelte über die Gefühle nach, die er offenbar für sie empfand. Sie waren ein ganzes Jahr lang zusammen gewesen. War er womöglich so wahnsinnig enttäuscht, dass sie keine Kinder bekommen konnte, dass er mich als Trostpreis genommen hatte? Und wenn ich nun keine Kinder wollte oder, Gott bewahre, keine bekommen konnte? All diese Fragen machten meinem Gehirn richtig Spaß.

Dann spintisierte ich darüber, wie die beiden Sex miteinander hatten. Ich hatte sie eigentlich nie bei irgendwelchen Erwachsenenspielchen beobachtet. Aber in meinem Kopf hatten sie Pornostarsex. Sie war gelenkig wie eine Ballerina.

Das Problem an der Geschichte war, dass sich diese Gedanken, nachdem ich sie einmal gewälzt hatte, in meinem Gehirn einnisteten und es sich gut gehen ließen. Bilder von Simon und Ruth, die in Cirque-de-Soleil-Positionen miteinander bumsten, trieben in meinem Kopf ihr

Unwesen und machten keinerlei Anstalten, ihn wieder zu verlassen.

Um etwas Abwechslung in das Ganze zu bringen, ging ich dazu über, mich mit Ruth zu vergleichen. Im Vergleich mit ihr fühlte ich mich erst richtig dick. Zugegeben, fettleibig bin ich nicht. Aber es wackelt überall ein bisschen, und mein Hintern ist mächtig. Ich wusste, dass ein Gespräch, das man in meiner Abwesenheit über mich führte, folgendermaßen ablief:

»Sarah? Wer ist das?«

»Ach, du weißt schon, Sarah, Schauspielerin, kräftig. Mehr bequeme Limousine als rasanter Sportwagen.«

Aber Ruth hatte, um all die zu zitieren, die ihr je begegnet waren, »eine reizende Figur«.

Und ich hielt mich nicht für besonders gut im Bett. Ich brachte es ja nicht mal fertig, beim Telefonsex das Wort »Schwanz« in den Mund zu nehmen.

Also lag ich da und fühlte mich beschissen und war total sauer auf Simon. Aber als ich mich fragte, warum ich sauer auf ihn war, fiel mir als einzige Antwort nur ein, dass ich sauer auf ihn war, weil er eine Exfreundin hatte, die besser aussah als ich. Und selbst ich wusste, wie lächerlich es war, deswegen auf jemanden sauer zu sein. Doch mit dem Bewusstsein um die eigene Lächerlichkeit fühlte ich mich gleich noch beschissener und wurde noch saurer. Und um dem allem noch die Krone aufzusetzen, redete ich mir ein, dass Ruth solche lächerlichen Gedanken mit Sicherheit nicht kannte.

Ich kam aus meinem Gedankengefängnis nicht raus, drehte mich ständig im Kreis und fand keinen Ausgang. Bei Tageslicht wäre es mir vielleicht gelungen, diese Gedanken einigermaßen in Schach zu halten. Aber nachts und schlaflos war ich machtlos gegen sie. Es war, als hätte der Wachmann in meinem Kopf sich für die Nacht abgemeldet, sodass all diese schlimmen Gedanken einbrechen und Amok laufen konnten.

Gegen vier Uhr morgens verstand ich endlich, worum es dabei ging. Es war die Eifersucht, und sie war schrecklich.

22

Ich hatte mir vorgestellt, dass Miles Mavers' Frau mir am Sonntagmorgen um acht Uhr im Morgenmantel die Tür öffnete und dabei womöglich die kleine Ratte zum Pinkeln in den Garten rausließ. Ich sah sie in Gedanken freundlich lächeln und sagen: Er steht gerade auf und kommt in einer Minute herunter. Kaffee? Aber ich fand mich in der verrücktesten Morgenszene wieder, die ich je erlebt habe.

»DAD! SARAH IST DA!«, maunzte Chelsea ihrem Vater zu.

Sie trug einen Gymnastikanzug und Ballettschuhe, und ihre Stimme war, wie schon auf der Party, einem Folterinstrument nicht unähnlich. Offenbar weilte Dad oben. Sie hätte natürlich nach oben gehen und ihm in aller Ruhe mitteilen können, dass ich da war, und auf diese Weise meinen von zwei Martinis, einem Gin und einer schlaflosen Nacht geschädigten Kopf schonen können. Tat sie aber nicht. Für diese Kakofonie tonalen Terrors war Chelsea jedoch nicht allein verantwortlich. Sie hatte zudem noch die Stereoanlage aufgedreht. Daraus dröhnte Polkamusik. Es klang, als würde ein verrückter liebeskranker französischer Pianist mit einem altbackenen Baguette wütend auf die Tasten eines Klaviers einschlagen. Es war immerhin erst acht Uhr morgens.

»DAD! DAD! DAAAAD!«

Dann kam auch noch der Hund.

»Cleo, Baby, wo ist mein Schätzchen, DAD! DAAAD!«

»Vielleicht sollte ich lieber später noch mal kommen.«

»Sarah!« Miles Mavers kam im Trainingsanzug die Treppe heruntergejoggt. »Wir haben eine Menge Arbeit vor uns.«

»Guten Morgen.«

»Wir wollen einen richtigen Ami aus Ihnen machen.«

»Guten Morgen, Prinzessin«, sagte er zu Chelsea. Sie hüpfte en pointe, um ihm einen Kuss zu geben.

»Guten Morgen, Daddy. Darf ich beim Unterricht dabei sein?«

»Natürlich, Prinzessin«, sagte er strahlend. »Chelsea ist Schauspielerin. Eine sehr gute«, ließ er mich wissen.

»Ah, tatsächlich? Wie schön.«

Ich könnte mich getäuscht haben, aber Chelsea sah aus wie mindestens siebenundzwanzig. Und ich konnte nicht begreifen, warum wir alle mit ihr so redeten, als wäre sie vier. Lag vielleicht an ihrem Ballerinengehabe.

»Würden Sie mir ein Wasser bringen?« Offensichtlich sprach Miles Mavers mit mir.

»Ich möchte auch eins«, sagte Chelsea.

»Äh … wo ist die Küche?«

Chelsea seufzte und sagte: »Letzte Tür auf der rechten Seite.«

Diese Leute sind verrückt, dachte ich. Ich ging in ihre Küche und schaute auf dem Weg dorthin in sämtliche Räume. Die Küche war groß und bestens ausgestattet. Das Erste, was ich sah, war ein Kühlschrank. Noch nie hatte ich einen auch nur halb so großen Kühlschrank wie den der Mavers gesehen. Ich war versucht, mich darin zu verstecken. Dann fiel mein Blick auf einen großen Fernsehbildschirm, dort lief ein Fitnessprogramm. Die Dame im Fernsehen hatte unglaubliche Bauchmuskeln.

»AHHHH. AUTSCH!«

Ich war auf eine Frau getreten, die Situps machte.

»Entschuldigung! Alles in Ordnung mit Ihnen?«

»Vierundsiebzig, fünfundsiebzig, sechsundsiebzig«, keuchte sie, woraus ich schloss, dass sie nicht tödlich verletzt war.

Das war wohl Mummy. Bei Mummys Brüsten und Lippen hatte man chirurgisch nachgeholfen. Vielleicht starrte ich ein wenig zu lange darauf, um zu entscheiden, ob zum Guten oder zum Schlechten. Ich stieg über sie, um zur Spüle zu gelangen. Als ich den Fernseher verdeckte, verpasste sie mir einen Schlag gegens Schienbein. Der Schmerz trieb mir frische Sonnenbrandtränen in die Augen. Ich sah zwei leere und vermutlich schmutzige Gläser. Diese füllte ich rasch und kehrte damit ins Arbeitszimmer zurück.

»Perfekt, Prinzessin, das ist perfekt.«

»Aa, ee, ii, oo, uu.«

»Perfekt.«

Chelsea sprach die Vokale mit ihrem amerikanischen Akzent aus.

»Ich bin mit Chelsea gerade die Vokale durchgegangen.«

»Hm. Hier ist das Wasser.«

»Bäh«, rief sie und trank einen Schluck. »Leitungswasser!«

»Gut, Miles, lassen Sie uns anfangen. Was haben Sie mit mir vor?«

»Bäh«, wiederholte Chelsea.

»Ich hab reingepinkelt«, flüsterte ich ihr zu.

»Daddy …«, fing sie an zu jammern.

»Okay, üben wir jetzt also die Vokale?«, fragte ich.

Miles Mavers war einen Augenblick lang sprachlos. »Ja. Vokale. Also, Chelsea, sag deine Vokale noch mal, Prinzessin.«

»Aa, ee, ii, oo, uu.«

»Jetzt Sie, Sarah, versuchen Sie 's.«

»Aa, ee, ii, oo, uu.«

»Nein. Hören Sie noch mal zu. Wiederhol das O, Chelsea.«

»Oo.«

»Wunder …«

Ich fiel ihm ins Wort.

»Äh … Miles, ich fange in zwei Tagen mit dem Drehen an.«

»Ja, Sarah, das weiß ich.«

»Na ja, mir wäre am meisten geholfen, wenn wir meine Szenen durchgehen könnten. Ich dachte, dafür sei dieser Unterricht gedacht.« Jetzt hatte ich ihn beleidigt. Aber wer A sagt, muss auch B sagen, oder? »Und hätten Sie was dagegen, den Unterricht als Einzelstunde zu gestalten?«

Teufel noch mal, ihm stand Krieg im Gesicht geschrieben, aber er reagierte prompt.

»Wenn Ihnen das lieber ist. Würdest du uns bitte allein lassen, Chelsea?«

Chelsea wollte vor Wut stampfend den Raum verlassen, was die Ballettschuhe jedoch vereitelten, sodass sie mit einer recht gelungenen Charlie-Chaplin-Darbietung durch die Tür rauschte.

»Sie scheint nett zu sein!«, sagte ich zu Miles und reichte ihm dann das Skript.

23

Nach meiner ersten Stunde bei Miles Mavers belohnte ich mich mit einem vollfetten amerikanischen Brunch im Hotelrestaurant. Es war ein freundliches, helles Restaurant, man hatte das Gefühl, an Bord eines Vergnügungsschiffs zu sein. Was sehr passend war, denn nach der schlaflosen Nacht und dem Jetlag hatte ich tatsächlich das Gefühl, mich auf stürmischer See zu befinden. Ich saß an einem Fenstertisch mit Blick auf den Ozean. Die Promenade sah danach aus, als wäre ganz L.A. auf jede nur erdenkliche sportliche Weise unterwegs. Es war wie in dieser alten Tampax-Reklame, wo alle auf Rollerblades fahren oder jauchzend neben ihren Hunden herrennen. Kein Vergleich zu Camden. In Camden sieht man an einem Sonntagmorgen um halb zehn höchstens einen verdrießlichen Straßenkehrer oder ein paar Typen auf Ecstasy, die die

Nacht durchgemacht haben und von Franzosen Kippen schnorren. Ich schüttelte mitleidig den Kopf, als ich mir all diese verschwitzten Fitnessfreaks ansah. Begriffen sie denn nicht, dass der Sonntagmorgen Schinkensandwiches und dem Frühstücksvögeln vorbehalten war?

»Noch mehr Kaffee?«, erkundigte sich die hübsche Kellnerin.

Ich sah sie verwundert an. Ich hatte meine Tasse erst halb leergetrunken. Das war noch so etwas, was es in England nicht gibt: Kellner und Kellnerinnen, die nett zu einem sind.

»Äh … ja, bitte, danke, wunderbar.«

»Keine Ursache!«

»Danke schön.«

»Keine Ursache!«

»Toll«, sagte ich, weil diese »keine Ursache« wie aus dem Schnellfeuergewehr kamen.

»Sie kommen aus England?«

»Ja.«

»Der Bruder meiner Mutter lebt in Schottland.«

»David?«

»Jaaa! Sie kennen ihn?«

»Nein, ich mache nur Spaß.«

Sie wirkte eingeschnappt. Also fügte ich hinzu: »Schottland ist wunderschön.«

»Ihr Essen wird sofort fertig sein.«

»Besten Dank!«

»Keine Ursache.«

Ich überlegte gerade, ob ich meine Dankesbekundungen nicht besser reduzieren sollte, da näherte sich Erin meinem Tisch.

»Hey!«

Sie trug über Radlerhosen ein T-Shirt der Christian Union in Übergröße.

»Bist du schon gelaufen?«, fragte ich erstaunt.

»Nein.«

»Gott sei Dank.«

»Ich bin nur gejoggt.«

»Möchtest du dich zum Frühstück zu mir setzen?«

»Danke.«

»Hallo.«

Das war die Kellnerin, die wie aus dem Nichts erneut auftauchte. Solche Kellnerinnen hatte ich noch nicht erlebt. Ich habe an den Wochenenden selbst mal zusammen mit Julia als Kellnerin in einem kleinen Café nahe Hampstead Heath gearbeitet. Wir waren nie freundlich zu den Gästen. Wir empfanden sie als lästige Ablenkung, wenn wir uns am kostenlosen Essen gütlich taten und gemütlich miteinander tratschten. Und wenn wir sie lange genug unbeachtet ließen, kamen sie zu uns an die Theke zum Bestellen, sodass wir uns nicht vom Fleck zu rühren brauchten.

»Was können Sie empfehlen?« Erin lächelte die Kellnerin an.

»Oh, ich arbeite noch nicht lange hier und faste zurzeit.«

»Aha«, Erin nickte und schaute auf ihre Speisekarte.

»Fasten? Aus religiösen Gründen?«, fragte ich und sah sie an.

Sie war blond und blauäugig und hatte überhaupt keine Ähnlichkeit mit den zu Ramadan Fastenden, die man so kannte.

»Nein, es hat keinen besonderen Grund«, sagte sie, als wäre Fasten was ganz Natürliches.

Sie arbeitete in einem Restaurant! Einer der oder, wie ich meine, eigentlich der einzige Vorteil, in einem Restaurant zu arbeiten, ist das kostenlose Essen. Langsam hatte ich den Verdacht, dass man Amerika bei der Geburt hatte fallen lassen.

»Und was essen Sie dann?«

»Nichts. Ich mache mir dieses Getränk mit Walnusssirup und Essig und Wasser, und das trinke ich.«

»Igitt«, sagte ich und mein Mund füllte sich mit heißem Speichel. »Bringt Sie das nicht zum Erbrechen?«

»Wie bitte?«

»Wie lange machen Sie das schon?«

»Heute ist mein achter Tag.«

»Der achte Tag! Halten Sie das denn durch?«

»Ich fühle mich großartig.«

Das haute mich um.

»Ist Sahne in der Suppe?«, erkundigte sich Erin.

»Crème fraîche.«

»Fettarm?«

»Nein.«

»Und der Spargel, ist der in Öl gebraten?«

»Nein, gekocht.«

»Wunderbar. Dann nehme ich einen grünen Salat ohne Dressing, Spargel ohne Soße und ein Eiweißomelette.«

»Nicht doch, Erin, bist du dir sicher, dass du nicht auch ein Glas Essigsirup möchtest?«

»Nein. Aber das ist gut. Ich habe auch schon so gefastet.«

»Kaffee?«, fragte die Kellnerin.

»Ja, bitte.«

»Ich weiß nicht, was mit mir los ist«, seufzte Erin, nachdem die Kellnerin gegangen war. »Aber ich habe großen Appetit auf einen Bagel.«

»Dann hol sie zurück und bestell dir einen.«

»Nein!«, stöhnte sie. »Ich habe eine Weizenallergie.«

»Oh. Ich liebe Bagels.«

»War das dein Freund, mit dem ich dich am Flughafen gesehen habe?«

»Hm.«

»Der sah nett aus.«

»Ist er auch«, sagte ich traurig.

»Ist alles in Ordnung mit dir?«

»Ja, ja, alles gut. Aber ich habe heute Nacht kaum ein Auge zugetan, und du wirst mich jetzt vielleicht für verrückt halten, aber … entschuldige, du kennst dich nicht zufällig mit Eifersucht aus?« Ich kannte Erin überhaupt nicht. Sie war viel jünger als ich, aber ich mochte sie. Ich ging davon aus, dass sie ein guter Mensch war. Und aus irgendeinem Grund wollte ich ihr die ganze traurige Simon-Geschichte anvertrauen. »Weißt du, ich bin noch nie zuvor in meinem Leben eifersüchtig gewesen, aber in dieser schlaflosen Nacht habe ich viel nachgedacht, und jetzt glaube ich, dass ich eifersüchtig auf Simons Exfreundin bin. Ich weiß, das klingt lächerlich, aber ich werde den Gedanken nicht los, dass er lieber mit ihr zusammen wäre und ihr Leben aufregender war als unseres. Wir sind erst ein paar Monate zusammen, und sie haben sich erst kurz davor getrennt, sodass er sicherlich noch nicht über sie hinweg ist …«

Ich unterbrach meinen Redefluss, weil ich merkte, dass

Erin mich nicht einmal ansah. Sie starrte den Mann an, der neben uns saß und eine Ausgabe der *Los Angeles Times* las. Dann sprang sie unvermittelt vom Tisch auf, ging kurz weg, kam wieder und hielt mir eine Zeitung unter die Nase. Ich begriff wirklich nicht, warum sie das tat.

»Danke, Erin«, sagte ich lächelnd.

»Lies«, flüsterte sie.

Es war die *Los Angeles Times.* Ich warf einen Blick darauf. Die Schlagzeile lautete: DAS WASSERWIRTSCHAFTSAMT VON L.A. KÜNDIGT EINSCHNITTE IN DER WASSERVERSORGUNG AN. Ich war mir nicht sicher, ob ich das mit einem »O Mann, das ist ja großartig« oder »Ach du liebe Zeit« kommentieren sollte. Aber dann sah ich es. Es war eine Anzeige. Ein kleiner Kasten am Rand der Zeitung:

WUT, ÄRGER, EIFERSUCHT? SILAS ANDERSON BIETET EINEN KOSTENLOSEN WORKSHOP AN, DER IHNEN HILFT, DIESE GEFÜHLE LOSZUWERDEN UND DIE PERSON ZU SEIN, DIE SIE SEIN MÖCHTEN.

HEUTE 14 UHR

L.A. CONVENTION CENTRE – PETREE HALL

»O Mann, das klingt ja toll!«, juchzte ich.

Aber dann sah ich Erin an, die den Tränen nahe war. Da begriff ich, dass es nicht um die Anzeige ging. Ich überflog die Seite erneut und entdeckte eine kleinere Schlagzeile: CHEMIE VOR UND HINTER DER

LEINWAND und darunter ein Foto. Ich registrierte, worum es sich bei dem Foto handelte. Dann sah ich Erin an.

»O Erin, was für ein Mist!«

»Das ist das Schlimmste, was mir je widerfahren ist«, flüsterte sie.

Ich schaute mir das Foto genauer an und schüttelte den Kopf. Es war eine wunderschöne Aufnahme von Leo und Erin. Sie standen im Mondlicht auf dem Balkon. Leo hielt aufmerksam ihren Kopf. Sie strahlte. Ihr Kopf war geneigt, seiner ebenfalls. Es sah ganz danach aus, als wären sie nur Sekunden von einem zärtlichen Kuss entfernt. Hätte man mittels einer Fotomontage den Schere schwingenden Trampel entfernt, hätte man es als Poster aufhängen können.

Erin begann zu schluchzen, was bald die Aufmerksamkeit der anderen Frühstücksgäste weckte.

»Komm mit, lass uns auf dein Zimmer gehen«, sagte ich und bugsierte sie zum Ausgang.

Ehrlich gesagt war ich stinkig, weil ich mein Frühstück stehen lassen musste, aber ich wollte sie von den Leuten wegholen. Sobald wir das Restaurant verlassen hatten, klingelte mein Handy. Simon? Nein.

»Sarah, hier ist Eamonn, ist Erin bei dir?«

»Ja. Hörst du den Lärm im Hintergrund? Das ist sie.«

»O Scheiße.«

»Sehr treffend.«

»Kann ich sie sprechen?«

»Erin, Liebes, da ist Eamonn Nigels für dich an meinem Handy. Kannst du mit ihm sprechen?«

Erin bemühte sich, ihre Fassung wiederzuerlangen,

aber das Ergebnis war ein keuchendes Schluckaufgeräusch und Rotz, der aus ihrem rechten Nasenloch lief.

»Hmm«, meinte Eamonn. »Lass sie am besten eine Weile in Ruhe. Sag ihr bloß, dass wir eine Erklärung herausbringen werden, in der steht, dass sich ein Ohrring in ihrem Haar verfangen hat. Das war Rachels Idee. Ist doch gut, nicht wahr?«

»Es ist die Wahrheit, Eamonn. Warum hätte ich sonst mit einer Schere dagestanden?«

Eamonn lachte.

»Wie kommt es, dass Leo so berühmt ist? Ich habe nie zuvor von ihm gehört.«

»Leo ist gar nicht so berühmt!«, betonte er, als wäre ich schwer von Begriff. »Aber gib ihm etwas Zeit. Er ist ein Model, der zur Schauspielerei gewechselt hat, und er ist gut. Nein, Erin ist die bekannteste Akteurin in diesem Film.«

»Nein! Tatsächlich? Verrückt, aber das kann man kaum glauben.«

»Sie trat jahrelang in einer großen Kindershow auf. Die lief bei uns in England nicht. Sie wurde in New York aufgezeichnet, da war sie zu Hause. Letzte Woche ist sie einundzwanzig geworden, und das ist ihr erster Job fern von daheim. Ihr Dad ist als Prediger eine Berühmtheit in New York. Er hat dort eine Show auf einem christlichen Sender, in der es um glückliche Familien geht. Dass das passiert ist, ist wirklich ein Albtraum.«

»Oh.«

»Sag ihr, dass ihr Dad versucht, zu ihr zu kommen. Er sitzt schon im Flieger.«

»Mach ich.«

»Und … Sarah …«

»Hmm.«

»Ich mache dich nicht dafür verantwortlich …« Er hielt inne.

»… aber …?«

»… aber du bist mit Rachel und Erin ausgegangen. Heute Morgen finde ich Rachel in der Strelitzie, wo sie sich übergeben hat, nachdem sie im Versuch, ins Haus zu kommen, die Alarmanlage ausgelöst hat, und Erin, eine Pfarrerstochter, befindet sich auf der ersten Seite der *Los Angeles Times* in einer zweideutigen Pose.«

»Also, ich finde es schön von dir, dass du mich nicht dafür verantwortlich machst«, flötete ich.

»Tschüss, Sarah Sargeant. Und versuch, wenn möglich, weiteres Unheil für den Rest des Tages zu vermeiden.«

»Tschüss, Eamonn Nigels.«

24

Ich musste dorthin. Ich war frei, und ich bin eine Frau. Das Einzige, was ich noch mehr liebe als eine Schnäppchenjagd im Schlussverkauf oder ein Zwei-zum-Preis-von-einem-Angebot ist alles, was gratis ist. Aber das Taxi dorthin kostete mich sechzig Dollar. Und als ich mich bei einer Dame am Informationsschalter des Konferenzzentrums erkundigte, ob es keine Busse zurück zum Hotel gäbe, lachte sie nur, schüttelte den Kopf und sagte:

»Jesus!« Also würde die Fahrt mich hin und zurück einhundertzwanzig Dollar kosten. Und wenn es eins gibt, wofür ich äußerst ungern Geld ausgebe, dann sind das Fahrtkosten. Es widerstrebt mir, Geld für etwas auszugeben, für das ich nichts Handfestes bekomme.

Das Los Angeles Convention Centre war riesig. Es wirkte auf mich wie ein Planet, ein Planet ohne natürliches Licht und schrecklich vielen emotional instabilen Leuten mit der gemeinsamen Eigenschaft, jede Menge überflüssige Pfunde mit sich herumzuschleppen. Speckwanstplanet hätte man ihn nennen können. Da passte ich bestens hin. Es waren mindestens zweitausend Menschen dort – altersmäßig sehr gemischt, aber die Frauen schienen in der Überzahl zu sein.

Wieder trug ich mein Kapuzenshirt-Wandbehang-Ensemble, und obwohl man die Farbe meiner Haut noch immer als gut durchblutet hätte beschreiben können, fühlte ich mich bereits viel, viel besser. Zudem half mir die Gewissheit, dass ich mich in einem fremden Land befand, wo mir keiner über den Weg laufen würde, den ich kannte.

Langsam lief ich durch den Hauptgang und hielt Ausschau nach einem freien Platz. Ich wollte schon aufgeben und einfach an der Seite stehen bleiben, als eine Dame, die ziemlich weit vorn saß, plötzlich aufsprang und einem rotgesichtigen Mann neben ihr zuzischte: »Ich muss mir das nicht antun.« Gefolgt von dem verlegenen Mann stolzierte sie aus dem Konferenzzentrum, und ich nahm einen ihrer Plätze ein.

»Hätte ihr nicht geschadet, wenn sie geblieben wäre, wenn du mich fragst«, sagte eine vertraute Männerstimme ganz unkonventionell, als ich mich setzte.

»BRIAN!«

Ich stieß einen Freudenschrei aus. Es war der reizende Brian, der Steward von meinem Hinflug. Ohne seine Uniform sah er jünger aus, grinste aber wieder so breit, dass ich das nur mit einem Lächeln erwidern konnte.

»Das muss Schicksal sein, Sie … dich wiederzusehen. Jetzt müssen wir für immer Freunde sein.«

»Hallo, Schöner.«

»Sarahschatz, was ist denn mit deiner schönen Haut passiert? Du siehst aus, als hätte man dich auf einen Grill gelegt.«

»Danke.«

»Mach schnell, denn wenn Silas da vorne steht, muss ich mich konzentrieren. Erzähl mir, was aus dem Bananenmann wurde. Habt ihr euch wieder versöhnt?«

»Nein. Ich bin eine eifersüchtige Kuh, seit ich hier bin.«

Ich unterbrach mich. Denn plötzlich fand ich es merkwürdig, sich jemand fast Fremdem anzuvertrauen. Es interessierte mich, warum Brian hier war, ich traute mich jedoch nicht zu fragen. Ob er auch seinen Ärger, seine Eifersucht oder seine Wut loswerden wollte? Doch wie durch Gedankenübertragung beugte er sich über mich.

»Du bist gerade dabei, ein schmutziges, von Schuldgefühlen beladenes Geheimnis aufzudecken, das außer mir keiner kennt.«

»Cool. Dann heraus damit. Ich kann damit umgehen.«

»Ich bin auf verbotene Weise wahnsinnig verknallt in Silas Anderson.«

»Wie weit geht dein Verknalltsein denn?«, fragte ich ihn neugierig.

Er überlegte einen Moment.

»Ich habe eine Diashow mit Fotos von Silas in YouTube gestellt.«

»Das ist tatsächlich verboten.«

»Ich bin noch nicht fertig.«

»Erzähl!«

»Und zwar zur Musik von Right Said Freds *I'm Too Sexy*.«

»NEIIIIN!

»DOOOCH!!

»Was? Ist er wirklich so fit?«

»Er hat die ultimative Fitness.«

Plötzlich ertönte ein weiblicher Schrei aus dem hinteren Teil des Zuschauerraums und unterbrach unser Gespräch. Ich drehte mich abrupt um, weil ich davon ausging, dass sich ein Terrorist oder ein Nagetier im Konferenzzentrum befand. Weitere Schreie ertönten. Ich wandte mich wieder an Brian, aber der war bereits aufgesprungen und schrie ebenfalls. Ich folgte Brians Blickrichtung und sah einen Mann mit einem Mikrofon langsam über die Bühne gehen, als hätte er es von Madonna in *Vogue* abgeschaut. Die Schreie hatten Take-That-Dimensionen angenommen.

Silas Anderson war ein auf gesund gebräunte und typisch amerikanische Weise attraktiver Vierzigjähriger. Er lächelte und nickte und gab sich übertrieben schüchtern und überwältigt, obwohl er keinerlei Anstalten machte, die manische Meute zu beschwichtigen.

Ich überlegte mir, welche Punktzahl ich ihm auf einer Zehnerskala geben würde, als etwas Hartes mir in meine sonnenverbrannte Wange stach.

»Ah!«, schrie ich.

Der Schrei war nutzlos. Wenn man mich niedergestochen hätte, wäre das keinem aufgefallen. Ich hielt meine Wange umklammert und schaute nach rechts, um zu sehen, was mich getroffen hatte. Es war nur Brians Ellbogen. Er hatte sein T-Shirt über seine Brustwarzen hochgezogen und wackelte, als stünde er auf einer Power Plate.

»AHHH! ICH LIEBE DICH, SILAS!«, brüllte er. Offenbar bemerkte er meinen entsetzten Blick, denn er schrie: »Sarahschätzchen, du darfst niemals einer Menschenseele davon erzählen«, ohne den Blick von Silas abzuwenden.

Womöglich lag es an Brians Brustwarzen, jedenfalls hob Silas endlich seine Hände, um den Mob zu beruhigen, und lief dann selbstsicher die Bühne ab, wobei er uns alle ins Visier nahm. Brian und ich setzten uns.

»Dein Geheimnis ist bei mir sicher«, versicherte ich ihm.

Es gab noch ein paar Begeisterungsrufer, die aber von der Schar unmittelbar zum Schweigen gebracht wurden. Als wir alle still waren, brüllte Silas Anderson: »DAS KÖNNTE DIE GROSSARTIGSTE ZEIT DEINES LEBENS SEIN! DAS KÖNNTE DIE GROSSARTIGSTE ZEIT DEINES LEBENS SEIN! DIE GROSSARTIGSTE ZEIT DEINES LEBENS!!! WOLLT IHR DAS? ICH FRAGTE: WOLLT IHR DAS?«

»Ja!«, schrie die Menge.

Das kann ja heiter werden, sagte ich mir.

»IST ES DAS, WAS IHR WOLLT? WOLLT IHR WIRKLICH, DASS DIES DIE GROSSARTIGSTE ZEIT EURES LEBENS IST? WOLLT IHR DAS? SEID IHR EUCH SICHER?«

»JA!!!«

Diesmal verfiel ich in Kirchengemurmel, um mitzuhalten.

»WENN IHR DAS ALSO TATSÄCHLICH WOLLT, WERDET IHR DAFÜR AUCH ARBEITEN?«

»JA!!!«

Ich murmelte wieder vor mich hin. Vom Arbeiten war ich noch nie begeistert gewesen.

»WERDET IHR DIE VERÄNDERUNGEN IN EUREM LEBEN VORNEHMEN, DIE DIES ERMÖGLICHEN?«

»JA!!!«

Zu meiner Überraschung schrie ich diesmal tatsächlich mit. Brian nickte mir stolz zu.

»DAMIT IHR IN DER ZUVERSICHT, GEFÜHLE WIE WUT, ÄRGER UND ANGST KONTROLLIEREN ZU KÖNNEN, SOBALD SIE AUFTAUCHEN, WEITERMACHEN KÖNNT?«

»JA!!!«

Jetzt hechelte ich. Ich war machtlos dagegen. Im Raum war so viel Elektrizität, dass ich glaubte, gleich eine Rechnung von meinem Stromversorger zu bekommen.

»SEID IHR EUCH SICHER?«

»JA!!«

»Großartig, also, ich werde in den nächsten vier Wochen in Los Angeles sein und Wochenendkurse abhalten. Wenn ihr euch heute dazu anmeldet, kostet euch das nur fünfhundert Dollar«, sagte er.

Alle jubelten, dann trat er von der Bühne ab.

»War das alles?«, fragte ich Brian.

»Ja. Das macht er immer so, damit man auf den Geschmack kommt und sich in ihn verliebt und ihm sein ganzes Geld gibt.«

»Oh. Und wirst du das tun?«

»Nein, Schätzchen. Ich werde wohl nicht hier sein. Aber ich habe einen seiner Kurse mitgemacht.«

»Und? Hat's was gebracht?«

»Ich habe mich die ganze Zeit Tagträumen hingegeben und mich gar nicht auf das konzentriert, was er gesagt hat. Aber er ist schon brillant. Er hat ein paar Leute mit großen Namen motiviert.«

»Sollte ich daran teilnehmen? Ganz im Ernst, Brian. Dieses Foto bringt mich noch um den Verstand.«

»Nein. Spar dir dein Geld, stattdessen gehen wir zum Venice Beach Mittagessen und ich bringe dir alles bei, was ich über das grünäugige Monster weiß.«

»Tatsächlich?«, jubelte ich.

Brian ergriff meine Hand.

»Weißt du übrigens, dass ich meine Diashow auch noch untertitelt habe?«

»O Gott. Was steht da?«

»Willst du das wirklich wissen? Willst du es unbedingt? Ja, ja, JA! Nein, das willst du nicht.«

Ich lachte.

»Erzähl's keinem, Sarah. Niemandem. Niemals.«

Er lotste mich an den Leuten vorbei, die an mein Geld wollten, und schob mich nach draußen in ein Taxi.

25

Brian und ich fuhren zum Venice Beach, zufällig war es der Ort, wo die Romeo-und-Julia-Verfilmung mit Leonardo DiCaprio gedreht worden war. Am Strand fühlte ich mich wegen all der verrückten Leute und der Typen, die mir Drogen anzudrehen versuchten, und weil ich meine Handtasche ständig im Auge behalten musste, fast ein wenig wie in Camden. Wir setzten uns auf die Terrasse eines Cafés und bestellten Bier und Burger, und Brian erzählte mir, wie versprochen, alles, was er im Kurs über Eifersucht gelernt hatte.

»Weißt du, Schätzchen, du bist unsicher.«

»Ist ja toll.«

»Das hat man mir im Kurs erzählt, und es hat mir überhaupt nicht gefallen.«

»Unsicher, eifersüchtig. Ich scheine ja eine richtige Lachnummer zu sein.«

»Du bist in jeder Hinsicht umwerfend. Aber darf ich dir trotzdem was sagen, Sarah?«

»Alles, was du willst.«

»Es geht um deine Kleidung.«

»Wie? Warum? Oh, das ist der Wandbehang aus dem gemieteten Haus meiner Freundin. Wir fanden, er sähe aus wie ein Sarong.«

Er schüttelte fassungslos den Kopf. »Wenn ich Sarongs sehe, bin ich froh, ein schwuler Mann zu sein.«

»Es ist doch wegen meines Sonnenbrands.«

»Du hast eine klasse Figur. Aber ich habe dich bisher nur in einem blöden Wandbehang und einem lächerlichen Pyjama gesehen. Kein Wunder, dass du nicht selbstsicher bist. Wenn dein Sonnenbrand verheilt ist und wir uns wiedersehen, dann möchte ich ein Dekolleté sehen, lass die Möpse an die frische Luft! Und ich will deine Taille sehen, Schätzchen, du solltest nicht wie ein Sack Kartoffeln herumlaufen. Du bist in L.A. In einem Film. Zieh dich an wie ein Filmstar!«

Ich lächelte ihn an. Ich war in L.A., Filmstar war ich noch nicht ganz. Aber so nah dran war ich noch nie.

»Diese ganze Unsicherheit. Das hast du nicht nötig. Was soll's, wenn dieses Mistweib ihre Zehen berühren kann? Herr im Himmel! Ich wette, sie kann kein Rad schlagen, wie ich das kann.«

Brian sprang vom Tisch auf, schwang sich über den niedrigen Zaun und stellte sich auf den Strandweg. Er streckte seine Arme in die Höhe und schloss für einen Moment die Augen. Er nickte ein paar Mal, als würde er das Schlagen des Rads in seinem Kopf üben. Dann schlug er das winzigste Rad, das ich je gesehen hatte. Es war mehr ein Kriechen mit Ausschlag der Beine. Aber er stand auf und warf seine Arme in die Luft und bog sein Kreuz durch wie ein Bodenturner, der gerade ohne zu wackeln aufgekommen war.

»Zehn Punkte vom englischen Preisrichter«, schrie ich und klatschte.

»Siehst du, ich wette, dass die nackte Yogafrau keinen Hollywoodfilm dreht und sich noch nie mit einem so gut aussehenden athletischen Mann herumgetrieben hat …«

»Wer soll das sein?«

»Ich glaube, sie haben uns gesagt, wir sollen unsere Unsicherheiten in einen imaginären Mülleimer oder so werfen«, sagte Brian, als er sich wieder hinsetzte. »Du empfindest nur deshalb Eifersucht, weil du deiner selbst nicht sicher bist. Du musst Sarah Sargeant genauso lieben, wie das alle anderen tun. Okay? Und ich werde dir dabei helfen.«

»Hör auf, so nett zu mir zu sein! Das macht mich ganz verlegen.«

»Nein, Schätzchen. Du bist in L. A. Du solltest sagen: ›Ich verdiene es, dass alle nett zu mir sind, weil ich wirklich witzig bin.‹«

»Wohl kaum.«

»ICH BIN WITZIG! Na los, wiederhol das. ICH BIN WITZIG.«

»Brian, bitte sei still, das ist furchtbar peinlich.«

»Sprich es mir nach. Ich bin witzig.«

»Nein. Brian!«

»ICH BIN WITZIG! Na los, sag es. Du wirst dich großartig fühlen. ICH BIN WITZIG!«

Die Leute an den Tischen ringsum drehten sich nach uns um. Ich ließ den Kopf hängen und hielt mir die Hände vors Gesicht.

»Erspar mir das bitte.«

»Ich werde so lange weitermachen, bis du es tust!« Er wandte sich lächelnd seinem Publikum zu. »Ich bitte Sie alle vielmals um Entschuldigung, aber meine neue Freundin Sarah hier ist wirklich witzig, sie will es bloß nicht wahrhaben. Nun komm schon, Püppchen. Sprich's mir nach.«

»Neeiin!«

»ICH BIN WITZIG!«

Flüsternd sagte ich: »Ich bin witzig.«

»JA! SIE IST WITZIG!!!!!«, brüllte er.

Die zwei Leute am Nebentisch klatschten. Und ich konnte nicht anders, als meinen reizenden neuen Freund anzulächeln. Dann blickte ich aufs Meer hinaus und lächelte. Und lächelte, als ich an meine beiden anderen reizenden Freundinnen dachte, an Rachel und Erin. Ich lächelte, als ich mich daran erinnerte, dass ich in London einen wunderbaren Geliebten hatte. Ich lächelte beim Gedanken an den folgenden Tag, an dem ich in Hollywood eine Szene drehen würde. Und plötzlich empfand ich mich als das glücklichste Mädchen der Welt.

»Das ist doch schon viel besser, meine kleine Zuckerpuppe«, sagte Brian, als er mein Grinsen sah.

26

Ich war unsicher. Brian hatte Recht. Sobald ich wieder zurück im Hotel war, googelte ich »Eifersucht« und bekam die Bestätigung. Die Eifersucht, die man empfindet, macht einen offenbar auf die eigene Unzulänglichkeit aufmerksam. Ich sah ein Foto von Ruth in Unterwäsche. Ihre Schenkel waren glatt wie eine Aubergine. Ich aber habe Cellulitis. Jemand, der meine Schenkel sieht, könnte meinen, ich hätte lange Zeit in einem Haufen Legosteine gesessen. Und ich erinnerte mich an Ruths pornografische Laute und bildete mir dann ein, im Bett eine Langweilerin zu sein. Google empfiehlt, die Bereiche des eigenen Lebens zu verbessern, in denen man sich unterlegen fühlt, um auf diese Weise die eifersüchtigen Empfindungen loszuwerden. Was im Grunde genommen nur bedeuten konnte, dass ich meinen Hintern in Ordnung bringen und selbst lasziver werden musste.

Und so machte ich etwas noch nie Dagewesenes. Ich beschloss, am kommenden Morgen um sechs Uhr einen Fußmarsch zu machen. Keinen Spaziergang. Es sollte in Richtung Jogging gehen. Obwohl ich mich, was das betraf, nicht zu sehr unter Druck setzen wollte. Ich überlegte mir, dass ich dabei auch üben könnte, das Wort »Schwanz« laut auszusprechen.

Zu sportlicher Ertüchtigung hatte ich schon immer eine gestörte Beziehung gehabt, hauptsächlich aufgrund mangelnder Koordination. Wenn ich laufe, lachen die Leute über mich. Es sieht nämlich aus, als versuchte ich mit nackten Füßen und einer Wespe unter meinem T-Shirt über einen Kieselstrand zu laufen. Aber als ich am nächsten Morgen um kurz nach sechs das Hotel verließ, war ich sicher, mich in Sicherheit wiegen zu können, um diese Zeit würde wohl noch keiner unterwegs sein.

Ich schlenderte an der Concierge vorbei aus dem Hotel zur Strandpromenade.

»Verdammt«, schrie ich.

»Ogottogott«, schrie eine junge Frau, die, einen Buggy vor sich her schiebend, angaloppiert kam, und die ich fast umgebracht hätte, indem ich ihr über den Weg lief.

Ich wankte auf einen Betonpoller zu, um mich hinzusetzen, und sah mich um.

Nicht schon wieder! Ich dachte, diese wahnsinnigen Fitnessfreaks kämen nur am Sonntag heraus. Aber jetzt waren sie schon wieder hier, an einem Wochentag um sechs Uhr morgens! Überall sich wiegendes Lycra und hüpfende Pferdeschwänze. Als würde sich die Tour de France mit dem *Starlight Express* zu einem Trainingsvideo mit Jane Fonda zusammentun. Es war beängstigend. Camden an einem Wochentag um sechs Uhr morgens war leer dagegen, abgesehen von den paar Leuten, die auf den Bus warteten und die erste Kippe des Tages rauchten.

Ich starrte eine Gruppe Frauen neben mir an. Sie klammerten sich an Bänke und machten Liegestütze.

»Komm zu uns!«, rief mir eine zu. Ich schüttelte den Kopf. »Wir lassen es heute Morgen ganz ruhig angehen«, keuchte sie, als würde sie gebären.

Überall, wohin mein Auge auch fiel, eingefleischte Fitnessfanatiker. Ich fühlte mich wie eingeschmalzt. Sie spornten sich gegenseitig an. Ich konnte mich nicht erinnern, dass jemand mich jemals derart angespornt hatte. Doch – einmal: beim Wer-steht-als-Letzter-noch-aufrecht-Tequila-Wettbewerb, den ich mit Julia und zwei Schwestern aus Devon ausgetragen hatte.

»Sarah!«

Ach du liebe Zeit. Es war Leo Clement, der wie ein Zuchthengst im Galopp auf mich zukam. Mit bis auf seinen Rucksack nacktem Oberkörper. Der Hund hechelte ihm hinterher.

»Leo!«

Ich winkte ihm zu, weil ich damit rechnete, dass er an mir vorbeigaloppieren würde. Doch das tat er nicht. Er blieb stehen.

»Ich habe dich noch nie hier unten gesehen«, meinte er lächelnd.

»Tatsächlich? Liegt sicherlich daran, dass ich so schnell bin«, sagte ich.

Ich musste dabei aber auf meine Turnschuhe schauen, weil ich wusste, dass ich rot werden würde, wenn mein Blick auf einen Leo Clement mit nackter Brust fiel, um danach einen Krampf zu bekommen und in Ohnmacht zu fallen – in genau dieser Reihenfolge.

Er lachte und ließ sich neben mir nieder. Mein Blick war noch immer nach unten gerichtet, aber die Brise frischen Männerschweißes erreichte mich.

Ich blickte auf, denn ich hätte es unhöflich gefunden, weiterhin meine kaum getragenen Laufschuhe anzustarren. Doch zur Sicherheit kniff ich meine Augen zusammen, sodass ich ihn kaum sehen konnte.

»Möchtest du dich diese Woche vielleicht mal mit mir treffen, Sarah, um unsere Szene einzustudieren?«

»Würde ich gern.«

»Cool. Wir könnten dabei auch einen Happen essen«, meinte er beiläufig. Er erhob sich und machte ein paar Dehnübungen, sodass ich einen heimlichen Blick auf seine Rückenmuskeln werfen konnte.

»O ja, großartig«, sagte ich, aber plötzlich hatte ich sehr viel Spucke im Mund.

Mit Leo Clement, dem attraktivsten Mann auf diesem Planeten, einen Happen zu essen, war eine entsetzliche Vorstellung. In seiner Gegenwart konnte ich kaum sprechen, geschweige denn würde ich essen können. Leo sprintete los, und ich kehrte unverrichteter Dinge ins Hotel zurück. Ich plante meinen Morgen. Duschen, dann sechsundzwanzig Mal aufs Klo, und ich wäre bereit für meine erste Hollywoodszene.

»Oh, Verzeihung, sind Sie Miss Sargeant?«, erkundigte sich der Mann am Empfang.

»Das bin ich«, sagte ich lächelnd.

»Ich habe eine Nachricht für Sie.«

»O danke.«

Er hielt mir ein Kuvert hin. Es war sechs Schritt weit von mir weg. Ich joggte darauf zu. Die Summe meines morgendlichen Sporttrainings belief sich auf sechs gejoggte Schritte. Aber positiv betrachtet war das schon mal ein Anfang.

»Bitte, Simon, nicht heute«, murmelte ich, als ich den Umschlag aufriss.

Ich zog ein Blatt Papier heraus. Starrte auf die wenigen Worte, die mit Kugelschreiber daraufgekritzelt waren. Dann schloss ich langsam meine Augen.

»Schlechte Nachrichten?«, erkundigte sich der Mann, als er mein finsteres Gesicht sah.

Ich zuckte mit den Achseln.

»Hm. Ja.«

»Das tut mir leid«, sagte er freundlich.

»So ist das Leben«, philosophierte ich.

»Ja, da sagen Sie was«, antwortete er passend.

Kopfschüttelnd schaute ich noch mal auf das Stück Papier.

DREHARBEITEN AUSGESETZT,
GELDGEBER AUSGESTIEGEN.
SO SCHNELL WIE MÖGLICH EAMONN ANRUFEN.

27

»Drehen Sie sich bitte zur Kamera, Sarah.«

Gehorsam drehte ich mein Gesicht zur Kamera.

»Halten Sie sie sich vor die Nase.«

Ich hob die imaginäre Schale hoch, die ich in meinen Händen hielt.

»Hervorragend. Und jetzt daran riechen.«

Ich sog lange den himmlischen Duft ein.

»Und jetzt sagen Sie die Textzeile.«

Ich schaute verträumt in die Kamera.

»Pedigree Chum. Weil sie es lieben.«

»Schnitt. Danke, Sarah«, sagte der Regisseur.

Wie die Chancen nach einem Vorsprechen für einen Werbefilm stehen, erkennt man bereits an der Art und Weise, wie der Regisseur mit einem spricht. Heißt es etwa nur: »Schnitt und danke« wie bei diesem Kerl, dann kann man den Job gleich vergessen. Wenn man aber für gut befunden wird, merkt man das an der Frage, ob man im Moment in anderen Werbefilmen zu sehen ist. Dazu muss man wissen, dass man bei Pedigree Chum nicht besonders glücklich wäre, wenn der Regisseur nach dem Dreh feststellen würde, dass man bereits das Gesicht von Winalot oder Chappie war.

»Danke«, lächelte ich zurück.

Ich werde nie für Werbefilme genommen. Obwohl ich schon unzählige Male für welche vorgesprochen habe. Ich habe bereits einen nicht unbedeutenden Teil meines Lebens damit verbracht, mir vorzustellen, dass ein Waschmittel mich erotisch anmacht oder ich an Verstopfung leide. Aber den Job kriege ich dann doch nicht. Ich habe nicht das Gesicht, mit dem sich was verkaufen lässt. Ich habe ein Gesicht, das einen eher davon abhält, was zu kaufen. Es gibt junge Frauen, die sieht man an und kann sich vorstellen, dass sie fettreduzierte Frühstücksflocken essen oder Nivea Visage benutzen, weshalb sie auch dafür geeignet sind, diese Produkte an den Mann zu bringen. Aber wenn man mich ansieht und sich die Frage stellt, welche Produkte ich wohl benutze, wäre die Antwort: Chips oder Schokoriegel.

Aber selbst diese Produkte lässt man von Models bewerben und nicht von Sarah Sargeant. Jedes Mal, wenn ich für einen Werbefilm vorspreche, überkommt mich nämlich das dringende Bedürfnis, etwas völlig anderes zu tun als das, was man von mir verlangt. Das ist meiner Konzentration nicht förderlich und beeinflusst meiner Meinung nach auch meine Darbietung. Im Moment zum Beispiel würde ich, wenn ich lächelnd am Hundefutter schnuppere, viel lieber ein lautes Würgegeräusch von mir geben und dann so tun, als müsste ich mich übergeben.

Ich verließ das Vorsprechstudio und ging durch den Warteraum, vorbei an zwanzig weiteren Pedigree-Chum-Anwärterinnen, nach draußen. Julia wartete vor dem Gebäude auf mich. Nach einem Vorsprechen für Werbeaufnahmen treffe ich mich immer mit Julia, weil die im Allgemeinen in Soho gemacht werden, wo sie unter der Woche für eine Produktionsfirma arbeitet. Normalerweise gehen wir ins Caffè Nero. Julia nahm mir den Koffer ab, während ich ihr mit dem Trolley folgte.

»Was haben wir gemacht, bevor es diese praktischen Dinger hier gab?«, schrie ich Julia zu.

Keine besonders taktvolle Frage, denn sie mühte sich mit meinem großen abgewetzten schweren Koffer ab.

»Hoppla, Entschuldigung«, sagte ich zu der fluchenden Dame, über deren Füße ich fast gefahren wäre.

»Hast du daran schnuppern müssen?«, wollte Julia wissen, nachdem wir uns mit meinem ganzen Gepäck ins Café gedrängt hatten.

»Hm«, ich lachte traurig.

Vom Filmland L.A. direkt zum Hundefutterschnüffeln. Ist das nicht unglaublich? Ich rief meinen Agenten vom Flughafen aus an, um ihm die Neuigkeiten mitzuteilen und ein bisschen rumzustöhnen. Und er versuchte mich doch glatt mit dem unsterblichen Satz aufzuheitern: »Gut, dann beeilen Sie sich, denn um halb eins ist ein Vorsprechen für Pedigree Chum!«

»O Mann«, sagte Julia mitfühlend. »So ein Wichser.«

»Ein großer Wichser«, stimmte ich ihr zu.

»Und was jetzt?«

»Kellnern, würde ich sagen.«

»Dann kannst du wenigstens mehr Zeit mit Simon verbringen.«

»Ja.«

Doch bei meiner letzten Begegnung mit Simon hatte ich ziemlich verschnupft auf das Ruth-Foto reagiert. Und das letzte Mal, als ich ihn sprach, hatte ich das Handy in der Annahme hingeworfen, er habe seine Erektion ihretwegen bekommen. Und deshalb war mir trotz aller Wiedersehensfreude ein wenig bang vor dieser Begegnung. Von der er übrigens gar nichts wusste, ich hatte ihm meine Rückkehr nach England nämlich nicht angekündigt.

»Was habt ihr denn später vor?«

»Weiß nicht.«

»Dann kommen wir vorbei.«

»Cool.«

»Also für Carlos kann ich natürlich nicht sprechen, aber ich komme bestimmt.«

»Super.«

»Gut, aber jetzt muss ich wieder zurück an meine blöde Arbeit.«

»Danke, Jules.«

Ich stand auf und bewegte mich, als hätte ich die Endausscheidung von *Big Boss* gewonnen, Richtung U-Bahn. Aber eigentlich fühlte ich mich gar nicht mehr wie in *Big Boss*. Und fragte mich warum. Da dämmerte es mir. Ich hatte eine Hand frei. Ich hörte das Gerappel hinter mir nicht mehr. Ich hatte meinen Trolley im Café vergessen. Mist.

Ich rannte so gut ich konnte mit dem schweren Koffer zurück. Nichts deutete mehr auf mein Gepäckstück hin. Ich fragte den Mann am Tresen. Er schüttelte den Kopf und zeigte geistesabwesend auf das Plakat hinter ihm mit der Aufschrift: Hier sind Diebe unterwegs. Achten Sie auf Ihre Habe.

Na wunderbar.

28

Simon wusste nichts von meiner vorzeitigen Rückkehr, weil ich ihn überraschen wollte. Für Überraschungen dieser Art sprechen zwei Gründe: Man möchte beim unerwarteten Wiedersehen den *X-Factor*-Gewinnerblick sehen oder jemanden bei etwas ertappen, was er nicht tun sollte.

Tun Sie nie, was ich getan habe, nämlich Nummer 2 unter dem Vorwand von Nummer 1. Dass ich Simon nicht über mein Kommen informiert hatte, war einer meiner schlimmsten Fehler. Fast wäre unsere Beziehung darüber zerbrochen. Und obwohl ich mir Mühe gab, sämtliche Teile mit Kehrblech und Handfeger aufzusammeln, kam ich einfach nicht an alle dran. Und danach war es nie mehr wie vorher.

Zugegeben, meine Vorbereitung auf die Überraschung, die ich mir ausgedacht hatte, war nicht die beste. Ich stapfte die Camden High Street entlang, hielt die Hand, in der mein Trolley – Simons Trolley – hätte sein sollen, zur Faust geballt und murmelte dabei die Worte »Mist« und »Wichser«.

Ich liebe Camden. Aber es eignet sich nicht für jeden. Viele Leute verabscheuen Camden zutiefst. Das sind Leute, die es gern ruhig und friedlich mögen, die saubere Straßen und hübsche Einrichtungsläden lieben. Nicht jedem fällt es leicht, sich mit einem Viertel anzufreunden, in dem es Billigläden und abgefahrene Designerläden, Ethnotattooläden und Läden mit ausgefallenen Zigarettenmarken gibt. Aber genau diese Mischung liebe ich. Ganz besonders mag ich den Mix aus verrückten Leuten. Der Mann, der immer im neongrünen Strampler rumläuft und anstatt Haaren zwei grüne Drähte auf dem Kopf trägt oder die Dame mit dem Hund namens Adolph. (Keiner, den ich kenne, hat diesen Hund je gesehen, aber sie ruft ständig nach ihm.) Jede Menge Leute kaufen sich in Camden ein Stück Pizza, um es gleich auf der Straße zu essen. Auch sie verdienen es, als verrückt eingestuft zu werden. Und an diesem Tag war es ein Segen, dass ich in Camden lebe. Keiner fand mein Gemurmel merkwürdig. Man war in Camden.

Aber es ist einfach Scheiße, beklaut zu werden. Es ist ein schreckliches Gefühl. Und wenn einem etwas geklaut wird, was einem nicht mal gehört, ist das noch schrecklicher. Natürlich wusste ich, dass es mein Fehler war, dass der Trolley weg war, ich hatte nicht darauf geachtet. Aber ich wünschte mir, die Welt wäre freundlicher. Und ich wünschte mir auch, ich hätte noch mein Filmskript, ein Souvenir, das ich später einmal meinen Kindern hätte zeigen können. Meinen Kindern, die für die nächsten Jahre noch gar nicht in Planung waren! Ich konnte nur hoffen, dass Simon bei meiner Rückkehr nicht gleich wieder mit den Verhandlungen darüber anfing.

»Mist, Wichser«, wiederholte ich, als ich in unsere Straße einbog.

Unsere Straße ist normalerweise eine friedliche Enklave inmitten des Affenzirkus von Camden. An diesem Tag war sie das nicht. Ein riesiger Lastwagen parkte dort und jede Menge Leute liefen darum herum, einen von ihnen erkannte ich als den Hundebesitzer von Wohnung Nummer 3 aus unserem Haus. Ich blieb stehen und ließ die Szenerie auf mich wirken, bis ich Simon sah, meinen Simon, der auf Händen und Knien und schreiend unter den Lastwagen kroch. Beim Näherkommen hörte ich Hundeknurren. Simon kam rückwärts unter dem Lastwagen hervorgerobbt und zog gerade einem Hund eine

Schachtel aus dem Maul. Sein Gesicht war gerötet von der Anstrengung, er sah sehr sexy aus. Ich stellte meinen Koffer ab, blieb stehen und bewunderte ihn.

»Ich hab' s. Tut mir leid …«, sagte er zu dem Hundebesitzer und hielt inne, als er meiner ansichtig wurde.

Ich lächelte ihn an.

»Sare!«, sagte er irritiert – und ohne dabei zu lächeln. »Was machst du denn hier, Sare?«

»Der Film wurde abgesagt«, sagte ich und ging auf ihn zu, um ihn zu umarmen.

»Warum hast du mir nichts gesagt?«

Noch immer kein Lächeln.

»Weil ich dich überraschen wollte.«

»Oh.«

»Was ist denn hier los?«, fragte ich und zog ihm eine fast zerfledderte kleine Schachtel aus der Hand.

Ich starrte sie an. Der größte Teil war unlesbar, ein Wort war jedoch deutlich lesbar: Viagra.

»Viagra«, flüsterte ich.

Ich war völlig durcheinander. Mein Gesicht nahm die Schwieriger-Stuhlgang-Mimik ein. Wir hatten niemals Viagra benutzt. Vielleicht benutzte er es bei Ruth.

Ich schaute hoch in Simons Gesicht, und er sah mich schuldbewusst an. Der Groschen fiel. Nachbarhunde spielen nicht einfach so auf der Straße mit einer Schachtel Viagra. Und aus Jux und Tollerei nimmt keiner Viagra, wenn er allein ist. Simon musste mit jemandem zusammen gewesen sein. Ruth. Das Foto. Sein Mangel an Begeisterung ob meiner Rückkehr. Das konnte nur eins bedeuten. Ich wurde zu Usain Bolt. Ich rannte die Treppe hoch, zwei Stufen auf einmal nehmend.

»Geh da nicht rein, Babe. Warte!«, rief Simon mir hinterher. »Es ist nicht so schlimm, wie es aussieht.«

»Es ist nicht so schlimm, wie es aussieht!« Das stand ganz oben auf der Liste der Dinge, die der Partner niemals sagen sollte, zusammen mit »Es liegt nicht an dir, sondern an mir« oder »Ich brauche etwas Freiraum«.

Ich stürmte durch unsere Eingangstür.

»Du Miststück!«, kreischte ich.

»Babe! Mann! Jesus! Sare!«, schrie Simon.

Wie Usain über die Ziellinie fegte ich außer Atem ins Wohnzimmer. Simon kam Sekunden nach mir an. Und sofort fühlte ich mich wie ein Dummkopf.

In unserem Wohnzimmer sah es aus wie in einem Großhandel für Erotikartikel. Überall, bis auf einen kleinen Bereich rund um das Sofa, waren vom Fußboden bis an die Decke Schachteln gestapelt. Und auf jeder Schachtel sah man das Bild eines kleinen tanzenden rosafarbenen Pimmels mit einem Smiley-Gesicht und den Worten: Kräuter-Viagra für deinen kleinen Freund – garantiert die ganze Nacht Party in der Hose.

»Ich hatte nur Probleme mit der Lagerung.«

Ich schlang meine Arme um ihn und sagte: »Ich liebe dich.«

Ich spürte, wie er zusammenzuckte, er sagte nicht, dass er mich auch liebte.

Und von da an ging's nur noch bergab.

29

Anschließend sprach Simon neunzig Minuten lang nicht mit mir. Kein »Tee?« oder »Zeig uns deine weißen Stellen, Sare« oder ein »Liebling, du bist so was Besonderes. Es gibt nur wenige Frauen wie dich, die derart tolerant gegenüber Erektionshilfen sind.« Er war mit dem Stapeln der Schachteln beschäftigt und murmelte dabei vor sich hin. Ich nahm ein Bad.

Und nach dem Bad begann dann unser unglaublicher Streit. Wenigstens war ich sauber. Der Streit war unglaublich, nicht weil er lustig gewesen wäre oder Pyrotechnik zum Einsatz kam, sondern weil es eigentlich drei ausgewachsene Streite in Folge waren. Ein Dreifachprogramm. Ansonsten bekannt als fürchterlicher Nachmittag, an dem man sich immer wieder die gleichen Dinge an den Kopf wirft, bis es an der Tür klopft.

Als ich das Badezimmer verließ, stolperte ich. Nicht, weil ich betrunken gewesen wäre oder einen Tanzschritt versuchte, sondern weil mir eine Schachtel Bio-Viagra im Weg stand. Ich reagierte darauf gemäß den Empfehlungen der Stolperetikette. Ich schrie nämlich: »Mist!« und trat gegen das besagte Ding, das mich zum Stolpern gebracht hatte. Und an dieser Stelle vergaß Simon zu sagen: »Tut mir leid, ich wollte das nicht da stehen lassen, alles in Ordnung mit dir, Babe?«, sondern gab eine sehr feindselige Interpretation des Wortes »vorsichtig« von sich. Er dehnte das Wort und seine Tonmelodie ging dabei auf und ab.

»Vooor-sichtig!«

Es klang wie eine Zurechtweisung, also sagte ich mit der pampigen Stimme einer Pubertierenden darauf: »Ent-schul-digung!«

Worauf Simon dz-dz machte. Was ich überhaupt nicht ausstehen kann. Es gehört zusammen mit Pst zu meinen meistgehassten menschlichen Geräuschen.

»Was ist los mit dir, Griesgram?«, fragte ich und war mir dabei natürlich vollends bewusst, dass griesgrämige Menschen nichts fuchtiger macht, als griesgrämig genannt zu werden.

»Ich bin kein Griesgram«, murmelte er und fügte dann griesgrämig hinzu: »Ich bin einfach nur sauer.«

Ich wollte nicht lachen, aber ein kleines Hihi entkam mir dann doch.

»Ja, es ist hysterisch, Sare«, sagte Simon leidenschaftslos, ohne mich anzusehen.

»Schöne Stunden, die wir da gemeinsam verbringen, wirklich reizend«, zischte ich, während er unter dem Einsatz olympischer Gewichtheberkraft eine leichte Schachtel aufhob und abstellte.

»Ja, großartig.«

»Und die Deko hier ist auch perfekt, mehr Feng-Shui geht nicht.«

»Es wird nicht für lange sein«, schnaubte er.

»Was brachte dich denn darauf, nebenbei auch noch Viagra zu vertreiben?«

»Jay meinte, das Zeug sei unglaublich.«

Ich verzog das Gesicht und wartete ab, um zu sehen, ob Simon mich veräppelte. Tat er nicht.

»Du hast dich von Paranoid-Jay beraten lassen?«

»Was ist so schlimm daran?«

Ich überlegte, diese Frage zu beantworten, änderte dann aber meine Meinung, als mir klar wurde, dass eine Antwort zu lange dauern würde. Paranoid-Jay ist ein Jugendfreund von Simon. Er hat sein Herz auf dem rechten Fleck, aber sein Gehirn ist ganz woanders. Ich urteile nicht zu hart über ihn, wenn ich behaupte, dass Paranoid-Jay noch nicht mal eine Orgie im Bordell organisiert bekäme. Als ich ihn das letzte Mal sah, erzählte er mir, er könne das Auto seiner Mutter nicht finden. Worauf ich mit der Frage antwortete, die meine Mutter mir immer stellt, wenn ich was verloren habe: »Wann hast du es das letzte Mal benutzt?« Er darauf: »Vor etwa zwei Wochen.«

»Und wie viel hat dich das hier gekostet?«

»Fünfzig Riesen.«

»Sag das noch mal.«

»Du hast es gehört.«

»Das könnte ein vorzeitiger Ausbruch von Senilität sein, Babe. Du hast auf Paranoid-Jays Rat hin fünfzigtausend Pfund investiert?«

»Ja. Hast du was mit deinen Ohren? Stehen sie vom Fliegen noch unter Druck?«

Er war einfach zu bescheuert. Also sagte ich es ihm.

»Du bist zu bescheuert.«

»Dann bin ich eben bescheuert. Du wirfst mir vor, eine Affäre zu haben. Jetzt bin ich auch noch bescheuert.«

Ich musste fast lächeln. Doch nur, weil er deswegen zwei Stunden sauer gewesen war, und es jetzt endlich ansprach.

»Ich bin eingeschnappt, weil du glaubst, ich hätte eine Affare.«

Diese Antwort im Stil eines Chanel-5-Lowbudget-mit-kostenlosem-Busenzeigen-Filmdialog hatte viele schräge Facetten, die wichtigste davon die, dass der Vorwurf nicht geleugnet wurde. Die andere war die, dass er die Rolle des Beleidigten spielte, die eindeutig mir zugestanden hätte. Ich hatte das Foto entdeckt. Ich beherbergte sein verdammtes Viagra. Ich sollte sauer und verletzt sein. Und er sollte nett zu mir sein, anstatt den Beleidigten zu spielen.

»Also ich habe das Foto deiner cellulitisfreien verdammten Exfreundin in deinem Terminkalender gefunden, was sollte ich wohl davon halten?«

Er verdrehte die Augen!

»Vielleicht sollte ich einen Exfreund aufsuchen, ihn einölen und dann ein paar Fotos von ihm in Unterhosen machen, mal sehen, was du dazu sagen würdest.«

»Da hättest du ein ziemliches Problem, Sare. Du hattest nicht viele Freunde.« UND DANN SAGTE ER … »Und langsam wird mir klar, warum.«

Ich sah ihn finster an. Ohne zu blinzeln. Obwohl ich das stechende Nesselkitzeln der Tränen spürte. Ich ging aus dem Wohnzimmer. Im Flur vergoss ich drei Tränen und tat mir etwa zwanzig Sekunden lang leid. Aber dann überwältigte mich ein Gefühl von der Giftigkeit eines Riesenbärenklau. Es war Wut. Dieser Miesmacher. Normalerweise kannte ich keine Wut.

»WENIGSTENS HABE ICH NICHT ALLES GEVÖGELT, WAS SICH BEWEGT!«, schrie ich, als ich das Wohnzimmer wieder betrat.

»Ich habe wohl kaum alles gevögelt, was sich bewegt, Sarah. Nur Ruth, die damals meine Freundin war. UND DA GEHÖRT DAS DAZU.«

»DARAN BRAUCHST DU MICH VERDAMMT NOCH MAL NICHT ZU ERINNERN, SIMON! ICH HAB ES JEDE NACHT GEHÖRT.«

Simon rollte wieder mit den Augen, was mich auf die Palme brachte.

»Hast du was mit den Augen?«

»Nein, das ist eine unwillkürliche Reaktion, zu der es bei mir kommt, wenn meine Freundin anfängt, wie eine Irre zu reden.«

So wie er es sagte, klang es fast lustig. Dann erst wurde mir der Inhalt klar.

»DU SCHEISSKERL!«, kreischte ich enttäuschend unoriginell. »DAS IST NICHT LUSTIG!«, ergänzte ich, was genauso unoriginell war.

»Stimmt, Sarah: Wenn deine Freundin glaubt, du würdest irgendeine Tusse ficken, ist das auch nicht lustig.«

»Du hast eine Packung Viagra in der Hand gehalten, als ich wiederkam! Denk mal drüber nach! Wenn du in meinem Terminkalender das Foto eines muskulösen Typen mit großem Pimmel finden und dann nach Hause kommen und mich mit einer Packung Kondome in der Hand antreffen würdest, was ginge dir da durch den Kopf?« Ich ließ ihn nicht antworten. Aber ich hätte an dieser Stelle besser meinen Mund gehalten. »Du findest Ruth noch immer toll. Du magst sie noch immer.«

»Gibt es noch was anderes, was ich deiner Ansicht nach denke und worüber du mich informieren möchtest? Nein? Das ist gut. Denn ich werde dir jetzt mal erzählen, was ich wirklich denke, Sarah.«

»Was denn?«

»Du bist eifersüchtig.«

»Ich bin nicht eifersüchtig«, schnaubte ich. »Ich bin unsicher.«

»Oh, blendend.«

Unsere Gegensprechanlage summte.

»Erwartest du jemanden?«, fragte Simon.

»O ja, das sind Julia und Carlos«, erwiderte ich.

Simon sah mich an und blinzelte.

»Wieso?«

»Sie wollten vorbeikommen«, sagte ich lässig.

»Hast du ihnen gesagt, sie sollen vorbeikommen?«

Er hatte die Hände in die Hüften gestemmt und biss sich auf die Lippe.

»Ja.«

»Warum?«

»Was meinst du mit ›warum‹? Sie ist meine beste Freundin.«

»Ja. Aber du hättest mich fragen können.«

»Wie bitte?« Ich lachte. »Hätte ich dich etwa anrufen und sagen sollen: ›Dürfen Julia und Carlos bitte heute Abend kommen?‹«

»Etwas in der Art wäre nett gewesen. Ja.«

»Wahrscheinlich hätte ich es erwähnt, aber ich war durch diese Erektionsgeschichte in unserer Wohnung hier und unserem blöden großen Streit ein wenig abgelenkt!«

»Sare!«

»Was?«

»Vielleicht möchte ich sie nicht sehen.«

»Aber … aber … es ist doch nur Jules.«

»Darum geht es nicht. Ich wollte duschen.«

»Dann geh doch und dusch, verdammt.«

»Das würde unsozial aussehen. Es sähe aus, als wollte ich sie nicht sehen.«

»Du hast doch gerade gesagt, du willst sie nicht sehen.«

»Sare, wenn ich Jay für heute Abend eingeladen und es dir nicht gesagt hätte und du dich gammelig fühlen würdest, was wäre das für ein Gefühl für dich?«

»O ja, ich weiß ja, was du meinst.«

»DANKESCHÖN.«

»Also. Wahrscheinlich sind sie ohnehin wieder gegangen, weil keiner sie reingelassen hat.«

»Ich gehe«, sagte er und lief in einen Stapel Schachteln, warf diese um und schrie: »MIST!«

Der Abend konnte noch lustig werden.

30

Als Carlos und Julia die Wohnung betraten, hätte man die Luft mit einem Messer zerschneiden können. Da gab es nur eine Möglichkeit: sich zu betrinken. Doch das einzig Alkoholische, was wir im Haus hatten, war das Tequilagetränk in den Penisflaschen, das Carlos noch nicht kannte.

»Cuba Latte«, las er die Geschmacksrichtung auf der Flasche vor, die er hielt.

»Der ist lecker«, meinte Julia. »Nicht so gut wie der Penis-Colada. Aber viel besser als der Tropic Erotic. Der ist Mist.«

»Der Lümmelrinha ist einer der Besten. Simon, kann ich einen …«

Ich sprach nicht weiter, weil Simon mir gar nicht zuhörte, sondern mir einfach einen Tropic Erotic zuwarf. Es war allgemein bekannt, dass der Tropic Erotic von allen am schlechtesten schmeckte. Und da wusste ich ganz sicher, dass er aufgehört hatte, mich zu mögen.

»Gut«, sagte Simon. »Da ihr schon mal hier seid, könnt ihr auch arbeiten.«

»Wir können was?«, fragte Julia.

»Brainstorming!«

»Ich liebe ein gutes Brainstorming«, warf Julia sarkastisch ein. »Oh, übrigens, ich hoffe, Großnase ist nicht unsretwegen weggegangen?«

»Wie bitte?«, hakte ich alarmiert ein.

Großnase ist der Spitzname, den Julia und ich Ruth verpasst haben. Sie ist ziemlich lang, ihre Nase.

»Ruth. Sie ging, als wir kamen.«

Ich starrte sie ungläubig an.

»Vielleicht habe ich mich ja auch geirrt. Aber sie sah genauso aus wie sie. Ich dachte, ich hätte sie von hier weggehen sehen, während wir einparkten«, schwatzte Julia drauflos.

Ich sah Simon an. Er zuckte mit den Schultern und riss das Gespräch wieder an sich.

»Wenn ich Viagra sage, woran denkt ihr da?«

»Schlaffe Pimmel«, schlug ich vor.

»Eine besonders enttäuschende Nacht mit einem Arzt«, warf Julia ein. »Lange vor dir, großer Junge«, ergänzte sie und wandte sich lächelnd an Carlos.

»Genau! Und das wollen wir ändern. Viagra muss Spaß machen!«

»Viagra muss Spaß machen?«, wiederholte ein verdutzter Carlos langsam.

»Carlos, du bist doch DJ. Da gibt es doch so einen Song, den du immer spielst?«

»Ja, das ist der Black Lace Song!«, rief Julia. »Den spielt Carlos ständig!«

Carlos machte ein gequältes Gesicht. Julia fing an, die Melodie zu summen.

»Genau, das ist er, Jules«, rief Simon aufgeregt.

Simon summte laut mit. Dann begann er, Worte wie »da«, »la« und »conga« zu singen. Dagegen klang mein Prinzessinnengekrächz beim Weihnachtsmärchen wie Katherine Jenkins.

»Genau, was reimt sich auf Conga?«, fragte Simon. »Da, di da, something something longer, da, di da, it's not getting any longer! ... Das ist großartig!« Dann zog er sein Handy aus der Gesäßtasche seiner Jeans. »Das verdammte Ding«, sagte er, als er einen Blick auf das Display geworfen hatte.

Einen Moment lang spannte sein Gesicht sich an. Dann stellte er das Handy auf Leise und steckte es zurück in seine Jeans. Es war nur eine ganz kurze Störung, und er war binnen Sekunden wieder ganz bei der Neufassung des Textes zum Hochzeitsklassiker *Do the Conga* von Black Lace.

»Di, da di, it's not getting any longer. Di, da di, have you tried the conga ... Di, da di ... his fella's getting longer ... Oh! Oh! Oh! Das ist es. Di, da di, his fella's getting longer! It's Lümmelconga night.«

»Er fährt total drauf ab«, sagte ich zu den anderen beiden. »Simon. Da ruft jemand auf der Festnetzleitung an.« Ich torkelte hin. »Hallo, ist da *Sex Factor*?«, trällerte ich in den Hörer. Ich liebte es, mich mit einem reizend gesungenen Freitags-Blowjob-zwei-zum-Preis-von-einem-Quatsch oder sonst irgendeinem sexuell ausgerichteten Unsinn zu melden, der mir in den Sinn kommt. Ich rechnete damit, in gebrochenem Englisch gefragt zu werden, ob ich eine Versicherung benötigte oder wieder zurück zur Britischen Telecom kommen wolle. Nichts. Die andere Person antwortete nicht. »Hallo? Hallo? Hallooooo. Wer ist dran? Kann ich Ihnen helfen?«, versuchte ich es.

Es wurde aufgelegt.

»Aufgelegt.«

»Guck doch nach, wer es war.«

»O ja.« Ich ging zurück ans Telefon. »Es ist eine Mobilnetznummer. Ich hab keinen Stift. Soll ich zurückrufen, Simon?«

»Nein, lass es, Sare«, sagte Simon schnell.

Zu schnell. Ich musste an den Handyanruf denken, den er gerade lautlos gestellt hatte. Mir war nicht wohl zumute.

»Wenn es was Wichtiges ist, wird derjenige schon wieder anrufen«, meinte Jules.

»Stimmt«, willigte ich ein und lächelte – ich glaube, es wirkte ziemlich gequält.

»Passt auf, wir haben's!«, rief Simon. »Hört zu! Boo, hoo, hoo, it's not getting any longer. Ooo, ooo, ooo, but have you tried the conga? Woo, hoo, hoo, his fella's getting stronger. Doo, doo, doo, it's Lümmelconga night!«

Wir saßen alle schweigend da und starrten ihn an. Er wirkte begeistert. Ich hatte ein ganz schlechtes Gefühl.

»Zeit für die Videokamera.«

»O nein. O nein!«, wandte ich ein.

»Lasst uns einen tollen Werbespot machen.«

»Einen was?«

»Er macht so gern schreckliche Videowerbung für seine Produkte, die er dann ins Internet stellt«, flüsterte ich Carlos zu.

»O nein.«

»Genau.«

Vier Lümmelrinhas und anderthalb Probenstunden später nickten wir mit unseren Köpfen zum Rhythmus und bereiteten uns auf die vierte Einstellung vor.

»Sare, Sare, bist du dir sicher, dass du die richtige Melodie hast?«, wollte Simon wissen.

Ich nickte. Julia lachte.

»Also gut, Babe, dann sing vielleicht einfach nicht ganz so laut wie die anderen.«

Julia lachte wieder.

»Gut, Leute, ich denke, wir sind bereit für die nächste Einstellung.«

Es gab noch ein wenig Hektik, bis Simon sich gesetzt und einen mexikanischen Poncho über seinen Schoß gebreitet hatte. Julia glitt zu Boden und brachte sich zuckend in Position. Sie war auf dem Boden nicht im Bild. Ihre Aufgabe bestand darin, eine Gurke unter dem Poncho in Position zu bringen. Für unseren Werbespot musste die Gurke die Funktion des Lümmels erfüllen, der am Ende unter dem Poncho tanzen würde.

»Hör auf damit, Jules«, quiekte Simon.

Carlos stellte die Kamera auf mich ein. Ich machte mich bereit für meine »Unglücklich-mit-meinem-schlaffen-Lümmel«-Nahaufnahme.

»Das ist großartig, Sare, du siehst wirklich unglücklich aus«, lobte mich Simon.

Was keine große Überraschung war. Jede Schauspielerin wird zugeben, dass es einige Produkte gibt, bei deren Bewerbung man sich nicht wohlfühlt: Abführmittel, superflauschiges Klopapier, weibliche Deodorants für die allerheftigsten Gerüche – Sie verstehen, was ich meine. Ich kann mit Gewissheit behaupten, dass die meisten Schauspielerinnen sich gesträubt hätten, das Gesicht einer Erektionsstörung zu werden. Da es dabei jedoch um das Geschäft meines Freundes ging, saß ich da und blies Trübsal wegen einer Gurke. Ich konnte nur hoffen, dass mein Agent nie dahinterkam. Außerdem wusste ich, ich wusste es einfach, dass dieses Produkt ein Blindgänger war, und das Einzige, was noch schlimmer wäre, als das Gesicht von Viagra zu sein, wäre, das Gesicht eines Viagra-Schwindels zu sein. Die Männer im ganzen Land würden mich persönlich für ihre schlafenden Hunde verantwortlich machen.

Ich versuchte, meine Vorbehalte beiseitezuschieben. Wenn ich schon in einer Viagra-Werbung mitwirkte, dann konnte ich die auch gut machen. Zum Glück war es nur ein kurzer Spot und binnen dreißig Sekunden stand die Gurke aufrecht und tanzte und ich umklammerte liebevoll das Lümmelconga-Päckchen.

»Verdammt gut«, rief Simon und sprang auf. Er riss mir das Päckchen aus der Hand. »Wie wär's mit einem süßen Nachtisch?«

»Ich wusste gar nicht, dass wir Schokolade im Haus haben«, sagte ich unschuldig.

Dann sah ich Simon an, und mir wurde klar, dass er überhaupt nicht von Schokolade sprach. Er steckte sich eine Lümmelconga-Tablette in den Mund und hielt auch Carlos eine hin.

»It's Lümmelconga night!«, kicherte Julia zur Melodie des Conga Songs.

Ich kicherte nicht. Nachdem Julia und Carlos gegangen waren, machte ich mich bettfertig. Dann wartete ich, bis Simon ins Bad gegangen war, um sich die Zähne zu putzen. Ich fischte das iPhone aus seiner Jeanstasche. Eine Zweitkarriere als Privatdetektivin hatte ich schon immer verlockend gefunden. Doch ich änderte meine Meinung, als die glatte Apple Oberfläche meinen zitternden Fingern entglitt und auf meinen Fuß fiel.

»Autsch!«

»Alles in Ordnung mit dir, Sare?«, rief Simon, den Mund voller Zahnpasta.

»Ja«, erwiderte ich. »Hab mir den Zeh angestoßen.«

Ich hob das Handy auf. Es war mit meinem nicht zu vergleichen. Mein Herz pochte so heftig in meiner Brust, dass es mich nicht gewundert hätte, wenn der Dienst für Erdbebengefahr aktiviert worden wäre. Ich entdeckte seine Anrufliste. Der Anruf, den er lautlos gestellt hatte, kam von Ruth. Und es war ihre Nummer, die unter »Letzter Anruf« gespeichert war.

31

Mir war klar, dass Lümmelconga wirkungslos blieb. Das lag auf der Hand. Es gab ein altes Sprichwort: Ist Paranoid-Jay mit im Boot, steuert man direkt auf die Katastrophe zu. Simon bekam Panik, aber mich hatten Ruths Anrufe so verwirrt, dass ich ihn nicht zu trösten vermochte. Ich ging zu Bett, kehrte ihm den Rücken zu und gab vor zu schlafen. Ich bekam mit, wie er frühmorgens aufstand und Jay verfluchte, darauf eine weitere Tablette schluckte, um zu sehen, ob eine Erhöhung der Dosis half. Etwa eine Stunde später nahm er noch eine dritte. Offenbar schlief ich danach ein, denn ich wurde erst um kurz nach elf wieder wach und war ziemlich groggy. Simon lag auf dem Rücken und starrte an die Decke. Sofort gerieten wir wieder in Streit.

»O Mist, es ist spät«, sagte ich verschlafen.

»Hm«, brummte er mit steinerner Miene.

»Mum und Dad werden kurz vor zwölf hier sein«, sagte ich, aber dann fiel mir ein, dass ich die Verabredung mit meinen Eltern zum Mittagessen Simon gegenüber bisher unerwähnt gelassen hatte.

»WAS?«, sagte er, als befände er sich in einem schwankenden Boot auf stürmischer See.

»Tut mir leid«, sagte ich kleinlaut, »hab ich vergessen, dir zu sagen. Wir waren so sehr mit Streiten beschäftigt.«

»Unfassbar, dass du das gleich zweimal getan hast.«

»Es sind meine Eltern!«

»Und was ist hiermit?« Simon deutete auf den mit Viagra-Schachteln vollgepackten Raum.

»Bin ich jetzt etwa daran schuld, dass du dich auf den großen Viagra-Schwindel eingelassen hast?«

Ich stieg aus dem Bett, stolperte durchs Zimmer, bis ich endlich Simons roten Kapuzenpullover fand. Den streifte ich über.

»Äh … Sare.«

»Hm«, sagte ich und drehte mich zu ihm um.

Er hatte die Bettdecke zurückgeworfen. Da stand doch tatsächlich etwas stramm.

»O verdammt. Wann ist das passiert?«

»Vor etwa zwei Stunden.«

»Mann.«

Ich konnte meinen Blick nicht davon abwenden.

»In einer halben Stunde werden meine Mum und mein Dad hier sein.«

»Wir haben das nicht zu Ende gedacht.«

»Was meinst du, wird sie verschwinden, wenn wir Sex miteinander haben?«, fragte ich.

Ich werde nicht ins Detail gehen. Aber pflichtschuldig trug ich meinen Teil dazu bei, Erleichterung zu schaffen. Als das Ziel des Quickies erreicht war, legten wir uns zurück. Noch immer beherrschte eine riesige Gurke den Horizont.

»Wow«, sagte ich. Ich beugte mich vor, um zu überprüfen, ob ich sie nach unten drücken konnte.

»Au«, sagte Simon.

»Mist.«

»Ruf Jules an.«

Ich tat wie mir geheißen.

»Jules.«

»O MEIN GOTT!!!«, rief sie.

»Wie … äh … geht es Carlos? Hat er eine, du weißt schon …?«

»Ich kann ihn gar nicht runterdrücken!«

»Wann ging's los?«

»Eine Ewigkeit, nachdem er die Tablette eingeworfen hatte. Aber er konnte nicht zur Arbeit gehen. Dabei hatte er um halb zehn ein wichtiges Treffen mit diesem Produzenten, von dem ich dir beim Skypen erzählt habe! Er musste es absagen.«

»Meine Mum und mein Dad kommen in zwanzig Minuten, um uns zum Mittagessen abzuholen. Und Simon hat drei Tabletten genommen!«

Es klingelte an der Tür.

»Verdammt! Sie kommen früher. SIMON!«

Er hatte Klamotten anprobiert. Jetzt trug er Jeans und sein längstes Hemd. Es war nicht lang genug.

»Was meinst du, sind Jeans besser als Trainingshosen?«

»Auf keinen Fall die Trainingshose. Glaub mir, Schatz«, versicherte ich ihm. »Selbst wenn du keinen Ständer hast, sieht das aus, als hätte sich eine Wüstenspringmaus dort hineinverirrt.«

»Du musst sie reinlassen, Sare. Ich kann doch deiner Mum nicht mit einem Steifen die Tür aufmachen.«

»Vielleicht sollten wir ihnen die Wahrheit sagen.«

»Baby!«

»Was?«

»Also, ich möchte nicht noch extra darauf aufmerksam machen.«

»Mist, Jules, was sollen wir tun?«, schrie ich ins Telefon.

»Was sagt sie?«, fragte Simon begierig.

»Nichts. Sie lacht. Bye, Jules.«

»Hast du nicht irgendwo eine Schürze?«

»Nur die mit den Brüsten drauf. Und du musst heute nicht noch zusätzlich stimuliert werden.«

»Hm.«

»Können wir ihn nicht festkleben?«

»Und was wird aus meinen Schamhaaren?«

»A ja.«

Es klingelte wieder an der Tür.

»Zieh einfach einen langen Mantel an.«

»Gut«, sagte er und nickte. »Coole Idee.«

Simon tauchte in den Garderobenschrank ein. Ich lief nach unten, um sie reinzulassen.

»Wie lange steht der schon?«, wollte mein Vater wissen.

»Woher …?«

»Dieser Aufbau«, lachte er.

Ich riss die Augen auf, bis ich kapierte, dass er von dem Gerüst sprach, das unser Haus umgab.

»Oh, erst seit ein paar Tagen«, antwortete ich und hoffte, dass es keine Metapher für Simons Not war.

»Hoffentlich kommt das bald wieder runter.«

»Das hoffe ich auch, Dad«, sagte ich so nachdrücklich, dass es sie überraschte.

»Ist ein Sicherheitsrisiko. Ich komme mal mit hoch und überprüfe eure Fensterverriegelung, wenn ich schon mal hier bin.«

Wenn mein Vater den Heimwerker in sich entdeckte, war das bestenfalls beängstigend, denn dann lief er mit einem Gin Tonic in der einen und einem Elektrowerkzeug in der anderen Hand durch die Gegend und kommandierte Simon und mich herum. Wenn man dann noch Simons Erektion und eine Wohnung voller Schachteln addierte, ergäbe dies eine unglaubliche Mischung.

Er bemerkte mein Zögern.

»Zu meiner und zu deiner Beruhigung, Sarah«, sagte er und lief bereits nach oben.

»Wie geht es dir, mein Schatz?«, fragte meine Mum, die sich zurückgehalten hatte. »Was macht dein kleines Problem?«, wisperte sie.

Wenn meine Mutter wispert, hört man es in Kent. Hören Taube es in Kent.

»Genau, Sarah, wie geht es dir mit Simon?«, schrie mein Dad die Treppe herunter. »Oh, hallo, Simon! Schon im Mantel? Kannst es wohl nicht erwarten?«

Ich raste die Treppen hoch, um Simon zu helfen. Die beiden Männer umarmten sich in unserem Hausflur. Simon beugte sich dabei in einem Winkel von fünfundvierzig Grad nach vorne, weil er ihm nicht zu nahe kommen wollte.

»Hallo, meine Reizende«, strahlte Simon meine Mum an. »Also dann, gehen wir, wir sind am Verhungern.«

»Ich wollte eure Fensterverriegelungen überprüfen, Simon«, sagte mein Dad und bewegte sich auf die Eingangstür zu.

»Nicht nötig, Mike. Das habe ich selbst schon getan, sobald dieses blöde Gerüst aufgestellt war. Alles wasserdicht«, sagte mein brillanter Simon, bevor er mit einem Klicken die Tür zuzog.

Ich lächelte ihn an, er hatte uns mühelos aus diesem Albtraum befreit. Bis die nächste Bemerkung meines Vaters zu mir durchdrang und mich erschaudern ließ.

»Wir sind deiner alten Freundin begegnet, Simon, als

wir unseren Wagen parkten. Sie sieht aus wie Selina Scott. Wie heißt sie noch mal, Val? Blond, hübsche Figur. Ruth, nicht wahr?«

»Dad!«

»Was denn?«

»Nichts.«

Simon hatte eine Erektion, und mein Vater redete von seiner Exfreundin. Doch nichts hätte mir fernergelegen, als ihn auf diesen Lapsus hinzuweisen.

»Äh ... ja, Sir, stimmt, Ruth«, antwortete Simon gequält. Ein wenig zu gequält, wenn man mich fragt.

Warum schlich Ruth ständig durch Camden? Sie arbeitete in der Innenstadt und wohnte in Chelsea. Sie hasste Camden. Ich erinnere mich an ihre Worte, dort wimmle es von unerwünschten Elementen. Es hatte mich sehr verwundert, dass jemand unter fünfzig den Begriff »unerwünschte Elemente« benutzte.

»So, jetzt lasst uns aufbrechen«, sagte meine Mutter mit erzwungener Fröhlichkeit.

Wir liefen die Treppe hinunter. Meine Mum beugte sich zu mir herüber und bekam zum ersten Mal ein richtiges Flüstern hin. Sie sagte etwas sehr Nettes zu mir.

»Ruth hat zugenommen.«

Aber dann blieb Simon stehen.

»Ich muss nur noch rasch einen Anruf erledigen. Hab ich völlig vergessen. Geht schon vor, ich werde euch einholen.«

»Gut, Simon, dann treffen wir uns im Lokal«, sagte mein Vater fröhlich.

Aber ich war alles andere als glücklich, als ich Simon die Treppe hinaufjagen sah. Denn es war schon sehr merkwürdig, dass er sich ausgerechnet in dem Moment an einen Anruf erinnerte, in dem er gehört hatte, dass Ruth in der Nähe war.

Jetzt war ich mir sicher. Er hatte eine Affäre.

32

»Wir werden gleich bestellen, wir warten noch auf jemanden.«

Ich lächelte die nervöse, dünne osteuropäische Kellnerin an. Es war offenbar ihr erster Tag. Das erkannte ich daran, dass sie tatsächlich arbeitete und daran, dass sie von einem vierschrötigen Italiener auf Schritt und Tritt kontrolliert wurde. Das arme Ding. Bestimmt bekam sie kein Trinkgeld und von jedem nur die schlechtesten Jobs zugeschoben.

»Das ist meine Fernbrille, Val. Wo ist meine Lesebrille?«

»Mike«, seufzte meine Mutter. »Woher soll ich wissen, wo deine Lesebrille ist? Vielleicht hast du sie im Wagen gelassen?«

»Nein, ich hatte sie auf, als ich an dieser verdammten Parkuhr stand. Zwanzig Pence für vier Minuten, Sarah! Zwanzig Pence für vier Minuten! Das sind acht Pfund für zwei Stunden. Da erwarte ich, dass Selina Scott persönlich sich des Wagens annimmt und im Bikini die Scheiben putzt.«

»Mir wäre Piers Morgan lieber«, seufzte meine Mutter, während sie in ihre Tasche griff. Sie holte ein Brillenetui heraus.

»Nicht diese.«

»O nein, das ist ja deine Gleitsichtbrille. O Mike, du und deine verdammten Brillen!«

Endlich fand sie die richtige und gab sie Dad. Ich sah meine Eltern verwundert an.

»Kann er sich nicht selbst um seine Brillen kümmern?«, fragte ich.

Meine Mutter richtete ihren Blick kurz zum Himmel und schlug vor, einen Gin Tonic zu bestellen.

»O ja, sollen wir auch Knoblauchbrot dazubestellen, während wir auf Simon warten?«

Ich wollte gerade die Kellnerin herbeiwinken, ließ es aber sein, als ich sah, dass sie sich damit abmühte, einen prallen Müllsack über den Boden Richtung Hinterausgang zu schleifen. Mein Dad sah mich an, als hätte ich vorgeschlagen, ein Familienmitglied zu opfern.

»Habe ich was Falsches gesagt?«

»Er macht die Atkins-Diät«, flüsterte meine Mutter mir zu.

»Ich dachte, du hättest ein Pfund mit der von Paul McKenna verloren.«

»Dieses Pfund hat er verloren, und drei danach zugenommen.«

»Aber du kannst doch jetzt nicht die Atkins machen. Das ist eine Pizzeria.«

Mein Vater nickte traurig. Wir saßen neben der Küche, und er hatte den besten Blick auf die Pizzen, die Blasen werfend aus dem Ofen kamen.

»Wie läuft es?«

»Er ist sehr grantig gewesen. Er darf nichts trinken, weißt du.«

»Ein leichtes Bier kann ich doch trinken.«

»Nein, Mike, kannst du nicht.«

»Val.«

»Nein, Mike.« Es war die durchgreifende Stimme meiner Mutter. Die kam bei mir zum Einsatz, als ich zum Beispiel im Alter von sieben Jahren ein Paar hochhackige Schuhe, mit dreizehn ein Tattoo und mit vierzehn Make-up haben wollte. »Du hast mir gesagt, ich soll dich davon abhalten.«

»Du betrügst dich doch nur selbst«, erklärte ich weise den Kindern.

»Was macht Simon eigentlich? Jagt er Ruth hinterher?«

»Vermutlich.«

Er war schon zwanzig Minuten lang weg. Offenbar war er ihr über den Weg gelaufen. Oder hatte ein Treffen mit ihr vereinbart. Mit einer Erektion! Unmöglich kann er die ganze Zeit telefoniert haben. Ich stellte mir die beiden bei einem Quickie hinter dem Kentucky Fried Chicken vor, was lächerlich gewesen wäre, wenn Simon nicht in diesem Moment hereingeplatzt wäre, sein Gesicht gerötet wie das eines Teenagers, der von seiner Mutter beim Masturbieren erwischt worden war.

Die Kellnerin stürzte sich sofort auf ihn und versuchte, ihm seinen Mantel abzunehmen. Er schüttelte den Kopf und kam zögerlich auf uns zu. Dann schaute er zum Holzkohleofen. Ein Ausdruck der Qual huschte über sein Gesicht. Meine Mutter fing an, vorne über Simons Mantel zu streichen, und sein Gesichtsausdruck wechselte zu Panik.

»Das ist ein hübscher Mantel, Simon. Aber du wirst ihn ausziehen müssen, denn es ist sehr warm hier.«

»Äh … nein, Val. Mich fröstelt ein wenig«, sagte er und setzte sich neben sie.

»Mein Lieber, das wirst du nicht aushalten. Du wirst zu schwitzen anfangen. Hoffentlich brütest du nicht was aus.«

Sie drückte ihm ihre Hand an die Stirn. Dann an seine Wange.

»Ach, du Armer«, sagte sie, Simon wie ein Kleinkind tröstend.

Meine Mutter umklammerte seine Hände (die in seinem Schoß und deshalb sehr nah an einem gewissen Teil lagen). Dann presste sie ihre Lippen zusammen und verzog das Gesicht.

»Fühlst du dich auch ein wenig schlapp?«

Ich hielt mir die Hand an den Mund. Mein Magen zog sich zusammen. Simon sah aus, als würden seine Augenbrauen gleich mit dem Haaransatz kollidieren.

»O ja, sehr schlapp«, flüsterte ich. Und es fühlte sich gut an. Ich hatte noch nie versteckte Anspielungen gemacht. Aber sie sind wie alkoholische Getränke. Es bleibt nicht bei einem. »Hm. Ach, Mum. Er war die ganze Nacht auf.« Ich wusste, dass das nicht lustig war. Aber ich konnte nicht aufhören. »Seine sämtlichen Muskeln sind steif. Und, und und …«

Verdammt, mir fiel nichts mehr ein.

Ich schaute mich um, vielleicht fand ich was Inspirierendes. Aber alles, was ich sah, war der Italiener, der auf Simon zeigte und das Mädchen dafür herunterputzte, dass sie Simon nicht seinen Mantel abgenommen hatte.

»Darf ich Ihren Mantel haben?«, erkundigte die Kellnerin sich noch mal.

»Nein, nein«, sagte Simon und beäugte mich argwöhnisch. »Ich möchte ihn anbehalten.«

»Bitte lassen Sie mich Ihnen Ihren Mantel abnehmen«, sagte sie verzweifelt.

»Nein, meine Liebe, mir ist kalt, ich brüte etwas aus«, sagte er, während ihm der Schweiß von der Stirn tropfte. »Aber ich denke, wir sollten jetzt bestellen.«

»Ja, für mich ein Bier«, meldete sich mein Dad.

»O Mike.«

»Schönes Holz ist das«, sagte ich und presste meine Hände auf den Tisch.

33

Nach dem Essen ging Simon seiner Wege. Er äußerte sich nicht dazu, wo er hinging.

»Ich bin dann mal weg, Sare. Weiß nicht, wann ich zurück sein werde.«

Worauf ich sagte: »Bist wohl weg, um zu sehen, ob Ruth dir dabei helfen kann?«, und deutete mit dem Kopf in Richtung seines Unterleibs.

Das hatte ich gar nicht sagen wollen. Ich hatte sagen wollen: Was geschieht da mit uns, Simon? Können wir das wiedergutmachen? Bitte. Ich liebe dich. Aber stattdessen kamen diese bitteren Worte. Er ging nicht darauf ein. Er sah mich nur an, als wäre ich ein zu Schrott gefahrenes Auto, auf das er lange hingespart hatte.

Diesen Abend verbrachte ich mit zwei alten Freunden:

Google und billigem Wein. Die beiden mögen einander. Vor meiner Recherche betrachtete ich Simon und Ruth und ihre Freundschaft mit Argwohn. Nach Google und billigem Wein war mein Argwohn so übermächtig wie Simon Cowell oder Gott oder Google selbst.

Ich saß im Schlafanzug im Schneidersitz auf dem Bett und tippte Dinge wie »Anzeichen von Untreue« ein und erhielt folgende Informationen:

Wenn Ihr Partner regelmäßige Mobiltelefonanrufe von einer Frau erhält oder zu ungewöhnlichen Zeiten ohne Erklärung ausgeht, besteht die Chance, dass er Sie betrügt oder vorhat, es zu tun.
Unterdrückt Ihr Partner Anrufe oder verlässt er den Raum, um sie anzunehmen?
Hat sein Verhalten Ihnen gegenüber sich geändert?
Findet er Fehler und sucht Streit mit Ihnen?
Geht er gern allein aus und protestiert, wenn Sie vorschlagen, ihn zu begleiten?
Fühlt er sich bedroht, wenn Sie Ihren Terminplan ändern oder ihn auf irgendeine Weise überraschen?
Hat er Produkte wie Viagra gekauft?

Dann recherchierte ich, wie man einen »Betrüger« überführte.

Konfrontieren Sie ihn erst damit, wenn Sie Beweise haben! Beweise sind E-Mail-Verkehr, eine Textnachricht, ein Foto, eine Kreditkartenabrechnung etc. An Beweise gelangen Sie nur, wenn Sie in Überwachungsgeräte investieren oder einen Privatdetektiv anheuern. Ansons-

ten müssen Sie alles allein erledigen ... Beobachten Sie ihn, aber stellen Sie ihn erst dann zur Rede, wenn Sie sich sicher sind ... Sprechen Sie mit gemeinsamen Freunden, um zu erfahren, was diese denken.

Ich rief Julia an.

»Jules, sag schnell: Kam Simon dir letzten Abend irgendwie seltsam vor?«

»Im Ernst?«

»Natürlich.«

»Ja, was war zum Beispiel mit diesem Anruf, den er nicht angenommen hat? Und danach gleich noch einer über Festnetz. Er wollte nicht, dass du zurückrufst. Gespenstisch.«

»Es war Ruth. Ich habe das später überprüft.«

»Verdammt. Ich bin sicher, dass ich sie gestern Abend gesehen habe. Sie kam von eurem Haus. Ich glaube, sie hat mich gesehen und absichtlich weggeschaut.«

»Mein Dad sagte, er habe sie heute auch gesehen. Was würdest du denken, wenn du ich wärst?«

»Mann, das weiß ich nicht. Wie ist er denn zu dir?«

»Fürchterlich. Er scheint sauer zu sein, dass ich wieder da bin.«

»Ach, Liebes.«

»Was würdest du tun?«

»Prüf sein Handy und seine E-Mails. Schnüffel an seinen Hemden. Fordere ihn unentwegt zum Sex auf. Wenn sie keinen kriegen, suchen sie ihn sich woanders. Was anderes fällt mir nicht ein.«

»Danke.«

Und so kam es. Ich wurde zu einer Schnüfflerin. Es

war jedoch kein glanzvoller Miss-Marple-Start, denn aufgrund des Jetlags und des Weins schlief ich über dem Laptop ein, bevor er nach Hause kam.

34

Als ich am nächsten Morgen aufwachte, war er nicht da. Mein erster Gedanke war, er ist die ganze Nacht weggeblieben. Und anstatt meinen Rechten als Schauspielerin ohne Arbeit Nachdruck zu verleihen und mich noch mal anderthalb Stunden aufs Ohr zu hauen, wie ich das normalerweise tue, setzte ich mich rasch auf die Bettkante und griff nach dem nächsten von Simons Kleidungsstücken, die über den Boden verstreut lagen.

Ich liebe diesen Überfluss an herrlichen Klamotten, die man schnorren kann, wenn man einen Freund hat: übergroße Trainingshosen und T-Shirts, die nur darauf warten, übergeworfen zu werden. Vor Simon lief ich ständig in ein Handtuch gewickelt herum. Das ist nicht annähernd so bequem und entpuppt sich als logistischer Albtraum, sobald man zwei Hände benötigt, um etwas zu tragen. An diesem Morgen machte ich es mir von Kopf bis Fuß in Abercrombie bequem und bahnte mir einen Weg in die Küche.

Wenn ich Küche sage, meine ich unser Küchenwohnesszimmer, der einzige Raum, der weder Schlaf- noch Badezimmer ist. Dort war es dunkel. Ich erkannte Simons auf dem Sofa zusammengerollt liegende Gestalt. Dann war er also doch nach Hause gekommen, hatte aber beschlossen, sich nicht zu mir ins Bett zu legen. Ich fragte mich, ob das womöglich daran lag, dass er nach Parfüm roch. Ich rempelte ein paar Schachteln an, als ich auf ihn zustolperte.

»Tee?«, fragte ich und beugte mich über seinen Hals, um leise daran zu schnüffeln. Er wedelte mich weg wie eine Wespe.

»Was machst du da? Willst du mein Blut saugen?«

»Nein«, sagte ich abwehrend. »Ich wollte dir einen Gutenmorgenkuss geben.«

Und drückte einen kleinen kalten Kuss auf seine Wange. Ich konnte nichts Ungehöriges riechen. Ich ging zum Wasserkocher, schaltete ihn ein und überlegte, wie ich es anstellen sollte, einen Blick in seine Brieftasche zu werfen, um nach Quittungen vom Vorabend zu suchen und sein Handy auf Textnachrichten zu überprüfen.

»Wieso hast du hier draußen geschlafen?«, fragte ich, aber gemäß der Anweisungen auf der Website nicht in vorwurfsvollem Ton. Simon gab keine Antwort. Ich drehte mich zu ihm um. Er schüttelte seinen Kopf, als hätte er Schmerzen. Vermutlich rührten diese von meinem Anblick. Zwei Minuten nach dem Aufwachen bin ich nie in Bestform, geschweige denn nach einer Flasche Wein und einigen ernsthaften amerikanischen Websites zur Untreue.

»Du musst was gegen dein Schnarchen unternehmen, Babe.«

»Simon«, erwiderte ich lachend, »ich schnarche nicht!«

»Doch, Sare, du schnarchst. Ich habe mich gestern Abend neben dich gelegt. Der König der Löwen ist nichts dagegen.«

»Schatz, noch keiner hat sich über mein Schnarchen beklagt. So schlimm kann es also nicht sein«, erklärte ich ihm aufgebracht.

Von der Website wusste ich, dass die schuldbewusste Partei immer neue Fehler an ihrem Partner findet. Simon hatte mein Schnarchen zuvor noch nie erwähnt.

Ich hängte die Teebeutel in die Becher und goss Wasser hinein. Aber der plötzlich einsetzende Baulärm der Arbeiter draußen auf dem Gerüst erschreckte mich so, dass ich zusammenfuhr. Kochendes Wasser spritzte auf meine Hand.

»O verdammt! Aua!«, kreischte ich.

Ich machte einen Satz rückwärts.

»Babe, alles in Ordnung mit dir?«

Simon arbeitete sich durch die Schachtelberge zu mir vor.

»Dieser verdammte Lärm draußen hat mich zusammenfahren lassen«, murmelte ich, während ich meine Hand unter den Wasserhahn hielt.

»Das kam nicht von draußen, Sare. Das war dein Schnarchen.«

»Wie bitte?«

Simon hielt ein Diktafon hoch, das ich als Hilfe bei meinen Akzentübungen verwendet hatte. Er drückte auf Abspielen. Da war es wieder. Das Geräusch eines Presslufthammers, der sich durch Beton bohrt.

»Na so was«, sagte ich. Na ja, ich musste es schreien, um bei dem Lärm gehört zu werden. »Warum hast du mir das nicht schon früher gesagt?«

»Hab ich doch. Du hast es immer abgestritten«, schrie er zurück.

»Ja, ist ja gut, du kannst das jetzt ausschalten.«

»Neben dir zu schlafen ist ein ziemlicher Albtraum.«

»O danke, Simon, reib's mir nur unter die Nase. Ich hab mir gerade meine Hand verbrannt.«

»Und du streckst im Schlaf auch gern ein Bein und einen Arm aus, und zwar so.« Er demonstrierte die Position. Offenbar nahm ich nachts eine komplizierte Balletthaltung ein. »Und außerdem reißt du noch die ganze Decke an dich. Und klammerst dich daran fest, sodass ich nicht drankomme.«

»Ist ja gut. Beruhige dich, Muffelchen.«

»Ich bin nicht muffelig. Ich bin müde!«

Ich sah ihn traurig an.

»Nun komm schon, Baby. Es wird alles gut. Du bist einfach nicht daran gewöhnt, mit jemandem zu schlafen«, sagte er.

Ich holte tief Luft. Dann nickte ich.

»Oh, stimmt, du aber schon. Ruth nimmt bestimmt nur ein kleines Eckchen des Betts in Beschlag ...«, hörte ich mich mit schrecklich giftiger Stimme sagen. Ich erinnerte mich an die Ermahnung meiner Mum, nicht in der Hitze des Augenblicks loszuplappern. Aber ich konnte mich nicht bremsen. »Warum gehst du nicht zurück zu diesem gelenkigen Miststück, wenn sie so wunderbar ist? Du brauchst es nicht heimlich zu tun. Geh einfach zu ihr zurück. Wahrscheinlich ist sie ohnehin in der Nähe. Sie scheint neuerdings wie ein Gespenst ums Haus zu schleichen. Du brauchst nur rauszugehen. Geh schon. Geh wieder zu ihr zurück. Mach dein blödes Yoga, mach Fotos von ihr in Unterhosen und hab irren, lauten Sex auf Viagra. Aber lass mich bitte in Ruhe.«

Nie zuvor habe ich mich so hysterisch aufgeführt. Ich kreischte. Ich klang wie eine Wahnsinnige. Meine fürchterlichen Worte schwirrten wie Fledermäuse durch den Raum.

Ich schaffte es, an dieser Stelle aufzuhören. Ich versuchte, mich im Rückwärtsgang von dem gefährlichen Ort wegzumanövrieren, blieb aber im Schlamm stecken.

Simon sah mich an.

»So geht das nicht mit uns«, sagte er langsam. »Ich werde mich jetzt anziehen. Wir sehen uns heute Abend. Dann reden wir.«

Er verließ erschöpft den Raum und dann die Wohnung. Meine einzigen Gedanken waren, dass er nicht gesagt hatte, wo er hinwollte und dass er die Anschuldigungen nicht abgestritten hatte. Also zog ich meine nur selten getragene Jogginghose an und folgte ihm. Ich wusste nicht, welchen Weg er eingeschlagen hatte, nahm aber an, dass es in Richtung U-Bahn war. Ich bog aus unserer Straße um die Ecke, und da stand er, das iPhone an sein Ohr gepresst.

»Hör zu, Babe, nein! Also gut, ich werde sehen, was ich tun kann«, glaubte ich zu verstehen. Höchstwahrscheinlich benutzte er das Wort »Babe«. Jedenfalls meinte ich, dass er es höchstwahrscheinlich benutzte. Plötzlich sah er mich und legte schuldbewusst auf.

»Verfolgst du mich, Sare?«

»Nein«, sagte ich. »Ich bin nur unterwegs, um …« Ich wollte eigentlich sagen, »um Milch zu holen«, aber ich hatte gar kein Geld dabei. »… um zu laufen.«

»Gut«, sagte er wenig überzeugt. »Könnte dir nicht schaden.«

Ich musste joggen, bis er außer Sichtweite war. Das war sehr peinlich, denn ich hatte keinen BH an und musste meine Brüste mit den Händen festhalten. Irgendwann drehte ich mich um, und er war verschwunden. Also keuchte ich nach Hause.

35

Den Rest des Morgens musste ich mich erst mal erholen. Das Telefon klingelte dreimal. Ich war mir sicher, dass es Ruth war, aber sicher sein konnte ich mir nicht, weil sie dazu übergegangen war, ihre Nummer zu unterdrücken.

Beim vierten Klingeln sagte ich vorsichtig »Hallo« in den Hörer. Diese Anrufe waren so nervend, dass ich keine sexuellen Anspielungen mehr aufzubringen vermochte.

»Alles in Ordnung mit dir, Sare?«

»Jules, sag mal, schnarche ich?«

Julia schnaubte.

»Ja, ganz fürchterlich.«

»Im Ernst?«

»Ja, deshalb muss ich mich jedes Mal betrinken, wenn ich bei dir übernachte.«

»Das hast du mir nie gesagt.«

»Sare, das habe ich dir tausendmal gesagt. Aber du streitest es immer nur ab.«

»Du hättest es mir mal ganz ernsthaft sagen müssen.«

»Der arme Simon. Hat er jetzt herausgefunden, dass es

ruhiger wäre, mit einem Bagger zu schlafen? Wie sieht's übrigens aus an der Front?«

»Schrecklich.«

»Ich hab da eine Idee.«

»Schieß los.«

»Zermürb ihn mit Freundlichkeit.«

»Wie bitte?«

»Ich hab mit Carlos darüber gesprochen. Er meint, wenn Frauen anfingen, zu schnüffeln und Vorwürfe zu machen, könnte das dazu führen, dass die Männer erst recht eine Affäre anfingen. Aber wenn sie die Freundlichkeit selbst wären, dann bekämen Männer Schuldgefühle und würden sie beenden.«

»Das ist ja interessant.«

»Also lass dir was Nettes einfallen. Ich würde normalerweise vorschlagen, was zu kochen. Aber ich kenne deine Küche.«

»Ich kann kochen, Jules.«

»Was ist sein Lieblingsessen?«

»Weiß nicht. Hähnchen noch was.«

»Oooh! Der Boss! Verdammt, ich muss auflegen. Ah! Außerdem lackier ich mir gerade die Nägel.«

Ich rief Simons Mutter an, und sie verriet mir, dass Brathähnchen sein Lieblingsgericht sei. Also machte ich mich auf den weiten Weg zum großen Sainsbury's und kaufte ein Hähnchen. Aber nicht einfach nur ein normales Hähnchen, o nein, ein Bio-Hähnchen, das vier Pfund teurer ist als ein gewöhnliches Hähnchen. Es wurde bei klassischer Musik aufgezogen. Weil es nicht das Gefühl bekommen sollte, auf der sozialen Leiter abgestiegen zu sein, schaltete ich zu Hause den Klassiksender ein.

Bisher war ich der Auffassung gewesen, dass stundenlanges Vorbereiten von etwas, das man dann innerhalb weniger Minuten verzehrte, sinnlose Zeitverschwendung war. Ich genoss jedoch den Tag, den ich damit zubrachte, Simons Abendessen vorzubereiten.

Weil ich keine Ahnung hatte, was ich mit diesem Kulturvogel machen sollte, rief ich zweimal meine Mum und zweimal Simons Mum an. Simons Mum reagierte etwas über, als ich ihr sagte, ich hätte die Kartoffeln in Scheiben geschnitten und in den Ofen geschoben, um Bratkartoffeln zu machen. Sie meinte, sie würden viel besser, wenn man sie vorher kochte. Ich wies sie darauf hin, dass es doch Bratkartoffeln seien und dass ich schließlich auch ein Brathähnchen machte, ohne es zuerst zu kochen.

Und dann wartete ich darauf, dass mein Mann von einem harten Arbeitstag im Büro nach Hause kam. Wie in den Fünfzigerjahren. Ich hatte den Tisch mit einem Tischtuch (gut, ein Laken), Servietten (na gut, Küchenkrepp) gedeckt und als kleine besondere Aufmerksamkeit Ohrstöpsel besorgt. Und wenn Simon es schaffte, nicht über all den Mist zu stolpern, der vorher auf dem Tisch gestanden hatte und nun mit Hunderten von Schachteln Viagra auf dem Boden lag, dann könnten wir vielleicht einen sehr netten Abend verbringen. Ich legte zur Begrüßung sogar Lippenstift auf. Und ich hatte mir außerdem die Mühe gemacht (was ich selbst verstörend fand), einen Rohkostteller als Vorspeise vorzubereiten.

»Hallo, Baby, ich bin hier!«, flötete ich, als ich Simon die Wohnungstür aufsperren hörte.

Mein kleiner Schatz kam herein, schlug die Tür zu und

ging direkt ins Schlafzimmer, wo er herumzukramen begann.

»Ich habe ein kleines Abendessen improvisiert«, rief ich, schenkte ihm ein Glas Wein ein und setzte mich an den Tisch, als hätte mir das Einkaufen, Vorbereiten und Erforschen des Innenlebens eines Hähnchens gar keine Mühe bereitet.

»Wir sehen uns später, Sare«, rief er und steckte seinen Kopf durch die Tür. Einen Moment hielt er erstaunt inne. »Was ist das denn?«, fragte er, als er den gedeckten Tisch entdeckte. Er trug seine Fußballsachen. Zweifellos sexy, aber für ein Abendessen UNGLAUBLICH unpassend. »Hast du Leute eingeladen?«

»Du hast mir gar nicht gesagt, dass du Fußball spielen gehst.«

»Wir haben Mittwoch.«

»Aber du sagtest: ›Wir sehen uns heute Abend.‹ Wir wollten miteinander reden.«

»O Sare, ist das für mich? Das riecht verdammt gut.«

»Hm.«

»Und die Idee mit den Ohrstöpseln ist wirklich gut. Danke.«

»Ich habe dein Lieblingsessen gekocht.«

»O Mist. Babe. Mist.«

»Musst du denn unbedingt mitspielen?«

»Ich kann die Jungs nicht hängen lassen, Babe.«

Obwohl ich kein Fan von Dz-dz-Lauten bin, um meinen Unwillen kundzutun, war meine Enttäuschung in diesem Fall so groß, dass sie aus mir herausplatzten. Er hatte Fußball noch nie erwähnt.

Dann ging er. Und fast im selben Moment ging sein

Handy. Es lag summend auf der Küchenanrichte. Ich eilte hin, nahm es und lief ihm hinterher.

»Simon«, rief ich. »Dein Handy vibr…«

Ich schaute auf das Display. Es war Ruth.

»Das Miststück ist wieder dran!«, sagte ich, sobald ich ihren Namen sah, und blieb wie angewurzelt stehen.

Was als Nächstes passierte, war Anlass für einen erneuten Streit zwischen Simon und mir. Ich glaube, dass es an der glatten Oberfläche lag, die den iPhones zu eigen sind, dass es mir in diesem Moment aus der Hand flog. Simon hingegen behauptete, ich habe es ihm bewusst an den Kopf geworfen. Was natürlich lächerlich ist. Niemals hätte ich ihm was an den Kopf geworfen. Denn ich liebte ihn.

Wie auch immer, Simon duckte sich, das Handy prallte an der Eingangstür ab und landete in drei Teilen zu seinen Füßen.

»HÖR AUF, SO ZU SPINNEN, SARAH!«, schrie er mich an.

»Na ja, jetzt kannst du deine andere Freundin wenigstens nicht mehr anrufen«, erwiderte ich in derselben Lautstärke.

Er drehte mir den Rücken zu und verließ die Wohnung.

Ich tat, was jede vernünftige Frau in einer solchen Situation getan hätte. Ich trank in Windeseile ein Glas Wein leer, während mir die Tränen übers Gesicht liefen, dann rief ich Julia an und verabredete mich mit ihr in dem Klub, in dem Carlos spielte.

36

Am nächsten Morgen fühlte sich mein Mund an, als hätte ich die ganze Nacht den Hintern einer Kuh geleckt. Dann fiel es mir wieder ein. Die Wahrheit lag gar nicht so weit entfernt. Ich hatte in einem Kebab-Laden einen Burger gegessen. Der definitive Stand des Alkoholpegels lässt sich daran ablesen, dass ein schlechter Burger auf dem Heimweg gut riecht. Wenn er ekelhaft riecht, bist du noch nicht völlig betrunken. Wenn er schmackhaft riecht, bist du sturzbetrunken. Und isst du in diesem Zustand einen schlechten Burger, sind dir am nächsten Tag zwei Dinge sicher: Reue und fürchterliche Blähungen.

Ich öffnete ein Auge. Ich lag völlig verspannt auf dem Sofa, komplett angezogen, nur einen Stiefel hatte ich offenbar noch geschafft auszuziehen. Simon lächelte mich an und hielt sich die Nase zu. Er hatte ein Hähnchenbein in der einen Hand und zog mir mit der anderen meinen Stiefel aus, hob dann meine Beine an und setzte sich unter diese aufs Sofa.

»Ich komme dir lieber nicht zu nahe, Babe, du stinkst ein bisschen.«

Ich lächelte.

»War der Abend gut?«

»Ich weiß nicht, ob es ein guter Abend war. Aber ein Abend war es.«

»Tut mir leid, dass du dir mit dem Hähnchen so viel Mühe gegeben hast, Sare.«

»Da waren die Innereien noch drin.«

Wenn ich einen Kater habe, mache ich das immer. Ich rede belangloses und völlig sinnloses Zeugs daher.

»Meine Mum macht Bratensoße dazu.«

»Hm. Das hat sie mir in allen Einzelheiten geschildert.«

Im Nachhinein war es dumm, mit diesem Kater ein Gespräch über Hähnchen anzufangen. Ich glaube, Simon spürte das, denn er beugte sich über mich und berührte meine Wange.

»Was geschieht mit uns?«, flüsterte ich traurig.

»Ich weiß nicht. Aber es tut mir leid.«

»Mir tut es auch leid«, sagte ich mit einem kleinen Lächeln. »War ich sehr schlimm?«

»Ein bisschen. Aber ich war auch ein Idiot. Tut mir wirklich unheimlich leid. Sorry, sorry, sorry.«

Ich nickte und lächelte.

»Ich würde auch gern oft sorry sagen, aber ich glaube, dann würde mir schwindelig werden.«

»Und ich würde dich jetzt gern küssen, Sare, aber du dünstest ganz schrecklich aus.«

Er nahm einen Fuß und bewegte seinen Mund darauf zu.

»Zwischen Ruth und mir ist nichts.«

»Aber sie ruft dich ständig an! Sie treibt sich hier in der Nähe herum!«

»Ich weiß. Ich weiß auch, wie das aussieht. Aber ich habe keine Ahnung, warum sie hier aufgetaucht ist. Ich war so sauer auf dich, weil du denkst, ich würde dich betrügen. Aber ich schwör's dir. Ich habe nicht mit ihr gesprochen. Sie hat gestern Abend eine Nachricht hinterlassen. Sie möchte sich mit mir treffen. Ich habe sie nicht zurückgerufen. Ich wollte erst mit dir darüber reden. Ich werde mich nicht mit ihr treffen, wenn du das nicht willst. Aber ich habe mir überlegt, dass du mitkommen könntest. Wir könnten alle zusammen was trinken gehen. Dann wüsstest du, dass du dir keine Sorgen zu machen brauchst.«

»In meinem Kopf dreht sich alles immer nur um euch beide.«

»Ich möchte nicht mit Ruth zusammen sein, Baby.«

»Aber du hattest mit ihr doch so fantastischen Sex, und sie hat so eine tolle Figur. Warum willst du nicht mit ihr zusammen sein?«

»Weil ich dich liebe.«

»Ich liebe dich auch.«

Ich lächelte.

»O Gott«, seufzte er. »Jetzt werde ich dich doch küssen müssen, oder, Stinketiger?«

Er zog mein Oberteil hoch und küsste meinen Bauch. Und weil es der schönste Moment seit Langem war, musste ausgerechnet da das Telefon läuten. Ich griff hinter mich, um den Hörer abzunehmen.

»Sarahs Sexhöhle?«

Schweigen. Nicht schon wieder.

»Hallooo, wer ist da, bitte.«

»Hallo?«, sagte eine vornehme männliche Stimme, die ich nicht kannte.

»Hallo.«

»Ich bin mir nicht sicher, ob das die richtige Nummer ist. Ich möchte mit Sarah Sargeant sprechen.«

»Oh, das bin ich.«

»Hallo, ich heiße Terrence und habe offenbar, was mir sehr peinlich ist, Ihren Rollkoffer mitgenommen.«

»Tatsächlich?«

»Ja. Sie haben nicht zufällig meinen?«

»O nein, tut mir leid.«

»Er muss im Caffè Nero geklaut worden sein. Ich hätte ihn im Auge behalten müssen.«

»Hm.«

»Nun gut, ich bin im Moment in Liverpool.«

»Ah.«

»Aber ich werde im Lauf des späteren Tages nach London zurückkommen. Soll ich ihn bei der Adresse vorbeibringen, die auf dem Schild steht?«

»Das wäre wunderbar. Macht es Ihnen auch nichts aus?«

»Nein, keine Sorge. Ich hoffe nur, Sie haben mehr Kleider am Leib als auf diesem Foto!«, sagte er belustigt.

»Wie bitte?«

»Oh, ich muss mich entschuldigen, ich weiß auch nicht, was über mich gekommen ist.«

Ich hatte keine Ahnung, worauf er anspielte, aber Simon lächelte, und die Welt war wieder in Ordnung.

37

Danach beschloss Simon, zur Feier des Tages laufen zu gehen. Ich hatte keinen Zweifel an seinen Motiven. Der Furunkel war aufgeschnitten. Das Gift konnte austreten. Deshalb ließ ich mir ein Bad ein. Ich bade für mein Leben gern. Zeit, um sich zu reinigen und nachzudenken.

»Ich gehe jetzt laufen. Lässt du mich rein, wenn ich wiederkomme, Sare? Ich nehme keinen Schlüssel mit, werde auch nur eine halbe Stunde weg sein!«, rief Simon und klopfte an die Badezimmertür.

»Okay, Schatz. Oh. Simon! Warte mal. Du kennst doch diese alten Anzeigen der British Telecom, in denen es hieß, Reden täte gut?«

»Ja.«

»Wie heißt noch mal der Schauspieler, der die gemacht hat?«

»Warte, kleiner Kerl, Cockney. Mit unglaublichen Koteletten. Mist, weiß nicht. Warte. John soundso. Nein, nein, Bruce!«

»Nein«, rief ich. Dann überlegte ich kurz. »Kann sein. Meinst du? Bruce noch was?«

»Ach, Sare, du machst mich fertig. Vielleicht fällt's mir ja beim Laufen wieder ein.«

»Bye, Schatz.«

»Sare«, sagte er anzüglich.

»Hm.«

»Hast du schon Pläne für den Nachmittag?«

»Nein.«

»Gut. Sollen wir uns im Schlafzimmer herumtreiben?«

»Nackttanz?«

»Hm. Oh! Ich geh jetzt besser. Sonst kommt's mir gleich.«

»Bye, Schöner.«

Ich bin nicht bei der Telecom. Hab sie für einen billigeren Anbieter verlassen. Und diese Anzeigen haben mir auch nie gefallen. Es lag auf der Hand, dass die BT sich einen Dreck um unsere Familienbeziehungen scherte.

Ihr ging es nur darum, dass man stundenlang am Telefon hing, damit ihre Vorstände neue Bonusse in der Größe von Wintergärten bekamen. Ich fand die Kampagne immer grausam den Leuten gegenüber, die nicht sprechen können. Im Rückblick war es eine überempfindliche Reaktion, die vielleicht damit zu tun hatte, dass mein Nachbar Robert zu der Zeit, als die Anzeigen herauskamen, sein eigenes Marihuana anbaute und sein eigenes Bier braute.

Aber als ich in den Schaumblasen lag, kam ich zu dem Schluss, dass diese Anzeigen doch einen gewissen Wahrheitsgehalt hatten. Schon nach diesem kleinen Gespräch mit Simon fühlte ich mich anders. Besser, glücklicher, freier, leichter. Ich tauchte ins Wasser ein und lächelte. Aber plötzlich sah ich etwas. Etwas, das nicht im Bad hätte sein sollen.

»IiiHHHHHHH«, kreischte ich.

Und das war nicht übertrieben.

Ich stieg aus der Wanne. Begann auf und ab zu laufen. Wie lange war das schon hier? Wusste Simon davon? Mir schnürte es die Luft ab. Ich musste mich beruhigen. Ich musste ruhig atmen. Aber ich konnte nicht. Mein Herz pochte wie wild in meiner Brust. Ich keuchte. Tränen brannten in meinen Augen. Das durfte nicht sein. Nicht jetzt. Ich wusste nicht, was ich tun sollte.

Ich beugte mich vor und bedauerte es, nie Yoga gemacht zu haben. Ich nahm es unter die Lupe. Es war ein graues Schamhaar. Es schien nicht einmal derselbe Typ Haar zu sein. Es war lang, dick und drahtig. Es hätte eigentlich besser auf Keith Richards Kopf als an meine Weiblichkeit gepasst.

»Komm her, du kleiner Bastard. Du musst weg.« Ich zog daran, aber es blieb, wo es war.

Ich griff nach dem Rasierapparat. Jetzt begriff ich, warum die Leute sich dort unten rasierten. Weil sie in Wirklichkeit grau wie John Major waren. Ich begann keuchend mit der Rasur. Anfangs konnte ich mich nicht überwinden, den ganzen Damenrasen wegzunehmen, aber ich wollte auch nicht so ein kleines Mösenbärtchen, womit man aussieht wie George Michael. Dann jedoch schien meine Kreativität angeregt. Ich hatte Spaß an der romantischen Vorstellung, von meinem Schamhaar nur noch eine Herzchenform stehen zu lassen. Es erwies sich nicht als mein klügster Einfall, denn es war nicht einfach, doch ich schaffte es. Es sind immer diese kleinen Dinge, die die Liebe lebendig halten.

Ich stieg wieder in die Wanne, duschte mich ab, kletterte dann wieder heraus und trocknete mich ab. Und da fiel mir Simons Fußballdress ins Auge, der über dem Trockner hing. Ich zog nur die Fußballsocken an und wartete darauf, dass er vom Laufen zurückkam. Er war bestimmt verschwitzt und außer Atem …

38

Wie versprochen und auf die Minute pünktlich klingelte Simon eine halbe Stunde später an der Eingangstür. Ich tänzelte zur Gegensprechanlage. Und ich muss sagen, dass es mir Spaß machte, die Fußballsocken zu tragen. Sie machten mich ausgelassen und verspielt, obwohl sie ziemlich viel Acryl hatten und meinem Fußpilz sicherlich nicht dienlich waren. Ich drückte auf den Türöffner, um ihn reinzulassen und versteckte mich dann hinter unserer Eingangstür.

Ich sammelte mich einen Moment. Als ich hörte, wie die Schritte die oberste Flurtreppe erreichten, öffnete ich die Tür ein wenig und schob meinen Schenkel mit den Fußballsocken zwischen den Türspalt. Während mein Bein schon nach draußen winkte, fiel mir ein, es könnte auch Terrence mit dem Rollenkoffer sein. Ich stellte rasch ein paar Berechnungen an, die meine Befürchtungen jedoch zerstreuten. Ich war mir absolut sicher, dass es nur Simon sein konnte. In anderthalb Stunden konnte man unmöglich von Liverpool nach London reisen. Mit neuem Selbstvertrauen begann ich mein Bein in einer Geste auf und ab zu reiben, die bestimmt nicht sexy war, aber Simon vermutlich zum Lachen brachte. Jedenfalls dachte ich das. Aber ich hörte nichts. Und ich hatte fest damit gerechnet, dass dieses Trockenvögeln der Tür Gekicher ernten würde.

»Hallooo, Süßer«, sagte ich glutvoll in meinem amerikanischen Akzent.

Ich zog die Tür ein Stückchen weiter auf und quetschte meinen halben Körper durch. Dabei gab ich mich recht züchtig: Erst zeigte ich ihm mein ganzes Bein und ein kleines Stück meiner mit Logo versehenen Scham. Aber selbst dafür gab es kein Lachen. Also quetschte ich auch noch Bauch und Brust nach draußen und zeigte mein grinsendes Gesicht.

»Oh, tut mir leid, Sarah, ich glaube, du hast jemand anderen erwartet.«

»Scheiße! Scheiße! Tut mir leid, Ruth. Das ist mir schrecklich peinlich.«

Es war Ruth. Simons Exfreundin! Die Yogafrau! Ich machte ihr die Tür vor der Nase zu. Ich versuchte, die bösen Gedanken in meinem Kopf zu verscheuchen. Was machte sie hier? Unfassbar, dass sie mich gerade nackt gesehen hatte. Sie war ein unglaublich ordentliches City-Mädchen, das hoch hinauswollte, und ich wusste, dass sie mich schon immer für verrückt gehalten hatte. Wenngleich sie gar nicht so ordentlich aussah, wie ich sie in Erinnerung hatte. Sie trug einen Anorak und hatte ganz schön was angesetzt. Ich zog mir einen Morgenmantel an und ging zurück, um sie reinzulassen.

»Ruth. Tut mir leid. Ich hoffe, ich habe dir jetzt keinen bleibenden Schaden zugefügt. Komm rein.«

Ruth ging langsam aufs Wohnzimmer zu. Ich folgte ihr. Sie sah die Champagnergläser, ich meine, das eine Champagnerglas, und den Becher mit *Hallo, großer Junge* vorne drauf.

»Du hast einen Mann!« Sie klang erstaunt.

»Hm.«

Die Situation war seltsam. Ich hatte Ruth als sexuell habgierige Bedrohung für mich angesehen. Jetzt merkte ich, wie dumm das war. Sie hatte ihn offensichtlich seit einer Ewigkeit nicht mehr gesehen und keine Ahnung, dass Simon und ich inzwischen ein Paar waren.

»Möchtest du eine Tasse Tee?«, fragte ich und hoffte, sie würde ablehnen.

»Nein. Ich suche Simon. Wohnt er noch immer hier?«

»Ja.«

»O ja, richtig. Ist ja ganz offensichtlich«, sagte sie und

deutete auf die penisbezogenen Produkte, die im Wohnzimmer gestapelt waren. Plötzlich wandte sie sich zu mir um. »Geht es ihm gut?«, fragte sie.

Ihr Ton war zu zwanglos, um zwanglos zu sein. Da dämmerte es mir. Sie liebte ihn noch immer. Natürlich. Sie hatte sich in den vergangenen Monaten mittels Schokolade Kummerspeck angefressen. Jetzt war sie zurück und wollte ihn, aber ich hatte ihn. Und er liebte mich.

»Ja. Hm. Ja, ihm geht's gut.«

»Ja, dann. Ich gehe lieber und komme ein andermal wieder.«

»Gut«, sagte ich und begleitete sie zur Eingangstür. »Ruf ihn besser vorher an«, schlug ich vor.

»Ich habe immer wieder versucht, ihn telefonisch zu erreichen. Er geht nicht dran. Aber es ist wichtig. Ich muss ihn wirklich unter vier Augen sprechen.«

»Diese Woche ist er hier.«

Sie sah mich an, und ich hatte keine Ahnung, was in ihrem Kopf vor sich ging. Sie sah gar nicht aus wie die Ruth von früher.

Wir erschraken beide, als heftig an der Tür geklopft wurde. Dazu hörte man Simons Stimme, seine wundervolle tiefe, sexy Stimme: »Babe! Babe! Es war Bob Hoskins!«

Natürlich! Es war Bob Hoskins.

Er klopfte wieder. »Lass mich rein, Babe, wir müssen an unserem Nackttanz feilen. Ich möchte ein paar neue Schritte ausprobieren!«

Ruth und ich standen hinter der Tür. Keine von uns machte Anstalten, zu öffnen. Ruth sah mich an. Ihre Augen begannen zu tränen. Dann fiel ihr Blick aus irgendeinem Grund auf meine Fußballsocken, und sie sagte ganz leise:

»Du und Simon.«

Ich ließ Simon rein. Was hätte ich sonst auch machen sollen? Er sah umwerfend aus. Er schwitzte, lächelte und nahm einen großen Schluck aus einer Wasserflasche.

»Hey Bab…«, begann er, dann sah er Ruth. Tränen liefen ihr die Wangen hinunter. Aber es war ein stilles Schluchzen. Wirklich schlimm. »Ruth!«, rief Simon, sah aber mich dabei an.

Ich verzog höflich das Gesicht, wie man das macht, wenn man keine Ahnung hat, was los ist, aber weiß, dass es was Wichtiges sein muss. Simon machte einen Schritt auf Ruth zu, berührte dabei aber beruhigend meine Hand.

Ruth sagte ein paar Worte, die ich nicht richtig verstand. Es hörte sich an, als würde sie zu Simon, zu meinem Freund, sagen: »Ich bekomme ein Baby von dir.«

»Was?«, fragte Simon so leise, dass es kaum zu hören war.

»Ich bekomme dein Baby.«

Ruths Antwort war nicht leise, und sie war sehr gut zu verstehen. Sie öffnete ihren Anorak. Wir starrten alle schweigend auf ihren Bauch. Da war ein Hubbel. Ein sehr großer Hubbel mit Simons Baby darin. Die Größe erstaunte mich. Ich hätte mich nicht gewundert, wenn gleich bei uns im Flur die Wehen eingesetzt hätten.

39

Es gibt Gespräche, an die erinnert man sich noch Monate, nachdem sie stattgefunden haben. Man taucht in den frühen schlaflosen Stunden wieder in sie ein und fragt sich, wer diese Person war, die all diesen Unsinn gequatscht hat. Und während einem kalter Schweiß ausbricht, wird einem klar, dass man selbst es war. Und dass man alles vermasselt hat.

Das nächste Gespräch, das ich mit Simon führte, war dieser Art.

Ruth war nach unten gegangen und wartete auf Simon, um mit ihm zum Haus seiner Mutter zu fahren, wo sie die Situation klären wollten. In unserer Wohnung war dies nicht möglich, weil Ruth plötzlich meinetwegen hysterisch wurde. Wirklich hysterisch. Ich begann mir Sorgen zu machen, wie sich das wohl auf das Baby auswirkte. Simon und ich sahen einander an.

Wäre mein Leben ein Film, wäre das der Zeitpunkt für erhabene Violinmusik gewesen, um die Bedeutung des Augenblicks zu unterstreichen, und die Schauspielerin, die mich spielte, hätte ihren Mann in die Arme geschlossen. Sie hätte ihn zärtlich an sich gedrückt, damit er sich in aller Ruhe mit der drohenden Verantwortung der Vaterschaft anfreunden konnte. Aber es war kein Film. Es war mein Leben. Also gab es keine Musik und auch keine Umarmung. Und es war mir nicht möglich, meine bösen Worte zurückzuhalten, sie schwappten unaufhaltsam aus meinem Mund.

»Simon! Wie konnte das passieren?«, war meine unmittelbare Reaktion. Eine Äußerung, die nur deshalb beeindruckend war, weil sie lächerlicher war als die Frisur von Limahl. Und so überraschte es nicht, dass Simon die Augen zur Decke drehte, als hätte ich sie nicht alle. »Ruth ist die ordentlichste Person, die ich kenne. Sie verwahrt ihre sämtlichen Schuhe in Kartons. Sie wird kaum sagen: ›Ach pfeif drauf, ich nehm die Pille nicht. Zieh ihn einfach raus, bevor du kommst!‹«

»Sprich bitte leiser, Sare«, herrschte Simon mich an. »Das ganze Haus kann dich hören.«

»Tut mir leid«, flüsterte ich.

»Sie glaubte, keine Kinder kriegen zu können!«, brach es aus ihm heraus.

Das wusste ich, hatte es aber vergessen. Mein Kopf arbeitete noch nicht mal auf Montagmorgen-gleich-nach-dem-Weckerklingeln-Niveau, wie das meine nächste Frage nur allzu deutlich belegte.

»Warum hat sie es dir nicht schon früher gesagt? Sie kann doch nicht einfach hierherkommen und die Bombe platzen lassen.«

»Sare!« Seine Heftigkeit ließ mich zusammenfahren. »Sie hat versucht, mit mir in Kontakt zu treten! Aber du wolltest ja nicht, dass ich mit ihr spreche!«

»Tut mir leid«, flüsterte ich, dann schwiegen wir beide uns eine Weile an.

Ruths Nachricht hatte die Windschutzscheibe meiner Welt durchschlagen. Aber ein Wunder war es trotzdem, dass sie tatsächlich schwanger war.

»Schwanger«, sagte ich. Und nach einer Weile: »Wow!«

Mir ist natürlich klar, dass sich dieses Wow unter den gegebenen Umständen lächerlich anhörte. Ich leide da runter, dass mir in angespannten Situationen immer nur ein äußerst begrenztes Vokabular zur Verfügung steht, aber was hätte ich sonst sagen sollen?

»Gib mir einfach etwas Freiraum, Sare.«

Ich sagte nichts, hielt stattdessen die Luft an. Jeder weiß, dass jemand, der Freiraum möchte, eigentlich nur weg will. Simon wollte Freiraum. Ich starrte ihn an.

»Das ist nicht dein Ernst. Oder?«

»Ist es«, sagte er kopfschüttelnd. »Ich brauche etwas Abstand. Ein bisschen Raum für mich. Abstand von dir und mir. Damit ich einen klaren Gedanken fassen kann.«

Da entfleuchte mir dieses verrückte nasale Lachen. Er schloss die Augen, als befände sich vor ihm etwas Schreckliches, was er lieber nicht sehen wollte. Mir blieb tatsächlich der Mund offen stehen. Ich war immer davon ausgegangen, dass es das nur in Cartoons gab, aber es geschah wirklich, offensichtlich als Reaktion auf etwas unfassbar Fürchterliches.

»Sare, es ist doch ganz natürlich, dass ich Abstand brauche. Ich werde Vater. Ruth bekommt ein Baby von mir.« Als er das Wort »Baby« sagte, bemerkte ich einen winzigen Anflug von Stolz in seiner Stimme. »Ruth wird mein Baby bekommen«, wiederholte er.

Ich versuchte, an das Baby zu denken. Aber ein Baby, das noch im Bauch ist, kann man sich schwer vorstellen. In meinem Kopf hatte ich eins dieser Ultraschallbilder, und die erinnern immer an einen verschmierten Fingerabdruck, finde ich. Ich verzog mein Gesicht.

»Du hasst Ruth, Sare …«

»Nein, tue ich nicht«, antwortete ich überrascht.

»Doch, Liebes, das tust du.«

»Nein.«

»Sare, es ist so. Und ich bin im Moment nicht in der Lage, mich mit deiner Eifersucht auseinanderzusetzen. Nicht unter den Umständen. Es ist das Beste, wenn wir es jetzt einfach dabei belassen.«

»Dabei belassen!«

Er hatte gesagt »Ich brauche Freiraum« und »... dabei belassen«. Ich wusste nicht, was schlimmer war, die Tatsache, dass er offenbar mit mir Schluss machen wollte oder die Tatsache, dass er das Skript dazu von einem hinterherzuckelnden Schüler aus dem vierten Schuljahr hatte.

»Versteh doch, Babe, es geht nicht um dich. Es geht um mich.«

Es klopfte zaghaft an der Tür. Ich ging müde hin, um zu öffnen. Die Worte »Freiraum« und »belassen« pulsierten in meinem Kopf. Ein Mann mittleren Alters mit Krawatte stand draußen. Ich hatte ihn noch nie zuvor in meinem Leben gesehen.

»Sarah?«

»Hm.«

»Terrence. Unten im Hausflur steht eine Dame, die ziemlich außer sich zu sein scheint. Sie ließ mich herein.«

»Oh.«

»Ihr Koffer.« Er hob den Trolley an und gab ihn mir.

»Danke«, sagte ich leise.

»Ich geh dann wieder«, sagte er mit einem Lächeln und zwinkerte mir aus irgendeinem mir unbekannten Grund zu.

Ich schloss die Tür und atmete tief durch, bevor ich mich wieder an Simon wandte.

»Ich hasse sie natürlich nicht, Simon. Ich hasse niemanden. Aber sie ist jetzt nicht nur deine Exfreundin, sondern auch die zukünftige Mutter deines Kindes. Jetzt ist alles noch mal ganz anders.«

Seltsamerweise waren das genau die Worte, die ich sagen wollte und auch die, die angebracht waren. Aber sie kamen zu spät.

»Es ist tatsächlich alles anders. Ich muss das selbst erst begreifen. Wie wirst du dich fühlen, wenn ich in ständigem Kontakt mit Ruth sein werde? Denk darüber nach. Du wirst ein Albtraum sein. Es ist so am besten.«

Er sah aus, als wollte er mich küssen, überlegte es sich dann aber anders. Und ging einfach aus der Wohnung.

40

Ich ließ ihm seinen Freiraum. Tage verstrichen. Ich lag auf dem Sofa neben dem Festnetzanschluss, hielt mein Handy umklammert und wünschte mir, dass er anrief. Ich weinte nicht. Ich wollte nicht zusammenbrechen wie selbst zusammengebaute Billigkommoden es an sich haben, sobald man etwas Schweres drauflegt. Ich lag da und dachte an ihn. Ich wusste genau, wie ihm zumute war. Und ich wusste vor allem, dass er das Richtige tun wollte, für Ruth und für sein ungeborenes Baby. Aber immer, wenn ich die Situation von Simons Perspektive aus betrachtete, landete ich bei ein und demselben Problem. Und dieses Problem war ich.

Er rief nicht an. Am vierten Tag klingelte dann mein Handy.

»Hallo«, sagte ich. Und dachte: Lass es bitte Simon sein. »Sarahs Haus der Schmerzen.«

»Sarah. Ist alles in Ordnung mit dir?«

»Nicht ganz. Ist da mein reizender Agent?«

»Er ist es. Was um Himmels willen ist denn passiert, Sarah? Du klingst, als wolltest du deinen Kopf in den Ofen stecken.«

Nicht die beste Situation, um sich seinen Agenten zum Freund zu machen.

»Mir geht's gut«, sagte ich keck, fest entschlossen, mich so normal wie möglich zu benehmen. »Ich habe nachgedacht …«

»Gefährlich.«

»Ich habe über eine Rolle nachgedacht, für die ich wie geschaffen wäre.«

»Doch nicht etwa Kiefer Sutherlands Sexsklavin?«

»Nun, das versteht sich von selbst. Aber ich dachte, dass mein Gestaltungsspektrum und mein Talent auch zuließen, George Clooneys Geliebte zu spielen.«

Diese Spielchen spielte ich nur des Effekts wegen. Mein Herz war nicht dabei.

»Das ist ja wunderbar, Sarah, ich werde das sofort seinem Agenten mitteilen.«

»Wunderbar!«

»Doch wie wär's in der Zwischenzeit mit einem weiteren Vorsprechen für einen Werbespot?«

»Oh, lass mich raten, das Gesicht von … Lutschtabletten gegen Mundgeruch?«

»Nein.«

»Hm, wir befinden uns in der Grippesaison. Was könnte es dann also sein? Etwas Hustenreizstillendes. Oder … Oh, etwas gegen Sodbrennen?«

»Nein.«

»Na, so was, das würde doch zu mir passen.« Und dann dämmerte mir, was es in Anbetracht meiner derzeitigen Glückssträhne sein könnte. »Immodium?«

»Nein.«

»Ich geb's auf.«

»Crème de Menthe.«

»Nicht doch!«

»Doch.«

»Ist ja cool.«

Sobald ich aufgelegt hatte, rief ich Julia an.

»Guten Abe … oh, tut mir leid, guten Morgen!«

»Jules, ist alles okay bei dir?«

»Ach, Sare«, flüsterte sie. »Ich bin todmüde.«

»Du hörst dich völlig fertig an, Süße.«

»War bis fünf Uhr morgens auf. Carlos hat gespielt.«

»Hat's Spaß gemacht?«

»Hat's Spaß gemacht?« Sie seufzte. »Nein. Nicht wirklich. Es war eine dieser Pacha Partys, und alle Mädchen waren jung und hinreißend und trugen Hotpants. Da wollte ich Carlos nicht allein lassen.«

»Oh.«

»Ich muss mich jetzt gleich aufs Klo schleichen, um ein Kraftnickerchen zu machen.«

»Vergiss nicht, den Handywecker zu stellen.«

»Mist, ja, wär peinlich, wenn ich gar nicht mehr zurückkäme. Tut mir leid, dass ich dir was vorjammere. Wie geht's dir denn?«

»Bin wie betäubt.«

»Hast du was von ihm gehört?«

»Nein«, seufzte ich. »Es sind jetzt schon vier Tage. Wie viel Freiraum soll ich ihm geben?«

»O Babe, wenn ich das wüsste.«

»Eigentlich, Jules, will ich gar nicht darüber reden, wenn du nichts dagegen hast.«

»Dann reden wir morgen im Café darüber.«

Ich unterdrückte ein Stöhnen. Am kommenden Tag wartete nicht nur mein alter Job als Kellnerin auf mich, sondern ich musste auch mit meiner Freundin reden. Das würde lustig werden.

»Pass auf, rate mal, was ich später für ein Vorsprechen habe.«

»Oooh ...« Julia liebte dieses Spiel. »Na ja, wir befinden uns in der Grippesaison, weshalb es entweder ein Nasenspray sein könnte oder, da Ostern vor der Tür steht, sagen wir ... Minizuckereier!«

»Nicht schlecht, aber beides falsch.«

»Dann sag's mir.«

»Crème de Menthe.«

»Nicht doch.«

»Ich weiß! Ist das nicht verrückt?«

»Das ist cool.«

»Es findet in Soho statt, sollen wir uns danach treffen?«

»Ja, komm ins Büro.«

»Okay, ich bringe Sandwiches mit, das ist billiger.«

»Toll«, sagte sie begeistert.

»Also los«, sagte der Regisseur leidenschaftslos. »Sprechen Sie Ihren Namen in die Kamera.«

»Sarah Sargeant«, sagte ich professionell und fügte dann, weil ich mich einfach nicht beherrschen konnte, hinzu: »BEGEISTERTER FAN VON CRÈME DE MENTHE.«

»Gut, gut«, blökte der Regisseur uninteressiert.

»Wie kommt das, Sarah?«, erkundigte sich eine freundlichere amerikanische Stimme.

Die Stimme gehörte zu einem grauhaarigen knuddligen Mann im Anzug. Er sah aus wie ein in die Jahre gekommener Cowboy. Er saß hinter dem Regisseur und neben einem Teller Schokobiskuits.

»Hallo. Oh, weil meine beste Freundin und ich ganz dicke Freundinnen wurden, während wir Crème de Menthe tranken. Unsere Mütter tranken es auch, und so führten wir die Tradition weiter.« Es war wohl besser, nicht zu erwähnen, dass wir damals vierzehn waren. »Wir haben ein paar ganz tolle Erinnerungen an die Zeiten, in denen wir Crème de Menthe tranken.« Natürlich erwähnte ich die wichtigsten davon nicht – zum Beispiel das eine Mal, als ich im Supermarkt eine Flasche kaufen wollte und man daraufhin meine Mum anrief. Oder als wir aus Crème de Menthe Eislutscher machten und Julia in die Notaufnahme musste, weil sie bei ihr eine Alkoholvergiftung vermuteten. »Wir haben letztens aus Nostalgie versucht, eine Flasche zu kaufen, aber erfolglos.«

»Das ist der Grund, weshalb wir das Produkt neu bewerben.«

»Ausgezeichnet. Also, ich werde mir garantiert eine Flasche kaufen!«

»Das freut mich.«

»Sind Sie Amerikaner?«

»Ja, bin ich.«

»Und woher kommen Sie?«

»Los Angeles.«

»Das dachte ich mir. Ich komme gerade von dort.«

»Tatsächlich? Haben Sie drüben gearbeitet?«

»Na ja, ich war dort, um den neuen Eamonn-Nigels-Film zu drehen. Aber in letzter Minute haben sich die Geldgeber herausgezogen, und ich musste zurückkommen.«

»Sarah, wenn Sie Ihre Privatgespräche jetzt bitte beenden könnten. Wir müssen weiterkommen«, fuhr der Regisseur mich an.

»Entschuldigung.«

Ich wandte mich der Kamera zu. Und sofort verspürte ich wie so oft den Drang, Mist zu reden.

Crème de Menthe ist Blödsinn, flüsterte meine innere Stimme.

»Wenn Sie dann bereit wären, Sarah«, seufzte der Regisseur.

»Crème de Menthe. Das ist B…b…b…«

Mist! Es lag auf der Hand, dass ich Blödsinn sagen wollte.

»B…b…b…«

Ich wand mich. Ich stammelte. Der Regisseur grinste.

Endlich entrang ich meinem Mund das Wort »Beste« und seufzte erleichtert. Als ich den Raum verließ, erhob sich der Amerikaner.

»Sarah?«

»Ja.«

»Für Sie«, sagte er und reichte mir eine Flasche.

»Nicht doch! Wirklich?«

»Für Sie und Ihre Freundin.«

»Oh! Herzlichen Dank«, sagte ich aufrichtig.

Seine freundliche Geste hätte mich fast zum Weinen gebracht. Ich drückte die Flasche Crème de Menthe an meine Brust und beeilte mich, wegzukommen. Ich war ständig den Tränen nah, und es kostete mich viel Mühe, sie zurückzuhalten.

41

Simon meldete sich nicht. Aber Freunde und Familie meldeten sich. Ich musste ihnen erzählen, was passiert war. Die meisten reagierten darauf mit einem langsam ausgesprochenen Kraftausdruck. Darauf folgte ein Kleinod psychologischer Weisheit. Die Nachricht, dass Julia mir meinen alten Job als Bedienung im Café wiederbeschafft hatte, wurde wesentlich begeisterter aufgenommen. Alle waren sich einig, dass es mir guttun würde, aus dem Haus zu kommen. Wirklich erstaunlich, was für einen Quark die Leute predigen, wenn man sitzen gelassen wird. Erstens hatte ich eine Wohnung und kein Haus, und das Café war keine vierhundert Meter entfernt und wurde von Polen mit abartigem Sexualleben betrieben – sie hatten kurz vor meiner Rückkehr beschlossen, fortan beim Bedienen Borat Mankinis zu tragen.

Julia und ich hatten an meinem ersten Tag gleichzeitig Schicht, und wir waren kaum da, als sie mir einen Teller mit Bohnen auf Toast unter die Nase hielt und mich bat, den Fremdkörper zu identifizieren, der darauf lag.

»Es ist ein Haar.«

»Ja, ich weiß, dass es ein Haar ist, Sare, aber sieht es nach einem Schamhaar aus?«

»Oh«, sagte ich und inspizierte den Teller genauer. »Verstehe, was du meinst.«

»Den kann ich doch wohl nicht zum Tisch bringen, oder?«

Wir sahen beide den Mann an Tisch 4 an, der auf sein Frühstück wartete.

»Nein, du wirst erst das Schamhaar rausholen müssen«, flüsterte ich.

»Ich rühre das nicht an! Das kannst du machen.«

»Ich bin seelisch in sehr labiler Verfassung.«

»Lass mich Ruth anrufen.«

»Damit du ihr das mit dem Schamhaar erzählst?«

»Du weißt schon, was ich meine, Sare.«

»Ja, ich weiß verdammt gut, was du meinst, und ich wünschte, du würdest die Klappe halten.«

Ich riss ihr den Teller aus der Hand. Lief damit in die Küche und schmiss das Essen in den Abfalleimer. Dann sagte ich den Küchenangestellten, sie sollten die Bestellung noch mal zubereiten. Ganz gelassen trat ich an Tisch Nummer 4 und setzte eine entschuldigende Miene auf.

»Sir, Julia da drüben hat Ihr Frühstück in der Küche versehentlich fallen lassen, aber die Köche bereiten Ihnen ein neues zu. Tut mir leid, dass Sie warten müssen.« Dann beugte ich mich über ihn und flüsterte: »Sie ist nicht besonders gut. Wir sehen uns nach einem Ersatz um.«

Er wirkte sehr zufrieden und vertiefte sich wieder in seine Zeitung. Ich kehrte zurück an die Theke und zu Julia.

»Sarah«, setzte Julia an.

»Tut mir leid, ich wollte nicht ausrasten, aber ich will nun wirklich nicht über Ruth sprechen«, sagte ich in gellendem Ton.

»Leck mich. Ich wollte das gar nicht erwähnen.« Sie starrte mich an, als wäre ich eine Fremde. »Und was sollte die Show bei Mr. Bohnentoast?«

»Oh«, antwortete ich.

»Ernsthaft«, sagte sie. »Hör auf damit.«

»Weißt du, was ich denke?«

»Nein.«

»Nun, du solltest mal die Bedienungen in Amerika sehen.«

»Wieso?«

»Da geht es ständig ›Wie hat es Ihnen geschmeckt?‹ und ›Darf ich Ihnen sonst noch etwas bringen?‹ und ›Möchten Sie noch etwas Kaffee?‹ und ›Einen schönen Tag noch!‹. Sie bieten einem sogar Ketchup an.«

»Meine Güte!«, sagte sie.

Dann schüttelte sie angewidert und ungläubig den Kopf.

»Sie kriegen gute Trinkgelder.«

»Soll heißen?«

»Dass von dir erwartet wird, ihnen zwanzig Prozent zu geben.«

Jetzt war ihr Interesse geweckt.

»Nee. Dabei sind die so geizig, die Amerikaner. Wenn die hierherkommen, lassen sie uns nie was da.«

Ich sah sie mit hochgezogener Braue an.

»Weißt du, was ich glaube?«

»Nein.«

»Ich glaube, du hast das gemacht, weil du nicht mehr du selbst bist.«

»Ach Jules, bitte. Ich möchte nicht darüber reden. Und wenn, dann will ich nicht hier darüber reden.«

»Tut mir leid. Du und Simon, ihr seid seelenverwandt. Er ist ein Idiot. Er wird auf keinen Fall glücklich werden mit Großnase, auch wenn sie schwanger ist. Die ganze Sache ist schrecklich. Wir müssen überlegen, was wir tun können.«

»Bitte, Jules, ich möchte nicht darüber reden!«

Schon kamen mir die Tränen. Ich nahm eine Papierserviette, um sie mir abzuwischen. Ich konnte Julia nicht ansehen. Also holte ich stattdessen ein paar Mal tief Luft. Ich wollte wirklich nicht anfangen zu heulen, weil ich befürchtete, dann vierzehn Tage nicht damit aufhören zu können. Ich habe schon bei *X-Factor* immer zwei Stunden gebraucht, mich zu beruhigen.

»Geh und mach ein paar Minuten Pause«, sagte Julia und schob mich in Richtung Küche.

Die polnischen Köche waren nicht da. Sie standen draußen und rauchten, also tat ich, was ich immer tat, wenn die Küche leer war: Ich stürzte mich auf den Kühlschrank, um Käse zu mopsen. Aber als ich den Kühlschrank öffnete, merkte ich, dass mir an diesem Tag gar nicht danach war. Mir war nach gar nichts zumute. Ich hätte nie gedacht, dass mich irgendwann einmal irgendwas vom Käse abbringen könnte. Aber Simon war es gelungen. Ich ging in den winzigen Raum für Mitarbeiter, um stattdessen einen Blick auf mein Handy zu werfen.

»Mist!«, kreischte ich, sobald ich das Display sah.

Und ich kreischte noch mal, als ein polnischer Koch, der gut und gern seine hundertzehn Kilo auf die Waage brachte, mit nichts weiter als einem Mankini bekleidet, hereinkam.

»Wie ist mit Blowjob?«, fragte er.

»Lass mich in Ruhe!«, kreischte ich wieder und stürmte an ihm vorbei zurück ins Restaurant.

Endlich konnte ich den Tränen freien Lauf lassen. Denn es waren Tränen der Erleichterung, und sie waren wunderbar.

»Ich habe eine SMS von Simon!«, schrie ich.

»O mein Gott, was schreibt er?«, antwortete Julia in gleicher Lautstärke.

Der Mann, der auf seine Bohnen wartete, rieb sich die Ohren.

»Ich hab sie noch gar nicht aufgemacht«, schrie ich lachend und weinend und tupfte mir mit der Serviette meine Wange ab. »O ich danke dir, Gott!«

»Nun mach sie schon auf, verdammt, Sare.«

»Gut.«

Ich atmete ein paar Mal nervös ein und aus. Dann öffnete ich die SMS und fing zu lesen an. Julia beugte sich über meine Schulter.

Sare. Dieser Trolley gehört Ruth. Ich komme irgendwann vorbei und hole ihn ab.

»Wichser«, sagte Jules, und das schockierte mich.

»Er ist kein Wichser, Jules, der Wichser bin ich.«

Julia sagte: »Pah.«

»Nicht mal ein blöder Kuss«, sagte ich traurig.

42

Den Trolley hätte Ruth mir ruhig lassen können. Andere hätten sich damit begnügt, den Freund auszuspannen. Nicht so Ruth. Sie wollte auch noch das Gepäck.

»Gefällt dir vielleicht sonst noch was, Ruth?«, murmelte ich, während ich begann, auszupacken. »Der Kühlschrank?«

Simon würde vorbeischauen und ihn irgendwann abholen. Irgendwann! Die chaotische Serie von Ereignissen, auch bekannt als mein Leben, hatten mich gelehrt, dass das Irgendwann, das Simon zum Abholen wählen würde, bestimmt dann sein würde, wenn ich nach zwei Flaschen Rotwein schlafend in einer Pizza lag. Und das wollte ich nicht. Ich wollte mich nett anziehen und Make-up auflegen und den Trolley persönlich bei Ruth vorbeibringen. (Idealerweise fände ich unterwegs noch Hundescheiße, um ihn durchzurollen.)

Ich packte die Klamotten von meiner L.-A.-Reise aus. Dann öffnete ich die tausend Reißverschlüsse der Seitentaschen, für den Fall, dass ich darin noch was vergessen hatte. Gut, dass ich das tat, denn in der ersten Tasche entdeckte ich eine verschmutzte Unterhose. In der nächsten waren die kleinen Flaschen Schaumbad und Shampoo, die ich aus dem Hotel hatte mitgehen lassen. Ich glaubte nicht, noch weitere Seitentaschen benutzt zu haben, überprüfte sie aber für alle Fälle. In einer davon schien tatsächlich noch was drin zu sein, also kippte ich den Inhalt auf den Teppich. Es fielen ein Packen Zettel und Quittungen und ein angebrochener Blister Tabletten heraus. Eigentlich konnten sie mir nicht gehören, ich hatte sie noch nie gesehen. Kleine gelbe Pillen zogen sich schlangenförmig über die goldene Verpackung. Neben jeder einzelnen Tablette waren in schwarzer Schrift Wochentage aufgedruckt. Es war eine Packung empfängnisverhütender Pillen. Sie musste Ruth gehört haben. Ich legte sie weg und griff nach den Zetteln. Der erste war eine Quittung für ein Hotel in Paris. Simon und Ruth waren letztes Jahr zu Ruths Geburtstag in Paris gewesen. Es war ihre Lieblingsstadt.

»Nicht unbedingt eine sehr originelle Lieblingsstadt. Was ist deine zweitliebste? New York?«, brummelte ich.

Ich ging die anderen Quittungen durch. Dazwischen befand sich ein gefaltetes DIN-A4-Blatt. Ich entfaltete es. Ein Foto fiel heraus. Fast hätte es mich gewürgt. Es war von Ruth. Jedenfalls ging ich davon aus, dass es Ruth war. Ihr Gesicht war nicht darauf zu sehen. Es war ein nackter Körper. Nippel und Schamhaar. Zugegeben, nicht viel Schamhaar. Sie hatte sich für George Michael entschieden. Ich drehte das Foto rasch um und griff nach dem großen Blatt Papier. Darauf stand etwas Handgeschriebenes. Es war nicht Simons Handschrift. Es konnte nur die von Ruth sein. Ich las:

Befolge diese Instruktionen sorgfältig
Komm herein
Zieh dich ganz aus
Schenk dir ein Glas Champagner ein
Leg dich aufs Bett
Auf dem Nachttisch liegt eine Augenbinde – leg sie um
Warte ...

Offenbar ein kleines Sexspielchen, das sie für ihn vorbereitet hatte. Hinten klebte ein Stück Tesafilm dran. Vermutlich hatte sie den Zettel an die Tür geklebt, damit er ihn fand. Ein Glück, dachte ich, dass ich das nicht gefunden habe, als ich in L.A. auf meinem Eifersuchtstrip war. Das hätte mir wirklich den Rest gegeben. Und obwohl ich jetzt auch nicht besser damit umgehen konnte, war mir doch klar, dass ich damit niemals mithalten konnte. Mit dem mir verliehenen bodenständigen Sturkopf war ich die Antithese zu Ruths exotischen Sexspielen. Vielleicht war es das, was er wollte. Großartigen Sex und ein Baby.

Ich überlegte, ob ich das Zeug in der Tasche lassen oder wegwerfen sollte. Mit der Pille konnte sie jetzt, da sie schwanger war, ohnehin nichts anfangen.

Ich würgte. Ruth war schwanger! Ruth nahm die Pille! Warum nahm Ruth die Pille, obwohl sie keine Kinder kriegen konnte? Und wenn sie die Pille nahm, wieso wurde sie dann schwanger? Je mehr ich darüber nachdachte, umso verwirrter wurde ich. Vielleicht hat sie die Pille genommen, um ihre Periode zu regulieren oder um keine Pickel mehr zu bekommen oder sonst was. Wenn sie jedoch schwanger wurde, während sie die Pille nahm, bewies das nur, dass sie überaus fruchtbar und keinesfalls unfruchtbar war. Es ergab keinen Sinn.

Ich nahm die Pillenpackung an mich. Darüber musste ich mit Simon sprechen.

43

»Sarah!«

Simons Mum, Bonnie, öffnete mir die Tür. Sie flüsterte.

»Hallo, Bonnie. Ich bin hier, um mit Simon zu sprechen.«

»Ach, meine Liebe«, sagte sie traurig. »Einen Moment, bitte.«

Ich stand auf der Türschwelle und nickte. Sie machte mir die Tür vor der Nase zu, sehr darauf bedacht, auch ja keinen Lärm zu machen. Alles lief schief. Wenn ich normalerweise herkam, sagte sie: Sarah, wie schön dich zu sehen. Komm rein. Zieh bitte deine Schuhe aus, meine Liebe, ich habe gerade erst die Teppiche gesaugt. Hast du denn schon was gegessen? Und selbst wenn dies der Fall war, sagte ich Nein, weil sie eine wirklich gute Köchin war. Plötzlich kam ich mir vor wie die Exfrau.

Kurz darauf kam Simon an die Tür. Er wirkte erschöpft.

»Ruth ist da drin, nicht wahr?«

»Ja.«

»Hier ist der Koffer.«

»Danke.«

»Ich werde nicht lang bleiben, aber ich wollte dich doch mal kurz sprechen.«

»Na gut«, erwiderte er seufzend.

»Du brauchst deswegen noch lange keinen Orgasmus zu kriegen.«

Er gab mir mit seinem Blick zu verstehen, dass ihm Kommentare über Orgasmen auf seiner Türschwelle unangenehm waren.

»Komm mit nach oben«, flüsterte er.

Und machte dann das Pst-Zeichen. Ich war ganz offensichtlich nicht ganz bei mir, denn es löste keine Aggressionen bei mir aus. Ich folgte ihm die Treppe hinauf. Er öffnete die Badezimmertür. Ich blieb zögernd an der Tür stehen. Ich wollte das Badezimmer nicht betreten. Denn ich konnte unmöglich ein grundlegendes Gespräch im Badezimmer von Simons Mutter führen. Mit diesem Badezimmer hatte ich eine Menge Probleme. Es war korallenfarben. Das war zugegeben keine schlechte Farbe. Ein oder zwei Dinge in Koralle konnten in einem blauen oder weißen Raum ein ästhetischer Glanzpunkt sein. Befand man sich jedoch in einem gänzlich korallenfarben gehaltenen Raum, kam das dem Erstickungstod in einem Riesenkürbis gleich. Ich weiß nicht, welche Richtlinien es für die flauschigen Matten unterschiedlicher Formen auf Badezimmerfußböden gibt. Wie auch immer sie aussehen mögen, Simons Mutter übertrieb es damit. Eine lag vor der Badewanne, eine vor der Tür, eine rund um das Waschbecken, aber die, die mir wirklich Angst machte, war die rund geformte, die den Fuß der Toilettenschüssel (korallenfarben) umschloss. Jedes Mal, wenn man diese Matte betrat, brachte man die Fransen durcheinander, sodass das Badezimmer beim Verlassen immer einen geschändeten Eindruck machte. Ich mag keine geschändeten Badezimmer, also verbrachte ich jedes Mal viel Zeit auf Händen und Knien, bevor ich es verließ. Ich wollte wirklich nicht da hinein. Darüber hinaus war es so sauber, dass es wehtat. Es war so sauber, dass ich nicht mal meine Hände waschen wollte, geschweige denn Praktiken ausüben, die mit Körperentleerung zu tun hatten. Mein Motto hatte immer gelautet: Halt ein im Haus von Simons Mutter!

»Müssen wir ins Badezimmer, um zu reden?«, flüsterte ich. Offensichtlich ja, denn er blieb mir die Antwort schuldig und ging hinein und ließ die Dusche laufen und schaltete das Radio an.

»Ich fühle mich geschmeichelt, aber ich glaube nicht, dass das jetzt der richtige Zeitpunkt für gemeinsames Duschen ist.«

Fast hätte er gelächelt.

»Ich will nur nicht, dass sie uns hört. Das ist alles.«

»Nein, wir wollen Ruth auf keinen Fall aufregen.«

Ich hatte dieser Äußerung eigentlich keinen bitteren und sarkastischen Unterton geben wollen, tat es aber doch. Simon sah mich entsetzt an. Er öffnete den Mund, aber ich kam ihm zuvor.

»Tut mir leid. Ich wollte nicht, dass das so rauskommt. Ich bin wirklich um Verständnis bemüht und möchte dir deinen Freiraum lassen. Ich bin nur …«

Er sah mich nicht mal an. Er lehnte mit seinem Hintern an der Handtuchstange und starrte zu Boden. Ich setzte mich aufs Klo und begann, mit der Dame im voluminösen Petticoat zu spielen, die auf der Toilettenrolle saß. Ich zog sie heraus und drehte sie um und bewunderte ihr großes spitzes phallusartiges Ding.

»Die Dame mit dem Riesenpenis«, sagte ich grübelnd. Dabei schaute ich hoch zu Simon.

Er zeigte den Ansatz eines Lächelns, doch gleich darauf fiel sein Gesicht wieder zusammen, und er schüttelte den Kopf. Mein Handy klingelte. Ich schaltete es ab.

»Es ist ein Albtraum, Sare.«

»Nicht doch, Babe. Was ist aus Mr. Positiv geworden?«

Er zuckte mit den Schultern.

»Sie ist wirklich depressiv …«

Mein Handy klingelte wieder. Ich ging nicht ran, obwohl ich sah, dass es Eamonn war.

»Möchtest du nicht rangehen?«

»Nein, nein, tut mir leid. Erzähl weiter. Warum ist sie depressiv?«

»Das passiert manchmal bei Schwangeren, die nicht damit gerechnet haben, ein Kind bekommen zu können. Sie ist hysterisch. Sie glaubt, dem Baby werde etwas zustoßen. Sie denkt, ich werde sie verlassen.«

»Bist du denn mit ihr zusammen?«

Er schüttelte den Kopf. Dann ließ er die Schultern fallen.

Er sagte: »Ich weiß nicht.«

Das war also eindeutig. Eamonn rief schon wieder an. Diesmal schaltete ich mein Handy ab.

»Pass auf«, begann ich. Dann seufzte ich. »Ich habe das hier gefunden. In Ruths Trolley.«

Ich zeigte ihm die Pillenschachtel.

»Was ist das?«

»Es ist die Pille.«

Er machte ein verdutztes Gesicht.

»Die Pille.«

Wieder ein leerer Blick. Dann läutete sein Handy. Er warf einen Blick darauf.

»Es ist Eamonn.«

»Oh, gerade noch hat er mich angerufen.«

»Hallo.« Simon ging ran. Er drückte sich einen Finger ans Ohr. »Wie bitte? Äh … ja, Sir, sie steht neben mir. Ich übergebe.« Simon gab mir den Hörer. »Die Verbindung ist schlecht.« Ich drückte das Handy an mein Ohr.

»Eamonn, kann ich dich zurückrufen?«, überschrie ich das Knistern und die Dusche. »Was? Eamonn! Ich kann nicht … Was ist mit deinem Bein?«

»WIR SIND WIEDER DABEI!!«, hörte ich ihn aus weiter Ferne sagen.

»Was?«, kreischte ich und lief umher, um einen besseren Empfang zu bekommen – an der Badezimmertür hörte Eamonn sich weniger nach Roboter an.

»WIR KÖNNEN WIEDER DREHEN! WIR BRAUCHEN DICH HIER!«

»Ahhh!«, schrie ich. »O mein Gott!«

Ich sah, dass Simon den Kopf schüttelte und mich auf dieselbe Weise ansah wie mein erster Freund, als ich versehentlich Crème de Menthe auf dem Bettlaken seiner Mutter verschüttete, während er an mir herumfummelte. Mir fiel das Pst-Zeichen wieder ein und Ruth und die Tatsache, dass ich mich in einem Badezimmer befand und ein wichtiges Gespräch führte.

»Und du kriegst noch eine zusätzliche Szene. Der Drehbuchautor liebt deine Arbeit. Wir werden sie dir zuschicken!«

Ich fing wieder zu kreischen an, hielt mich dann aber zurück, weil Simon ganz danach aussah, als würde er mich erwürgen.

»Ich rufe dich zurück, Eamonn«, sagte ich, legte auf und gab Simon das Handy zurück. »Wir können wieder drehen«, teilte ich ihm mit.

»Das habe ich mir zusammengereimt«, sagte er sarkastisch.

Er gab mir die Pillenpackung zurück.

»Simon, die ist zur Empfängnisverhütung.«

»Wie bitte?«

»Weißt du, dass sie die Pille genommen hat?«

Er starrte mich an.

»Was?«

»Wusstest du, dass Ruth die Antibabypille genommen hat?«

Es war, als würde ich mit einem Ausländerkind reden.

»Ich …«

»Wusstest du, dass sie die Pille nahm?«, fragte ich ganz langsam noch einmal.

»Was willst du mir damit sagen?«

»Hm.« Ich hasse schwere Fragen. Und ich wusste tatsächlich nicht, was ich ihm sagen wollte. »Ich fand, dass daran was faul war, und wollte es dich wissen lassen.« Er schüttelte den Kopf. »Weißt du, wenn sie tatsächlich keine Kinder bekommen konnte, warum hat sie die dann genommen, und wenn sie sie genommen hat, warum ist sie dann schwanger geworden?«

Als ich meinen Satz beendet hatte, merkte ich, dass Simon die Dusche abgestellt hatte.

»Ich finde das unfassbar, Sarah! Ruth glaubte, keine Kinder bekommen zu können, und bekommt jetzt ein Baby von mir. Sie spielt keine Spielchen«, zischte er.

Dann schaltete er das Radio aus und öffnete die Badezimmertür. Er wartete darauf, dass ich vor ihm aus dem Badezimmer ging.

»Danke, dass du den Koffer zurückgebracht hast«, sagte er und öffnete die Eingangstür.

Und ehe ich wusste, wie mir geschah, lief ich mit dem

sonnenklaren Eindruck die Einfahrt hinunter, dass meine Mission nicht gut gelaufen war.

44

Ich ging davon aus, dass meine Szene meiner Rolle einen neuen Kick gab. Dass zum Beispiel die von mir gespielte Taylor das örtliche Hospiz aufsuchte, um einen Teil des Geldes, das sie als Stripperin verdiente, zu spenden, oder dass sie ein Kind davor rettete, überfahren zu werden. Doch während ich vorsichtig den Umschlag öffnete, der mir zugeschickt worden war, überlegte ich mir, dass eine Szene mit ihrem behinderten Bruder, für dessen Arztrechnungen sie im Nachtklub arbeitete, noch besser wäre. Das würde bei der Academy bestimmt gut ankommen.

»Ich möchte der Academy danken …«, sagte ich laut.

Ich zog den Text aus dem Umschlag. Es war nur eine einzige Seite, ein kleiner Passus war hervorgehoben.

LUCKY BAR – INNENRAUM – NACHT
SCHÄBIGE STRIP-BAR IN LOS ANGELES

TAYLOR (ENDE 20, HARTGESOTTEN UND DES LEBENS ÜBERDRÜSSIG, ABER MIT HERZ) STRIPPT VOR EIN PAAR UNKONVENTIONELL AUSSEHENDEN MÄNNERN. MAN HÖRT LAUT DIE MELODIE VON SHE'S A MANIAC AUS FLASHDANCE. DIE MÄNNER RUFEN IHR ZU UND GRINSEN LÜSTERN. ALS IHR PROGRAMM BEENDET IST, GEHT SIE MIT einem Bierglas durch die Menge, um das Trinkgeld einzusammeln.

Nahaufnahme von Vince, der Taylor anstarrt.

Ich griff zum Telefon.
»EAMONN!!!«
»Sarah! Wie geht's meiner Lieblingsschauspielerin?«
»Willst du mich verarschen, Eamonn?«
»Wieso denn?«
»Dieser Quatsch mit der zusätzlichen Szene.«
»Nein, nein, nein. Das wird ganz diskret ablaufen.«
»Eamonn.« Ich lachte. »Hör bloß auf. So leicht zu täuschen bin ich nun auch wieder nicht.«
»Dadurch bekommt deine Rolle mehr Biss. Ich denke, wir sollten das machen.«
»Eamonn!«
»Also, Rachel hat für dich ein paar Einzelstunden bei einer ehemaligen Stripperin festgemacht.«
»Hör auf damit, Eamonn. Das soll wohl ein Witz sein.«
Ich warf einen Blick auf meine Eingangstür, weil ich mit dem Auftauchen eines Fernsehmoderators mit einem Mikrofon rechnete, der sagte: Jetzt haben wir Sie aber drangekriegt.
»Also gut, wegen der Terminplanung hast du deine erste Stunde am Tag deiner Rückkehr und dann täglich eine Woche lang. Ich hielt das für ein bisschen viel, aber Rachel meinte, sie habe dich tanzen sehen, und es sei nötig.«
Eamonn lachte schallend los. Da dämmerte mir, dass ich vergeblich auf jemanden vom *Verstehen-Sie-Spaß?*-Team wartete.

»Ist das dein Ernst?«

»Um Himmels willen, ja, Sarah. Der Autor, Joel, war wirklich sehr angetan von dir. Er wollte deinen Charakter abrunden.«

»Also, rund ist er schon! Eamonn«, zischte ich, »mir ist danach, dir meinen Hintern zu zeigen, damit du weißt, was für einen schrecklichen Fehler du machst.«

»Du bist eine richtige Frau, Schätzchen. Du wirst ganz wunderbar sein.«

Seine Worte vermochten mich nicht zu trösten. Jede Frau weiß, dass die Sätze »Du siehst gut aus« und »Und du bist eine richtige Frau« nichts anderes bedeuten als: Du solltest mal über Weight Watchers nachdenken.

»Eamonn«, keuchte ich. »Du willst aber keine Nippel sehen, oder? Ich kann meine Nippel nicht zeigen! Mein Dad wird sich den Film anschauen!«

»Nein, Schätzchen«, lachte er, »keine Nippel.«

»Aber Eam...«

»Oh, tut mir leid, Sarah, ich muss auflegen. Da kommt ein anderes Gespräch rein.«

Er legte auf.

Wenn ich, ohne zu zögern, zwei Dinge benennen sollte, in denen ich fürchterlich war, dann wären das nackt gut aussehen und tanzen.

Ich ging in mein Schlafzimmer und zog mich bis auf meine Unterhose aus. Dann schaltete ich das Radio an und begann, mich zur Musik zu bewegen. Nach etwa zwanzig Sekunden hörte ich auf. Ich sah aus wie ein vom Erdbeben erschüttertes Soufflé.

Und das konnte man nur noch als Krise einstufen.

45

Ich freute mich nicht auf den Flug. Ständig musste ich an die Tauben denken und an Simon und die Tatsache, dass ich, sobald ich in L. A. eintraf, zu einer Strip-Nachhilfestunde flitzen musste. Außerdem vermisste ich Erin. Es ist nämlich sehr tröstlich, jemanden neben sich sitzen zu haben, der noch mehr Angst hat als man selbst. Die Frau, die diesmal neben mir saß, war alles andere als ängstlich. Sie war kühl wie ein Eisshake. Bis auf einen Lippenstift in Hurenrot war sie von Kopf bis Fuß schwarz gekleidet. Und sie trug eine Sonnenbrille – auf einem Nachtflug kann man ja auch schon mal sehr geblendet werden. Sie sah aus, als wäre sie gerade aus einem Robert-Palmer-Video geflüchtet. Vor sich hatte sie einen Stapel Zeitschriften, und ich hätte mir wirklich gern eine ausgeliehen.

»Äh, entschuldigen Sie«, fragte ich und beugte mich über sie.

Sie fuhr zusammen. Sie trug ja eine Sonnenbrille – woher sollte ich wissen, dass sie schlief? Wir waren gerade erst an Bord gegangen.

»Verzeihung, ich wollte Sie nicht stören, aber könnte ich mir vielleicht eine Zeitschrift ausleihen?«

»Die brauche ich zum Arbeiten.«

»Alle? Was machen Sie? Tiere aus Pappmaschee?«, fragte ich sie.

Sie sah mich an, als wollte sie sagen: Machen Sie sich nicht lächerlich. Ich bin sehr wichtig.

»Oh, Verzeihung. Tut mir leid, dass ich Sie gestört habe.«

»Mit der hier bin ich fertig.«

Sie hielt eine Zeitschrift namens *Nads* hoch. Auf der Titelseite war ein Teenagermädchen im Slip zu sehen.

»Ach, lassen Sie's. Ich kann doch unmöglich in Ihre *Nads* schauen!«

Kein Wimpernzucken. Meine besten Scherze sind bei Amerikanern vergeudet. Sie legte die Zeitschrift zurück auf ihren Stapel.

»Ich bin PR-Agentin«, erklärte sie seufzend.

»Ach ja.«

»Und Sie?«

»Ich bin gewissermaßen Schauspielerin und Kellnerin.«

»Machen Sie Urlaub?«

Wenn man mir normalerweise diese Frage stellt, neige ich meinen Kopf und murmele: Hm … äh … ja, wann macht man das nicht? Aber nicht so diesmal.

»Nein, ich bin auf dem Weg zu einem Dreh.«

Sofort zeigte die PR-Agentin Interesse. Sie hob sogar ihre Sonnenbrille an.

»Tatsächlich? Was für ein Film ist es? Irgendwas, wovon ich gehört haben könnte?«

»Der neue Eamonn-Nigels-Film.«

Klingeling! Jetzt nahm sie ihre Sonnenbrille ganz ab.

»Mit Leo Clement?«

»Ja, ich habe eine Szene mit ihm.«

»Die Sexszene?«, keuchte sie, etwas zu viel Überraschung zeigend.

»Es ist eine Vergewaltigungsszene. Kein heißer Sex«, sagte ich ganz professionell.

»Sicher.«

»Sind Sie mit Leo befreundet?«

»Ich bin seine PR-Agentin.«

»Oh.« Ich erwähnte nicht, dass ich bis vor ein paar Wochen noch nie von ihm gehört hatte, und gab ihr die Hand. »Sarah Sargeant.«

»Guter Name. Haben Sie eine PR-Agentin?«

»Du meine Güte, nein! Sie müssen sich bei Google erst mal durch sieben Seiten arbeiten, bis Sie mich finden. Und dann ist es auch noch meine Facebook-Seite«, sprudelte es aus mir heraus. Und beeilte mich, hinzuzufügen: »Nicht dass ich mich selbst schon mal gegoogelt hätte.«

»Ich bin Palmer«, sagte sie. »Freut mich, Sie kennenzulernen, Sarah Sargeant.« Sie wurde Palmer genannt. Toll. »Nehmen Sie meine Karte.«

Sie hielt mir eine glänzende schwarze Visitenkarte hin. Ich nahm sie, steckte sie in meine Tasche und unterdrückte mühsam das Bedürfnis, einen Freudenschrei auszustoßen. Eine PR-Agentin hatte mir ihre Karte gegeben! Und bevor man noch »Rehaklinik in Arizona« sagen konnte, konnte ich schon das Gesicht eines Designershops und in einer Realityshow mit dem Titel *Sarah Sargeant in den Staaten* zu sehen sein. Ich verfolgte, wie Palmer das ihr angebotene Glas Champagner ablehnte und stattdessen ein Glas Orangensaft vom ihr dargebotenen Tablett nahm. Dann setzte sie ihre Sonnenbrille wieder auf und lehnte sich in ihrem Sitz zurück. Ich schloss daraus, dass das Gespräch beendet war. Dasselbe Tablett wurde auch mir angeboten.

»Oooh, Champagner bitte, BRIAN!«

»Sarah! Wie geht es dir, meine Schöne?«

»Es ist alles im Eimer!«

»Hat mein hervorragendes Foto nicht funktioniert?«

»O Brian. Du hast ja keine Ahnung.«

»Ich glaub es nicht! Läuft es nicht gut mit dem Bananenmann?«

Ich schüttelte den Kopf. »Überhaupt nicht gut.«

»Hatte er doch eine Affäre mit dem Yogahäschen?«, fragte er ungläubig.

»Nein.«

»Na, Gott sei Dank.«

»Aber sie trägt sein Baby aus.«

Dem armen Brian wäre beinahe das Tablett mit den Champagnergläsern aus der Hand gefallen.

»Also gut«, er sah mich streng an. »Wir werden mit diesem Champagner und ein paar Macadamianüssen beginnen. Dann werden wir nett miteinander plaudern, denn es gibt kein Problem, das du nicht in den Griff kriegen kannst, Schätzchen.«

»Ich danke dir. Ich wünschte, man könnte dich in Pillenform pressen und auf Kassenrezept bekommen.«

»Du brauchst Feuchtigkeit, Schätzchen. Du schuppst dich. Ich werde dir etwas Gesichtscreme holen und noch ein Glas Schampus bringen.«

»Nicht doch, Brian, mach mich nicht betrunken!« Plötzlich erinnerte ich mich. »Ich werde vom Flughafen abgeholt und muss sofort zum Unterricht zu einer Stripperin.«

Er zog seine Brauen hoch und lächelte. Dann küsste er mich auf meinen Scheitel.

»Kennst du das Geheimnis des Strippens?«, fragte Brian, während er eine Cremetube von Clarins aus seiner Tasche holte und mir was auf den Finger drückte.

»Hast du schon mal gestrippt?«

»Für ein paar glückliche Auserwählte.«

Er lächelte und machte einen Schritt, der aussah wie von einem Britney-Video.

»Verrat mir das Geheimnis. Ich brauche Hilfe.«

»Es ist eine Frage des Selbstvertrauens. Es gibt keinen auf der Welt, der mehr Sexappeal hat als du! Es ist toll. Oh, und Kopf hoch und Schultern zurück. Ach ja, und leck immer wieder deine Lippen. Und die Hüften, setz die Hüften ein.«

Vor meinem geistigen Auge sah ich mich all diese Dinge tun. Es sah aus, als hätte ich einen Anfall.

»Und wie bekomme ich Simon zurück? Hast du irgendwelche Ideen, wie ich das schaffen könnte?«

Brian dachte einen Moment nach.

»Was rät uns Cheryl Cole?«

»Cheryl Cole?«

»Fight for This Love.«

Cheryl und Brian haben Recht, dachte ich. Ich hätte die beiden zwar am liebsten dafür umgebracht, dass sie mir diese Melodie in den Kopf gesetzt hatten, aber Recht hatten sie. Ich musste um meine Liebe kämpfen.

46

Warum nur, warum habe ich mich von Rachel vom Flughafen abholen lassen? Ich hätte in einem hübschen gelben Taxi sitzen und einen jovialen Immigranten fragen können, woher er kam und ob er heute schon viel zu tun gehabt hatte. Aber nein! Widerspruchslos nahm ich Rachels Angebot, mich zu fahren, an und saß nun auf dem Beifahrersitz mit einem Puls, der höher war als der eines Priesters auf Poppers.

Ich machte die Augen zu. Auf diese Weise sah ich wenigstens nicht die roten Ampeln, die sie überfuhr, und bekam nicht mit, wenn sie kurzzeitig vergaß, dass die Amerikaner auf der anderen Straßenseite fuhren. Jedoch vermochte freiwillige Blindheit mein Problem nicht ganz zu lösen. Selbst mit fest zugekniffenen Augen war es eine fürchterliche Erfahrung, denn ich konnte noch immer die Flüche der erzürnten Fahrer um uns herum hören. Ich ging sogar mit mir ins Gericht, ob es wirklich weniger gruselig war, die Augen geschlossen zu halten. Davor hatte ich wenigstens immer gewusst, warum die Leute Rachel mit Schimpfwörtern bombardierten. Jetzt konnte ich es mir nur ausmalen.

»Scheiße, scheiße, scheiße!«

»Sarah! Halt die Klappe! Du lenkst mich ab.«

»Rachel! Fahr langsamer! Du machst mir Angst!«

»Ich möchte nicht zu spät kommen.«

»Es ist eine Stripstunde. Ich liege nicht in den Wehen!«

»Ich weiß. Ich habe übrigens eine ganz hervorragende Stripteaselehrerin für dich gefunden. Du wirst es mir danken. Es ist eine kräftige Frau. Ich wollte nicht, dass du dich vom perfekten Körper einer der Jüngeren eingeschüchtert fühlst.«

Gott segne sie.

»LANGSAMER!«

»Ach Sarah, nun sei doch mal ein bisschen lebensfroh.«

»Es war tatsächlich meine Absicht, noch ein wenig länger zu leben, Rachel«, schnaubte ich, »aber seit du mich vom Flughafen abgeholt hast, bekomme ich langsam das Gefühl, dass ich mir dieses Ziel jetzt abschminken kann.«

Ich presste meine Augen noch fester zu und verlieh meinen Gebeten, es möge schnell vorbei sein, mehr Nachdruck.

»Also, ich wette, du freust dich darauf, Dolph Wax kennenzulernen.«

»Wann werde ich schon Dolph Wax begegnen?«

»Er spielt im Film mit. Hat Eamonn dir das nicht erzählt?«

»Nein.«

»Ja, er ist einer der neuen Sponsoren. Er spielt den Privatdetektiv.«

»Was?« Ich schnappte nach Luft. »Dolph Wax, der Kerl, der in allen Folgen von *Absolute Destruction* mitgespielt hat und wie Barry Manilow aussieht?«

»Ja, genau der.«

»Jesus. Was sagt Eamonn denn dazu?«

»Nichts, was man drucken könnte.«

»Das glaub ich gern. Also wirklich. Platz für Dolph ›Ich-mache-nur-Filme-mit-durchschnittlich-neunundfünfzig-gewaltsamen-Todesfällen-pro-Minute‹-Wax.«

»Ja.«

»Wie läuft es übrigens mit Eamonn?«

»Sosolala«, meinte sie gähnend. »Und was ist mit dir und Simon?«

»Ohhh«, seufzte ich. »Ein ziemlicher Albtraum. Eigentlich ein ausgewachsener Albtraum. Man könnte es *Albtraum auf der Camden High Street* nennen. Ungeschnitten. Mit Bonus-Szenen und Filmmaterial von hinter den Kulissen. Wir haben uns getrennt. Seine Exfreundin ist mit seinem Baby im Bauch aufgetaucht. Und er braucht Freiraum und Abstand.«

Als ich das Wort »Freiraum« sagte, setzte ich es im Geiste in Anführungszeichen. Das finde ich zwar blöd, aber manchmal wende ich es bei Wörtern an, die mir verhasst sind. Als ich an diesem Tag die Anführungszeichen machte, öffnete ich versehentlich die Augen, und als ich das tat, bemerkte ich, dass Rachel Birds Augen geschlossen waren.

»RAAAACCCHHHEL!«

Es sah aus, als wäre sie einfach hinter dem Lenkrad eingedöst. Ich habe gehört, dass Yoga entspannen soll. Aber das hier war extrem. Ich sah, wie der Wagen scharf ausscherte. Wir steuerten direkt auf den Gegenverkehr zu. Es wurde gehupt. Ich griff ins Steuer und lenkte den Wagen in die andere Richtung. Ich hörte die quietschenden Bremsen eines Wagens hinter uns. Rachel kam erschaudernd wieder zu sich, einen Laut von sich gebend, als bekäme sie gerade eine Bikinirasur, und riss mir dann das Steuer wieder aus der Hand. Ich wünschte, sagen zu können, dass mein Leben sich vor meinen Augen abspulte, aber das tat es nicht. Ich dachte nur: »Ich will nicht sterben! Ich bin mit Simon noch nicht im Reinen! Wenn es eine Obduktion gibt, wird mein Blut zu vierundneunzig Prozent aus Champagner bestehen! Und das ist einzig und allein Brians Schuld!«

Merkwürdigerweise fanden wir zurück in die Spur und setzten unsere Fahrt zum Stripteaseunterricht fort, und keine von uns erwähnte den Vorfall mehr. Fast schien es, als hätten wir uns nur eingebildet, dass wir fast umgekommen wären. Wir schwiegen beide. Für Rachel kann ich nicht sprechen, aber mir pochte das Herz bis zum Hals. Ein Wagen verlangsamte sein Tempo, um mit uns auf einer Höhe zu fahren, der Fahrer wirkte sehr aggressiv.

Ich schaute auf das Display meines Telefons. Keine neue Nachricht von Simon. Als ich wieder aufsah, zeigte der ungehaltene Mann uns den Finger.

»Lern fahren!«, brüllte er – ein bisschen übertrieben, wie ich fand.

Rachel Bird hatte gerade hinter dem Steuer eines Fahrzeugs, das mit dramatisch erhöhter Geschwindigkeit fuhr, ein Nickerchen gemacht. Aber sie roch nicht nach Alkohol, sie rauchte weder Dope noch nahm sie Heroin oder glaubte an Paul McKennas Hypnose-CDs. Wir hatten gerade mal halb zwölf vormittags! Was regte der Typ sich also so auf? Irgendwas stimmte nicht.

Aber ich war verdammt froh, neben Rachel im Auto zu sitzen und nicht im Fond eines gelben Taxis Small Talk machen zu müssen.

47

Mit vierzehn merkte ich zum ersten Mal, dass ich überhaupt kein Rhythmusgefühl hatte. Ich kaufte mir ein Schlagzeug und gründete mit ein paar der Mädels aus der Klosterschule eine Band. Die Band nannte sich The

Revenge of the Stoned Flower Children. Und aus Rache der bekifften Blumenkinder spezialisierten wir uns auf Coverversionen von Cure. Wir probten in meinem Schlafzimmer. Meine Rolle als Drummerin war mir dabei nicht ganz klar. Ich wollte die Melodie mittrommeln. Doch die anderen Mädels hielten sich die Ohren zu.

»Sarah, du legst das Tempo fest. Wir übernehmen die Melodie. Lass uns doch *Boys Don't Cry* NOCHMAL versuchen.«

Wie in allen Bereichen, in denen ich eine Niete bin, mache ich das, was mir an Ausstrahlung, Fertigkeit oder Kompetenz fehlt, durch blindwütige Begeisterung wett. Ich drosch weiter auf das Schlagzeug ein, bis es mir langweilig wurde. Dann sagte ich: »Können wir jetzt eine aus dem Fenster rauchen?«

Ich hatte Jahre Zeit gehabt, mich damit abzufinden, dass ich wie unter Strom aussehe, wenn ich tanze. Meiner Stripteasetänzerin Sunflower Oil blieb nur eine Stunde. Und ich denke, die war sehr anstrengend für sie.

»Jetzt zieh dein Oberteil aus.«

»Nein!«, kreischte ich.

»Hör nicht auf, dich zu bewegen«, schrie Sunflower Oil. »Du warst jetzt fast im Takt«, ergänzte sie traurig.

Ich glaube, Sunflower Oil war ihr Bühnenname. Und das, obwohl sie kräftig war; Schweineschmalz oder Melkfett hätte irgendwie besser zu ihr gepasst. Sie war eine echte Stripperin. Man kennt doch die kleinen ballettbegeisterten Mädchen, die selbst dann Ballettschritte machen, wenn sie an der Tankstelle oder in der Küche stehen? Na ja, genauso war Sunflower. Selbst wenn sie mit einem redete, spielte sie mit einer Federboa, oder sie wackelte mit den Brüsten, während sie sich im Spiegel ansah.

Als Rachel und ich zu ihr kamen, zeigte sie uns einen Striptease. Beängstigend! Ich hatte noch nie so riesige Brüste gesehen. Sie machte akrobatische Sachen mit ihren Brüsten. Es war beeindruckend und technisch einwandfrei, aber ich hatte sie gerade erst kennengelernt und wäre beinahe durch einen Autounfall ums Leben gekommen und hatte während des Flugs viel zu viel gegessen und also meine Schwierigkeiten, ihren Anweisungen konzentriert zu folgen.

Rachel Bird schnaubte, als ich versuchte, mich rittlings auf einen Stuhl zu setzen.

»Mach du's doch besser. So einfach ist das gar nicht«, zischte ich.

»Werde ich auch.«

»Das ist eine gute Idee. Lass es uns mit ihr zusammen machen.«

O bitte, lieber Gott, flehte ich, nicht wieder diese Brüste.

»Gut, ruh dich ein bisschen aus, Sarah. Wir legen den Song gleich wieder auf und kommen dann beide zu dir. Das wird lustig.«

»Ich glaube, wir müssen das Wort ›lustig‹ dann neu definieren«, murmelte ich, während ich mich auf den Stuhl plumpsen ließ.

Sunflower wackelte mit ihren Hüften.

»Fühlst du dich schon gestärkt?«

»Äh … so langsam«, keuchte ich.

»Es wird wunderbar werden. Wir haben ganz viele Stunden gebucht.«

»Toll.«

»Wir werden eine knisternde Show ausarbeiten.«

Sie lächelte. Dann drehte sie sich theatralisch um, beugte sich nach vorne und streckte mir auf diese Weise ihren Hintern ins Gesicht.

Ich gab Rachel durch meine Mimik zu verstehen, dass ich Sunflower durchaus nett und so fand, sie aber eindeutig übergeschnappt war. Rachel streifte jedoch einfach ihre Schuhe ab und gesellte sich zu uns in die Mitte des Raums. Sunflower verlagerte ihre Pose auf den Boden und fing an, wie ein Vamp zur Stereoanlage zu kriechen.

»Lass es uns noch mal versuchen. Diesmal, Sarah, möchte ich, dass du dabei an einen ganz speziellen Mann denkst.«

Sunflower stand auf, schaltete die CD wieder ein und lächelte mir aufmunternd zu, als sie meine bebende Unterlippe sah.

»Äh … Sarah hat es im Moment nicht so mit den Männern, Sunflower«, warf Rachel ein.

»Ach, Baby, was ist denn?«, rief Sunflower, kam angerannt und drückte meinen Kopf an ihre Brüste, die weich wie ein Kuschelkissen waren.

Ich versuchte, ihr die Simon-Situation und die Tatsache zu erklären, dass mir allenfalls nach Kartoffelbrei oder Pizza, einem Pinot Grigio oder einem Sauvignon und ein paar schmalzigen Songs zumute war – wie einem eben zumute ist, wenn der Freund einen verlassen hat. Man verspürt nicht den Drang, um die halbe Welt zu reisen und für einen Film mit weltweitem Vertrieb die Hüllen fallen zu lassen.

»Andere können wenigstens tanzen und sehen nackt gut aus«, jammerte ich.

Sunflower sah mich gequält an.

»Du bist eine wunderschöne junge Frau, Baby.«

»Ich bin dreißig!«

»Ich bin sechsundvierzig, Schätzchen, und eine wunderschöne junge Frau.«

Ich lächelte.

»Und wir werden dieses Programm machen, und es wird hervorragend werden. Und weißt du, warum?«

»Nein.«

»Weil du dich, wenn du aufgibst, wenn du nicht dein Bestes gibst, noch elender fühlen wirst. Dann wirst du wirklich deprimiert sein. Du wirst dich so beschissen fühlen, dass du nie wieder aus dem Bett kommen willst. Verstehst du mich? Niemals! Also geh in dein Hotel und ruf ihn an, oder schreib ihm eine SMS, oder schick ihm einen Auftragskiller oder was immer du glaubst, tun zu müssen. Und morgen kommst du wieder hierher, und ich möchte nicht mehr ›Ich kann nicht tanzen, ich bin übergewichtig‹ hören, weil wir aus dir eine Frau mit einem süßen kleinen Hintern machen werden. Du wirst im Film diese Show abziehen, und es wird die beste Show sein, die man je in einem Film gesehen hat. Habe ich mich klar und deutlich ausgedrückt?«

»Ja«, brachte ich mühsam heraus.

»Gut«, sagte sie, lächelte und umarmte mich noch mal. »Und es ist okay. Wir haben alle mal angefangen.«

48

Nachdem ich beschlossen hatte, es wie Cheryl zu machen, wurde es wirklich schwierig. Wie kämpft man um die Liebe eines Mannes? Es ist nicht leicht, zumal dann nicht, wenn man einen Elfstundenflug weit entfernt ist, es acht Stunden Zeitdifferenz gibt, und er eine schwangere Exfreundin hat und Abstand braucht. Doch ich versuchte, es von der positiven Seite zu sehen. Ich hatte ein Mobiltelefon.

Rachel kam an diesem Abend zu mir ins Hotel und machte mich mit dem tödlichsten aller Cocktails bekannt. Dem Wodka-Martini. Da ist außer hartem Alkohol nichts drin. Nicht mal ein Spritzer Zitrone oder ein Schuss Cranberry. Nur eine Olive, die sie Abendessen nennt. Es war nach dem ersten dieser leberfreundlichen Bürschchen, dass ich Folgendes eintippte:

Hey, ich denk an dich ... x

Dann zeigte ich das Handy Rachel.

»Soll ich ihm das schicken?«

»Sarah! Sei nicht irre!«

»Wieso? Bin ich gleich ein Psychostalker, wenn ich eine SMS schicke?«

»Nein! Es ist einfach nur ein dummer Text. Du musst eine Frage formulieren.«

»Wieso?«

»Ach, Sarah, das weiß doch jedes Kindergartenkind. Wenn du eine Frage stellst, wird er dir antworten. Er ist ein Mann. Männer antworten auf Fragen. Sie antworten nicht auf Feststellungen. Sie sind nicht wie wir. Wir antworten auf einen Furz im Bad.«

»Oh«, sagte ich nachdenklich und rief mir sämtliche Texte in Erinnerung, die ich in letzter Zeit gesendet hatte. »Welche Frage soll ich ihm denn stellen?«

»Hm. Also das ist vertrackt.«

»Das ist aber sehr wichtig, Rachel, du musst scharf nachdenken. Und schlaf nicht ein darüber.«

»Keine Sorge! Also gut. Lass uns mal überlegen, was wir mit diesem Text erreichen wollen. Erstens: Er muss …«, sie zählte jeden Punkt an ihren Fingern ab, »… kurz sein, nicht mehr als zwei Sätze. Schreib nie Texte, die über zwei Seiten gehen! Zweitens: Stell eine Frage, wie schon gesagt, damit er antwortet. Drittens: Spontan – es muss spontan aussehen, als hättest du es aus dem Handgelenk geschüttelt und nicht zwei Stunden darüber gebrütet. Hier wäre auch ein Schreibfehler hilfreich. Viertens: Sei witzig – aber nicht zu witzig. Du willst ihm nicht das Gefühl geben, lustiger zu sein als er. Denk dran, die Männer sind das lustige Geschlecht! Fünftens: Süß und sexy muss es klingen, du musst irgendwie den Spagat zwischen Jungfrau und Madonna wie in *Like a Virgin* hinkriegen. Das ist recht vertrackt. Sechstens: Nicht verzweifeln! Du musst ihm das Gefühl geben, auch ohne ihn jede Menge Spaß zu haben! Aber nicht zu viel. Er muss das Gefühl haben, dass du mehr Spaß hättest, wenn er da wäre …«

»Nicht leicht. Na gut. Wie wär's mit … Wie läuft's? Ich denk an dich … x«

»Nee. ›Ich denk an dich‹ klingt so bedürftig. ›Frage

mich, wie's dir wohl geht‹ nicht. Und denk dran, du musst ihm das Gefühl geben, überaus beschäftigt zu sein und auch ohne ihn ein erfülltes Leben zu haben!«

»Wie wär's mit: L.A. ist ein verrücktes Pflaster. Frage mich, wie's dir wohl geht …«

»Das ist nicht lustig.«

»Hm. Und wie findest du: L.A. ist irre und macht mich kirre. Frage mich, wie's dir wohl geht …«

»Und das soll lustig sein?«

»Nein, aber es reimt sich.«

»Wo auf dieser Liste steht, dass es sich reimen muss?«

»Wie wär's mit: L.A. verrückter als … Hmm, was ist denn verrückt?«

»Frösche sind verrückt.«

»L.A. verrückter als Frösche!«, spottete ich.

»Hmm.«

»Meerkatzen sind ziemlich verrückt und süß.«

»Meerkatzen! L.A. ist verrückter als Meerkatzen!«

»Wir schweifen ab.«

»Hm.«

»L.A. ist verrückter als eine Meerkatze auf LSD.«

»Frosch auf LSD.«

»L.A. ist verrückter als eine Schachtel Frösche auf LSD.«

»Das sieht zu bemüht aus.«

»Ich denke, wir sollten von den süßen Tieren auf Droge wegkommen. Ich versuche, eine Aura der Verantwortlichkeit und lustigen Stiefmutter zu kultivieren.«

»Stimmt. Vielleicht sollten wir einen Grund angeben, warum L.A. verrückt ist.«

»Der verdammte Dolph Wax spielt mit! Frage mich, wie's dir wohl geht …«

»Hm. Ich weiß nicht.«

»Ich auch nicht.«

»Das ist nicht schlimm genug.«

»Man gewöhnt sich dran. Eine Möglichkeit ist es aber.«

»Schreib es auf.«

»Wie wär's mit: Nimm mich! Nimm mich! Sie ist ein Freak! Ich liebe dich … x«

»Das meinst du doch wohl nicht im Ernst?«

»Entschuldige. Was hältst du von: Frage mich, wie's dir wohl geht, es wird dich freuen zu erfahren, dass ich diesmal aufs Sonnenbaden verzichte.«

»Schrecklich.«

»Je mehr ich darüber nachdenke, desto besser finde ich diese Dolph-Wax-Geschichte. Es ist eine schlüpfrige Info. Dolph Wax ist ein durch und durch männlicher Actionschauspieler. Also macht es Sinn, das an Simon zu schicken.«

»Hm.«

»Aber ist es nicht zu unpersönlich?«

»Nein, du willst es unpersönlich halten, damit es nicht allzu verzweifelt rüberkommt.«

»Okay.«

Ich tippte ein: Der verdammte Dolph Wax spielt mit. Frage mich, wie es dir wohl geht … x. Das zeigte ich Rachel, damit sie ihren Segen dazu geben konnte.

»Soll ich noch einen Tippfehler reinmachen, damit es spontaner aussieht?«

»Was meinst du?«

»Also, man könnte einen einzigen kleinen Fehler machen, etwa das ›e‹ bei ›verdammte‹ weglassen. Aber ich fände es besser, wenn du es so aussehen ließest, als hättest du deine automatische Texterkennung nicht kontrolliert. So wird ein Wort völlig falsch sein, und damit wird klar, dass du T9 benutzt hast, aber damit so locker umgegangen bist, dass du es nicht mal überprüft hast.«

»Ooh, genial.«

Ich suchte, welche Wörter T9 vorschlug. »Wohl« konnte auch »Zoll« oder »zog« sein.

»Okay. Was ist besser? Der verdammte Dolph Wax spielt mit! Frage mich, wie es dir zoll geht … oder … zog geht …«

»Auf jeden Fall, wie es dir zoll geht.«

»Gut, dann machen wir das.«

Ich schickte den Text ab und ging aufs Klo. Rachel bestellte in der Zeit zwei Martinis. Als ich zurückkam, blinkte mein Handy.

»O mein Gott! Er hat schon geantwortet!«, rief ich. Und dann: »O Mist!«

Traurig stellte ich fest, dass es eine mir unbekannte Nummer war. Ich öffnete die Nachricht und las sie.

Hey, Sarah. Willkommen zurück im sonnigen Kalifornien. Möchtest du unsere Szene einstudieren? Leo.

»So ein Mist«, murmelte ich.

»Schöner Text«, sagte Rachel.

Und dann zog sie eine Augenbraue hoch.

49

Ich antwortete nicht auf Leos Text, und Simon antwortete nicht auf meinen. Ehrlich gesagt, verschwendete ich keinen Gedanken an den von Leo. Ich war viel zu beschäftigt, mir auszumalen, wie Simon meine Nachricht öffnete, sie las und dann entweder seinen Kopf schüttelte und sagte: Ich wünschte, sie würde sich verpissen, oder dachte, sie wird irgendwann über mich hinweg sein und den Text dann löschen, oder rief: Ruth, Baby, sieh mal, Sarah hat mir aus L. A. eine SMS geschickt. O Schatz, du hast da was am Mund, lass es mich wegschlecken. Und Ruth würde sich dann über ihn beugen, während sie seinen Schenkel streichelte und sagen: Pah, sie kann ja nicht mal richtig schreiben.

Ich hatte immerhin eine Frage gestellt. Und lieber die Antwort »Danke, gut, jetzt mach die Fliege« bekommen als keine. Ich war von jemandem, mit dem er schlief, zu jemandem degradiert worden, der es ihm nicht mal wert war, ein paar Buchstaben in sein Nokia zu tippen.

Nachdem ich vierundzwanzig Stunden gewartet hatte, schickte ich die nächste SMS.

In zwei Tagen ist mein erster Drehtag. FUUUCK! Wie geht es dir?

Es erübrigt sich zu erwähnen, dass ich Rachel bei dieser SMS nicht zurate zog. Und ich bekam auch darauf keine Antwort. Ich saß am nächsten Tag beim Unterricht mit

Miles Mavers und hielt die ganze Stunde über mein Handy umklammert.

»Sarah! Sarah!«

»Ja, Miles?«

Ich musste meine Stimme etwas erheben. Tinkerbell war draußen und übte Spitzentanz.

»Ich weiß nicht, was ich sagen soll.«

Er saß hinter seinem großen dunklen Holzschreibtisch und sah mich kopfschüttelnd an. Ich kam mir vor wie damals, als man mir das Bankdarlehen zur Rückzahlung meines Studiendarlehens verweigert hat. Der Mann von der Halifax-Bank hatte mich ausgelacht.

»Wird es denn nicht besser?«

»Nein.«

»Oh.«

»Ich mache mir Sorgen, Sarah.«

»Oh.«

»Wir müssen ganz von vorn anfangen, wie ich schon sagte.«

Seufzend schaute ich aus dem Fenster. Ein Sprinkler tanzte über den Rasen.

»Ich verstehe Ihr mangelndes Engagement nicht, Sarah.«

»Das Problem ist, dass wir kaum noch Zeit haben. Ich drehe meine Szene bereits morgen.«

»Oh.«

»Wenn Sie jetzt meinen Akzent auseinandernehmen, wird mich das nur verwirren.«

»Sie sind eine Engländerin, die eine Amerikanerin spielt. Ich denke, Sie sollten alles tun, um es so gut wie möglich hinzubekommen«, sagte er, und saß da und nickte mir mit hochgezogenen Brauen zu.

Ich wusste nicht, was ich dazu sagen sollte. Mein Instinkt sagte mir, dass es meine Darbietung vermasseln würde. Mein Instinkt sagte mir, dass ich nur siebzehn Zeilen in diesem Film zu sprechen hatte und er mir beibringen sollte, wie. Ich hatte nicht vor, im Amerikanischen zu improvisieren, der Geheimdienst wollte mich nicht undercover einschleusen, um eine Drogengang auszuheben. Ich fand, dass es reichen musste, wenn ich beim Sprechen dieser Zeilen, von denen drei ohnehin nur aus Jas und Hms bestanden, wie eine Amerikanerin klang.

»Ich mache das hier schon sehr lange«, fügte er hinzu.

»Ich weiß, Miles, tut mir leid.«

Wir sahen einander an und lauschten dem Geräusch von Spitzenschuhen auf Holzboden. Vor der Tür kamen sie zur Ruhe.

»Daddy«, kreischte Tinkerbell, nachdem sie zweimal geklopft hatte.

»Komm rein, Chelsea«, brüllte Miles Mavers.

Chelsea öffnete die Tür einen Spalt weit.

»Leo Clement ist hier für dich.«

»Danke, Chelsea, wir sind gleich fertig«, sagte er, brachte seine Hände zusammen und dehnte sie, bis seine Finger knackten. Ich hasse dieses Geräusch und verzog deshalb das Gesicht.

Chelsea schloss die Tür, und Miles Mavers sah mich wieder an.

»Hören Sie, Miles, morgen vor dem Dreh könnten wir meine Szene noch mal durchgehen. Und übermorgen können wir darüber reden, ob wir zu den Grundlagen zurückkehren müssen. Ist das okay?«

»Wie Sie meinen«, sagte er.

Ich stand auf und begann meine Skriptseiten von Miles' Schreibtisch einzusammeln.

»Ach, lassen Sie die doch hier, dann müssen Sie sie nicht jeden Tag wieder mitbringen.«

Ich nickte. Ich hatte noch eine Kopie im Hotel.

»Danke, Miles. Dann sehen wir uns morgen.«

Ich wollte Miles' Büro nur ungern verlassen. Hätte ich gewusst, dass Leo die Stunde nach mir hatte, hätte ich mich geschminkt. Ich sah so ungepflegt aus. Ich trug eine Pyjamahose, ein Westenoberteil und eine Decke, die ich aus dem Flugzeug hatte mitgehen lassen, als Schal. Meine Haare waren ungekämmt, ich hatte sie ohne Spiegel einfach zu einem Pferdeschwanz zusammengebunden. Ich überlegte, ob es Miles Mavers wohl etwas ausmachte, wenn ich durch den Garten verschwand. Doch fragen wollte ich ihn nicht. Also setzte ich ein Lächeln auf. Es fühlte sich auf meinem Gesicht nicht wohl.

Ich ging hinaus in den Flur, aber da war keiner. Ich stürzte zur Eingangstür und öffnete sie. Ich hatte schon einen Fuß hinausgesetzt, als …

»Sarah!«

Ich wirbelte herum, da kam Leo aus Richtung Küche angeschlendert. Er hielt ein Sandwich in der Hand, und Tinkerbell tänzelte auf Spitzenschuhen hinter ihm her. Er bekam also Sandwiches angeboten. Ich musste Wasser holen.

Leo trug Shorts, ein Sweatshirt und einen schwarzen Wollhut. Eigentlich brauchte man im Tropenklima Kaliforniens nie einen Wollhut. Aber er stand ihm gut. Er sah sexy aus, viel zu sexy, um ihn anzuschauen, also schaute ich zu Boden. Ich war einem Mann begegnet, der zu sexy für seinen Hut war.

»Hi, Leo. Wie geht's?«

»Gut. Wie war's in England?«

Schauderhaft. Vermutlich die schlimmste Zeit meines Lebens.

»Wunderbar, danke.«

»Sarah, ich hab mir überlegt, ob wir uns nicht zusammentun sollten.«

»Inwiefern?«

»Um unsere Szene zu proben.«

Chelsea hatte ihre Spitzen- in Steppschuhe getauscht und begann lautstark den Time Step oder Time Warp oder sonst irgendwas zu steppen. Wir schauten sie beide an.

»Oh, entschuldige Chelsea. Das machst du toll«, sagte Leo. Sie strahlte und hörte zu steppen auf. Dann wandte Leo sich an mich. »Chelsea liest mit mir in meinen Stunden bei Miles.«

Blöde Kuh.

»Wie reizend.«

»Hast du meine SMS bekommen?«

»Ja, ja, habe ich, tut mir leid, dass ich nicht geantwortet habe. Ich war in den letzten Tagen einfach vom Jetlag völlig daneben.«

»Macht nichts. Aber wenn du irgendwann proben möchtest …«

Ich lächelte.

»Das würde ich sehr gern, Leo.«

50

Es gab einfach zu vieles, was mich an den Mann erinnerte, den ich verloren hatte: Bananen, Hühnchen, Neoprenanzüge, Kameras, Fußballklamotten, Bobby Davro (es ist schon unglaublich, wie oft dieser Komiker auftaucht, wenn man am Boden ist), Badezimmer, bequeme Trainingshosen, Viagra, das Internet, Songs, in denen »Love« vorkam, Wohltätigkeitseinrichtungen, Leute, die Sport trieben, Paare, die sich küssten, Paare, die sich nicht küssten, alte Paare, junge Paare, Paare unbestimmten Alters, Paare, die glücklich aussahen, Paare, die einander eindeutig hassten, alleinstehende Frauen, verrückte alte Frauen, Kinder, Schulen, Buggys, Spielsachen, Schwangere, Telefone, Männer, ins Bett gehen, aufwachen und überlegen.

Es wurde nicht besser. Die Nächte waren das Schlimmste. Ich war froh um die Zeitdifferenz, so konnte ich wenigstens mit Jules skypen.

»Er hat nicht zurückgeschrieben!«

»Wie viele hast du geschickt?«

»Drei!«

Die dritte SMS schickte ich vierundzwanzig Stunden nach der letzten. Darin stand: Ich wünschte, du würdest antworten. Bitte. Ich fühle mich wirklich im Keller. X

Rachel hätte mich umgebracht, wenn sie dahintergekommen wäre.

»Oh.«

»Was soll ich machen?«

»Gib ihm seinen Freiraum. Ich dachte, er wollte Freiraum.«

»Den kann ich ihm nicht geben!«

»Mein Gott, Sare, du wirst noch verrückt.«

»Danke, Jules.«

»Also gut. Er hat deine Nachrichten ignoriert.«

»Ja, ja, reib's mir auch noch unter die Nase! Ich weiß, dass er meine Nachrichten ignoriert hat.«

»Ich versuche nachzudenken, Sarah. Hör auf zu jammern.«

»Okay.«

»Genau, da ist etwas, das wir tun könnten, aber du musst in der richtigen geistigen Verfassung dafür sein.«

»In was für einer geistigen Verfassung soll ich denn deines Erachtens sein?«

»Na ja, du solltest bei gesundem Verstand sein.«

»Jules, ich bin bei Verstand.«

»Gut, dann sorg dafür, dass du dich beruhigst, atmest, über was anderes sprichst als über Simon und deine Textnachrichten, und ich stimme dir zu.«

»Gut. Sieh her, ich atme. So, und jetzt sag mir, was das ist, was wir tun könnten.«

»Mist, wie doof von mir, dass ich was gesagt habe.«

»Jetzt ist es passiert. Also raus damit.«

»Okay. Na ja, wir könnten ihn ein wenig eifersüchtig machen.«

»Oooh. Das ist Hardcore.«

»Ja, das macht mir auch Angst.«

»Ich komme damit schon zurecht, Jules. Du kennst mich doch.«

»Genau.«

»Was soll ich tun?«

»Einfach … mein Gott, ich fass es nicht, dass ich dich dazu auch noch ermutige.«

»Es wird gut werden. Sag mir, was ich tun soll.«

»Okay. Vor einer Weile war ich ein wenig in Sorge wegen Carlos und einer Klubpromoterin. Ich bin nicht stolz darauf, aber ich habe Facebook missbraucht, um ihn zu verunsichern, ob ich so treu bin, wie er glaubt. Und es hat funktioniert.«

»Das ist nicht wahr«, sagte ich traurig.

Ich hasse Facebook. Als ich mich damals anmeldete, mochte ich es. Sechs Tage lang habe ich sämtliche Leute ausfindig gemacht, denen ich jemals begegnet war oder mit denen ich geknutscht hatte. Für mein Profilfoto lud ich das einzige schmeichelhafte Foto hoch, das je von mir gemacht wurde. Dann gab ich mir alle Mühe, mehr Freunde zu bekommen als mein neunjähriger Neffe. Und dann kam der siebte Tag. Am siebten Tag hatte ich zweiundzwanzig Facebook-Freunde.

Ohhh, du musst aber beliebt sein!, könnte jemandem aus der Generation meiner Mutter dazu einfallen. Aber wie jeder, der unter fünfunddreißig ist, wissen wird, waren diese zweiundzwanzig »Freunde« nicht wirkliche Freunde. Siebzehn Leute stellten mich mithilfe von Fotos bloß. Und nicht mit irgendwelchen Fotos. Sie posteten Fotos, von denen ich gar nicht wusste, dass sie gemacht worden waren. Fotos, von deren Existenz ich Gott sei Dank nichts gewusst hatte. Fotos, auf denen ich einen Pickel am Kinn hatte, weil ich meine Tage bekam. Fotos, auf denen ich so lächelte, dass die Stelle, wo andere einen Hals haben, wie der Bauch eines fettleibigen Mannes aussah. Fotos, auf denen ich aussah, als hätte mir jemand unerwartet einen scharfen Gegenstand in mein Rektum geschoben. Fotos, auf denen ich ein perfektes Lächeln fertiggebracht hatte, aber ein Rugbyspieler, der kurz davorstand, sich zu übergeben, machte hinter mir das böse Zeichen mit dem Mittelfinger. Fotos, auf denen ich einen absichtlich unattraktiven komödiantischen Gesichtsausdruck zur Schau stellte, während alle anderen aussahen, als gehörten sie zu einer Party von Elitemodels. Die anderen fünf Leute erinnerten sich nicht an mich, luden mich aber ein, irgendwelchen sinnlosen Gruppen beizutreten, die sich noch nicht mal in meiner Nähe trafen.

Und ich beschloss damals auf der Stelle, alles zu löschen.

»Das ist der einzige Rat, der mir einfällt. Wenn du jetzt wählerisch bist, klinke ich mich aus«, sagte Julia.

»Aber sag mir vorher noch genau, was du gemacht hast.«

»Okay.« Sie gähnte. »Ich brachte Nikkis Cousin Daryl dazu, auf Facebook irgendwelche koketten Sachen zu posten, die jeder einsehen konnte. Und dann ging ich meine alten Fotos durch und brachte Nikki dazu, die hochzuladen, auf denen ich umwerfend aussah und mich in der Nähe scharfer Männer befand.«

»Gut. Und wie soll ich das anstellen?«

»Du wirst doch irgendwelche gut aussehenden Schauspieler kennen, die eine Nachricht hinterlassen können.«

»Weiß nicht.«

»Also gut, ich werde mal sehen, ob Carlos irgendwelche ansprechenden Freunde hat und ob sich ein Foto findet, das wir reinsetzen können. Ich werde mich darum kümmern, das verspreche ich dir. Und jetzt mach Schluss, bevor ich gefeuert werde.«

»Mach ich. Danke, Jules.«

Nachdem wir unsere Skypesitzung beendet hatten, ging ich auf Facebook. Ich klickte Simons Profil an und ging all seine Fotos fünfzehnmal durch, während ich mir Lily Allens *Littlest Things* immer wieder anhörte. Und so verbrachte ich die Nacht vor dem Drehen meiner ersten Hollywoodszene.

51

»Bye, Ned«, sagte ich, und es klang Englisch.

Und ich stand am falschen Platz. Ich sollte auf einer anderen Markierung stehen. So war ich gar nicht im Bild.

»Sorry!«, sagte ich und hob meine Hand.

»Okay, machen Sie sich fertig für den nächsten Versuch«, brüllte eine lustlose Stimme.

»Sorry«, wiederholte ich zum tausendsten Mal.

»Und Action!«

»Bye, Ned.«

Das klang, als käme ich aus der Türkei. Ich gab mir Mühe, nicht zusammenzuzucken. Und ging dabei zu der Markierung zu meiner Rechten. Dort fiel mir allerdings ein, dass ich meine Handtasche nicht dabeihatte. Ich brauchte meine Handtasche wegen des Anschlusses. Sie konnten die Aufnahme nicht verwenden, wenn ich meine Handtasche nicht dabeihatte.

»Mir fehlt meine Handtasche!«, rief ich. »Es tut mir so leid.«

»Okay, anhalten.«

»Alles in Ordnung mit dir, Sarah?«

Das war Eamonn Nigels. Er sprach durch ein Megafon.

Nein, nichts ist in Ordnung mit mir. Ich weiß nicht mehr, wie ich sprechen soll. Ich sage eine Zeile. Aber dann höre ich sie in meinem Kopf und weiß, dass sie ganz falsch klingt. Ich kann mich nicht entspannen. Ich kann kaum atmen. Und ich muss dringend aufs Klo.

Aber das sagte ich natürlich nicht. Stattdessen zeigte ich meinen Daumen. Ich konnte Miles Mavers hinter Eamonn auf einem dieser Regiestühle sitzen sehen. Er sagte irgendwas. Ich glaube, es war der Vokallaut »O«. Es überraschte mich, dass er seine Anna Pawlowa nicht dabeihatte.

Gut, Sarah, sagte ich mir, du kannst das. Es waren fünf Zeilen. Ich musste das Striplokal verlassen, mit Ned an der Tür scherzen und dann in den Kleinlaster steigen und den Motor starten. Das Blöde daran war, ich wusste, dass es leicht war, doch die Kombination von Gehen und Reden und daran zu denken, auf welcher Wagenseite ich einsteigen musste und dabei noch auf den verdammten amerikanischen Akzent zu achten, hatten dafür gesorgt, dass ich mich verspannte. Außerdem hatte ich jede Menge guter Einfälle für diese Szene vorbereitet. Ich würde Ned den bösen Finger zeigen, wenn er über meine Fahrweise herzog, und dabei diesen kleinen Tanz machen, denn in meiner Hintergrundgeschichte bin ich ein bisschen verliebt in Ned. Plötzlich konnte ich Ned nicht mal mehr anschauen. Das war das Allerschlimmste. Ich wusste, dass ich es konnte. Aber vor lauter Sorgen war ich völlig durcheinander. Es war zum Aus-der-Haut-Fahren.

Eine Frau kam zu mir, um mein Make-up aufzufrischen. Ich trug Sunflower Oils Körpergewicht in Make-up mit mir herum, weil ich gerade erst im Klub gearbeitet hatte. Und sah deshalb aus wie Marilyn Mansons Muse. Die Maskenbildnerin hat vermutlich schon Angelina Jolies Nase gepudert. Hier war jeder durch und durch Hollywood. Nur ich war Sarah Sargeant von außerhalb von Croydon. Und das würde man herausfinden. Ich glaubte nicht daran, dass ich es schaffen konnte. Eine Karriere als Kellnerin kam mir plötzlich gar nicht mehr so schlimm vor.

»Sarah«, es war Eamonn Nigels in Person, nicht via Megafon. »Ist alles in Ordnung mit dir, Schätzchen?«

Der Regisseur hatte die Mühe auf sich genommen, zu mir zu kommen, weil ich so schlecht war. Alle schauten her.

»Oh, ich hab's vermurkst, Eamonn«, flüsterte ich.

»Was macht dir Kopfzerbrechen?«

»Alles.«

»Möchtest du eine Eamonn-Umarmung?«

Ich lächelte, weil Eamonn Nigels' Umarmungen die besten sind.

»Nein, denn dann bekäme die Maskenbildnerin bestimmt einen Herzinfarkt.«

»Hollywood schüchtert beim ersten Mal jeden ein. All die Leute um einen herum. Aber du hast das Recht, hier zu sein. Nach der Leseprobe haben alle nur noch von dir und Erin gesprochen. Und das meine ich ernst, Sarah.«

»Aber mein Akzent ist so beschissen.«

»Dein Akzent?«

»Hmm.«

»Dein Akzent ist großartig. Lass es uns genauso machen wie bei der Leseprobe. Wir haben alle Zeit der Welt. Das ist für heute die letzte Einstellung.«

»Ja, aber das heißt auch, dass alle nach Hause möchten.«

Eamonn sah mich streng an.

»Nicht aufgeben, Sarah, bitte.«

Ich brachte ihn in eine peinliche Lage. Er hatte mir zu diesem Film verholfen. Ich war die einzige englische Schauspielerin. Ich war nicht annähernd so erfahren wie alle anderen.

Er sah die Panik auf meinem Gesicht.

»Versuch es, und mach es so furchtbar, wie du kannst.«

»Wie bitte?«

»Sarah, du hast solche Angst davor, dich und mich und alle anderen zu enttäuschen, dass du nicht lockerlassen kannst. Sag dir einfach: Zum Teufel mit euch allen! Erlaub dir, Fehler zu machen. Es ist alles in Ordnung.« Und dann umarmte er mich. Ich wehrte mich ein bisschen, aber ich gab auf, als er sagte: »Pfeif auf die Maskenbildnerin.«

52

»Also, wie sieht's aus, Sie werden mir jetzt sicherlich zustimmen, dass wir zu den Grundlagen zurückkehren müssen, oder?«, sagte Miles am nächsten Morgen.

»Es ist mir ganz egal, was wir machen, Miles, ich möchte nur meine Sprache wiederfinden.«

Ich war so müde. Wieder eine schlaflose Nacht. Kein Wort von Simon. Meine erste Erfahrung an einem Hollywood-Filmset ging mir ständig durch den Kopf. Immer wieder hatte ich mich entschuldigt, immer und immer wieder. Eamonn hoffte, dass ich, indem ich mir einredete, schlecht zu sein, gut sein würde. Hoppla. Das würde er nicht noch mal tun. Sie hätten sein Gesicht sehen sollen, als ich ihm zeigte, wie schlecht ich sein kann. Ich hätte losheulen können. Am Ende kriegten wir die Einstellung dann doch noch hin. Aber es war trotzdem Mist. Ich hatte die Keckheit verloren, mit der ich ursprünglich gekommen war, und Miles Mavers benahm sich wie ein sehr ungnädiger Sieger. Er war arrogant.

»Wissen Sie, Sarah, es ist eben nicht so, dass Sie Ihre Zeilen einfach nur mit Ihrem Akzent zukleistern.« Er lachte über dieses Bild. Dann stand er auf und hockte sich auf die Kante seines Schreibtischs. Seine Schenkel in den Joggingshorts machten sich auf dem Mahagoni breit. Miles Mavers gehörte zu den Menschen, die sich ihrer Attraktivität und Jugendlichkeit bewusst sind. Doch außer ihm selbst empfand das keiner so. »Sie müssen wieder sprechen lernen.«

»Ja.«

»So.« Er beugte sich in meine Richtung vor. Seine Schenkel spreizten sich weiter. Ich hörte, wie das Material seiner Trainingshose sich dehnte. Sein Skrotum verfing sich im Stoff. Er sprang vom Schreibtisch und rückte es rasch zurecht.

»Chelsea wird später zu uns stoßen, um mit Ihnen zu lesen.«

Er wartete auf meinen Protest. Aber ich war zu müde. Mit ein paar Vokalübungen ließ er mich anfangen. Ich wiederholte sie gewissenhaft. Ich war mittendrin, als sein Handy klingelte.

»Ich gehe damit raus. Sie machen weiter«, sagte er und öffnete die Patiotür, um den Anruf im Garten entgegenzunehmen.

Ich begriff nicht, warum er sich dieser Mühe unterzog, denn ich hörte jedes Wort, das er sagte.

»Ja … ja … äh … nicht besonders.« Er lachte. »Ja … ja.« Ich unterbrach meine Vokalübungen und begann, ihn nachzuahmen. »Ja … ja … äh …«, sagte ich in tiefem Flüsterton. »Ja … ja …«

Aber ich hörte sofort auf, als ich folgenden Satz vernahm: »Na ja, wenn es nicht besser wird, muss ihre Rolle neu gecastet werden.«

Oder sagte er vielleicht doch etwas ganz anderes? Nein, das bildete ich mir ein. Ich konnte mich nicht verhört haben. Er war Stimmtrainer, in Gottes Namen. Er wusste, wie man sprechen musste. Und ich wusste, dass er Recht hatte. Wenn ich nicht besser wurde, musste man meine Rolle neu besetzen. Sicherlich telefonierte er mit Eamonn Nigels. Ich bekam keine Luft mehr. Ich hatte das Gefühl, als würden unsichtbare Hände mich strangulieren.

Miles kam in den Raum zurückgeschlendert.

»Wo waren wir stehen geblieben?«

Ich konnte ihn nicht anschauen. Ich glaubte wirklich, nicht mehr atmen zu können. Ich glaubte zu sterben. Niemals hatte ich Ähnliches empfunden.

»Sarah? Alles in Ordnung mit Ihnen?«

Ich schüttelte den Kopf.

»Sie sehen nicht gut aus. Kann ich jemanden anrufen, der Sie abholen soll?«

Ich schüttelte wieder meinen Kopf.

»Ich muss gehen.«

Ich wartete seine Antwort gar nicht ab, sondern taumelte aus dem Haus. Ich konnte nicht mehr atmen! Ich überlegte, Rachel Bird anzurufen. Ich dachte daran, Simon anzurufen. Ich sehnte mich so danach, seine Stimme zu hören. Es wurde immer schlimmer. Ich spürte, dass mir alles entglitt, und ich konnte es nicht mehr einfangen. Meine Beziehung. Meine Karriere. Und dabei wusste ich gar nicht, was ich falsch gemacht hatte. Ich hatte mich so angestrengt. Ich weinte. Ich stand keuchend und in Tränen aufgelöst vor dem Haus von Miles Mavers. Ich hörte das Kläffen der kleinen Ratte. Ich musste ins Hotel zurück und meine Mum anrufen. Ich ging ganz langsam und versuchte, wenigstens ein bisschen zu atmen. Atmen. Ich wusste nicht, was da mit mir passierte, aber es musste etwas sehr Schlimmes sein.

Mein Handy. Mein Handy klingelte. »O Simon, bitte sei du es«, schluchzte ich. »Bitte.«

Er war es nicht. Es war Rachel Bird.

»Sarah! Eamonn möchte, dass du heute zum Abendessen kommst.«

Und ich wusste genau, warum. Er würde mir sagen, dass meine Rolle neu besetzt werden musste. Er hatte gerade das Gespräch mit Miles Mavers beendet.

»Bist du noch dran, Sarah?«

»Rachel.« Ich schluckte.

»Was ist denn los, Sarah?«

»Rachel, i...ch ...«

»Was machst du, Sarah? Wo bist du?«

»Ic...ch k...krieg keine Luft.«

»Was?«

»Ich ... weiß, wie hysterisch sich das anhört. Aber ich ... kann nicht atmen!«

Rachel schwieg einen Moment.

»Doch, du kannst es«, sagte sie gelassen.

»Nein, Rachel, ich ... kann nicht. Ich habe das Gefühl, als ... würde mir jemand den Hals umdrehen.«

»Genau so hört es sich an.«

»Ah ... ah ... es wird ... immer schlimmer.«

»Hör mir zu. Du kannst atmen. Du atmest.«

»Nein, nein ...«

»Es ist die Angst.«

»Rachel, ich meine das ... ernst. Es ist ... wirklich schlimm.«

»Ach, Sarah. So fühlt sich das an, wenn man eine Panikattacke hat. Beim ersten Mal ist es schrecklich.«

Sie lauschte ein paar Sekunden lang meinen Schluchzern und Seufzern.

»Sag mir, wo du bist. Ich komme dich abholen.«

Ich wurde aus dem Film rausgeworfen, mein Freund wollte nichts mehr mit mir zu tun haben, und jetzt hatte ich auch noch ein Angstproblem.

»Ich bin eine Spinnerin«, sagte ich leise und ließ mich auf die Bordsteinkante fallen.

53

»Wow, du siehst aber gut aus!«, sagte ich später am Abend zu Rachel.

Sie war gerade dem Swimmingpool auf der Dachterrasse entstiegen, um mich zu begrüßen. Sie trug einen Bikini. In den Pflanzen um das Terrassendeck leuchteten bunte Lämpchen. Es erinnerte alles ein wenig an James Bond.

»Du hast so eine umwerfende Figur. Ich gäbe alles darum, einen Körper wie du zu haben«, sagte ich und starrte sie an wie ein Mann.

»Ich hab tatsächlich abgenommen.«

»Du hast überhaupt keine Cellulitis.«

»Dafür muss man auch was tun, Sarah. Und damit meine ich nicht Burger essen.«

»O ja. Du hast auch total schöne Brüste. Ich wünschte, ich hätte auch welche. Meine verziehen sich in meine Armhöhlen, wenn ich keinen BH trage.«

»Sie sind gar nicht übel, nicht?«, sagte sie lächelnd. »Aber sie sind nicht echt. Und ich glaube, mit der hier gibt's Probleme. Es tut weh. Ich kann im Moment kaum schlafen.«

»Dann musst du zum Arzt.«

»Ja, stimmt, ich sollte mal gehen. Wie fühlst du dich?«

»Zerschlagen.«

Das war die einzig mögliche Beschreibung.

»Dann trink heute Abend mal ganz viel Wein, bis du hackevoll bist. Du musst morgen nicht zum Dreh und zu Sunflower können wir auch am Spätnachmittag.«

»Hmm.«

Ich glaubte nicht, am nächsten Tag überhaupt noch einen Job zu haben. Ich würde im Flugzeug sitzen und zum Leiden nach Hause fliegen. Ob man Economy fliegen musste, wenn man aus einem Hollywoodfilm rausgeflogen war? Ich fragte mich, wie ich diese Demütigung verkraften sollte. Was sollte ich den Leuten sagen?

»Sarah!« Das war Eamonn Nigels.

»Eamonn«, sagte ich und ging ihm entgegen. Dann senkte ich meine Stimme, damit Rachel mich nicht hörte. »Ich wollte dir nur sagen, dass ich weiß, warum du mich eingeladen hast.«

Eamonn schien das unangenehm zu sein.

»Wie? Sarah. Verdammt. Ich muss diesen Anruf entgegennehmen. Verdammt«, sagte er und sah auf sein iPhone.

»Kümmerst du dich um die Gins, Schätzchen?«, rief er Rachel zu, ohne sie anzusehen.

Ich sah, wie ihr Kiefer sich verhärtete.

»Ja, natürlich, Liebling«, trällerte sie sarkastisch.

»Wie läuft es?«, flüsterte ich, als er weg war.

»Ich glaube, ich bin Luft für ihn. Ich bin nur noch eine Puppe, die Eamonn Drinks macht und nachts neben ihm im Bett liegt.« Sie ging zur Außenküche und schenkte drei große Gläser Gin ein. »Gestern Abend habe ich angefangen, für ihn zu strippen.«

»Hat es ihm gefallen?«

»Er ist eingeschlafen.«

»Oh.«

»Lach nicht!«

»Sorry.«

»Ach, verdammt, lach doch, wenn du willst.«

»Rachel.«

»Was denn?«

»Ich möchte mich für heute bedanken. Ich glaubte wirklich zu sterben. Ich weiß nicht, was ich getan hätte, wenn ich nicht mit dir hätte sprechen können.«

»Sarah, es ist gut.«

»Hattest du das auch schon mal?«

»Über tausendmal.«

»Nein.«

»Na ja, vielleicht keine tausend. Und ich hatte auch schon seit einer Ewigkeit keine mehr. Aber in der Schule jede Menge.«

»Auf der Klosterschule?«

»Ja.«

»Aber du warst das große Vorbild für uns alle!«

»War ich das?«

»Absolut.« Ich konnte mich nicht dazu durchringen, ihr zu sagen, dass ich Stunden vor dem Spiegel zugebracht hatte, um nachzuahmen, wie sie ihre Socken herunterrollte und ihren Pullover um ihre Taille band.

»Lustige alte Zeiten«, sagte sie und stieß mit mir an.

»Es tut mir leid, meine Damen.« Eamonn kam zurück, nahm seinen Gin und stieß mit uns an. »Auf die Briten in L. A.«

»Auf die Briten in L. A.!«

So nett das alles war, mir wäre es lieber gewesen, er wäre gleich zum Eigentlichen gekommen und hätte es mir gesagt.

»Ich weiß, Eamonn, warum du mich für heute Abend eingeladen hast. Ich wollte dir nur sagen, dass ich es verstehen kann.«

Eamonn sah mich sehr unglücklich an.

»Es ist okay. Ich verstehe es«, versicherte ich ihm.

»Hör zu, Sarah, ich finde nicht, dass wir …«

»Nein, bitte, wir müssen darüber reden, Eamonn.«

»Sarah«, seufzte er. »Also gut, dann lass uns in mein Büro gehen.«

Wir gingen in sein Büro. Er schloss die Tür. Ich atmete noch. Geradeso eben.

»Sarah.«

»Sag es. Es ist okay«, sagte ich, sobald er die Tür geschlossen hatte und mich ansah. »Lass es uns hinter uns bringen.«

»Ich weiß einfach nicht, was mit ihr los ist.«

»Mit wem?«

»Rachel.«

»Wie meinst du das?«

»Na ja, das ist der Grund, weshalb ich dich eingeladen habe. Ich dachte, Rachel würde sich darüber freuen. Sie spricht im Moment kaum mit mir. Ständig ist sie müde und schläft. Ich glaube nicht, dass es ihr hier gefällt.«

»Ah.«

»Ich dachte, du könntest vielleicht ein wenig die Beziehungsberaterin spielen.«

»Ich?«

»Ja.«

»Ich?«, wiederholte ich. »Ich könnte keinem Paar Socken eine Beziehungsberatung geben.«

»Nun sag schon, Sarah, was soll das?«

»Ich dachte, du wolltest mich aus dem Film schmeißen.«

»Warum zum TEUFEL sollte ich dich aus dem Film schmeißen, Sarah?«

»Weil ich nicht schauspielern kann und mich anhöre, als käme ich aus der trostlosesten Gegend überhaupt.«

»Um Himmels willen, Sarah, du bist großartig! Ich war von dem begeistert, was du in der Ned-Szene gezeigt hast. Das kleine Tänzchen war genial. Der Akzent ist toll.«

»Oh.«

Es klopfte an der Tür. Es war Rachel.

»Dein Handy klingelt, Sarah. Möchtest du es annehmen?«

»Ja!«, schrie ich, raste zur Tür und riss es ihr aus der Hand.

Die Nummer war unterdrückt. O bitte, bitte, lass es Simon sein.

»Hallo.«

»Sarah, Miles Mavers. Morgen früh um acht?«

»Okay. Bis dann.«

»Tut mir leid. Ich dachte, es wäre Simon«, flüsterte Rachel, als ich aufgelegt hatte.

»Nein. Nur dieser blöde Miles Mavers.«

»Miles Mavers? Was will der denn?«

Eamonn hatte mitgehört.

»Oh, es geht nur um mein frühmorgendliches Sprachtraining.«

»Tatsächlich?«

»Ja, ich gehe jeden Morgen um acht Uhr zu ihm.«

»Ich wusste gar nicht, dass du darum gebeten hattest.«

»Ich habe auch nicht darum gebeten. Er sagte mir, ich bräuchte es. Obwohl man eigentlich nicht Sprachtraining sagen würde. Es ist eher eine Stunde der Demütigung durch Miles Mavers in heißer Sportkleidung.«

»Er hat dir gesagt, du bräuchtest ein Sprachtraining?!« Eamonns Stimme wurde lauter.

»Ja.«

»Er hat dir gesagt, du bräuchtest ...« Ich hatte Eamonn noch nie wütend erlebt. »Ich fass es nicht.«

»Ja«, quiekste ich.

»Er sagte dir ...«

»Was ist denn los, Eamonn?«

»Er ist nur hier, um mit Leo zu arbeiten. Leo hat noch nicht oft geschauspielert und die Angewohnheit, seine Worte zu verschlucken. Er hat überhaupt kein Recht, sich an dich zu wenden. Du brauchst kein Coaching. Dein Akzent ist perfekt. Ich hätte dich nicht gecastet, wenn er das nicht wäre. Und selbst wenn du sie nötig hättest, würde ich dir keine Stunden geben lassen, während du am Set arbeitest! Du hättest sie Wochen im Voraus bekommen.« Eamonn war außer sich vor Zorn. »Dieser Hurensohn!«

Ich lehnte mich zurück. Ich hatte Eamonn noch nicht einmal »Scheiße« sagen hören, geschweige denn »Hurensohn«. Eamonn war ein Mann, der Mist und Mistkerl sagte. Ich sah es Rachels Gesicht an, dass es auch für sie das erste Mal war.

»Was für ein Spiel spielt dieser Mann?«

Er leerte sein Glas und ging zurück an die Bar.

54

Eamonn Nigels war Skorpion. Miles Mavers würde den Stich seines Schwanzes zu spüren kriegen. Eamonn hatte mich angewiesen, zu meinem frühmorgendlichen Sprachtraining zu gehen und mein Handy anzulassen.

Ich drückte auf den Klingelknopf und hörte die blecherne Darbietung von Tschaikowskys berühmtem Schwanenseestück. Mummy öffnete die Tür. Nicht im Morgenmantel, um den Hund rauszulassen, weit gefehlt. Sie trug ein fliederfarbenes Fitnessensemble: ein enges Trikot. Sie strahlte etwas unglaublich Maskulines aus. Nicht ganz so schlimm wie diese Kugelstoßerin, die von den Olympischen Spielen disqualifiziert worden war, weil sie ein Mann war, aber nicht weit entfernt davon. Das Trikot ging in einen Stringtanga über. Ich glaube nicht, jemals einen so festen Hintern gesehen zu haben. Sie hätte damit Stoff vom Boden aufheben können. Ich beobachtete ihre Pobacken auf ihrem Weg zur Küche: Da wackelte nichts. Sie ließ mich allein im Flur stehen.

Ich fragte mich, was Eamonn vorhatte. Am Abend zuvor war er außer sich vor Wut gewesen. Rachel und mir gelang es schließlich, ihn mit drei Gins und einer Flasche Rotwein einigermaßen zu beruhigen. Ihre Köche, Sie haben richtig gehört, ihre Köche, bereiteten ein tolles Drei-Gänge-Menü. Als ich aufbrach, kuschelten Rachel und Eamonn sich in einem Sessel zusammen und fütterten sich mit Käse und Weintrauben. Das freute mich sehr für die beiden, ich hoffte aber, dass der fettige Käse auf Rachels Schenkel schlug. Mit dem Wissen, noch immer einen Job zu haben, konnte ich dann auch schlafen. Ich träumte jedoch, dass Simon nach L. A. geflogen kam, um mir zu sagen, dass er mich liebte.

»Sarah!«

O nein. O bitte, Gott, nein. Das war definitiv zu viel. Miles Mavers trug Radlerhosen. Dazu ein T-Shirt mit dem Logo ICH HABE TRINKEN, RAUCHEN UND SEX AUFGEGEBEN – DIE SCHLIMMSTEN FÜNFZEHN MINUTEN MEINES LEBENS. Er hatte das T-Shirt in seine Radlershorts gesteckt.

»Ich hätte gern ein Glas Wasser.« Wieso glaubte dieser Mann, dass ich auf dieser Welt war, um ihn persönlich zu bewässern? »Aus der Flasche!«, schob er rasch nach.

Ich ging in die Küche. Seine von der Jury in puncto ihres Geschlechts infrage gestellte Ehefrau lag wieder auf dem Fußboden. Ich ging zum Kühlschrank und öffnete ihn. Mann. Randvoll mit Essen. Hauptsächlich fettfreie, kalorienfreie Nahrungsmittel. Ich war mir sicher, wenn ich da was anfasste, würde ich unter einer Lawine ihres Nährwerts beraubter Nahrung vergraben werden und die Einsatzkräfte würden vier Tage brauchen, um mich zu finden. Glücklicherweise stand das Wasser in einem Seitenfach.

»Ah«, schrie ich. Etwas hatte mein Hinterteil getroffen. Ich schaute nach hinten und sah Mummys durchtrainierten Fuß meinen Hintern zusammenquetschen.

»Nicht bewegen«, keuchte sie.

Ich konnte mich gar nicht bewegen, ich war eingeklemmt zwischen der Kühlschranktür und ihrem ausgebreiteten Körper.

»Ich muss fünfzehn machen.«

Ich wartete, bis sie ihre fünfzehn Bauchpressen mit gegen meinen Hintern gedrückten Beinen gemacht hatte, nahm mir dann ein Glas und verließ mitsamt der Flasche die Küche. Auf dem Weg zum Büro begann mein Handy in meiner Tasche zu vibrieren. Miles stand in seinem Arbeitszimmer und machte Beckenkreisen. Ich versuchte nicht hinzusehen, während ich ihm sein Wasser einschenkte. Obwohl ich wusste, dass Eamonn mich anrufen würde, war ich doch enttäuscht, dass ich nicht Simons Namen las.

»Oh, sorry Miles, das ist Eamonn Nigels. Da sollte ich lieber rangehen.«

Ich verhielt mich unterwürfig und beobachtete seine Reaktion. Er wirkte gleich weniger eingebildet. Er hatte aufgehört zu kreisen und griff nervös nach einer Büroklammer.

»Hi, Eamonn. Danke, danke für die gestrige Einladung. Es war so ein reizender Abend! Was … o nein, ich bin nicht im Hotel … nein … ich bin im Haus von Miles Mavers … ich habe Sprachtraining … nein, nein, du liebe Güte, nein, gebeten habe ich ihn nicht darum … er meinte, ich hätte Hilfe nötig … haha … ja … Hilfe können wir alle brauchen, das ist nur allzu wahr … oh! Okay … lass mich das eben mal mit Miles absprechen.«

Ich sah Miles an.

»Miles, es tut mir wirklich leid, aber der Drehbuchautor hat offenbar noch eine zusätzliche Szene für mich geschrieben! Eamonn möchte sicher sein, dass ich die persönlich bekomme. Macht es Ihnen was aus, wenn er hier vorbeikommt? Er wird den Unterricht nicht stören. Das lasse ich nicht zu. Wir müssen ja arbeiten.«

»Nei… nein.«

Er hatte eindeutig Angst. Er reinigte seine Fingernägel mit der Büroklammer, was man nur dann in der Öffentlichkeit macht, wenn man völlig durcheinander ist.

»Gut, Eamonn. Dann sehen wir uns gleich.« Ich beendete das Gespräch und weidete mich an Miles' aufgewühltem Gesichtsausdruck. Lächelnd sagte ich: »Ah, Eamonn ist so ein netter Mann.«

Ich gebe das nicht gern zu, aber ich genoss die Situation. Mann. Eamonn schien bei seinem Anruf schon vor dem Haus gestanden zu haben, denn bald darauf ertönte Tschaikowsky.

»DADDY!!!«, hörten wir. Dass die Fenster nicht zerbrachen, war ein Wunder.

»DADDY!! EAMONN NIGELS IST HIER. DADDY!!«

»Wunderbare Projektion«, sagte ich zu Miles.

Er ging nicht darauf ein.

»Soll ich ihn reinlassen?«, fragte ich.

Doch ich kam eindeutig zu spät, denn Barbie trat in diesem Moment ein, gekleidet wie immer, doch mit Lippenstift.

»Daddy, Eamonn Nigels ist hier und will dich sprechen.«

»Eigentlich, Chelsea, möchte ich Sarah sprechen.« Er sah mich an und streckte mir seine Arme entgegen. »Da ist er ja, mein kleiner Star!« Ich dachte, ich müsste gleich loskichern, aber zum Glück schloss er mich in seine Arme und ich konnte mich in seiner Achselhöhle wieder fangen. »Der Drehbuchautor hat noch mehr für dich geschrieben. Ist das nicht unglaublich, Miles? Der Autor hat sie nur einmal gehört und wollte sofort eine neue Szene für sie schreiben.« Eamonn schüttelte den Kopf und schaute mich in ungläubiger Verwunderung an. Ich wusste nicht, was ich tun sollte.

Also knuffte ich ihn nur und sagte: »Nun übertreib mal nicht!«

»Was machst du hier eigentlich zu so früher Stunde?«

»Sprechübungen«, sagte ich unschuldig.

Eamonns Tonfall veränderte sich.

»Sarah. Ich finde nicht, dass du Sprechübungen nötig hast.«

Miles' Gesicht fiel in sich zusammen wie ein Flugzeug mit einer Taube im Triebwerk.

»Ich bin der Regisseur. Und ich finde deinen Akzent und deine Darbietung fantastisch und möchte nicht, dass irgendjemand anderer außer mir dir Hilfestellung gibt.« Er hielt inne, nahm Miles ins Visier und sagte: »Ist das klar?«

Miles antwortete nicht.

»Würdest du uns bitte allein lassen, Chelsea?«, sagte Eamonn. Dabei würdigte er sie keines Blickes. Er sah immer noch demonstrativ Miles an. Chelsea machte eine abrupte Arabeske, stemmte ihren Fuß in den Fußboden und trippelte dann davon.

»Noch eine Sache, Miles.«

»Eamonn.«

»Sollten Sie noch mal versuchen, sich bei meinen Schauspielerinnen einzumischen, vergesse ich mich. Und sollten wir noch einmal in Kontakt treten, dann seien Sie doch bitte nicht mehr so stumpfsinnig, mir nebenbei den Lebenslauf Ihrer Tochter zuzumailen.«

Miles riss den Mund auf.

»Ich weiß. Ich bin auch Vater. Es gibt nichts, was wir nicht für unsere Kinder tun würden. Aber ich habe eine Entscheidung getroffen, indem ich Sarah und NICHT Ihre Tochter für diese Rolle gecastet habe. Und das ist eine endgültige Entscheidung.«

Miles sah ziemlich gedemütigt aus. Ich bekam sogar Mitleid mit ihm.

»Wir finden den Weg selbst.«

Ich hielt die Luft an, bis die Eingangstür hinter uns ins Schloss gefallen war.

»Mann. Du bist super. ›Seien Sie doch bitte nicht mehr so stumpfsinnig …‹«

Eamonn legte seinen Arm um mich, bestimmt für die Augen hinter den Fenstern gedacht.

»Hat sie tatsächlich für meine Rolle vorgesprochen?«

»Ja, kannst du dir was Ohrenbetäubenderes vorstellen?« Er machte ein Chelsea-Kreischen. »Bye, Ned!« Ich musste lachen. »So, und wo gehen wir jetzt was frühstücken?«

55

»Du meine Güte, Sie haben aber schnell abgenommen! Ich meine, Sie waren zuvor schon dünn, aber jetzt bin ich in Sorge, dass Sie beim Duschen durch den Abfluss flutschen.«

»Ja, achtzehn Pfund.« Sie bleckte stolz ihre schneeweißen Zähne.

»Nehmen Sie an dem großen Tisch am Fenster Platz. Ich bringe gleich Ihren Kaffee.«

Kaum war man mit einem erfolgreichen Filmregisseur in L. A. unterwegs, wurde aus dem bereits guten Service einer, der jedem Sternerestaurant zur Ehre gereicht hätte.

»Ich komme sofort und nehme Ihre Bestellung auf.«

Ich hätte es ganz nett gefunden, wenigstens einmal in L. A. von einer fetten Kellnerin bedient zu werden. Oder wenigstens von einer, die auch gern aß. Oder jemandem, der überhaupt aß. Eine fettleibige Kellnerin hat was Göttliches. Eine, die fragt: »Möchten Sie dazu eine Scheibe gebackenen Toast?« Denn es liegt auf der Hand, dass man, mit dieser Frage konfrontiert, seine Abneigung gegen gebackenen Toast für sich behält. Man erwidert nichts darauf. Man schwankt und sagt: »Hm …« Worauf die fettleibige Kellnerin antwortet: »Na los doch! Sie sind doch nur eine Handvoll. Nehmen Sie zwei. Damit etwas Fleisch auf die Knochen kommt!« Wenn man die Kellnerin allerdings dazu überreden muss, einem was zu essen zu bringen, kann das nicht in Ordnung sein.

»Kaffee«, sagte sie und schenkte bereits ein. »Möchten Sie schon bestellen?«

Mann! Als sie sagte, sie käme sofort, meinte sie auch sofort. Wenn Julia und ich im Café arbeiteten und sagten, wir kämen gleich wieder, um die Bestellung aufzunehmen, erinnern wir uns für gewöhnlich erst daran, wenn wir bereits im Bus auf dem Weg nach Hause sind.

Wir bestellten. Es wurden keine herausgebackenen Brotscheiben in Aussicht gestellt. Ich wandte mich an Eamonn.

»Ich fühle mich schlecht.«

»Nun, das überrascht mich nicht nach der widerlichen Erfahrung mit Miles Mavers.«

»Nein, damit hat es nichts zu tun. Ich fühle mich schlecht, weil sich unser Gespräch gestern auf unseren ehrgeizigen Sprachtrainer verlagert hat und ich nicht viel Mitgefühl für Rachels Verfassung gezeigt habe.«

»Ah.«

»Erzähl's mir.«

»Sie ist im Moment nicht sie selbst.« Er schüttelte traurig den Kopf.

»In welcher Hinsicht?«

»Nun, sie hat ihren Elan verloren.«

»Eamonn, sie macht jeden Tag Yoga und kommt mit mir zum Striptease. Sie macht keine Pause!«

»Sie hat nie eine Pause gemacht. Aber wenn sie zu Hause ist, schläft sie immer. Ist dir das nicht auch schon mal aufgefallen?«

»Na ja ...«

Ich überlegte. Ich wollte Eamonn eigentlich nicht von der Nahtoderfahrung erzählen, weil ich ihn nicht beunruhigen wollte.

»Sarah?«

»Wir hätten vor Kurzem fast einen Unfall gebaut, weil sie eingedöst ist.«

»Sie ist was? Sarah! Warum hast du mir das nicht gesagt?«

»Ich werde dich wohl kaum anrufen, Eamonn, um dir zu sagen, dass deine Puppe beinahe ihren Mietwagen zu Schrott gefahren hätte.«

»Vielleicht ist sie krank.«

Wir schwiegen einige Zeit.

»Sie könnte anämisch sein«, schlug ich schließlich vor. »Ich glaube, das macht einen müde.«

»Anämisch könnte sie gut sein. Sie sieht auch ein wenig blass aus«, sagte Eamonn lächerlicherweise.

Rachel Bird hätte man niemals als blass beschrieben. Orange, ja. Die Farbe einer Krabbe in einer Bräunungskabine, ja. Das Wort »blass« könnte nur dann in Verbindung mit Rachel Bird gebracht werden, wenn man sagte, Peter Andre sähe neben ihr blass aus.

Ich hatte eine andere Theorie. Rachel Bird war womöglich depressiv. Sie schlief, weil sie sich der Welt nicht stellen wollte. Sie war daran gewöhnt, aus eigener Kraft jemand zu sein. Zugegeben, dieser Jemand war eine sexuell verwahrloste ehemalige Klosterschülerin. Aber sie war zu Eamonn Nigels' Partnerin geworden. Und mit ihm nach L.A. gegangen, wo er ihr nicht genug Beachtung schenkte. Aber wie sollte ich das alles Eamonn sagen? Und was sollte ich zu Rachel sagen? Etwa: Nun lass dich nicht so hängen, du faule Kuh!?

»Hm.«

»Redest du bitte mit ihr? Ermutige sie, einen Arzt aufzusuchen.«

»Ja, sie sagte auch, dass ihr Implantat ihr Schmerzen bereite.«

Plötzlich spürte ich das Vibrieren meines Mobiltelefons in meiner Gesäßtasche.

»Eamonn!«, keuchte ich. »Bete bitte darum, dass Simon anruft. Dass er mich liebt! Er hat Ruth verlassen, aber Ruth nimmt das ganz gelassen, denn sie hat einen fabelhaft bestückten Landschaftsgärtner kennengelernt. Okay?«

»Äh … natürlich.«

»Oh! Es ist eine englische Nummer. Hallo?«

»Wie geht es meiner Lieblingsklientin?«

»O Geoff«, sagte ich kläglich. »Du bist es.«

»Also, so darf meine Lieblingsklientin aber nicht mit mir reden.«

»Tut mir leid. Aber du bist leider nur mein Agent, nicht mein Freund.«

»Na gut, dann leg ich wieder auf. Und werde auch nicht den unglaublich gut bezahlten Werbespot erwähnen, für den man dich gerade gecastet hat. Bye!«

»AH! AH! Was? Geoff!«

»Immerhin das Gesicht von Crème de Menthe.«

»NEIN?«

»Doch!«

»O MEIN GOTT!!!!«

»So, und jetzt werde ich dir noch erzählen, wie viel sie zahlen. Aber dazu muss ich wissen, dass du gut sitzt und keine Gläser in der Hand hältst.«

»Warum, ist es so schrecklich?«

»Nein, nein. Ich glaube nicht, dass man fünfundsiebzigtausend Pfund schrecklich nennen kann.«

»Wie … wie … wie viel?«, hauchte ich.

»Ein bisschen mehr sogar. Es ist eine weltweite Kampagne. Und, Sarah, ich weiß nicht, wie du das angestellt hast. Aber sie lieben dich. Ich bin sogar ein wenig in Sorge, ob sie dich nicht mit einer anderen Schauspielerin verwechselt haben.«

»Fünfundsiebzigtausend Pfund.«

»Genau. Ein wenig mehr.«

»Fünfundsiebzigtausend Pfund.« Ich weinte. Ich sah

die hungernde Kellnerin mit den Frühstücken auf uns zukommen. »Ich lege jetzt lieber auf, Geoff!«

Das ging fast nicht mit rechten Dingen zu. Natürlich hatte ich mir schon öfter ausgemalt, einen Werbejob zu bekommen. Aber ich hatte immer damit gerechnet, das Gesicht eines McMuffin oder eines Whopper zu werden und dafür siebenhundertfünfzig Pfund zu bekommen, was bei meiner Kontoüberziehung nicht viel bewirkt hätte. Aber jetzt wurde ich nicht nur zum Gesicht von Crème de Menthe, meiner absoluten Lieblingsspirituose, einer Spirituose, von der ich glaubte, dass sie mich als Individuum geformt hatte, sondern bekam dazu auch noch einen derart großen Batzen Geld, dass mir fast die Sinne schwanden. Das war aufregend und beängstigend zugleich. Ein wenig so, als würde man mit einem Mann mit einem Riesenpenis ins Bett gehen.

»Hier ist Ihr Omelette!«, sagte sie, und als sie mein Gesicht sah, fügte sie hinzu: »Oh! Ist alles in Ordnung?«

»Sie hat gerade den Zuschlag für einen lukrativen Werbefilm bekommen. Sie ist ein wenig überwältigt«, erklärte Eamonn lachend, während ich mir die Nase mit meiner Serviette putzte.

»Nein!«, seufzte die Kellnerin.

»Ich weiß! Das ist irre!«, schluchzte ich.

»Wow. Ich habe das Universum nämlich gerade um einen Werbejob gebeten!«

»Nein!«

Sie war verrückt. Ich fragte mich, ob das an Hollywood lag. Sie zu fragen, hielt ich jedoch nicht für angebracht.

»O mein Gott. Ich habe gerade *The Secret* gelesen. Und genau darum habe ich gebeten! Ich habe das Universum gebeten, mir einen Werbejob zu geben. Ich habe das Gefühl, dass es mir vorherbestimmt war, heute Zeugin Ihrer guten Nachricht zu sein!«

»Äh ... Sie haben nicht zufällig englischen Senf?«, erkundigte sich Eamonn.

»Was ist das denn? *The Secret*?«

»Es ist ein Buch. Im Grunde genommen geht es darum, dass man um etwas bittet, was man haben möchte, und dann daran glaubt, sodass es wahr wird.«

»Glauben Sie, es könnte mir auch helfen, meinen Freund zurückzubekommen?«

»Jaaaa! Natürlich!«

»Selbst wenn er jetzt mit seiner Exfreundin zusammen ist, die sein Kind austrägt?«

Sie verzog das Gesicht. »Einen Versuch wäre es wert.«

»Äh ... der englische Senf?«

Sie eilte davon. Ich freute mich hämisch, dass selbst perfekte Kellnerinnen schon mal etwas vergessen. Als sie wiederkam, brachte sie ein Glas englischen Senf für Eamonn und für mich ein Buch mit dem Titel *The Secret*.

56

Bitte das Universum um das, was du haben möchtest, und das Universum wird es dir geben! So einfach ist das! Ich wünschte, ich hätte selbst daran gedacht und darüber ein Buch geschrieben.

»Also gut, Universum. Wenn du nicht allzu beschäftigt bist, könntest du dann bitte bewirken, dass Simon mich wieder liebt?«, flüsterte ich.

Job erledigt. Ich starrte mein Spiegelbild im Damenklo des Hotels an. Mein Spiegelbild starrte zurück. Keiner von uns war von diesem Anblick beeindruckt. Ich wusste nicht, wie man sich fühlen sollte, wenn man gerade versucht hatte, etwas vom Universum zu schnorren, und man mag mich ruhig fordernd nennen, aber ich hätte wenigstens ein kleines Kribbeln erwartet. Tatsächlich fühlte ich gar nichts.

Ich dachte an meinen Werbespotauftrag. Ich hatte das noch gar nicht richtig verarbeitet. Ich kauerte eingeschüchtert in einer Ecke des Damenklos. Dann kam ich glücklicherweise zu dem Schluss, dass das Damenklo im Neonlicht kurz nach dem Pinkeln für ein Gespräch mit dem Universum wohl nicht der richtige Ort war. Also wusch ich meine Hände und ging aus dem Hotel hinaus zum Strand.

Der Himmel war bewölkt, und es nieselte. Es war so frisch, dass ich sogar meinen Atemhauch sehen konnte. Nicht doch. Mir war brühheiß. Ich lief über den Sand auf der Suche nach einem passenden Ort, um den Kosmos anzuflehen. Ich entschied mich für einen der hölzernen Hochsitze der Strandwacht. Baywatch pur. Ich würde mich hinstellen und wie Jesus Christus aufs Meer hinausschauen. Ich kletterte hinauf und drehte mich dem Meer zu.

»Halloooo! Großes Universum! So wundervoll du auch bist, frage ich mich …«

Ich hielt inne. Durch Schmeicheleien würde sich das

Universum bestimmt nicht erweichen lassen. Ich glaube nicht, dass es Probleme mit seiner Selbsteinschätzung hat. Im Buch stand, dass ich mich fest und klar ausdrücken müsse. Ich bereitete mich auf einen erneuten Versuch vor. Der Empfang war da oben auf meiner Lebensretterkanzel auf jeden Fall besser.

»Okay, Universum. Bitte, bitte. Ich möchte nicht, dass Simon mit Ruth zusammenbleibt, ich möchte ihn für mich haben!«

Ein stark gebräunter Obdachloser griff nach meinem Knöchel. Er machte keinen glücklichen Eindruck. Ich hatte ihn aufgeweckt. Ich hatte ein schlechtes Gewissen und kletterte schnell herunter. Denn ich hasse Menschen, die mich aufwecken.

»Verzeihung, Verzeihung«, brummelte ich im Weglaufen.

Ich ließ mich in den Sand plumpsen und begann das Buch durchzublättern. Dabei stieß ich auf ein Kapitel, in dem es hieß, man dürfe nichts Negatives sagen, wenn man um etwas bitte, weil das Universum das Negative nicht hören könne. Es werde denken, dass man das haben möchte, was man gerade nicht haben möchte. So werde beispielsweise »Ich möchte nicht, dass Simon mit Ruth zusammenbleibt« als »Ich möchte, dass Simon mit Ruth zusammenbleibt« verstanden.

»So ein Mist«, seufzte ich. »Gut. Nächster Versuch. Liebes Universum, bitte ignoriere alle vorherigen Versuche.«

Ich schloss meine Augen. Entspannte mich. Konzentrierte mich. Lauschte der Brise und meinem Atem und wartete, bis es mir richtig schien, etwas zu sagen.

»Universum«, sagte ich schlicht. »Simon und ich sind Seelenverwandte. Bitte bring ihn mir zurück.«

Ich stellte mir meine im Wind treibenden Worte vor und hoffte, sie würden mit dem Schicksal zusammenstoßen, das dann die nötigen Schritte einleitete. Eine Weile blieb ich mit geschlossenen Augen sitzen und spürte die Sonne auf meinen Wangen.

Als ich sie endlich wieder öffnete, kam ein Surfer über den Strand in meine Richtung gelaufen. Er war von der hinter ihm stehenden Sonne hervorragend ausgeleuchtet. Seine kräftigen Beine schritten durch die Brandung. Sein langes Haar war nass. Wassertropfen funkelten wie Diamanten auf seinem Neoprenanzug. Mit seinem Surfbrett, das er wie einen Schild trug, hätte er ein griechischer Gott sein können, der dem Meer entstieg, nachdem er die Geschöpfe der Unterwelt niedergemetzelt hatte. Er hatte starke Ähnlichkeit mit der männlichen Version von Catwoman.

Ganz offensichtlich war er gerade erst nach L. A. gekommen, um den Männern zu zeigen, wie ein Mann beschaffen sein sollte. Nachdem er die Brandungswellen hinter sich gelassen hatte, warf er das Surfbrett in den feuchten Sand, griff nach hinten und zippte seinen Neoprenanzug auf. Er beugte sich nach vorn und befreite langsam Oberkörper und Arme. Während ich ihn anstarrte, wurden mir zwei Dinge klar: Mein Mund stand offen, als würde ich gleich in einen Hotdog beißen, und der Mann, den ich anstarrte, war Leo Clement.

Ich reagierte darauf wie die meisten heißblütigen Frauen. Ich sagte laut: »Ich werd nicht mehr« und holte dann mein Handy aus der Tasche, um einer Freundin zu simsen.

Apropos Sightseeing! Leo Clement ist unten am Strand in einem halb nach unten gerollten Neoprenanzug! Er lässt seine feuchten Muskeln spielen … ich glaub, ich brauch Mund-zu-Mund-Beatmung!

Während ich meine Nummern durchging, um zu der von Rachel zu gelangen, überlegte ich, ob das Universum mir womöglich Leo als Versuchung geschickt hatte. Ich hatte um Simon gebeten, und dieser dreiste Bursche schickte mir Leo, um meine Entschlossenheit auf die Probe zu stellen.

»Nun, Mr. Universum, so hübsch dieser Mann auch ist, er ist nichts im Vergleich zu meinem Simon«, murmelte ich.

Ich musste an meinen Simon in einem halb herabgerollten Neoprenanzug denken. Ich stellte mir Simon vor, wie er sich, angestrahlt von der Sonne, aus dem Neoprenanzug schälte. Ich lächelte. Doch dann fiel mein Gesicht in sich zusammen. Ich griff nach meinem Handy. O bitte, lieber Gott, sag, dass ich es nicht getan habe, flehte ich in Gedanken. Aber natürlich hatte ich es getan.

Ich hatte den Text an Simon geschickt.

57

Um meine Stripperei stand es nicht zum Besten. Ich konnte nicht tanzen. Mein Instinkt gebot mir nicht, mit meinen nackten Körperteilen zu wackeln, sondern sie mit meinen Händen zu bedecken. Und man hatte mir ein Paar Schuhe gegeben, die so hohe Absätze hatten, dass ich schon argwöhnte, man wolle mich damit umbringen.

»Baby, ich weiß ja, dass du dich bemühst, meine Süße. Aber du musst dich mehr anstrengen«, sagte Sunflower und küsste meine Wange, als ich sie eines Nachmittags nach einer meiner Nachhilfestunden verließ.

»Keine Sorge, Sunny, ich werde die Schritte später noch einmal mit ihr durchgehen«, versprach Rachel.

Ich bedachte sie mit einem Blick, der ihr vermittelte, dass meine Abende dem Trinken von Martinis vorbehalten waren, sowie dem Aufspüren neuer Wege, um Simons Liebe zurückzugewinnen. Aber mein Blick war wohl nicht der wirksamste.

»Ich muss mal pinkeln. Bin gleich wieder da«, sagte sie und rannte los.

Ich folgte ihr auf die Toilette und ging in die andere Kabine. Dabei machte ich den weit verbreiteten, aber oft zu großer Enttäuschung führenden Fehler, vor dem Pinkeln nicht zu überprüfen, ob Klopapier vorhanden war. Ich streckte meine Hand durch den Spalt unten am Boden in die nächste Kabine.

»Hast du da drin Klopapier, Rachel? Ich möchte nicht mit dem Hintern wackeln müssen.«

Keine Antwort. Aber ich hatte sie das Klo nicht verlassen hören.

»Rachel? Bist du da drin?«

Rachel stöhnte.

»Alles in Ordnung mit dir?«

Wieder ein Stöhnen. Gefolgt von Würgen. Gefolgt

vom lieblichen Klang von Erbrochenem, das in einer Toilettenschüssel landet.

»Rachel? Hör zu, ich weiß, dass du dich übergeben musst, aber könntest du mir ein Stück Klopapier durchreichen?«

Ich wartete eine Weile. Dann hörte ich wieder lautes Würgen. Ich musste wackeln.

»Ach du liebe Zeit, du armes Ding. Ich bring dir Wasser.«

Ich verließ meine Kabine, holte meine Wasserflasche aus meiner Tasche und schob sie unter Rachels Tür durch.

»Danke«, jammerte sie. Ich hörte, dass sie einen großen Schluck nahm. Zehn Sekunden später erzielte sie einen Kotz-Hattrick.

»Wie ekelhaft. Was hast du denn gegessen?«

»Nichts«, stöhnte sie.

»Also Rachel, du solltest wirklich was essen …«, doch dann unterbrach ich mein Gequatsche. Die ganze Zeit müde, nicht sie selbst, tagsüber erbrechen. Wie dumm war ich eigentlich, sie für anämisch zu halten?

»Rachel, gibt es da was, was du mir verheimlichst?«

»Würg.«

»Ist deine Periode vielleicht ausgeblieben?«

Rachel öffnete die Kabinentür. Sie hockte auf dem Boden und schaute zu mir hoch.

»Bist du schwanger?«, flüsterte ich.

Sie antwortete nicht, weil sie wieder würgen musste. Ich hielt ihre Haare zurück, denn das machen Mädchen so. Als sie fertig war, schüttelte sie den Kopf.

»Wir hatten doch seit Ewigkeiten keinen Sex mehr.«

»Hast du einen Test gemacht?«

Sie schüttelte traurig den Kopf.

»Sollen wir einen kaufen?«

Achselzucken.

»Ich weiß nicht, was mit mir los ist«, jammerte sie.

»Du bist schwanger, meine Liebe.«

Sie sah mich an, als würde sie gleich auf mich losgehen, hätte sie nicht ein letztes Mal ihren Kopf über die Schüssel halten müssen.

»Komm, Süße, wir gehen in die Apotheke und holen einen Test für dich.«

Sie schüttelte den Kopf.

»Was ist?«

»Ich pinkle nicht auf einen Stab für fünfundzwanzig Dollar. Ich gehe zu einem Arzt.«

»Noch besser.«

Dann sah sie mich an. Und Rachel Bird, die starke, verrückte Rachel Bird, die immer wusste, was sie wollte, sah plötzlich schwach und müde und verängstigt aus. Ich nahm sie in den Arm. Wir blieben eine Weile so stehen.

»Kommst du bitte mit?«, flüsterte sie.

»Natürlich.«

58

Das Wartezimmer des Arztes war das absolute Gegenteil zum multikulturellen Chaos, das bei meinem Hausarzt in Camden herrscht. Es erinnerte an ein gehobenes chinesisches Restaurant. Dezente Beleuchtung. Ein großes Aquarium an der Wand. Zeitschriften, die man wirklich gern lesen wollte, lagen nach Themen geordnet in Stapeln auf einem Holztisch. Es gab eine Kinderecke, gegen die jedes Kleinkindförderzentrum buddhistisch karg anmutete. Außer uns gab es nur eine männliche Sprechstundenhilfe am Empfang, die aussah, als läse sie ein Skript, einen Mann, den Rachel als pervers einschätzte und eine Mutter mit einem kleinen Jungen. Es war also sehr ruhig. Bei meinem Arzt konnte man sich nur um eine alte Ausgabe der Regenbogenpresse und einen eselsohrigen Reisekatalog raufen, zum Spielen für Kinder gab es außer einer kostenlosen Broschüre über Blasenentzündungen nichts, dafür ist es aber immer sehr laut. Schreiende Kinder, schlagende Mütter, die diese zur Raison zu bringen versuchen und jede Menge Südländer, die das Teenagermädchen am Empfang zu beschwatzen versuchen.

Eamonn Nigels verfügte offenbar über das Hilton der Krankenversicherung. Die arme Rachel musste auf einem Klemmbrett ein dreistündiges schriftliches Examen absolvieren und bevor wir uns setzen durften, einen Scheck ausstellen, dessen Betrag einen zum Heulen brachte. Aber ich fand, es war die Sache wert. Die Stühle waren sehr bequem.

Eine unglaublich attraktive Dame in einem gebügelten weißen Arztkittel öffnete eine Tür.

»Mr. Washington?«, sagte sie lächelnd.

Ihre Zähne waren mozzarellaweiß.

»O mein Gott, hier sehen ja selbst die Ärzte aus wie Models!«, teilte ich Rachel aufgeregt flüsternd mit.

Wir verfolgten, wie der Mann mittleren Alters hinter ihr ins Sprechzimmer rannte.

»Mit dem ist doch alles in Ordnung. Vielleicht möchte er nur ihren Finger in den Hintern gesteckt bekommen.«

Es freute mich, dass die bevorstehende Mutterschaft Rachel noch nicht ihren Biss geraubt hatte. Ich lächelte dem kleinen Jungen zu, der auf dem Fußboden mit Bauklötzen in Primärfarben spielte.

»Hallo«, gurrte ich. »Aahhh, ist das ein Lächeln für mich?«

Ich merkte augenblicklich, dass es das natürlich nicht war. Der kleine Junge fing zu weinen an. Trotz meiner großen Erfahrung, Kinder zum Weinen zu bringen, wusste ich nicht, was ich machen sollte. Sollte ich ihn weiterhin anlächeln oder ihn in Ruhe lassen? Ich beschloss, weiterzulächeln. Er würde schon noch warm mit mir werden. Ich durfte keine Angst vor ihm haben. Er war erst zwei.

»Verzeihung«, sagte ich lautlos zu seiner Mutter, als diese ihn vom Boden aufhob.

»Zum Babysitten werde ich dich besser nicht engagieren«, flüsterte Rachel.

»Wie fühlst du dich?«

»Seltsam.«

»Mummy.«

»Jetzt hör aber auf«, sagte sie schroff.

Aber dann umspielte ein kleines Lächeln ihre Lippen, und obwohl sie sich Mühe gab, wurde sie es nicht mehr los. Ich lächelte ebenfalls.

»Nun lass uns über Simon reden – was passiert jetzt?«

Mein Lächeln verschwand sofort.

»Ich weiß es nicht«, seufzte ich.

»Ich fass es nicht, dass du ihm diese SMS geschickt hast.«

»Ist ja gut. Ich bin im Moment nur für positive Kritik empfänglich.«

»Also gut. Wie holen wir ihn zurück?«

»Weiß nicht.«

»Wir schreiben ihm noch eine SMS.«

»Nein, das funktioniert nicht. Er antwortet nie darauf.«

»Wichser.«

»Wichser«, sagte ich lauter als beabsichtigt.

»Wichser«, sagte der kleine Junge.

Er mag mich also doch!

»Wichser, Wichser, Wichser«, sagte ich mit der Stimme von Yogi Bär.

»Wi…«, begann der kleine Junge, da drehte seine Mum seinen Kopf von mir weg.

»Ich dachte, man kennt das Wort hier nicht.«

»Wir sind hier in L. A., Sarah, die Leute lieben Hugh Grant.«

»Rachel?«

Eine weitere Dame, Ende dreißig, tolle Figur, teure Schuhe. Kein Vergleich zu England.

»Lass das arme Kind in Ruhe, während ich weg bin«, scherzte Rachel, als sie aufstand.

Ich grinste und nickte. Aber lustig fand ich es nicht. Ich konnte nicht mit Kindern. Und alle bekamen welche. Man nähert sich den Dreißigern und siehe da: Babys. Ich musste meine Babyphobie überwinden. Wenn Simon und ich eine Zukunft haben wollten, musste sein Baby mich mögen. Ich hätte ja gern wieder mit dem kleinen

Jungen gespielt, aber seine Mutter hatte sich aus meinem Blickfeld entfernt und las ihm jetzt eine Geschichte vor. Ich griff stattdessen nach dem *Hollywood Reporter* und vertiefte mich in einen Artikel über Dolph Wax' Spiritisten. Endlich öffnete sich eine Tür, und Rachel kam wieder heraus. Ich sah sie erwartungsvoll an.

»Kein Baby«, sagte sie traurig beim Näherkommen.

»Oh.«

»Ja, ich bin auch ziemlich enttäuscht.«

»O Rachel, das tut mir leid.«

»Braucht es nicht. Sie glaubt, ich habe eine Anämie.«

»Oh.«

»Komm, lass uns einen Martini trinken gehen.«

»Cool.«

»Der Gedanke neunmonatiger Abstinenz hat mir sowieso Angst gemacht.«

59

»Wir können keinen fünften mehr trinken.«

»Wieso?«

»Weil es erst acht Uhr ist und wir schon hinüber sind!«, sagte ich und zog Rachels erhobenen Arm nach unten, damit der Kellner nicht zu uns kam.

»Na und?«

»Ich bin Profischauspielerin.«

»Drehst du morgen?«

»Nein.«

»In wie vielen Szenen spielst du mit?«

»Vier.«

»Ah, toll.«

»Ach, pfeif drauf. Komm, wir nehmen noch einen.«

»Huh!« Rachel keuchte. »Ich hab's!«

»Was?«

»Wir üben deinen Striptease.«

»Nein, das werden wir nicht tun.«

»Sare, ich liebe dich, aber … o mein Gott, ich liebe dich tatsächlich.« Sie zuckte unwillkürlich zusammen, und dann kamen ihr die Tränen! Sie stürzte sich auf mich. »Ich bin so froh, dass du hier bist.«

»Ich auch, du. Aber ich werde jetzt nicht meinen Striptease einstudieren.«

»Oh! Was habe ich gesagt? Ach ja, dein Striptease. Jetzt hör mir mal zu, Sarah, du musst üben.«

»Warum?«

»Weil du nicht gerade Kylie bist.«

»Miststück.«

»Süße, du kommst kaum an Bouncer ran.«

»Wer verdammt noch mal ist Bouncer?«

»Der Hund aus dieser Soap, *Nachbarn*.«

»Oooh, mein Handy. Ich hab eine SMS bekommen.«

»Okay, okay. Ruth, blabla, Gärtner mit dickem Schwanz«, lästerte Rachel. »Na, was steht drin?«

»Oh, sie ist von Leo.«

»Wie reizend.«

»Hm.«

»Also, was sagt er?«

»Er möchte sich mit mir treffen, um unsere Szene zu proben.«

»Was passiert in dieser Szene?«

»Wir haben Sex, und dann bringt er mich um.«

»Du bist wirklich nicht die Hellste, Sarah. Hör doch auf, dich wegen Simon zu quälen und lenk dich ab, indem du diese Szene mit Leo probst. Das hilft bestimmt! Schreib ihm zurück. Sag Ja.«

Ich tat, wie mir geheißen, aber meine Hände zitterten. Ich hatte tatsächlich mehr Angst davor, meine Szene mit Leo zu proben, als sie tatsächlich mit ihm zu drehen. Wurde in der Phase des Einstudierens Zungeneinsatz erwartet? War Brustberührung erlaubt? Und wenn die Antwort auf diese Fragen Ja war, war ich dann Simon gegenüber untreu? Und wenn auch diese Frage mit Ja beantwortet wurde, dann wollte ich es nicht tun. Mit einer Crew und einem Regisseur war das kein Problem, denn das war mein Job. Aber wenn wir es auf eigene Faust machten, lief es außerplanmäßig. Und was wäre, und das war die wirklich schreckliche Frage, was wäre, wenn ich beim Üben merkte, dass ich es genoss? Wenn ich nun einen Nachmittag lang mit Leo Clement knutschte und es genoss, was dann? Wo blieben dann Simon und ich? Ich traute mir selbst nicht recht über den Weg. Leo war umwerfend. Und seine Lippen und seine Augen und seine breite Brust hatten was, das mir verhieß, ihn zu küssen würde schön sein. Und wenn ich ihn küsste und es genoss, dann wusste ich, dass mich hinterher Schuldgefühle plagen würden und es ein schlimmes Ende nähme.

»Wann wirst du ihn nun zu deiner Bumsprobe treffen?«

»Nenn es nicht so.«

»Bumsprobe.«

»Morgen Nachmittag.«

»Was wirst du anziehen?«

»Es ist doch nur eine Probe! Da kommt es doch darauf nicht an?«, rief ich aus, obwohl ich über diese Frage bereits nachgedacht und Panik bekommen hatte.

»So, komm jetzt, Bouncer, steh auf, wir üben deinen Striptease. Es ist keiner hier.«

Wir befanden uns auf der Terrasse der Hotelbar. Ich sah mich um. Sie war verwaist.

»Nein.«

»Wauwau.«

»Also gut. Aber ich mache nur die Schritte.«

Ich stand vor Rachel Bird. Nach vier Martinis war das schon schwierig genug. Ich begann mit einer lustlosen Darbietung.

»Sarah! Du musst aussehen, als hättest du Spaß dran, wenigstens ein klein wenig.«

»Taylor liebt diesen Job nicht.«

»Wenn sie ihn so wenig liebte, hätte sie gar keinen Job!«

»Bin ich so schlecht?!«

»Soll ich ehrlich sein?«

»Ja.«

»Noch schlechter.«

»Mist.«

»Tu so, als wäre ich Simon.«

»Nein«, sagte ich traurig. »Das ist grausam.«

»Na, los. Ich bin Simon.« Sie setzte sich auf ihrem Stuhl hin wie ein Kerl.

»Rachel, jetzt spinn doch nicht herum.«

»Jetzt komm, Sare«, sagte sie mürrisch, meinen Simon schrecklich gut nachahmend.

Ich gebe den vier strammen Martinis die Schuld, die ich getrunken hatte, um mein Abendessen aus vier Oliven hinunterzuspülen. Aber ich stellte mich tatsächlich vor sie hin und versuchte mir vorzustellen, wie Simon aussah. Sein Gesicht wollte eine Ewigkeit lang nicht auftauchen. Ich konnte doch unmöglich vergessen haben, wie er aussah.

Plötzlich hatte ich ihn vor meinem geistigen Auge. Und das war toll. Er lächelte. Was nett war, denn ich war mir sicher, dass er mich im wirklichen Leben nicht angelächelt hätte. Vermutlich steckte er Nadeln in eine Puppe, die aussah wie ich, während er mit Ruth besprach, welche Schule ihr Kind besuchen würde. Aber in meiner Vorstellung lächelte er mich neckisch an, und ich begann, im Geiste mit ihm zu reden.

»Ich krieg schon einen kleinen Ständer, Babe«, sagte er.

Ich lächelte. »Das wird noch ein richtig ausgewachsener, wenn du erst mal meine heiße Stripteasenummer gesehen hast.«

Simon lachte und rückte seinen Superpenis in seiner Hose zurecht. Ich reagierte darauf mit Brustwackeln.

»Na los, bring deine Bobby Davroes zum Schwingen!«, schrie er aufgeregt.

Simon hatte Brüste seit seinem sechzehnten Lebensjahr nur noch Bobby Davroes genannt.

Ich wackelte also weiter mit meinen Brüsten und bewegte mich dann auf ihn/Rachel zu. Ich tat so, als würde ich sie ihm um die Ohren schlagen.

»Vorsicht, Sare, du stichst mir noch ein Auge aus«, lachte er.

Ich ließ seinen Kopf in Ruhe und bewegte mich mit übertriebenem Sunflower-Oil-Hüftschwung um meine Bühne, den kleinen Bereich zwischen den Bartischen. Dann tat ich so, als würde ich einen Strumpf ausziehen, wobei ich eine auffordernde Miene aufsetzte. Den Strumpf legte ich Simon um den Hals.

Ich zog den anderen Strumpf aus und zog ihn spielerisch über seinen Penis, der inzwischen merklich angewachsen war. Dann ging ich zu Boden in meine Hundestellung und pumpte meinen Hintern in seine Richtung auf und ab. Das war die Bewegung, die mir am unangenehmsten schien, weil man wie ein Idiot dabei aussah – eine einzige Quälerei. Aber an diesem Abend hatte ich Spaß daran.

»Ja, das ist guuuuut, weiter so!«, feuerte Simon mich an.

Ich begann Geräusche zu machen, als würde ich Pingpongbälle aus meinem Hintern abfeuern, obwohl ich keine Ahnung hatte, wie sich so etwas anhört.

Simon sagte was, aber ich konnte ihn nicht verstehen.

»Was?«, keuchte ich und verharrte mit hochgerecktem Hinterteil.

Dann erst wurde mir klar, dass ich Simon gar nicht hören konnte, denn seine Stimme existierte ja nur in meinem Kopf. Also konnte die männliche Stimme, die ich hörte, nicht zu Simon gehören. Sie musste einer echten Person gehören. Höchstwahrscheinlich einem Kellner oder dem Manager.

»Sarah! Darf ich dir Erins Vater vorstellen! Pastor Schneider«, rief Rachel hämisch.

»Was … Wie bitte?«, keuchte ich, wirbelte herum, kam hoch und taumelte elegant zurück.

»Sarah!«, lächelte Erin.

»Erin!« Ich stürzte mich auf sie und schloss sie in meine Arme.

Mr. Schneider blieb unbeeindruckt.

»Ich bin Sarah, Mr. Schneider.« Ich streckte ihm meine Hand hin. »Freut mich, Sie kennenzulernen. Entschuldigen Sie bitte, ich habe … äh … eine Filmszene einstudiert.«

Er sah überhaupt nicht aus, wie ich ihn mir vorgestellt hatte. Sah gar nicht nach Geistlichem aus. Auf jeden Fall nicht wie die englischen Geistlichen, die ich kennengelernt hatte und die sich am besten mit Begriffen wie »krankhaft fettleibig« charakterisieren lassen. Erins Dad sah gepflegt aus. Sein Haar war eindeutig frisch gefärbt, denn um seinen Haaransatz sah man verschmierte braune Farbe. Er war stärker gebräunt als Jay-Z und trug ein Polohemd. Ohne zu wissen, wer er war, hätte ich gesagt, dass er Golfspieler mit sexuell abweichendem Verhalten ist. Er übersah geflissentlich meine dargebotene Hand, sah Rachel an, als könne er sie nicht recht zuordnen, und wandte sich dann an Erin.

»Wir kommen zu spät.«

Erin schämte sich ob seines ungehobelten Auftretens.

»Wir haben eine Andacht. Dann bis später«, flüsterte sie und glitt davon, um ihren Vater einzuholen.

»Gut, Sarah!«, schwärmte Rachel. »Du hast es fast hingekriegt!«

»Was denn?«

»Dieses Stripteaseding!«

»Aber es war doch eine Parodie!«

»Genau, nachdem wir das jetzt geklärt haben, überlegen wir uns, was du für die Bumsprobe anziehst!«

60

Ich mag den Sommer. Die entsprechende Garderobe hasse ich. Ich, Sarah Sargeant, bin eine Frau der Wintergarderobe. Ich liebe Winterkleidung. Sie gibt dir die Selbstsicherheit von drei Gläsern Glühwein zu einem leckeren Sandwich. Ich liebe meine Stützstrumpfhosen, in denen mein Hintern schätzungsweise um zwei Kleidergrößen schrumpft. Es erfüllt mich mit Zufriedenheit, wenn die Cellulitis meiner Arme unter einem Pullover und einem Mantel sicher verpackt ist. Ich kann mich entspannen, wenn ich mir einen Schal um den Hals wickle und mein Doppelkinn tarne. Ich schlüpfe ganz beruhigt in meine Stiefel, weil ich weiß, dass sie meine Fußballerwaden verstecken. Im Winter kann ich hochhackige Schuhe tragen, um dünner auszusehen. Aber im Sommer? Sommer! Wo stecke ich meine Cellulitisarme hin? Lasse ich die teigigen Hautfalten frei in meinem ärmellosen Oberteil herumschlackern, oder bedecke ich sie mit einem schweißfleckigen Shirt? Und was mache ich mit meinen Hinterbacken? Lasse ich sie unter einem feinen Blümchenkleid herumhoppeln? Der Sommer zwingt mich, zu wenig schmeichelhafter luftiger Kleidung auch noch flache Sandalen zu tragen. Ich wiederhole: flache Sandalen! In flachen Sandalen sehe ich noch pummliger aus – und vom Kunstleder bekomme ich Blasen an den Füßen. Das einzig Gute am Sommer ist, dass man Sonnenbrillen trägt. Eine Sonnenbrille lässt einen nie fett aussehen.

In England kann man glücklicherweise auch den Sommer mit Winterklamotten bestreiten. Ich kann im Juli mit einem Polohemd und Strumpfhosen rausgehen, aber sagen: Als ich das Haus verließ, war's noch richtig frisch. Und die Leute nicken und verstehen das, weil es stimmt. Aber hier in L. A., wo es ständig heißer ist als ein Kuchen, der gerade aus dem Ofen kommt, geht das nicht.

Was sollte ich also anziehen für mein Treffen mit Leo und unsere Probe am Strand? Diese Frage konnte und wollte ich nicht beantworten. Ich konnte nur meinen Kopf zurück unter die Decke stecken und seufzen. Die Entscheidung, was man zu einer Begegnung mit dem ›Attraktivsten Mann des Universums‹ anzog, war für mich an sich schon eine schier unlösbare Aufgabe, ohne der Tatsache Rechnung zu tragen, dass ich mich mit ihm an einem gleißend heißen Strand traf!

Die einzige Lösung war eine Notlüge. Ich musste ihm eine SMS schicken und sagen, ich sei krank. Die Zeitanzeige meines Handys sagte mir, dass ich ihn in zwölf Minuten treffen würde!

»MIST!«

Das warf diesen Plan über den Haufen. Ich hatte kein Problem damit, eine faustdicke Lüge aufzutischen. Aber ich habe eine Klosterschule besucht. Er sollte nicht denken, dass ich unhöflich war. Ich musste ihn treffen. Ich stieg aus dem Bett und sah mein Spiegelbild an.

»NEIN!«

Ich zog meinen Blümchenrock und mein Top aus. Aber dann sah ich mich im Spiegel im Bikini.

»WARUM HAST DU KEINE DIÄT GEMACHT????«, schrie ich mein Spiegelbild an. »Du hattest doch immer vor, abzunehmen, oder? Und dann lässt du dich gleich wieder von Essen ablenken. Jetzt sieh dich an. Und das, obwohl Strandbegegnungen und Stripteaseszenen auf dich warten! DAS WIRD DIR EINE LEHRE SEIN!«

Ich zog ein Maxikleid an.

Nein, das ging gar nicht. Ich würde auf das blöde Ding treten, und außerdem fielen meine Brüste heraus. Ich sah aus wie Lorraine Kelly! Also zog ich das Maxikleid wieder aus. Es war wie bei Britney Backstage. Ich fing zu schwitzen an. Plötzlich verstand ich, warum die Leute in L.A. verschreibungspflichtige Drogen nehmen.

»Noch sieben Minuten!«, keuchte ich.

Meine Haut war gerötet. Ich sah aus, als hätte ich masturbiert. Der Zeiger meines Weckers bewegte sich unablässig weiter. Noch sechs Minuten!

»Los! Entscheide dich, Sarah. Du Idiot«, schrie ich und zwang mich zu atmen.

Es ist egal, sagte ich mir. Er ist hässlich. Und du hast einen wasserdichten Plan, wie du verhindern kannst, das Küssen zu genießen. Den hast du dir zurechtgelegt, als du heute Morgen völlig dehydriert wach wurdest, weißt du noch? Jetzt atme und zieh irgendwelche verdammten Klamotten an, denn du hast nur noch fünf Minuten. ICH SAGTE ATMEN!

Ich zog meine alte abgewetzte, über den Knien abgeschnittene Jeans an, die-mal-kurz-in-Mode-war-als-ich-siebzehn-war-danach-aber-nie-mehr-wieder. Darüber ein weißes T-Shirt, in dem ich einmal geschlafen hatte. Ich setzte mich aufs Bett, um meine ins Fleisch schneidenden Sandalen anzuziehen. Dabei knackte unter meinem Hintern was. Ich zog meine kaputte Sonnenbrille hervor und sagte aus ganzem Herzen »Mist!«

61

Leo Clement machte sich keine Gedanken, was er an diesem Tag tragen sollte. Leo Clement zog nicht in Erwägung, mir einen Text mit den Worten Halsweh und geschwollene Mandeln zu schicken. Er zog einfach ein paar Surfershorts an. Leo ist eben Profi. Obwohl man sagen muss, dass die Surfershorts nicht knapp genug saßen. Sie hingen sehr tief.

Wir übten unseren Text mehrmals. Bis zu dem Punkt, an dem selbst ich, die ich die Aktienmehrheit an Selbstzerfleischung halte, sagen konnte, dass die Szene nicht schlecht war. Den körperlichen Aspekt zu proben, stand nicht zur Diskussion. Kein Lippenkontakt. Seine muskulöse, vom Surfen leicht schwielige gebräunte Hand hatte auch nicht sanft meine Brust berührt. Ich hatte auch noch nicht die Nähe seiner Schenkelmuskulatur, glatt und hart wie stählerne Ciabattas, gespürt. Nichtsdestotrotz hatte mein Mund sehr viel Zeit in der Hotdog-Position offen gestanden.

»Wir müssen es nicht machen, wenn es dir unangenehm ist.«

Er hatte gesprochen. Das war das Verrückte an Leo; er sah umwerfend aus und schien ein wirklich netter junger Mann zu sein, wie meine Mum sagen würde. Aber er sprach, als wäre er müde und hätte sich gerade einen Joint reingezogen, sodass ich nach dem ersten »Hey« abschaltete und nur noch seine Lippenbewegungen verfolgte.

»Entschuldige. Ich war ganz weit weg.«

»Ich habe mich gefragt …«

So wunderschöne Lippen in der Farbe fast reifer Kirschen. Pass auf, Sarah. Ich benahm mich wie ein italienischer Macho. Hör auf damit, Giovanni.

»Wenn du das … äh … du weißt schon, wenn dir das unangenehm ist …«

Ich vermutete, dass er die schlüpfrigen Sachen meinte. Er deutete auf mich und dann auf ihn und das auf eine Weise, die nahelegte, dass er die harten Sachen üben wollte.

»Oh!« Ich begann ebenfalls erst auf ihn und dann auf mich zu zeigen und machte dann eine abstrakte Kreisbewegung, die, wie ich hoffte, deutlich machte, dass wir es krachen lassen sollten. Das ergänzte ich zur Verdeutlichung mit den Worten: »Die … äh … Teile mit dem … äh?«

»Ja.«

Mann.

»Oh. Okay«, quiekste ich.

»Cool.« Er nickte ernst.

»Wenn du es bist. Zur Übung. Ich meine, ich bin cool, wenn du cool bist.«

Im Nachhinein besehen eine lächerliche Bemerkung, denn ich konnte in keiner Bedeutung des Wortes als cool beschrieben werden. Ich verlangte mit allen Poren danach, diesen Mann zu küssen.

Leo beugte sich über mich.

»Bist du bereit?«

Scheiße. Mist. Nein. Mein Plan. Was stand noch mal in meinem Plan? Mir fiel es wieder ein. Nur dass mein Plan jetzt plötzlich gar nicht mehr lustig war. Mein brillanter Plan war auf einmal so verlockend wie eine vegane Diät.

Wenn ich das nächste Mal um vier Uhr morgens wach wurde, um zwei Liter Leitungswasser in mich hineinzukippen und mich dabei für einen Plan entschied, würde ich zugleich an einen Plan B denken.

»Ja.« Ich nickte Leo zu.

Ich brachte meinen Mund in die Schlangenkussposition. Darauf bin ich nicht stolz. Aber das war mein Plan. Wenn ich Leo schon küsste, dann musste ich dafür sorgen, dass es furchtbar wurde. Ich war mit mir übereingekommen, dass ich Simon gegenüber nur dann untreu würde, wenn ich ihn wie Sarah Sargeant küsste. Also würde ich ihn nicht so küssen, wie ich normalerweise küsste. Nicht, dass ich im echten Leben jemals die Chance bekommen hätte, Leo zu küssen, ich meine, möglich wäre es schon, wenn ich Single wäre und es mir irgendwie gelungen wäre, mit ihm zu knutschen, sagen wir in einem Nachtklub in den frühen Morgenstunden, sofern er ein Junggesellenwochenende machte und sich im Umkreis von zehn Kilometern keine andere Frau befand und er die vorangegangenen neunzehn Jahre in einem indischen Ashram verbracht hatte.

Egal, ich gelobte mir, mit ihm so zu knutschen wie meine Rolle als Taylor, die im Küssen nicht sehr gut war, das verlangte. Gott segne sie. Sie küsste wie eine Schlange. Die Lippen fast durchwegs geschlossen, als würde man einen Hintern küssen. Doch viele Leute mögen das so, also wollte ich es auch wiederum nicht zu angenehm machen. Ich würde ganz beiläufig meine Zunge hervorschießen lassen, aber nur, wenn es absolut nötig war. Denn genießen durfte ich es nicht. Ich durfte mich auf keinen Fall mitreißen lassen.

»Also, ich hole dich hier ein und dachte mir, dass ich dein Gesicht etwa so berühren werde.«

Ich verfolgte, wie seine Hand sich auf meine Wange zubewegte. Dann spürte ich seine rauen Finger auf meiner Haut. Er bewegte seinen Kopf, sodass er mit meinem auf einer Höhe war. Und hielt ihn dort. Und sah mich einfach nur an. Er hielt nur mein Gesicht und sah mich an. Er näherte sich mir nicht zu einem meiner erstaunlichen Schlangenküsse. Wir schauten einander einfach an. Wobei ich bei dieser Wir-schauen-uns-an-Übung die besseren Karten hatte. Seine Lippen waren leicht geöffnet. Und ich fand, dass er sehr freundlich aussah. Seine Augen waren blau, stechend und all die anderen beschissenen Worte, die man zur Beschreibung umwerfender Männeraugen benutzt. Aber in erster Linie sah er mich damit freundlich an. Dabei darf man allerdings nicht vergessen, dass meine Menschenkenntnis erbärmlich ist – ich habe Tony Blair nämlich auch mal für einen netten Mann gehalten.

Ich öffnete meine Lippen ebenfalls leicht, was schlecht war, denn für den Schlangenkuss hätten sie fest geschlossen sein müssen. Wir starrten einander an. Es dauerte bereits eine Ewigkeit. Ich hätte gern meine Augen geschlossen. Aber andererseits wollte ich es auch auskosten. Weil es sexy war. Also gut. Sehr sexy. Sagen Sie's bloß nicht Simon, aber dieser Mann hatte die erotische Ausstrahlung einer Dachterrassenbar im Sonnenuntergang, wo er ihr noch einen Drink spendierte.

Unser Atem ging jetzt synchron. Jedes Mal, wenn wir gemeinsam ausatmeten, fühlte sich das an, als würden wir miteinander verschmelzen. Schließlich beugte er sich tiefer, und meine geteilten Lippen öffneten sich, um seine willkommen zu heißen. Wir gaben uns ein paar kurze Küsse, wobei wir gegenseitig die fleischigen Unterlippen erkundeten. Als wir uns küssten, stimmte sogar der Klang. Perfekte kleine Schmatzgeräusche.

Scheeiiße!!! Plötzlich fiel mir der Schlangenkuss wieder ein. Ich presste meine Lippen aufeinander. Leo war überrascht. Er hielt inne und sah mich wieder an. Dann setzte er einen seiner Daumen ein, um meine Lippen nachzuzeichnen, was sehr raffiniert war, denn es bedeutete, dass ich meine Lippen entspannen musste. Denn ich konnte ihn das nicht gut machen lassen und dabei meinen Mund wie einen Schließmuskel zusammenpressen. Nachdem mein Mund wieder entspannt war, küsste er mich wieder wie zuvor, und ich schob meine Hand in sein Haar. Anfangs fühlte es sich etwas komisch an, als würde ich Mädchenhaar liebkosen. Ich dachte an Katy Perry, weil es mir gefiel. Wir küssten uns und hörten dann zu küssen auf und pressten einfach nur unsere Wangen aneinander und atmeten einander in die Ohren. Dann küssten wir weiter. Plötzlich wanderte Leos Hand hinunter zu meinen Brüsten, und alles änderte sich. Er hatte meinen Busen begrapscht. Der dreiste Kerl. Wie hieß er noch mal, Russell Brand? Ich entzog mich ihm spontan, doch peinlicherweise keuchte ich dabei.

»Nein«, sagte ich atemlos.

»Oh, aber es steht doch im Skript …«, begann er.

Und da fiel mir der Film wieder ein, für den wir probten.

62

She's a maniac – *definitiv!*

Du wirst heute ganz hervorragend sein! Nicht vergessen: Denk an Simon!
Du schaffst das schon, Süße!
Rachel!
(Musste ein Ausrufezeichen hinter meinen Namen setzen, weil ich aus irgendeinem blöden Grund angefangen habe, hinter alles Ausrufezeichen zu setzen!!!)
P.S. Ich hätte dich gefragt, ob du Patentante werden möchtest.

Ich hielt Rachels Nachricht in meiner zitternden Hand.

»Bist du empfangsbereit?«, rief Eamonn, als er an meiner Garderobentür klopfte.

»Das kommt drauf an.«

»Wie fühlst du dich? Willst du einen Drink?«, fragte er, wobei er die Tür einen Spalt öffnete und hereinguckte.

»Was hast du denn anzubieten?«

»Ich habe meinen ganz speziellen Flachmann für die Dame, die sich gleich ihrer Kleider entledigen wird, mitgebracht.«

Eamonn trat ein und zog einen silbernen Flachmann aus seiner Gesäßtasche.

»Was ist da drin?«

»Whisky.«

Ich verzog das Gesicht.

»Puh. Ich hasse Whisky.«

Eamonn steckte den Flachmann zurück.

»Warte! Das heißt nicht, dass ich ihn nicht trinken werde!«

Er reichte ihn mir, und ich nahm einen Schluck.

»Iiih!«

Es hörte sich an, als marschierte eine Armee an meiner Garderobe vorbei. Eamonn schnaubte und ging dann zur Tür, um sie zu öffnen.

»Das Ego ist gelandet. Sieh dir diesen Wichser an«, seufzte er.

»Wen?«, fragte ich kichernd, weil Eamonn schon wieder eins dieser Worte gebraucht hatte, die er sonst nie in den Mund nahm – für »Wichser« oder »Arschloch« oder »Schwanz« fand ich ihn darüber hinaus zu alt.

»Dolph-›Ich-bin-meinen-Fans-verpflichtet-Eamonn-ich-kann-diese-Zeile-nicht-sprechen-wo-bleibt-mein-Anwalt?‹-Wax.«

»O mein Gott, er ist da!«, kreischte ich und sprang auf. »Wo ist er?«

»Irgendwo inmitten seiner Clique«, sagte Eamonn und deutete auf einen Haufen flott ausschreitender Leute in schicken Kleidern.

»Wer um Himmels willen sind die?«

»Oh, die Friseure, Köche, Anwälte, Bongotrommler, die braucht Dolph, damit er vor jeder Szene zu seinem inneren Kind findet!«

»Oh, das klingt nach Spaß.«

»Ja, Sarah, es ist zum Schießen«, sagte Eamonn, griff nach seinem Flachmann und genehmigte sich selbst auch einen Schluck. »Vielleicht sollten wir alle mitmachen. Ich hätte auch nichts dagegen, mein inneres Kind zu finden.«

»Nun, Eamonn, bei mir sieht das anders aus, ich kann nicht gut mit Kindern.«

»Du überraschst mich, Sarah, ich dachte, du könntest sehr gut mit Kindern«, sagte er, und ich glaube, er meinte es auch so.

»Danke, Eamonn, danke.«

»Du bist doch selbst so ein großer Kindskopf.«

»Ich hätte wissen müssen, dass das jetzt kommt.«

»Jetzt komm, ich stell dich den Komparsen vor.«

Er nahm mich an der Hand und führte mich aus meiner Garderobe ins Studio.

»Das ist Sarah Sargeant. Die Schauspielerin, die die Taylor spielt und für euch tanzen wird.«

Ich lächelte matt in die Runde, die wie die Besetzung von *Einer flog übers Kuckucksnest* aussah. Sie klatschten alle höflich. Ich machte einen Pseudoknicks.

»Also, das dort im Rollstuhl ist Darren.«

»Hi, Darren«, sagte ich und sah mir den Hundertsiebzig-Kilo-Mann in seinem maßgefertigten Rollstuhl mit einem Kopf wie eine Lammkeule an. Später würde ich um Darrens Kopf meinen Strumpf legen. Ich durfte nur nicht vergessen, dass es bei dieser Aktion um den Kitzel und nicht um Strangulation ging.

»Hallo. Ich habe ein schlimmes Bein. Ich dachte, ich warne Sie lieber, für den Fall, dass Sie auf mich draufsteigen wollen.«

»Oh«, spottete ich. »Ich werde nicht auf Sie draufsteigen. Hatte das jedenfalls nicht vor. Aber ich werde mir Mühe geben, mich nicht allzu sehr mitreißen zu lassen!«

»Also dann, wir werden es mit Musik unterlegen. Kann sein, dass wir das ein paar Mal wiederholen müssen. Hab

Geduld mit uns. Es findet jede Menge Action statt. Leute, die an die Bar gehen und zurückkommen, und dazu haben wir noch einen Kampf eingeplant. Auf dich werden ein paar Kameras gerichtet sein, also mach dein Ding hier in diesem Bereich, wir bewegen uns dann um dich herum.«

»Gut.«

Was hast du heute bei der Arbeit gemacht, Sarah? … Oh, ich habe vor etwa hundert Männern meine sämtlichen Klamotten ausgezogen. … Das ist ja schön, mein Schatz.

Ich holte ein paar Mal tief Luft. Eine Kostümbildnerin kam und überprüfte, ob mein fleischfarbener Body auch gut saß, damit den Leuten meine Schamhaare erspart blieben.

»Wie steht's mit Ihren Nippeln?«, flüsterte sie.

Ich griff in mein Dekolleté, um mich zu vergewissern, dass die an Nikotinpflaster erinnernden Flicken noch drauf waren.

»Ich glaube, sie sind noch da, danke.«

»Braves Mädchen.«

»Leider, Sarah …«, schrie Eamonn. Sehen konnte ich ihn nicht. Ich konnte ohnehin nicht viel sehen, weil mir grelles Scheinwerferlicht in den Augen brannte und jede Menge Trockeneis im Spiel war. »… wirst du für diese Darbietung schon deine Kleider ausziehen müssen.«

»Okay!«

»Oh, Sarahschatz. Wie ich gehört habe, hast du etwas Probleme mit dem Rhythmus. Mach dir keine Gedanken darüber, wenn du nicht im Takt mit der Musik bist. Wir lösen das dann bei der Bearbeitung. Okay?«

Ich ließ mich tatsächlich mitreißen!

»Was meinst du, sollte ich seinen Kopf an meine Brüste drücken?«

Diese Worte sagte ich tatsächlich. Ich setzte all meine weiblichen Reize ein und stand mit hochgerutschtem Kleid gegrätscht über dem Rollstuhl.

»Versuch es!«

Ich packte Darrens Kopf und ließ vor seinem Gesicht meine Brüste wackeln. Meine innere Madonna kam zum Vorschein. Erschreckend!

»Großartig, mach weiter!«, schrie Eamonn.

»Ahhh«, schrie Darren.

»O Scheiße, habe ich Ihr schlimmes Bein erwischt?«

»Meinen Hals.«

»O sorry.«

»Ich leide an Torticollis.«

Das hört sich nach etwas an, das man zu einem Dip isst, finden Sie nicht auch? Ich starrte ahnungslos auf Darren.

»Ahhh.«

Er sah nicht glücklich aus. Sein Kopf stand im Fünfundvierzig-Grad-Winkel. Ich stieg sachte von ihm herunter.

»Tut mir leid.«

»Ich brauche meine Nackenstütze.«

»Äh, Eamonn. Ich glaube, ich habe Darren umgebracht.«

»Okay, entspannt euch, Leute«, rief Eamonn.

Jemand rollte Darren weg, um seine Nackenstütze anzumontieren. Ich stand betreten da und zog meinen Morgenmantel an. Eamonn kam zu mir.

»Es tut mir leid, Eamonn«, flüsterte ich.

Eamonn antwortete nicht. Er sah an mir vorbei und sagte kein Wort. Ich erstarrte. Nie mehr würde Eamonn mit mir arbeiten, und Darren verklagte mich womöglich.

»Eamonn.«

Er ignorierte mich weiter.

»Eamonn! Es tut mir wirklich sehr leid.«

»Ich versuche, nicht zu lachen, Sarah.«

»Oh, okay.«

Darren wurde wieder hereingerollt. Irgendwie war es ihnen gelungen, trotz seines verschobenen Kopfes die Nackenstütze anzumontieren, was ziemlich schwierig gewesen sein dürfte.

»Wie's aussieht, wird es richtig toll werden«, flüsterte Eamonn mit Blick auf Darren.

»Du bist ein echter Mistkerl.«

»So, wir machen weiter. Ohne die Brüste in Darrens Gesicht. Wenn du es vielleicht einrichten könntest, Sarah, diesmal keine Mitglieder der Filmbesetzung zu verletzen, wäre ich dir sehr verbunden. Diesmal lassen wir die Kameras laufen. Noch eins, Sarah: Du kommst diesem Kabel hier gefährlich nahe, wenn du am Ende deiner Vorstellung über den Fußboden kriechst. Ich möchte nicht, dass du beim Aufstehen stolperst. Ich würde die Menge der hier im Studio getragenen Halskrausen gern so gering wie möglich halten. Merk dir, wo es ist.«

Ich sah mir das Kabel an.

»Ich hab's kapiert, Eamonn.« Und fügte dann empört hinzu: »Ich bin Profi.«

»Und AAAACTION!«

Ich hörte die Eröffnungstakte. Ich fing an mit dem

Kopf zu wackeln und um die Bühne herumzuschleichen. Ich nahm Blickkontakt zu den hässlicheren Exemplaren meines Publikums auf. Die hatte ich mir zuvor herausgepickt. Ich wusste um meine Schwierigkeiten vor gut aussehenden Menschen. Und ich hatte herausgefunden, was für mich der Schüssel zu einem erfolgreichen Striptease war: Ich musste so tun, als wär's ein Kinderspiel, musste mir vorstellen, dass Simon da war und mich zum Lächeln brachte, musste mir einreden, ich sei eine voll bekleidete Powerrockerin aus den Achtzigern, und alle Fehler mit einer Achtzigerjahre-Powerrock-Bewegung oder einem Achtzigerjahre-Powerrock-Schmollmund kaschieren.

Hoppla, ein wenig gestolpert. Mach einen Shimmy draus. *Nothing's Gonna Stop Us Now.*

Es machte Spaß. Vielleicht spürte ich tatsächlich den Machtgewinn, von dem Sunflower gesprochen hatte. Obwohl es mir eher so vorkam wie damals, als ich nach fünf Wodka Martinis zu Hause in meinem Wohnzimmer zur Musik von Heart FM getanzt habe.

Als der Zeitpunkt gekommen war, zu dem ich mich selbst betasten musste, als würde keiner zusehen, rief ich meinen Simon herbei. Nicht dass ich mich derart berühren würde, wenn einer zusieht. Dazu ziehe ich nämlich keine High Heels an und streiche mir auch nicht mit meinen Händen über meine Brüste und mache dazu ein Gesicht, als hätte mir ein Hund in den Fuß gebissen.

»O ja, zeig uns deine Bobby Davroes!«, feuerte Simon mich an. Ich warf ihm einen Kuss zu.

Ich zog kokett mein Kleid hoch, kam dabei allerdings auf meinen Absätzen ins Wackeln. Aber ich ließ mich nicht von meiner innigen Powerballade aus dem Takt bringen.

»Wieder stockbesoffen.«

Dafür wurde er verführerisch angeknurrt.

»Zeit, zu Boden zu gehen und diese Pingpongbälle rauszudrücken, Babe.«

Ich drehte mich um und versuchte verführerisch in die Hundestellung zu gehen. Dann drückte ich mich hoch und runter.

»Mist, Babe, der ist in Jays Bier gelandet. Hab ich dir nicht gesagt, dass er vorbeikommt?«

Die Jungs jubelten wie befohlen. Ich setzte meinen Po auf dem Boden auf und schwang herum. Ich zog einen Strumpf aus und kroch auf Darren zu. Ich nahm ihn ins Visier. Er sah aus, als hätte er Schmerzen. Ich konnte doch nicht meinen Strumpf ausziehen und ihn um seine Nackenstütze legen! Das sähe aus, als würde Taylor sich über einen Leidenden lustig machen. Sorry, Darren. Er verspannte sich, als ich mich ihm näherte. Also war ich sehr sanft. Weitere Jubelschreie, als der Strumpf um seinen Hals lag, ohne dass man den Notarzt rufen musste. Dann kehrte ich wieder in die Mitte zurück, um mir alles vom Leib zu reißen und richtig loszulegen. Ich zog mir sämtliche Kleider aus. Ich machte meinen Kriechgang über den Fußboden. Es gelang mir, das Kabel zu umgehen. Ich hatte es geschafft! Ich hatte es verdammt noch mal hingekriegt! Jetzt war ich auf der Zielgeraden. Und brauchte nur noch das Geld bei den Männern abzugreifen.

Von meinem Evaskostüm trennten mich nur noch ein paar Pflaster, ein Paar Schuhe und mein Höschen. Ich hielt den Männern mein Bierglas hin. Wenn sie mir kein Geld gaben, tat ich so, als würde ich mich ärgern. Ich pickte einen Zehndollarschein aus dem Glas und küsste ihn. Mit dem Schein im Mund bewegte ich mich auf die nächste Person zu in der Hoffnung, sie werde noch mal das Gleiche dazulegen. Aber der nächste Kunde war Leo Clement mit schwarzer Perücke. Ich musste mit ihm Blickkontakt halten.

Plötzlich war ich wieder am Strand und küsste ihn. Ich dachte an Simon. Und an dieser Stelle hätte ich Simon am liebsten angeschrien. Ich versuchte, wieder in die Szene zurückzufinden. Es war sonnenklar, dass Leo mir nichts geben würde, also stampfte ich theatralisch auf und ging verärgert weiter. Absolut brillant, Beyoncé. Ich war am Ende. Ich danke dir, Gott. Ich drehte mich um und warf Leo einen letzten finsteren Blick zu, bevor die Musik aufhörte. Ich hob meinen hinteren Fuß an. Er rührte sich nicht. Doch mein vorderer Fuß hatte sich bereits weiterbewegt. Ich versuchte, irgendwo Halt zu finden – unglücklicherweise an Darrens schlimmem Bein. Er schrie auf. Verdammt! Und ehe ich mich versah, lag ich der Länge nach auf der Bühne, das Bierglas zerbrochen, das Geld überall verstreut.

Während ich meinen Kopf in meinen Händen vergrub, hörte ich Eamonn sagen: »Umwerfend, das war umwerfend!«

Ich schaute hoch. Jemand rollte Darren hinaus, und Eamonn stand über mir und schüttelte sich vor Lachen aus.

63

Es gab eine positive und eine negative Seite. Negativ war: Ich hatte mir den Knöchel verstaucht. Positiv jedoch: Ein Privatarzt hatte mir verschreibungspflichtige Medikamente verabreicht. Also denke ich, dass das Positive überwiegt. Ich fühlte mich wie Marilyn.

Es klopfte an meiner Tür.

»Wie geht's dem Knöchel?«

»Geschwollen, aber ich schwebe, also was soll's.«

Ich sah zu, dass das Eis auf meinem Knöchel liegen blieb, und drehte mich dann um, um zu sehen, mit welchem Set-Runner ich jetzt sprach. Teufel noch mal. Es war kein Runner. Es war Dolph Wax, der Star, wie sich inzwischen zweifellos rumgesprochen haben dürfte, jener subtilen philosophischen Meisterwerke des modernen Kinos, der *Absolute-Destruction*-Reihe. Er spielt darin einen Typen namens Baptiste Fury, der jeden umbringt, bevor er unter Geigenklängen ein Baby rettet, dessen Mutter bumst, und sich dann verpisst, um in derselben Folge noch mehr Leute abzuschlachten. Ich dachte, ich erkläre das besser, bevor Sie es mit was Französischem verwechseln.

»Geschwollen … tatsächlich … Ich habe seit Jahren nicht mehr so gelacht. Und lachen tut so gut.«

Ich hätte mir mein Bein brechen können!

»O ja, es geht doch nichts über herzhaftes Lachen.«

»Es ist wie Medizin. Ein Tonikum. Wenn man in diesem Gewerbe nicht lacht …«

»Nehmen Sie verschreibungspflichtige Medikamente?«

Er sah mich scharf an, offenbar hatte ich hier einen empfindlichen Nerv getroffen. Also lächelte ich, woraufhin auch er lächeln musste.

»Oh, ein Scherz. Sie sind lustig.«

»Ich bin ein Brüller.«

»Haben Sie schon erfahren, dass ich für uns alle eine Party ausrichte?«

»Nein.«

»Am nächsten Freitag. Ich möchte, dass wir uns alle auch unabhängig vom Drehgeschehen kennenlernen. Zeit finden, um wirklich miteinander ins Gespräch zu kommen, Erfahrungen auszutauschen. Das ist wie auf einer Reise. Wir geben uns Mühe, unser Ziel zu erreichen, aber …« Hier hielt er der Wirkung halber inne. Ich wartete und fragte mich, welches Chicken-Nugget an Weisheit Dolph nun verkünden würde. »… wir sind alle nur Menschen.« Das sagte er mit einem Kopfnicken und einem Lächeln.

Brillant, Dolph. Ich war mir unsicher, aber das hast du für mich geklärt.

»Stimmt, Dolph. Wir sind alle nur Menschen«, wiederholte ich begeistert.

»Ja, wir sind alle Menschen, und wir müssen innehalten und uns unterwegs erfrischen.«

Dolph hatte zu lachen begonnen. Also vermutete ich, dass dies ein kleiner Versuch war, humorvoll zu sein.

»Ja, wie wahr, wie wahr. Wir sind in der Tat alle nur Menschen.«

Plötzlich hörte er zu lachen auf.

»Sie haben's begriffen«, sagte er ernst.

»Ja, habe ich.«

»Und ich liebe Ihren Akzent.«

»Danke.«

»Toller Akzent.«

»Danke. Ich werd's meiner Mum sagen.«

»Ich mag Sie.«

Und als er das sagte, deutete er mit einem Disco-Schritt-Finger in meine Richtung. Das war großartig. Schmerztabletten, die einen in einen Schwebezustand versetzten und ein wirklich verrückter Hollywoodstar. Ich dachte an Simon. Der hätte Dolph Wax hysterisch gefunden. Das war das erste Mal, dass ich heute an Simon dachte. Abgesehen von dem Striptease, den ich für ihn getanzt hatte. Aber ich hatte nicht meine üblichen fünfundvierzig Gedanken pro Sekunde gehabt, mit dem Tenor: Oh, ich vermisse ihn, oh, ich hab's vermasselt, oh, ich möchte, dass er anruft … Und ich beschloss, den Rest des Tages mehr an ihn zu denken. Ich wollte ihm nicht das Gefühl geben, von ihm abzulassen.

»Sar … Oh, hi, Dolph.«

Es war Leo Clement. Dolph ergriff Leos Hand und schüttelte sie. Leo trug keine Perücke, aber noch immer sein Kostüm. Schwarze enge Jeans, Cowboystiefel, schwarze Lederjacke. Ganz Kurt Cobain. Aber sauber. Und sexy. Nicht zu übersehen. Ein beschissen aussehender Leo wäre zur Abwechslung auch mal ganz nett gewesen.

Mann, Dolph hielt Leos Hand noch immer fest. Das wuchs sich zu einem Fünfzehn-Sekunden-Händeschütteln aus. Als er endlich losließ, legte er eine Hand auf Leos Rücken, aber nicht zum männlichen Rückenklopfen, nein, er tätschelte ihn nur. Es war eigentlich sogar eher ein Streicheln.

»Wie geht es deinem Bein, Sarah?«, erkundigte sich Leo und befreite sich aus der Männerumarmung, um zu mir zu kommen.

»Hm«, ich wollte was Witziges sagen. Vergessen wir witzig, es hätte schon gereicht, wenn ich überhaupt was über die Lippen gebracht hätte. Aber mir fielen keine Worte ein, weil sich mir wieder die Bilder am Strand aufdrängten. »Gut, danke.«

»Ich sehe euch beide dann auf der Party!«, rief Dolph im Gehen.

Leo seufzte.

»Ich glaube, du hast einen Bewunderer.«

»Was?«

»Dolph. Ich glaube, er mag dich.«

Weil ich mich seit Spielplatztagen nicht besonders weiterentwickelt habe, sang ich *I think he likes you*, als wäre ich sieben.

»Das würde ich hier nicht laut äußern«, flüsterte Leo.

»Warum nicht?«

»Laut seiner PR-Agentin, die irgendwo hier in der Nähe ist, ist er ein heterosexueller Hollywoodschauspieler.«

»Ah, ein heterosexueller Hollywoodschauspieler.« Ich nickte. »Einer dieser heterosexuellen Hollywoodschauspieler mit einer Vorliebe für Jungs.«

»Hm. Wirst du mich auf der Party beschützen?«

Ach du liebe Zeit! Die Party stieg am Abend des Tages, an dem Leo und ich unsere Sexszene drehten, und ich hoffte inständig, Leo von da an aus dem Weg gehen zu können. Es war einfach ein wenig zu offenkundig, dass ich ihn schön fand und ihn zu küssen zu den sinnlichsten Erfahrungen gehörte, die ich je gemacht habe. Und ich wollte darüberstehen. Wollte seine plumpe englische Freundin sein. Wollte nicht so sein wie die anderen Mädchen, denen er begegnete. Ich wollte ihn nicht mit offenem Mund anstarren wie eine vom Pech verfolgte Irre. Ich wollte in seiner Nähe so cool wie geschüttelter Martini sein, damit wir Freunde sein und miteinander Spaß haben konnten. Aber das stand völlig außer Frage, denn wenn ich in Leos Nähe war, war ich so cool wie Latex auf nackter Haut.

»Keine Sorge, Leo. Ich werde dich beschützen«, sagte ich.

Und er lächelte. Und ich lächelte. Und wir schauten uns fest in die Augen, und unser Atem begann wieder synchron zu laufen.

Ich wandte mich rasch ab und begann an Simon zu denken.

64

An diesem Nachmittag schlug ich die Zeit in einer Klinik tot, auf Rachel wartend, die weitere Tests wegen ihrer Anämie über sich ergehen lassen musste. Da man in Krankenhäusern unmöglich fröhliche Gedanken haben kann, bewegte sich mein Gedankenkarussell nur in die negative Richtung. Und natürlich machte es auch bei Simon Halt.

Ich versuchte mir vorzustellen, was er machte. Vermutlich rannte er durch die Gegend und versuchte, seine

Viagra-Produkte auszulagern. Und ich wette, dass er für das Baby bereits ein Tottenham-Hotspur-Outfit hatte. Ich sah ihn vor mir, wie er ihren Bauch berührte und dem Hubbel flüsternd Geschichten und Scherze erzählte. Ich musste an die beiden nachts im Bett denken, wobei sie und ihr Hubbel nur ganz wenig Platz für sich beanspruchten und sie leise wie ein geschwängerter Engel schlief.

Ich fragte mich, ob er mit seiner Entscheidung glücklich war. Und ob er an mich dachte, und wenn ja, in welchem Kontext. Ich ging davon aus, dass er, sollte ihm je mein Name über die Lippen kommen, dann nur eingeschlossen zwischen den Wörtern »Albtraum« und »Spinnerin«. Ich fragte mich, ob er inzwischen in der Wohnung gewesen war und seine Sachen abgeholt hatte. Und wenn ja, ob dort jetzt eine Nachricht auf mich wartete? Und was würde darauf stehen?

Und ich fragte mich, ob ich jemals wieder glücklich sein konnte. Meine Selbstachtung war noch nie besonders groß gewesen, aber jetzt fühlte sie sich an, als wäre sie unter der Sohle meines bandagierten Fußes eingeklemmt.

In den Staaten machen sie wirklich alles anständig. Ich war davon ausgegangen, dass man Rachel was verschrieb und sie dann entließ. Aber wir waren mit Sicherheit schon mehrere Stunden im Krankenhaus.

Ich döste ein und wachte erst auf, als ich Rachel und einen Arzt auf mich zukommen sah. Sie sagten nichts. Offenbar hatte ich ihr Kommen gespürt. Rachel wirkte durcheinander. Ihre Augen waren weit geöffnet, und der Blick war abwesend in die Ferne gerichtet. Es enttäuschte mich, dass der Arzt nicht wie George Clooney aussah. Er erinnerte eher an den Schurken von den *Simpsons.* Er war drahtig und ging ein wenig gebeugt, als wollte er einen Tearoom mit niedriger Decke betreten.

»Sind Sie Rachels Freundin?«

»Ja«, sagte ich und erhob mich, »ja, das bin ich.«

»Würde es Ihnen was ausmachen, einen Moment zu uns zu kommen?«

»Nein, natürlich nicht.«

Beim Gehen nahm ich Rachels Hand, wie die Nonnen auf der Schule das immer von uns verlangt hatten. Ich weiß nicht recht, warum ich es tat, aber ich hatte das Gefühl, dass es genau das Richtige war in diesem Moment.

»Also gut«, sagte Mr. Burns. »Es ist eine Anämie, wie vermutet.« Rachel seufzte und fing an, ein wenig zu fluchen. »Jedoch ist die Anämie, wie das oft der Fall ist, Folge eines zugrunde liegenden Gesundheitsproblems. Und in Ihrem Fall können wir froh sein, dass wir darauf aufmerksam wurden. Denn wir müssen schnell handeln.« Was soll dieser blöde Trailer. Komm zum Punkt, Doktor. »Wir haben es hier leider, wie befürchtet, mit Brustkrebs zu tun.«

O nein. Nicht dieser Punkt. Kommen Sie niemals zu diesem Punkt, Doktor. Warum sagte er nichts anderes?

»Meine persönliche Methode, dagegen vorzugehen, wäre eine Mastektomie, die sobald wie möglich erfolgen sollte. Unmittelbar darauf folgt eine Chemotherapie. Es geht darum, eine Streuung in die Lymphknoten und die anderen Organe zu verhindern, sofern nicht bereits geschehen. Mir ist klar, dass das für Sie ein gewaltiger Schock ist, aber auf der positiven Seite steht, dass Sie hier in besten Händen sind.«

Ich sah zu Rachel, sie starrte den Arzt an. Er reagierte darauf mit einem langsamen mitfühlenden Arztkopfnicken. Im Raum war es totenstill, bis ich anfing, geräuschvoll durch meine Nase zu atmen. Mir war danach, auf was einzuschlagen. Rachel war erst zweiunddreißig. Was nicht heißen soll, dass es für Leute, die noch älter sind, nicht auch schlimm ist. Aber sie war erst zweiunddreißig. Und machte jeden Tag Yoga. Es war einfach nicht richtig.

»Scheiße«, sagte ich. »Verzeihung, ich wollte das nicht laut sagen.«

Rachel fing zu lachen an.

»Meine Freundin Sarah findet in jeder Situation die richtigen Worte. Ja. Scheiße. Scheiße. Scheiße. Scheiße …«

Ich glaube, Mr. Burns war ein wenig in Sorge, Rachel würde nie mehr damit aufhören, aber es gelang ihm, den Scheißeschwall zu beenden, indem er sagte: »Bin ganz Ihrer Meinung.«

»Scheiße«, sagte Rachel noch einmal, aber das war's dann.

»Wie schon gesagt, Sie sind hier in besten Händen«, nickte Mr. Burns.

Rachel sah ihn blinzelnd an.

»Nun denn, Tumor-Team, lasst uns diesen Mistkerl bekämpfen«, sagte ich.

Ich zucke noch immer zusammen, wenn ich daran denke, dass ich das tatsächlich gesagt habe.

65

Rachel rief weder Eamonn noch ihre Mum an, und sie vergoss auch keine Träne. Aber sie brach in ein Wutgeheul aus. Etwas Derartiges habe ich noch nicht erlebt. Diese Wut hätte die Stromversorgung des Landes sicherstellen können.

Sie wollte nicht nach Hause. Sie wollte shoppen gehen. Also suchten wir eine edle Kleiderboutique auf. Ich habe mir weder den Namen noch den Ort gemerkt. Sie erinnerte mich an Fenwick, nur dass ich mir bei Fenwick auch ein oder zwei Sachen hätte leisten können. Diese Preise allerdings sprengten jegliches Budget, das ich nie im Leben besessen hatte. Rachel schlenderte durch den Laden, berührte hier und da Designerklamotten und murmelte dazu immer und immer wieder: »Mein blöder Körper, mein blöder Körper, ich habe so sehr darauf geachtet, und was macht er jetzt?«

»Möchtest du irgendwo hingehen und reden, Rachel?«, sprach ich sie leise an, als sie gerade einen Ledergürtel ausrollte, den sie sich um ihre Faust gewickelt hatte.

»Nein, nein. Ich möchte dir ein Geschenk machen!«

»Du brauchst mir kein Geschenk zu machen, Rachel.«

»Lass mich!«

»Nein.«

»Ich werde dir ein Kleid kaufen, das du auf Dolphs Party anziehen kannst.«

»Aber Rachel …«

»Ich habe Krebs, widersprich mir nicht.«

»Oh, ich sehe schon, was uns da erwartet.«

»Genau, besser du gewöhnst dich gleich jetzt daran.«

»Ich werde alles tun, was du willst, nur nicht wieder die Stripteasenummer.«

»Hervorragend, denn ich will kein Mitleid, verstanden?« Sie hielt inne und schluckte, bevor sie fortfuhr: »Bitte. Kein. Mitleid. Wir können uns hin und wieder umarmen. Aber mehr auch nicht. Kein ›arme Rachel‹. Okay? Ist das klar? Kein verdammtes Mitleid.«

»Als ob ich Mitleid mit dir hätte. Du wirst dieses Miststück besiegen.« Ich habe keine Ahnung, woher ich plötzlich diese Hip-Hop-Sprache hatte. »Du hast Krebs. Sieh zu, dass du lebst. Wir schlagen ihn. Wir schlagen ihn zu Brei«, rappte ich. Was sollte man in so einem Fall auch sagen? »Wir schlagen ihn. Wir schlagen ihn zu Brei. Wirklich genial.«

»Probier das an. Und das.«

»Rachel!«

»Mach's einfach!«

Sie warf mir zwei wunderschöne Kleider zu. Eins war aus marineblauer Seide und lang mit Nackenträger und tiefem Rückenausschnitt, das andere war dunkelrot, kürzer, hatte schmale Träger und eine geraffte Taille.

Eine junge Verkäuferin näherte sich uns.

»Wie kommen Sie zurecht?«, erkundigte sie sich in einer besonders hohen Tonlage. »Kann ich Ihnen helfen?«

»Ja«, schnauzte Rachel. »Ich habe Krebs, und meine Freundin hier …«

»Oh, das tut mir aber leid«, sprudelte es aus der Frau heraus.

»Mir tut es nicht leid. Ich bin wütend!«, belferte Rachel sie an.

»Oh.«

»Wir kommen zurecht, danke«, fügte sie hinzu.

»Rufen Sie mich, wenn Sie mich brauchen«, flüsterte die junge Frau und huschte dann davon, um geschäftig ein paar Pullover zusammenzulegen.

Ich schaute mir eins der Kleider genauer an und blieb dabei am Preisschild hängen. Vier Ziffern standen darauf!

»Rachel!«

»Ich habe Krebs«, sagte sie achselzuckend.

»Lass das, Lance!« Das war mein neuer Name für sie, nach Lance Armstrong.

Ich tat wie mir geheißen und ging in eine der Umkleidekabinen. Ich zog mich bis auf meine Primark-Unterwäsche aus und schlüpfte in das marineblaue Kleid. Als ich aus der Umkleide kam, saß Rachel in einem großen Sessel vor mir, den Kopf in den Händen. Ich beobachtete sie ein paar Sekunden lang.

»Auf ganz unmitleidige Weise habe ich mich nur gefragt, ob du okay bist«, sprach ich sie sanft an.

»Auf wirklich nicht in Selbstmitleid badende Weise, ich weiß nicht«, antwortete sie, ihr Gesicht weiter in ihren Händen vergrabend.

»Möchtest du vielleicht eine wirklich mitleidfreie Umarmung?«

»Ja, aber bitte ganz sanft auf dieser Brustseite, denn das ist qualvoll.« Sie blickte hoch. »Sarah! O mein Gott. Das muss ich dir kaufen. Du siehst … wunderschön aus.«

Sie erhob sich. Ich öffnete meine Arme und wir umarmten uns sanft. Wir verweilten lange in dieser Position. Ich glaubte, Rachel »Ich danke dir« in mein Haar sagen zu hören, aber ich erwiderte nichts darauf und hörte auch von ihr nichts mehr. Dann kam ein Song aus den Lautsprechern, der sich anhörte, als würde der Sänger singen »Fuck the pain away«, was uns zum Lachen brachte. Und ich sagte dann mit komischer Stimme: »Würde ich nicht tun«, worauf sie noch mal »Ich danke dir« sagte und dies mit so belegter Stimme, dass ich sie einfach noch eine Weile festhielt.

»So, jetzt lass uns das Kleid bezahlen, danach möchte ich mit dir in den Buchladen«, sagte sie schließlich.

»Buchladen. Wozu?«

»Ich möchte dir ein Buch kaufen. Es trägt den Titel: *Hol dir die Liebe deines Lebens zurück*.

66

Dieser Tag veränderte alles. Ich begann, andere Dinge zu tun. Seltsame Dinge. Das erste dieser Art am folgenden Tag. Ich ging mit einem Paket unterm Arm zum Postamt von Santa Monica. Es war ein helles, luftiges Gebäude, in dem es ganz ruhig zuging, ganz anders als im Postamt von Camden, wo es schon mal eine Schlange gab, die aus der Tür raus bis hoch zur Camden High Street führte. Was ich beeindruckend fand, denn es war drinnen so groß wie ein Medienmarkt, und wir hatten noch nicht mal Weihnachten. Ich fand Spaß daran, die anderen in der Schlange Wartenden damit zu ärgern, dass ich Vermutungen anstellte, welcher der Schalter wohl als Nächster frei wurde und verkündete dann vor dem automatischen Ansagesystem: »Schalter Nummer 7, bitte«. So leicht kann man mir eine Freude machen.

Wenn man ein Päckchen mit der Post verschickt, erwartet der Empfänger gemeinhin etwas Erfreuliches. Er denkt: Ach, wie wunderbar, ein Päckchen. Jemand denkt an mich und hat mir ein Geschenk gekauft, und wenn er es dann aufreißt, ruft er: Oh, das wäre doch nicht nötig gewesen! Das ist aber nett. In diesem Fall jedoch rechnete ich damit, dass die Empfänger, wenn sie es öffneten, die Gesichter verzögen und dann traurig sagten: O Scheiße.

Womit ich nicht den Eindruck der Grausamkeit erwecken möchte. Mein Päckchen wurde mit einer Warnung verschickt. Ich hatte ein handgeschriebenes Post-it draufgeklebt, auf dem stand: Es tut mir leid. Ich bin ein Idiot. Aber ich musste es tun, was ich unter den gegebenen Umständen sehr prägnant fand. Das Päckchen war für Simon. Für meinen Simon. Es war verdammt schwer, ihn nicht mehr als meinen Simon zu sehen. Er war nicht mehr mein Simon. Er war der von Ruth. Und indem ich dieses Päckchen schickte, gab ich ihn frei. Hoffte ich. In diesem Päckchen befanden sich alle mit Simon in Verbindung stehenden Kleinigkeiten, die ich besaß, und eine Notiz. Ich hielt also in Luftpolsterfolie eingewickelt Folgendes in der Hand: die Zeitungsanzeige für den Workshop *Wie man aufhört ein verrückter Freak zu sein*, den Umschlag des Buches *The Secret* (das ganze Buch zu schicken, wäre zu teuer geworden, und ich war mir auch nicht sicher, ob die hungernde Bedienung es nicht zurückhaben wollte), den Umschlag des Buches *Hol dir die Liebe deines Lebens zurück*, Ruths Packung Verhütungsmittel, das Nacktfoto von Ruth mit der »Komm-rein-

und-mach-die-Beine-breit«-Notiz, komplett mit Tesafilm auf der Rückseite, und folgende Nachricht:

Lieber Simon,
gleich vorweg, es tut mir leid. Es tut mir sehr leid. Leid, dass ich nicht die Person war, die ich Deiner Vorstellung nach in unserer Beziehung hätte sein sollen. Ich war eine verrückte Frau. Wenn es irgendeinen Trost gibt, dann den, dass ich mich so verrückt aufführte, weil ich unbedingt die richtige Frau für Dich sein wollte.
Ich finde Dich umwerfend. Du bist wie Sonnenschein in Wales oder ein Lichtstrahl, wenn die Birne kaputt ist. Du bist unvergleichlich, und ich danke Dir für die Jahre, in denen ich Dich als meinen Freund hatte. Denn im Moment vermisse ich Dich wirklich sehr als meinen Freund. Aber ich hoffe, Du bist glücklich. Ich hoffe, Ruth ist glücklich. Ich hoffe, der Fötus ist gesund. Und das meine ich ernst.
Was ich Dir also wünschen möchte, ist viel Glück.
Ich wünsche Dir alles Gute. Und ich werde mich jetzt davonmachen.
Ich werde aufhören, Dir SMS zu schicken, an denen ich übrigens drei Stunden sitze, um zu überlegen, wie ich sie formuliere und an welcher Stelle ich am besten einen Fehler einbaue. Ich werde damit aufhören, mir kleine Kinder in der Hoffnung gefügig zu machen, eines Tages eine gute Stiefmutter zu sein (was nicht bedeuten soll, dass ich vorhabe, grausam zu ihnen zu sein, aber ich werde aufhören, mich auf sie einzustellen und meine Yogi-Bär-Vorstellungen zu geben). Ich werde aufhören, Geld und Zeit darauf zu verschwenden, mir auszuden-

ken, wie ich alles wiedergutmachen kann. Denn ich kann es nicht. Ich akzeptiere Deine Entscheidung. Ich möchte, dass Du voranschreiten kannst. Ich wünsche Dir alles Gute und hoffe mehr als alles andere, dass wir eines Tages wieder Freunde sein können.
Sollte es Dich verwundern, warum ich Dir das jetzt schreibe – der Grund ist, dass Rachel Bird an Krebs erkrankt ist, was Du aber bitte für Dich behältst, weil es sonst keiner weiß. Es ist Brustkrebs. Und sie wollte, obwohl sie gerade erst diese schreckliche Diagnose erfahren hatte, mit mir shoppen gehen. Sie wollte mir ein hübsches Kleid kaufen, damit ich hübsch aussehe, obwohl ich mich nicht gerade toll fühle. Und sie wollte mir ein Buch mit dem Titel Hol dir die Liebe deines Lebens zurück *kaufen, was, wie Du vermutlich schon anhand des Umschlags feststellen wirst, ein unglaublich teurer Haufen dummes Zeug ist. Und ich war einerseits froh, dass sie etwas hatte, womit sie sich ablenken konnte, schämte mich aber andererseits, dass ich mich weigerte, einen Typen loszulassen, der eindeutig kein Interesse an mir hat. Aber wenn es Dir ein Trost ist, dann sollst Du wissen, dass Rachel und ich uns sehr nahegekommen sind, was vielleicht nicht der Fall gewesen wäre, wenn Du mich nicht so brutal hättest sitzen lassen (Scherz!!!). Nein, wenn wir nicht viele Stunden und Martinis damit zugebracht hätten, uns auszudenken, wie ich Dich dazu bringen kann, mich zu lieben. Ach nee! Frauen!*
So, das wär's. Entschuldigungen über Entschuldigungen. Pass gut auf Dich auf, Gussett, denn Du bist wirklich etwas ganz Besonderes.
SS. X

Der Schalterbeamte lächelte. »Der Nächste bitte!«, sagte er.

67

Es war sehr still am Set. Normalerweise laufen an die hundert Leute mit einem Walkie-Talkie, einem Kabel oder einem Ziel herum. Für diese »delikate« Szene wollte Eamonn jedoch eine kleinere Crew. Die Crew mag ja klein und sensibel gewesen sein, aber ich war dennoch angespannt. Ich war so angespannt, dass Gordon Brown neben mir ausgesehen hätte wie auf Opium. Da es jedoch im Wesentlichen eine Vergewaltigungsszene war, wurde von mir nicht erwartet, entspannt zu sein. Auch Leo wirkte nervös. Attraktiver als Brad Pitt in *Thelma und Louise*, aber nervös. Wir saßen nebeneinander und warteten darauf, dass Eamonn uns Anweisungen für unsere erste Einstellung gab.

»Musst du auch Schutzunterwäsche tragen?«, fragte ich Leo.

Damit hatte ich das Eis brechen wollen, aber da eine Maskenbildnerin kicherte, hörte es sich vielleicht doch suggestiver an, als es gemeint war. So wie sie lachte, hätte ich genauso gut sagen können: Hi, ich bin Sarah, ich habe keinen Würgereflex.

»Ich habe eine Art …« Er hielt seine Hand so, als würde er einen imaginären Penis halten. Die Maskenbildnerin und ich zuckten mit keiner Wimper. »Eine Art …«, er bewegte seine hohle Hand vor und zurück, während er nach dem richtigen Wort suchte, »... eine Art ... es ist eine Art Socken über meinem Penis.«

Also, ich war mir ziemlich sicher, dass Leo mit einem Penis ausgestattet war, aber nachdem er es jetzt auch noch bestätigt hatte, wurde mir doch ein wenig heiß. Er bestätigte, dass er einen hatte, simulierte seine Ausmaße und erklärte uns, er habe eine Socke darüber. Ich grinste die Maskenbildnerin an. Sie errötete. Ich glaube, wir hätten es beide gut gefunden, diese Information ungestört unter vier Augen verarbeiten zu können.

»Gut, gut, gut. Wie geht es euch beiden?«, sagte Eamonn, der in seine Hände klatschte und sich unter dem pavillonartigen Zelt, das hinter dem Gebüsch stand, wo wir drehen würden, zu uns gesellte. Es war acht Uhr abends und bereits sehr dunkel. Mir war ein wenig kalt, und deshalb trug ich eine Steppjacke über meinem Kostüm. Wir nickten beide. »Es wird alles gut. Da ihr jetzt eure Positionen kennt, werden wir einfach drehen. Vergesst, dass die Kameras laufen. Meiner Erfahrung nach findet man bei Szenen dieser Art immer bei den ersten Einstellungen die besten Ergebnisse, wenn nicht sogar schon bei der Generalprobe. Deshalb werden wir sie auch ständig bei laufender Kamera wiederholen, bis wir genügend Material haben. Ehrlich gesagt weiß ich selbst noch nicht genau, was ich von dieser Szene erwarte, also erteile ich die Anweisungen, während wir dran sind. Ich habe das Filmmaterial von der Stripteaseszene gesehen, und wir haben einen ganz grandiosen Augenblick zwischen euch beiden eingefangen, kurz bevor Sarah zu Boden ging und einen Komparsen krankenhausreif verletzte.« Er lachte.

»Bastard.«

»Dieser Blick ist sehr aussagekräftig. Wie auch immer, ihr dürft das nicht als eine Vergewaltigungsszene sehen. Es ist einvernehmlicher Sex, und erst der Ekel, den du, Leo, empfindest, nachdem du mit dieser Stripperin geschlafen hast, bringt dich dazu, sie umzubringen …«

»Oh, besten Dank.«

»Du bringst sie um. Klinisch, sauber, schnell. Sie mochte dich, sie hat sich Hals über Kopf in dich verliebt. In ganz wörtlichem Sinn.«

»Genau, Eamonn, koste diesen Scherz nur ja bis zum Letzten aus.«

»Diese Geschichte wird in meine Memoiren eingehen, Sarah.«

»Oh«, sagte ich hocherfreut, dass ich in seinen Memoiren erwähnt werden würde.

»Also, viel Spaß«, sagte er.

Wir nahmen unsere Positionen ein. Ich zog meine Jacke aus und versteckte mich im Gebüsch. Es war ein komisches Gefühl. Und ich glaube nicht, dass dieses komische Gefühl sehr professionell war. Ich, Sarah Sargeant, freute mich darauf, Leo wieder zu küssen. Wenn man eine Szene dreht, versucht man sich normalerweise in die Rolle, die man spielt, hineinzuversetzen. Man versucht, die eigenen Gedanken zu vergessen und jemand anderer zu werden. Aber in diesem Moment hatte ich wirklich keine Vorstellung davon, was meine Filmfigur dachte. Ich wünschte mir nichts weiter, als dass Leo meine Wange mit seiner Hand umschloss und wir einander ansahen und gemeinsam atmeten. Mir blieb plötzlich die Luft weg. Er würde meine Wange mit derselben Hand umschließen, die eben noch seinen Penis umschlossen hatte! Daran sieht man, dass meine Einbildungskraft gerade mit mir durchging. Und zwar definitiv nicht dahin, wo sie hätte sein sollen.

Was ist los mit mir?, dachte ich. Ich hatte eine Klosterschule besucht. Mir kam in den Sinn, dass dies womöglich mein sexueller Zenit war. Vielleicht war ich in eben dieser Sekunde am sexuellen Höhepunkt meines Lebens angekommen. Es tröstete mich, dass es der Maskenbildnerin genauso ergangen war. Und wenn ich nun schon meinen sexuellen Zenit erreicht hatte, dann konnte ich ihn genauso gut genießen. Wenn man die letzten vier Jahre zum Maßstab nahm, war dies vermutlich die einzige Aktion, die mir beschieden war, während ich auf meinem Zenit war.

»Nehmt jetzt eure Positionen ein und probiert es aus«, sagte Eamonn.

Die Szene nahm bei mir ihren Anfang. Ich saß in einer Hecke und spionierte das Haus aus, wie man das so macht, als plötzlich Leo neben mir auftauchte. Man erkennt daran, dass es sich um einen Psychothriller handelte. Ich wusste, dass ich verfolgt wurde, aber ich ging davon aus, dass es der Mann war, der in diesem Haus wohnte. Deshalb saß ich auch in der Hecke. Er spionierte mir jedoch nicht nach. Er spionierte vier anderen Frauen nach. Die Figur, die von Leo gespielt wurde, war hinter mir her. Er sollte mir also zu dieser Hecke folgen, mich verführen und ermorden. Dann sollte Erin meine Leiche finden. Sie spielte die Tochter des anderen Stalkers, deckte am Ende alles auf und wurde zur Heldin.

Man machte ein paar Aufnahmen von mir, wie ich aufs

Haus schaute und Langeweile vortäuschte. Dann änderten die Kameras ihre Position, damit wir zu Leos Auftritt übergehen konnten.

Langsam kam Leo ins Bild. Ich hielt ihn für den Stalker. Ich griff nach meiner Waffe. Ja! Ich hatte eine Waffe! Aber zum Glück hielt ich sie nicht lange, weil ich Waffen nicht ausstehen kann. Ich sah, dass es Leo war, den ich aus der Stripteasebar kannte. Ich schaute verängstigt drein.

»Ich weiß«, flüsterte Leo auf eine Weise, die keinerlei Verdacht in mir schürte, er könnte ein Mörder sein. »Ich bin hier, um dir zu helfen.«

Ich zögerte, dann ließ ich meine Waffe sinken und lächelte. Wir richteten beide unsere Blicke auf das Haus. Dann änderte Leo langsam, ganz langsam seine Blickrichtung und sah nicht mehr das Haus, sondern mich an. Ich wusste nicht, warum. Das Haus wäre hübscher gewesen. Aber langsam drehte auch ich meinen Kopf und nahm Blickkontakt zu Leo auf. Jetzt kam der Teil, der Spaß machte. Wir sahen einander an. Hielten dem Blick stand. Ich war bereits beim »Ich-möchte-von-dir-gebumst-werden«-Atmen und mir nicht sicher, ob ich dabei schauspielerte. Seine Hand lag auf meiner Wange. Es war wieder wie am Strand. Er berührte meine Lippen mit seinem Daumen.

Es ging heftiger zur Sache, als wir es einstudiert hatten, aber ich beklagte mich nicht. Er zog mich an sich. Mein Kleid rutschte hoch. Ich weiß, ich würde mich auch nicht mit einem Kleid in einer Hecke verschanzen, aber das hier war Hollywood. Wir küssten uns. Viel drängender als am Strand. Er berührte bereits meine Brüste. Leo

Clement berührte meine Brustwarzen, und wir wurden dabei gefilmt. Ich stöhnte. Das war jetzt geschauspielert. Gewissermaßen. Ich hoffte nur, dass meine Eltern sich nie diesen Film ansahen. Leo war wirklich gut. Er agierte wie ein Besessener. Er bewegte sich auf mich drauf und tat so, als würde er dort unten alles klarmachen. Dann drückte er mich nieder.

Ich glaubte, eine Erektion zu spüren! Leo Clement oder seine Rolle hatten eine Erektion. Ich spürte sie auf meinem Oberschenkel. Jetzt zerdrückte er mich. Total-Frottage. Ich versuchte die Sache etwas zu entschleunigen, indem ich ihn ein wenig von mir wegschob, aber er hielt mich unten und imitierte einen sehr guten Orgasmus. Ich lächelte ihn traumverloren an und zauste ihm sein Haar. Aber er drückte gewaltsam meine Hand nach unten und griff nach meiner Waffe.

»Schnitt.«

Leo berührte mein Gesicht. Ich sah ihn an. Er hielt meinem Blick stand. Was machten wir da? Wir waren doch im Film.

»Habe ich dir wehgetan?«, flüsterte er mir zu.

Ich schüttelte meinen Kopf. Ich zog mein Kleid nach unten und stand auf. Nur weg von diesem Mann.

War es eine Erektion? Und wenn ja, ist das normal? Ich meine, wenn Keira Knightley in *Abbitte* mit James McAvoy fummelt, kriegt er dann auch einen Steifen? Darüber hatte ich bisher noch nicht nachgedacht. War auch nie nötig gewesen. Es sprach doch Einiges dafür, die Zofe in Lustspielen oder eine Verkäuferin in der Nebenrolle zu spielen. Bei »Ihr Tee, Ma'am« oder »Das macht dann drei Pfund« spielen Genitalien keine Rolle.

»Ganz hervorragend!«, schrie Eamonn. »Ganz, ganz hervorragend.«

68

Dolph Wax wohnte natürlich am Mulholland Drive. Ich ließ den Taxifahrer anhalten und bat ihn, ein Foto von mir neben dem Straßenschild zu machen. Das war für Facebook bestimmt. Na ja, Dolph sagte, er wohne dort, aber ich glaube, er hat uns da was vorgemacht, und es war in Wirklichkeit ein Museum für moderne Kunst. In seinem Haus befanden sich keine Dinge, wie man sie normalerweise in Häusern antrifft, etwa ein Sofa oder ein Fernseher oder ein Bereich hinter der Eingangstür, wo sich die Schuhe türmen. Er hatte überhaupt nicht viel da drin stehen. Außer er hatte alles versteckt, weil er glaubte, wir würden was mitgehen lassen, was eine durchaus vernünftige Idee wäre, denn ich hätte gern ein Souvenir als Mitbringsel für Julia gehabt. Die paar Dinge, die er besaß, waren klausicher und seltsam. Er besaß Sessel, die waren so hoch, dass man nur mit Räuberleiter in sie hineingefunden hätte, außerdem waren sie aus Plastik. Ein Plastikstuhl im Wohnzimmer? Da wäre ein elektrischer Stuhl noch passender.

An den Wänden in Dolphs Haus hingen Bilder, und die Wände sahen zwar aus wie Wände, waren in Wirklichkeit aber Schränke. Die merkwürdigste Innengestaltung hatte jedoch der Raum, in dem nur ein Tisch stand. Ein

Tisch, aber keine Stühle. Ich sah das und sagte: »Sie haben uns nicht gesagt, dass wir unsere eigenen Stühle mitbringen sollen, Dolph.«

Ich hatte immer gedacht, bei einer Begegnung mit einem A-Promi aus Hollywood vor Verlegenheit kein Wort über die Lippen zu bringen. Bei Dolph war das nicht so. Das könnte daran gelegen haben, dass *Absolute Destruction* der Welt in etwa so guttat wie ein Genozid. Aber Dolph schien an meiner Bemerkung über den Tisch keinen Anstoß zu nehmen. Er sah mich einfach nur an und meinte, ich sei ja wieder lustig. Offenbar hatte der Tisch mal James Dean gehört, weshalb ihn auch keiner anfassen durfte.

»Schnell leben, jung sterben. Aber Hände weg vom Mobiliar«, sagte ich. Und auch darauf erfolgte keine Reaktion von Dolph. Was aber daran lag, dass er es gar nicht mitkriegte. Denn er war viel zu sehr damit beschäftigt, sich an Leos Hintern zu weiden. Giovanni musste ruhiggestellt werden. Aber ich war bereit, jedem die Stirn zu bieten, für den Leos Hintern kein Hingucker war. Denn Leo Clement trug einen Anzug – es war sogar mehr als ein Anzug. Die Hose saß eng – denn Dolph und ich starrten darauf, als Leo sich bückte, um unter den Tisch zu schauen –, sein weißes Hemd brachte seine Surferbräune hervorragend zur Geltung, er trug eine schmale schwarze Krawatte und, das war das Beste von allem, eine Weste. Ich liebe es, wenn Männer Westen tragen. Leo hatte sein Jackett ausgezogen und die Hemdsärmel hochgerollt. Und seine Schuhe waren cremefarben. Ich weiß! Cremefarbene Schuhe. Du liebe Güte!

»Ich würde Ihnen gern meine Bibliothek zeigen, Leo.«

Leos Augen schossen zu mir. Dolph hatte Leo und mich durchs Haus geführt, während die anderen Gäste draußen waren. Offensichtlich war es mir nicht gestattet, die Bibliothek zu sehen. Ein wissendes Lächeln umspielte Leos Lippen. Ich zog meine Augenbrauen hoch.

»Hier geht's lang, Leo, es wird Ihnen gefallen«, sagte Dolph mit Nachdruck und streckte seinen Arm aus, damit Leo ihm folgte.

Ich gab vor, fasziniert eins der Gemälde zu betrachten, während sie den Raum verließen. Dann warf ich einen kurzen Blick in meine Tasche auf mein Handy. Noch keine Nachricht von Rachel. Sie und Eamonn waren nicht gekommen. Die beiden verbrachten einen ruhigen Abend unter dem Vorwand miteinander, einen Geldgeber aufzusuchen, denn Eamonn meinte, lieber äße er rohe Leber, als seine Freizeit mit Dolph-›der-jeden-Regisseur-in-den-Wahnsinn-treibt‹-Wax zu verbringen. Und Rachel hatte vor, an diesem Abend mit Eamonn zu reden.

»Sarah, komm und sieh dir die Bibliothek an!«

Leo tauchte in der Tür zur Bibliothek auf. Er zog ein Gesicht wie ein Gejagter in Großeinstellung.

»Brauchst du mich zu deiner Rettung?«, flüsterte ich.

»Bitte.«

Und während er dieses Wort in Lippensprache formulierte, hellte sich sein Gesicht auf. Er sah so umwerfend aus, dass ich natürlich zu ihm ging, um mir mit ihm die Bibliothek anzuschauen. Ich würde mit ihm auch ein Unkraut bestaunen. Ich fragte mich, ob das Männern genauso ging. Wenn wir Frauen sagen: Warum geht er denn mit der aus, die hat doch gar keine Persönlichkeit, ist der

Mann dann derart hingerissen, dass die schöne Frau nur zu rülpsen brauchte und schon tanzte er? Denn so fühlte ich mich im Moment.

Leo legte seine Hand auf meinen Arm, als ich in den Raum geflitzt kam. Ich trug das marineblaue Kleid, und seine Haut berührte meine. Dolph stand in der Bibliothek. Es war keine Bibliothek im Sinne eines Raums mit vielen Büchern darin. Die Bibliothek sah fast genauso aus wie die anderen kahlen Räume. Sie hatte vier weiße Wände, doch an einer lagen ein paar gebundene Bücher auf ein paar Regalen. In einem Lebensmittelmarkt fände man mehr Bücher. Ich hätte Dolph die fehlenden Stühle im anderen Raum verziehen, hätte er hier in seiner Bibliothek einen Sessel mit dem Komfort eines Betts versteckt gehabt. Hatte er aber nicht. Einen Stuhl hatte er schon, das muss man ihm lassen. Natürlich, denn man möchte sich ja schließlich mit einem Buch bequem hinsetzen können. Nur dass man sich in Dolphs Haus mit einem guten Buch auf einem Hocker zurücklegen musste. Einem Hocker? Ich überlegte, ihm demnächst einen Möbelkatalog durch seinen Briefschlitz zu schieben.

Dolph stand gereizt neben dem Hocker und hielt ein großes schweres und offenbar wunderschön illustriertes Buch mit dem Titel *The Art of Zen* in seinen Händen. Er hatte nur Augen für Leo.

»Das ist für Sie«, sagte er.

Seine Mundwinkel falteten sich angespannt. Dolph könnte ein Schlangenküsser sein.

»Dolph, das kann ich doch nicht annehmen.«

»Ich möchte, dass Sie das bekommen.« Seine Stimme wurde lauter.

»Dolph.«

»Ich mag Sie, Leo. Ich möchte Ihnen dieses Buch schenken.« Ich erwog, mich freiwillig bereitzuerklären, das Buch zu nehmen, denn es sah hübsch aus. Aber ich tat es nicht, denn das lag sicherlich nicht in Dolphs Absicht. Leo öffnete seinen Mund und schüttelte dann seinen Kopf. »Daran ist nichts Anrüchiges«, sagte Dolph und schaffte es ganz hervorragend, seine eigenen Worte zu widerlegen.

»Aber ich werde es nicht lesen. Ich lese nicht, Mann. Ich meine, ich lese schon, manchmal. Aber behalten Sie es.«

Dolphs Nackenmuskeln spannten sich an, als würde er ein Klavier hochheben. Er schien etwas schrecklich Destruktives sagen zu wollen, schritt aber stattdessen aus der kärglich bestückten Bibliothek und murmelte: »Ich muss mich um meine anderen Gäste kümmern.«

»Es ist doch unglaublich, dass er dieses Zen-Buch hergeben wollte. Ich würde das behalten, wenn ich Dolph wäre«, sagte ich, als Dolph gegangen war.

Ich bekam keine Antwort von Leo, er lächelte mich nur an und hielt dabei den Kopf schräg.

»Dein Kleid gefällt mir«, sagte er und kam auf mich zu, um seine Hände um meine Hüfte zu legen. Er schob seine Finger unter die Seide meines Kleides mit dem tiefen Rückenausschnitt, sodass sie die fleischigeren Teile über meinem noch fleischigeren Hintern berührten. »Du siehst wunderschön aus.«

Moment mal. Da stimmte was nicht. Das lag noch nicht mal im Einzugsbereich der Wahrheit. Ich weiß, wie Schönheit aussieht, und das hat nichts mit mir zu tun. Träumte ich? Leo Clement ist umwerfend. Er übertraf alles. Während ich im Mittelfeld mitschwamm, im unteren Mittelfeld, wenn man berücksichtigte, dass die Mädchen offenbar immer jünger und hübscher wurden. Als England mal das Glück einer beispiellosen Schönwetterfront zuteilwurde, erkrankte ich an einer bakteriellen Darminfektion und schaffte es für kurze Zeit mal ein Stück weiter nach oben. Aber es hielt nicht an, weil ich danach wieder zunahm.

»Du Spinner.«

»Darf ich dich bitte küssen, Sarah Sargeant?«, bat er.

»Hhm … äh …«, konnte ich gerade noch sagen, bevor er seine Lippen auf meine legte.

Aber es war nur ein einziger sanfter Kuss auf den Mund. Ohne Zungeneinsatz, denn er nahm mich an der Hand und führte mich zurück in das Esszimmer ohne Stühle.

»Komm und sieh dir das an«, sagte er, ging in die Knie und betrachtete die Unterseite des Tisches.

»Spinner«, sagte ich wieder, raffte mein Kleid und hockte mich auf den Boden.

Leo lag unter dem James-Dean-Tisch.

»Komm her, leg dich neben mich.«

Ich legte mich auf den Teppich und schaute die Unterseite des Tisches an. Darauf stand etwas geschrieben. Jemand hatte etwas ins Holz geschnitzt.

»Wow. Was steht da?«

»Da steht«, begann Leo und legte seinen Arm um mich, sodass ich mich an seiner Schulter anlehnen konnte, »da steht: Träume, als würdest du ewig leben. Lebe, als würdest du heute sterben.«

»Ich hoffe nur, dass James Dean das geschrieben hat und nicht Dolph.«

Wir lagen da und schauten hinauf. Ich dachte an Rachel und wurde traurig. Doch ich wusste aus ganzem Herzen, mir Rachels Beifall sicher sein zu können, wenn sie erfuhr, dass ich in meinem blauen Kleid, das sie für mich gekauft hatte, mit Leo Clement unter dem Tisch von James Dean lag. Und ich war mir auch ganz sicher, dass Leo von mir geküsst werden wollte. Und dann beugte ich mich über ihn und küsste ihn.

»Ich liebe es, dich zu küssen«, murmelte er.

»Leo?«

Eine weibliche Stimme rief in den Raum. Wir hörten zu küssen auf. Leo legte mir seinen Finger leicht auf meine Lippen, damit ich keinen Lärm machte. Ich hätte seinen Finger geküsst, wenn er nicht versehentlich im gleichen Moment meinen schlimmen Knöchel angestoßen hätte. Ich stöhnte auf.

»Hallo, hallo?« Die Frauenstimme kam näher, dann tauchte das tadellos geschminkte Gesicht von Palmer, Leos PR-Agentin, unter dem Tisch auf. »Oh!« Es schien sie zu überraschen, uns dort unten zu sehen. »Ich gehe, Leo«, sagte sie langsam, *mich* ansehend.

Wir lauschten ihren sich entfernenden Schritten. Dann legte Leo seine Lippen zurück auf meine.

Wir küssten uns lange. Wir küssten uns, bis es ihm gelang, mich auf sich zu ziehen, und ich mir meinen Kopf anschlug und wir zu lachen anfingen. Da erst bemerkten wir das Fußpaar neben uns im Esszimmer.

Wir hörten zu kichern auf, als wir Dolph Wax' unmissverständliche Stimme sagen hörten. »Ich möchte, dass Sie beide jetzt bitte gehen.«

69

Leo Clement nahm mich mit nach Malibu in sein baufälliges Haus am Strand. Ich hätte jedoch nicht sagen können, wo genau es war, weil wir den ganzen Weg dorthin knutschten. Es war, als hätten wir uns ineinander verhakt, und wie wild versucht, uns voneinander zu befreien, bevor uns jemand erwischte. Und der Genuss war weitaus größer als damals als Teenager, als so etwas öfter mal passierte.

»Whisky?«, fragte Leo mich, als wir ankamen.

Ich nickte. Es schien angemessen. Whisky war eindeutig das Getränk der Wahl, wenn man sexuelle Handlungen plante.

»Komm mit nach draußen«, sagte er. Ich humpelte auf die Glastüren zu, aber Leo packte mich und warf mich über seine Schulter.

»Lass das! Ich werde dir deinen Hals brechen!«, kreischte ich.

Er ging hinaus auf die Terrasse. Ich kopfüber über seiner Schulter und übermütig auf seinen Rücken einschlagend. Er legte mich sanft in einem großen Schaukelsitz ab und verschwand dann wieder im Haus. Ich sah mich um. Stufen führten hinunter zum Strand. Ich konnte die Wellen hören. Es klang wie Autoverkehr. Der Hund rollte sich zu meinen Füßen zusammen. Das alles erinnerte mich ein wenig an das Ende von *Beaches*, aber daran wollte ich lieber nicht denken. Ich hoffte, dass es Rachel gut ging. Ich hoffte, dass sie es Eamonn erzählt hatte und er sie in seinen Armen barg und an sich drückte.

Leo tauchte wieder auf, warf mir einen Kapuzenpulli zu und setzte sich dann neben mich. Ich steckte Arme und Kopf durch den Kapuzenpulli, und als mein Kopf wieder zum Vorschein kam, war Leos Gesicht vor mir, lächelnd und bereit, mich zu küssen. Er legte seinen Arm um mich und wir lehnten uns zurück und schauten hinaus in die schwarze Nacht und lauschten dem Meer.

»Der schönste Platz der Welt«, sagte er.

»Hm. Da könntest du Recht haben.«

Das war schon genug Konversation. Wir küssten uns wieder. Meine Lippen waren bereits rot und geschwollen. Seine Hände glitten über meinen Rücken und noch ein Stück weiter. Er hob mich wieder hoch. Ich betete zu Gott, dass er sich keinen Bruch zuzog. Er küsste mich noch immer. O mein Gott, er trug mich in sein Schlafzimmer. Sex. Wir würden Sex haben. Natürlich, warum verdammt wären wir sonst in sein Haus gefahren. Ich würde Sex mit Leo Clement haben!

Er schaltete in einem großen Zimmer eine Lampe an. Ich sah ein riesiges Bett und ein Gemälde vom Meer mit einem Surfer darauf. Er legte mich vorsichtig aufs Bett und küsste mich zärtlich. Dann stand er über mir. Ich sah zu, wie er seine Weste auszog, seine Krawatte löste und sein Hemd aufknöpfte. Und ich weiß, dass ich dieses Bild als Fantasievorstellung mein ganzes Leben lang mit mir herumtragen werde. Es war die Großaufnahme seiner Brust, und mein Atem ging, als wäre ich gerade zehn Meter gerannt. Er zog mich hoch zum Sitzen und streifte mir den Kapuzenpulli über den Kopf. Ohne dass ich es mitbekam, löste er dann die Träger meines Kleides und wir küssten uns mit nackten Oberkörpern. An diesem

Punkt ging mein Atem, als wäre ich gerade fünfzig Meter gerannt. Es bestand die Gefahr, dass ich Seitenstechen bekam. Er erhob sich. Weil ich Klosterschülerin war, bedeckte ich mit einer Hand meine Brüste. Er ließ seine Hose fallen und zog sie dann ganz aus. Er trug enge graue Shortys. Und hatte eine Erektion. Verdammt, hundert Meter! Die Wahrscheinlichkeit, ohnmächtig zu werden, war groß.

Leo betrachtete mich in meinem Slip. Ich hielt noch immer meine Hände vor der Brust. Er löste sie vorsichtig und begann meine Brüste zu liebkosen. Ich war gerade einen Kilometer gerannt. Jetzt bedeckte er meinen ganzen Körper mit Küssen. O Mann, er kam immer tiefer. Cunnilingus! Mein Slip wurde ausgezogen. Ich hoffte, Keith Richards war nicht nachgewachsen. Aber dann fiel mir das Herzchen wieder ein. Das hatte sich da unten ganz verheerend ausgewachsen. Es war Simons Herzchen. Plötzlich schaltete mein Kopf von Marvin Gayes *Let's Get it On* zu Britney Spears' *Toxic* um.

»Leo?«

Er hörte nicht auf.

»Leo«, flüsterte ich und schüttelte ihn.

»Was ist?« Er schaute hoch.

Er hatte gerötete Wangen und sah so sexy aus, und er befand sich zwischen meinen Beinen. Es wäre aber sicher nicht gut angekommen, wenn ich ihn gefragt hätte, ob ich ein Foto machen durfte.

»Es tut mir wirklich leid. Ich kann das nicht«, flüsterte ich.

»Hey«, sagte er freundlich, kam auf Augenhöhe zu mir und legte sich neben mich aufs Bett.

»Es tut mir so leid.«

»Hey«, sagte er und strich mein Haar zurück.

»Ich bin so jämmerlich.«

Und dann musste ich traurig an die vergeudete Erektion denken. Vielleicht konnte ich es ja doch. Ich schaute in Leos Gesicht. Aber ich wollte ihn nicht einmal mehr küssen. Ich fühlte mich wie nach einem Marathon und wollte nur noch ins Bett.

»War ich zu voreilig?«

»Nein«, sagte ich kopfschüttelnd. »Ich wollte ja eigentlich. Und ich habe deine Küsse genossen.«

Er nickte und streichelte meine Wange.

»Wir können das ganz behutsam angehen. Ich mag dich, Sarah.«

»Ich habe mich gerade von jemandem gegen meinen Willen trennen müssen und bin deshalb noch ganz wirr im Kopf.«

»Baby«, flüsterte er und küsste mich auf die Nase und lächelte ein trauriges kleines Lächeln. Er zog die Decke über uns und wickelte uns darin ein. Dann schmuste er mit mir, und es war schön, aber ich wünschte mir, es wäre Simon gewesen. Der verdammte Simon. Er hatte alles ruiniert.

»Leo?«

»Hm.«

»Wenn es dir ein Trost ist, ich denke, der Sex wäre umwerfend gewesen.«

70

Ich wurde am nächsten Morgen vom Klingeln eines Handys wach. Simon! Ich begann mit meinem Arm um mich zu schlagen, um meinen Nachttisch zu erreichen. Wo war der Tisch geblieben?

»Aua«, sagte eine Männerstimme.

Es war Leo. Ich erinnerte mich, dass ich bei Leo war. Mir war, als hätte mir jemand ins Gesicht geschlagen.

Leo sprang aus dem Bett. Es war sein Handy.

»Palmer!«, sagte er gähnend. »Mist! Ich habe verschlafen. Okay, bin schon unterwegs. Sagen Sie denen, dass ich in zwanzig Minuten da sein werde. Sorry.«

Leo setzte sich aufs Bett.

»Mist. Das war meine PR-Agentin. Ich komme zu spät zu einem Interview.« Er streichelte meinen nackten Rücken. »Wie geht es dir, meine Hübsche?«

»Okay.«

»Was hat dieser Kerl dir Schlimmes getan?«

»Er … ist zu seiner Exfreundin zurückgekehrt.«

»Verdammter Mistkerl.«

Ich lächelte. Leo sprang auf und zog die zerknautschten Klamotten vom Vortag an.

»Nimm dir, was du brauchst, Sarah. Geh duschen. Mach einen Strandspaziergang. Bei mir kann es eine Weile dauern. Brauchst du Geld für ein Taxi zurück zum Hotel?«

Ich schüttelte den Kopf.

»Danke, Leo. Danke, dass du so nett warst. Und es tut mir leid wegen … du weißt schon …«

»Nein, mir tut es leid. Ich war zu voreilig.«

Ich brauchte an diesem Tag weder zu strippen noch zu drehen, noch Sprechunterricht zu nehmen. Ich war frei. Aber ich wünschte mir im Moment nichts sehnlicher, als allein zu sein. Ich blieb noch eine Weile liegen und dachte über meine Dummheit nach. Ich hätte Sex mit Leo Clement haben können. Wenn ich schon keinen Sex mit Leo Clement haben konnte, dann bestand keine Chance, jemals wieder Sex zu haben.

Ich stand auf und suchte meine Kleider zusammen. Ich fand das Badezimmer. Es war altmodisch. Eine Badewanne mit Beinen stand in der Mitte, rundherum lagen Surfmagazine. Ich ging aufs Klo. Als ich fertig war, zog ich an der altmodischen Kette. Ich musste ein paar Mal ziehen, bis sie funktionierte. Ich schaute in die Toilettenschüssel, als das Wasser endlich floss, aber es hatte sich nichts getan. Meine AUSSCHEIDUNGEN hatten sich nicht vom Fleck gerührt. Ich zog wieder an der Kette, als der Spülkasten sich erneut gefüllt hatte, aber es tat sich immer noch nichts. Das konnte ich unmöglich ignorieren. Nach einem erneuten Versuch, der zu keinem Ergebnis führte, außer einer kleinen Panikattacke meinerseits, rief ich Julia an.

»Weißt du, was man macht, wenn man seine Hinterlassenschaften im Klo nicht hinuntergespült kriegt?«

Julia lachte.

»Wo bist du?«

»In Leo Clements Haus.«

»O verdammter Mist, das wollte ich dir die ganze Zeit schon erzählen. Leo Clement schreibt eine Kolumne in dieser Zeitschrift, die Carlos immer liest.«

»Leo Clement schreibt eine Kolumne? Das kann nicht sein. Wie heißt die Zeitschrift denn?«

»*Nads.*«

»Toll.«

»Ja, ist wahnsinnig komisch, geht im Grunde eigentlich nur darum, wen er küsst und so.«

Mir wurde kalt.

»WAS?«

»Oh. Mein. Gott. Hast du mit ihm gevögelt?«

»Nein, nein!«

»Hast du ihm einen geblasen?«

»Jules! Nein. Aber wir waren nackt.«

Sie lachte wieder.

»Das ist überhaupt nicht lustig. Ich konnte nicht mit ihm poppen, weil ich scheinbar frigide bin, und jetzt kann ich in seinem Klo nicht abspülen, und er schreibt in einem Männermagazin über sein Sexleben! MIR IST ES BITTER ERNST, JULIA. HÖR AUF ZU LACHEN!«

»Tut mir leid, Sare.«

»Jules! Wenn du nicht gleich zu lachen aufhörst, werde ich dir das nie verzeihen. Das ist sehr ernst. Du musst mir helfen, diese widerlichen Exkremente zu entsorgen!«

»Okay. Okay. Geh in die Küche und sieh nach, ob du eine Plastiktüte findest.«

»O nein! O bitte, nein. Das hast du nicht gesagt.«

»Wenn sie sich nicht runterspülen lassen, bleibt dir nichts anderes übrig.«

»Hast du das schon mal gemacht?«

»Nein!«

Ich ging in die Küche. Öffnete ein paar Schubladen.

Stellte erleichtert fest, dass selbst erfolgreiche Models eine Schublade voll leerer Tüten in ihrer Küche haben.

»Hab eine.«

»Okay, jetzt geh's an.«

»Gut.«

»Leg das Handy vorher ab. Du willst doch nicht, dass es reinfällt, oder? Ich bleib in der Leitung.«

Ich hielt die Luft an und tat wie mir geheißen.

»Igitt, ist das eklig!«

»Stopf die Tüte einfach in eine zweite Tüte. Du schaffst das schon! Ich leg jetzt auf. Aber wir skypen gleich.«

»Danke, Jules!«

Ich war okay. Cool. Gefasst. Ich kehrte in die Küche zurück und nahm sämtliche Plastiktüten aus der Schublade. Ich schaute mich im Strandhaus um. Es war gemütlich. Leo hatte sogar einen kleinen Kräutergarten vor dem Küchenfenster. Ich entdeckte einen Stift und einen alten Umschlag. Ich begann, eine Nachricht für Leo zu verfassen.

Lieber Leo,

Was sollte ich nur schreiben? Tut mir leid, es war ein völliger Schock. Gib mir ein paar Monate, dann würde ich gern noch mal versuchen, mit dir zu vögeln, solange du nichts darüber in *Nads* schreibst. Mir ist übrigens etwas Furchtbares in deinem Badezimmer passiert.

Ich hoffe, dein Interview lief gut. Ich kehre jetzt in mein Hotel zurück. Bis bald. Danke, dass du letzte Nacht so verständnisvoll warst.
Sarah

Kuss oder kein Kuss? Ich entschied mich für kein Kuss. Meine Lippen ertrugen keine weiteren Lustbekundungen mehr.

Ich ließ die Nachricht auf der Küchenanrichte zurück. Ich nahm die Plastiktüte mit meinem Aa und stopfte sie in zehn weitere Plastiktüten. Dann klingelte mein Handy. Es lag auf dem Küchentisch. Gut, dass es klingelte, sonst hätte ich es vergessen. Dann hätte Simon angerufen und Leo wäre rangegangen. Doch er hätte ihn vermutlich einen verdammten Mistkerl geheißen, was gar nicht so schlecht gewesen wäre. Nur dass Simon dich nicht angerufen hätte, Sarah, du Närrin. Und es war auch nicht er am Handy. Es war Rachel Bird. Ich legte mein Plastiktütenpaket neben die Notiz auf der Anrichte ab und ging ran.

»Hey, Rachel.«

»Wo bist du?«

»In Malibu.«

»Ah. O mein Gott. Mit Leo. War es schön?«

»Hm … nein, es war ganz schrecklich. Wie geht es dir denn?«

»Ich hab's ihm nicht gesagt.«

»Aha.«

»Hast du Zeit auf ein Schwätzchen?«

»Natürlich«, sagte ich, ging zurück in Leos Zimmer und überprüfte, ob ich nichts vergessen hatte.

»Ich werde Eamonn verlassen.«

»Nein, Rachel, nein, bitte tu das nicht«, sagte ich, ging hinaus und schloss rasch Leos Eingangstür hinter mir.

Rachel begann zu schluchzen.

»Es ist das Beste.«

»Rachel, er möchte doch …«

»Bist du noch da, Sarah?«

Ich drehte mich um zu Leos Haus. Die Tür war zu. Ich hatte das Aa auf seiner Küchenanrichte zurückgelassen.

»Sarah?«

71

Ich beschloss, auf Leos Rückkehr zu warten, damit ich die Plastiktüte holen konnte. Es war jedoch der heißeste Tag, den ich je in Kalifornien erlebt hatte, und ich war nicht eingecremt. Der einzige Ort, an dem ich der Sonne entkommen konnte, war die große Hecke entlang seiner Kieseinfahrt. Schätzungsweise vier Stunden saß ich in dieser Hecke.

Der Akku meines Handys hatte seinen Geist aufgegeben, doch es war mir noch gelungen, Rachel Bird zu überreden, Eamonn nicht zu verlassen, also war es die Sache wert. Ich war lediglich in Sorge, dass Simon mir eine Nachricht hinterlassen haben könnte. Das war alles so dumm und frustrierend. Ich seufzte laut und vernehmlich.

»Hallo«, sagte eine Stimme.

Ich spähte aus der Hecke. Es war ein Lieferant. Ich hoffte, er hatte nicht vor, mich in der Hecke umzubringen.

»Hallo.«

»Was machen Sie da drin?«

»Ich warte auf Leo.«

»In einer Hecke?«

»Es ist der einzige Platz im Schatten.«

»Woher kommen Sie?«

»England.«

Er sah mich lange an und ging dann mitsamt dem Paket wieder dorthin, wo er hergekommen war.

»Bye«, schrie ich ihm hinterher, weil ich freundlich sein wollte.

Ich versuchte, es mir in meiner Hecke bequem zu machen. Was das wohl für ein doofes Interview war? NASA? Ich hörte einen Wagen vorfahren. Endlich. Ich kroch aus meiner Hecke heraus.

»Nicht bewegen, Ma'am.«

Ich blickte hoch. Vor mir stand ein amerikanischer Streifenwagen. Der Polizist, der mit mir sprach, machte keinen sehr freundlichen Eindruck, neben ihm hätte Tony Soprano klein ausgesehen.

»Hallo«, quiekste ich.

Die Position, in der mich befand, war denkbar unangenehm, denn ich kniete im Kies. Ein zweiter Polizist stieg aus dem Fahrzeug. Er war jünger. Er erinnerte mich ein wenig an den Stripperpolizisten, den ich für Julia zu ihrem achtzehnten Geburtstag hatte kommen lassen. Auch er sah mürrisch aus. Ich bewegte mich, weil meine Knie wehtaten. Der Stripperbulle holte seine Waffe raus!

»Nicht bewegen, Ma'am!«

Es war schrecklich. Wenn er mich erschoss, konnte ich das Aa nicht holen.

»Ich glaube, meine Knie bluten.«

»Was machen Sie hier in der Hecke, Ma'am?«

»Ich versuche nur, vor der Sonne zu flüchten. Ich warte auf den Mann, der hier wohnt.«

»Woher kommen Sie?«

»Aus England.«

»Nicht mein Ding«, sagte der Stripperbulle mit der Waffe in einem fürchterlichen englischen Akzent.

»Hm.« Ich versuchte zu lächeln.

»Zeigen Sie mir Ihren Pass.«

Ich befand mich in einer verdammten Hecke!

»Den habe ich nicht bei mir.«

»Wo wohnen Sie?«

»Im Shutters.«

Stripperbulle stieß einen Pfiff aus.

»Ja, es ist sehr angenehm dort. Kann ich empfehlen.«

»Eine Waffe ist auf Sie gerichtet. Also stehen Sie ganz langsam auf.«

»Autsch, danke.«

»Wir werden Sie zu Ihrem Hotel zurückfahren.«

»Nein.«

»Sie müssen dem Gesetz Folge leisten, Lady.«

»Ich weiß, aber ich brauche ganz dringend etwas aus seinem Haus.«

»Was ist das, Lady?«

Aa! Eine verdammt große Tüte voller Aa!

»Was für Mädchen, was ich dort vergessen habe.«

Ich hörte einen Wagen kommen. Bitte, lieber Gott, lass es Leo sein, betete ich, und nicht die Spezialeinheit. Danke, lieber Gott. Es war Leo, der in einem alten Kombi mit einem Surfbrett auf dem Dach vorgefahren kam. Er stieg aus. Er trug einen halb geschlossenen Neoprenanzug.

»Officers.«

»Kennen Sie diese Dame?«

»Ja.«

Der Hund zockelte zur Hecke, in der ich bis eben gesessen hatte, und pinkelte dort ausgiebig. Und ich hatte noch gedacht, dass sich der Boden dort feucht anfühlte.

»Wie heißt sie?«

»Sarah Sargeant.«

»Wo wohnt sie?«

»In diesem Hotel am Strand, im Shutters.«

Tony Soprano nickte bedächtig.

»Was gibt es für ein Problem?«

»Wie bekamen einen Anruf, dass eine verdächtige Engländerin in einer Hecke vor Ihrem Haus herumschreit.«

»Sie ist eine Freundin von mir.«

»Dann tut es mir leid, Sie belästigt zu haben.«

Sie fuhren davon. Ich sah Leo an.

»Ich habe drin was vergessen. Und deshalb auf dich gewartet.«

»Entschuldige, Sarah. Ich war surfen. Ich dusche nur kurz, dann fahre ich dich zurück.«

72

Als wir das Hotel erreichten, stieg Leo mit aus und begleitete mich vom Wagen bis ins Foyer. Sein Arm lag um meine Taille, und ich lehnte mich an ihn, um meinen verletzten Fuß so wenig wie möglich zu belasten. Eins meiner Knie blutete wegen der Hockstellung im Kies vor den Polizisten. Deshalb hatte ich mein Kleid zusammengerafft, das Blut sollte nicht mit dem Stoff in Berührung kommen. Leo trug die Schuhe, die ich am Abend getragen hatte. Ich hielt die Plastiktüte. Nicht zum ersten Mal in meinem Leben war ich ein peinlicher Anblick. Aber diesmal war es besonders schlimm.

Im Foyer fand eine Party statt. Jede Menge Leute waren dort versammelt und machten Rabatz. Ich hielt meinen Kopf an Leos Brust gedrückt, weil ich keinen sehen wollte.

»Sarah!«

Es waren Erin und ihr Dad und viele andere. Da ich keine Hand freihatte, winkte ich ihr mit meiner kleinen Aa-Tüte zu.

»Soll ich dich hier allein lassen oder dir nach oben helfen?«, flüsterte Leo mir ins Ohr.

»Würde es dir was ausmachen, mich nach oben zu begleiten?«

»Nein, nein …«

Erin löste sich aus ihrer Gruppe und näherte sich uns, als wir versuchten, uns zum Lift durchzuschlängeln.

»Mein Vater hatte gestern Geburtstag. Meine ganze Familie kam zum Feiern. Sie brechen gerade nach New York auf. Ich möchte sie dir vorstellen.«

Wir drehten uns um und lächelten die Fremden an, von denen sie sprach.

»Schön, Sie alle kennenzulernen«, sagte ich.

Leo nickte.

Erin machte die Runde und stellte sie uns alle persönlich vor. Ich nahm meine Tüte in die andere Hand, damit ich allen die Hände schütteln konnte.

»Es war reizend, Sie alle kennenzulernen. Noch alles Gute nachträglich zum Geburtstag, Mr. Schneider«, sagte ich, als ich glaubte, dass es nicht mehr unhöflich war, aufzubrechen.

»O Sarah!«, rief Erin.

»Ja, meine Liebe?«

»Würde es einem von euch was ausmachen, ein Foto von uns allen zu machen?«

»Nein«, sagte Leo.

»Natürlich nicht«, fügte ich hinzu.

»Hier, Sarah, mach du das, du hast die gleiche Kamera.«

Ich nahm Erins Kamera. Sie scharten sich zu einem merkwürdig aussehenden Haufen zusammen. Leo bot an, mir die Tragetüte abzunehmen, damit ich meine Hände freihätte. Ich lehnte ab.

»Also. Alle sagen ›Lesbierin!‹«, schrie ich.

Die Antwort war ein Raunen wie in der Kirche. Es würde ihnen leidtun.

»Oh. Na ja … sagt mal alle ›cheese!‹«

Sie sagten alle cheese und machten einen verstörten Eindruck. Ich machte ein Foto zum Beweis. Dann versuchte ich, sie so wie auf einem spleenigen Schulsportfoto zu arrangieren. Und war gerade dabei, Erins Großvater zu erklären, dass er sich hinter Erin stellen sollte, da er sechzig Zentimeter größer war als sie, als ich etwas erspähte. Es war eine vertraute Gestalt, die sich in rasanter Geschwindigkeit durch das Foyer meines Hotels bewegte. Ich war mir nicht ganz sicher. Aber sie sah aus wie mein Simon.

»Es tut mir sehr leid, entschuldigen Sie bitte …«, sagte

ich zu Erin und ihrer Familie, ohne meinen Blick von der Gestalt abzuwenden, die schon fast durch den Hoteleingang war. Ich lief hinterher.

»Aua!«, kreischte ich.

Ich hatte vergessen, dass ich einen verletzten Knöchel hatte.

»Sarah!«, rief Leo und eilte an meine Seite.

Aber ich humpelte von ihm weg.

»Ich glaube, ich habe jemanden gesehen«, murmelte ich.

Ich dürfte ein erschreckender Anblick gewesen sein: Ohne BH und mit wippenden Brüsten, ungewaschen in den Klamotten des letzten Abends humpelte ich durch das Foyer des Luxushotels. Aber das war mir völlig egal. Ich erreichte die Doppeltüren. Und da sah ich ihn. Es war Simon. Mein Simon. Er wollte gerade in ein gelbes Taxi steigen.

»Simon!«, schrie ich.

Normalerweise habe ich die Stimmgewalt eines Fregattvogels, aber dieses »Simon«, dieses überaus wichtige »Simon« erreichte kaum die Kraft einer Mücke. Er hörte mich nicht. Oder wenn doch, drehte er sich nicht zu mir um.

»Simon!«, versuchte ich es noch mal. Seine Hand lag bereits auf der Taxitür. »SIMON!« Ich sah ihn die Tür öffnen. Ich konnte ihn nicht gehen lassen. »SIMON!«

Diesmal schrie ich noch lauter und rannte auf das Taxi zu. Wieder vergaß ich meinen verstauchten Knöchel und landete dazu unglücklicherweise der Länge nach auf dem Gehweg. Es war eine Katastrophe. Ich fluchte, so laut ich konnte. Und Simon schaute zu mir. Er lächelte nicht. Er schickte auch nicht den Taxifahrer weg. Er richtete einfach nur seinen Blick auf mich, die ich da am Boden lag.

»Was machst du hier?«, rief ich ihm zu.

Eine berechtigte Frage.

»Ich hatte hier beruflich zu tun.«

»Können wir einen Kaffee trinken gehen?« Simon sah mich in meinem Kleid vom Abend zuvor mit aufgeschürften Knien auf dem Boden liegen und bedachte mich mit einem Blick grenzenloser Verachtung. »Ja?«

»Nein, Sare, lass es gut sein.«

»Simon! Du hast mich verlassen, um mit Ruth zusammen zu sein.«

»Es ist nicht mein Baby.«

»Was?«

»Na ja, es könnte meins sein. Wenngleich ich das bezweifle. Aber Ruth war auch mit ihrem Chef von der Arbeit zusammen, also könnte es auch seins sein. Dieses Foto und die Notiz zu dem Sexspielchen, das hatte nichts mit mir zu tun. Wenn er oder sie da ist, wird es einen Vaterschaftstest geben.«

»O Simon, das tut mir leid.«

»Ja.« Er nickte. »Und sie konnte Kinder kriegen. Sie wollte nur keine mit mir.«

»Oh.«

»Das wollte ich dir nur sagen, mehr nicht. Ich hätte nicht herkommen sollen.«

»Nein, nein, Simon, bitte, lass uns reden, lass uns einen Kaffee trinken.«

Plötzlich veränderten sich Simons Körpersprache und sein Ton. Er sagte: »Wir sehen uns, Sarah Sargeant«, und stieg in das Taxi.

Ich drehte mich um und sah Leo Clement auf mich zukommen.

»Könntest du mir bitte aufhelfen, Leo?«, flehte ich ihn an.

Leo begleitete mich zum Aufzug und ging dann. Ich war erleichtert, denn ich hatte einen Plan. Ich würde mich der Tüte mit dem Aa entledigen, mich umziehen und dann zum Flughafen fahren. Ich hatte zwar keine Ahnung, wo ich Simon dort finden konnte. Aber es war einen letzten Versuch wert.

Sobald ich aus dem Lift kam, sah ich einen Abfalleimer. Ich hätte ihn küssen können. Tat es aber nicht.

»Du bist ein wunderbares Ding«, sagte ich und ließ die Tüte hineinfallen.

»Was machst du da, Sarah?«

Es war Rachel Bird. Sie lehnte an der Tür zu meinem Hotelzimmer. Sie trug eine Baseballkappe und Shorts und saß auf einer sehr großen Tasche. Ich starrte sie an. Ihre Augen waren rot und verheult.

»O nein, du hast es getan«, sagte ich leise.

»Hab ich«, erwiderte sie.

»O Rachel.«

»Kann ich bei dir bleiben?«

»Natürlich.«

»Können wir Burger und Martinis bestellen?«

»Also, ich wollte eigentlich ...«, begann ich, schaute dann aber in ihr trauriges kleines Gesicht und überlegte es mir anders. »Gut, wir lassen uns bringen, was du willst.«

73

Also kam ich nie zum Flughafen. Nicht dass ich nicht gewollt hätte. Aber Rachel war in einer der schwersten Stunden ihres Lebens zu mir gekommen, und ich konnte nicht einfach abhauen, wenn sie mich brauchte.

Wir aßen einen Burger und tranken einen Martini und redeten. Dann duschte ich mich, ausgenommen meinen bandagierten Knöchel, und als ich damit fertig war, schlief Rachel tief und fest. Auf der Grundlage vorangegangener Erfahrungen hätte ich mich eigentlich neben sie aufs Bett setzen und über die Simon-Situation grübeln sollen, bevor ich mit Julia skypte. Ich tat jedoch nichts dergleichen. Ich ließ Rachel eine Nachricht, ein Glas Wasser und einen Schlüssel auf dem Nachttisch zurück und humpelte aus dem Zimmer. Ich ging nach nebenan und klopfte.

Erin machte auf.

»Sarah, hey.«

»Hallo, Erin, du hast nicht zufällig Zeit? Ich habe dich nie zu diesem Milchshake eingeladen und ein schlechtes Gewissen deswegen.«

»O nein, ich habe keine Zeit, wir müssen jetzt gleich los zu einem Gebetstreffen.«

»Oh.«

»Komm doch mit.«

Und ich wollte erwidern »O nein, das ist nicht das Richtige für mich«, sagte stattdessen aber: »Na gut, aber ich werde humpeln müssen.«

Es mag seltsam klingen, dass ich mich dafür entschied,

zu einem Gebetstreffen zu humpeln, anstatt dem Mann hinterherzujagen, den ich liebte. Die Wahrheit war: Ich hatte Angst. Ich wollte für Rachel das Beste. Aber ich wusste nicht, was das Beste war. Ich wusste nur, dass dazu bestimmt keine große dramatische Szene mit Simon gehörte.

Also humpelte ich die zwei Häuserblocks neben Erin und ihrem Vater zu dem an ein Gemeindezentrum erinnernden Ort, wo sie eine ihrer zahlreichen Andachten abhielten. Und dort blieb mir nichts anderes übrig, als Stühle im Kreis aufzustellen und einen Strauß Tulpen in einer von Erin mitgebrachten Vase in die Mitte zu stellen.

Ein Paar Ende dreißig traf als Erste ein. Er war ein Hüne von einem Mann mit großem Kinn, das ihm eselsartige Züge verlieh, sie war rundlich und sah sehr nett aus. Sie lächelten mich an und gaben mir die Hand, bevor sie Platz nahmen. Erin und ihr Vater begrüßten sie überaus warmherzig. Dann kam eine ältere Frau, die am Stock ging. Sie sah nicht gut aus und ließ sich auf den ersten Stuhl fallen, an dem sie vorbeikam. Als Mr. Schneider begann, waren wir insgesamt zu siebt.

»Einen schönen Nachmittag und herzlich willkommen. Wir haben uns heute versammelt, um mit- und füreinander zu beten. Wir bringen unsere Gebete Gott in dem Wissen dar, dass der große Mann immer zuhört. Und wir bekommen Kraft und Freude voneinander. Nun wollen wir mit euch beiden beginnen«, sagte er und deutete dabei auf das Paar.

Die beiden erklärten, dass sie seit Jahren versuchten, ein Kind zu bekommen, dann sprach Mr. Schneider ein

Gebet. Danach erzählte die ältere Dame, sie hieße Flo, sie habe Krebs und wünsche sich, dass wir darum beteten, sie möge noch sechs Monate durchhalten, um an der Hochzeit ihres Lieblingsenkelsohns teilnehmen zu können. Ich bat die Anwesenden, für meine Freundin zu beten, bei der man gerade Krebs diagnostiziert hatte. Und ich bat sie darum zu beten, dass ich ihr in dieser Zeit die beste Freundin sein konnte.

Alles in allem war es vermutlich der deprimierendste Nachmittag meines Lebens. Am Ende der Andacht stand ich auf und bedankte mich bei Mr. Schneider.

»Das mit Ihrer Freundin tut mir leid.«

»Ja, das ist wirklich zu dumm, aber ich bin mir sicher, dass sie den Krebs besiegen wird«, erwiderte ich.

Flo hatte sich zu uns gesellt und ging sofort auf meine Bemerkung ein.

»Reden Sie bloß nicht ständig positiv auf sie ein, das wird ihr nicht gefallen.«

»Wie bitte?«

»Es ist wirklich ärgerlich, wenn man ständig hört: ›Oh, du wirst ihn besiegen.‹ Da möchte man schreien: ›Vielleicht aber auch nicht, ich bin nicht Lance Armstrong.‹«

»Oh«, sagte ich. Ich hakte im Geiste all die unvernünftigen Dinge ab, die ich bereits zu Rachel gesagt hatte. Diese »Lass-uns-den-Mistkerl-besiegen«-Sprüche und »Kopf-hoch-Lance«-Kommentare. »Und was soll ich stattdessen sagen?«

»Nun, trivialisieren sollten Sie es auch nicht.«

»Genau«, sagte ich. Und dabei lief wie ein Endlosband dieser lächerliche Rap in meinem Kopf ab. »Besten Dank, Flo.«

Ich humpelte niedergeschlagen davon.

»Sarah.« Mr. Schneider kam hinter mir her. »Seien Sie einfach da für Ihre Freundin, Sarah. Sagen Sie ihr, dass Sie sich um sie kümmern. Ich bin mir sicher, dass Sie ihr eine ganz großartige Freundin sind.«

»O nein, ehrlich, Sie verstehen das nicht. Ich mache alles falsch. Ich nannte sie Lance Armstrong und machte zotige Späße, es tut mir so leid.«

»Ich bin mir dennoch sicher, dass Sie das richtig machen.« Er lächelte. »Und bleiben Sie ruhig bei den zotigen Späßen.«

Und ich lächelte, weil es mich wirklich freute, dass ein Geistlicher so etwas sagte.

74

Als ich auf mein Zimmer zurückkehrte, lag Rachel dort noch immer mit meiner Augenmaske aus der ersten Klasse leise schnarchend auf dem Rücken. Ich schrieb ihr eine neue kleine Notiz und ließ sie neben dem Bett liegen. Darauf stand nur:

Ich weiß nicht, wie ich Dir in Deiner Lage am besten helfen kann, Rachel. Aber ich werde alles tun, was in meiner Macht steht und was Du brauchst. Ich werde nicht weglaufen. Also benutz mich, um zu weinen, zu stöhnen, zu fluchen, mich herumzukommandieren und über alles zu reden. Wenn ich was Falsches sage, lass es

mich wissen. Denn alles, was ich tue, mache ich aus Liebe zu dir.
Xxx

Dann nahm ich meinen Laptop und wappnete mich für Nads.com. Was *National Geographic* für die Naturwissenschaften ist, ist *Nads* für Brüste. Auf der Startseite waren zwei Teenagermädchen zu sehen, die nichts weiter als Diamanthöschen trugen. Beide grinsten, vermutlich aus Qual, weil die Diamanthöschen bestimmt nicht lustig waren, schon gar nicht, wenn man sich hinsetzte. Eins der Mädchen hielt hilfsbereit die Brüste der anderen, offenbar um deren Anstand zu wahren, da sie schüchtern war. Das Inhaltsverzeichnis versprach mir »knisternde Fotos« von einer nackten Eva, einen Strip von jemandem namens Emma, pikante Fotos von Sandra, eine Rubrik mit der Überschrift FEIERTAGSBUSEN und eine andere, überschrieben mit BESTE BRÜSTE. Vermutlich war es die Vielfältigkeit der Kommentare, die *Nads* von der anderen Literatur auf dem Markt abhob.

Ich klickte auf Eva. Sie hatte tatsächlich erstaunliche Brüste. Mit diesen massigen Dingern schien sie ihre Tage vorwiegend auf dem Boden liegend zuzubringen und sie zu berühren, dazu trug sie nichts außer ihren Schuhen, was für *Nads* natürlich nur gut war. Eva konnte sich außerdem glücklich schätzen, dass der Rest ihres Körpers schlank und rank war. Sie hatte eine winzige Taille und einen festen Hintern wie ein vorpubertärer Junge. Selbst ihre verdammten Hände waren winzig. Brüste größer werden zu lassen, war kein Problem. Das hatte ich schon getan. Dazu brauchte ich nur spät abends jede Menge

Erdnussbutter auf Toast zu essen. Das einzige Problem waren die anderen Körperteile, die dann auch mitwuchsen.

Ich kehrte zurück zur Homepage. Ich überprüfte sie sehr genau, fand aber nirgendwo Leos Namen. Doch es gab eine Rubrik mit der Überschrift WER TREIBT'S MIT WEM? und etwas in mir sagte, dass ich das wirklich, wirklich, wirklich nicht anklicken wollte.

»Ich kann das nicht«, sagte ich laut.

»Was?«

»Hey, Püppchen. Ich dachte, du schläfst. Kann ich dir was bringen?«

»Nein«, sie reckte ihre Hand Richtung Nachttisch und griff nach ihrem Handy, warf einen Blick darauf und blinzelte verschlafen.

»Hat er angerufen?«

»Hm«, sagte sie leise.

»Ich werde dir eine Tasse Tee kochen.«

»Siehst du dir Pornos an?«

»Was? Nein. Wusstest du, dass Leo Clement hier was stehen hat?«

Sie lächelte.

»Ich würde sogar sagen, dass Leo Clement da was ganz Phänomenales stehen hat.«

Ich hatte einen Flashback dieser engen grauen Shortys.

»Er hat eine Kolumne in einer Zeitschrift namens *Nads.*«

»Super. Lass sie uns lesen.«

»Gut.« Ich reichte ihr den Laptop.

»Wow, die hat aber schöne Brüste«, seufzte sie traurig.

»Schau mal. Ich glaube, was Leo schreibt, könnte hier stehen unter WER TREIBT'S MIT WEM?«

Sie klickte auf das Icon, und ich wandte mich ab, um Tee zu kochen.

»Oh, hier steht, um die Kolumne zu lesen, muss man die Zeitschrift kaufen.«

Als der Tee fertig war und ich mich umdrehte, sprach ich etwas aus, worüber ich die ganze Zeit nachgedacht hatte, seit Rachel bei mir war.

»Ich werde an deiner Stelle mit Eamonn darüber sprechen, Rachel. Ich werde ihm alles erklären, dann brauchst du das nicht zu tun. Das bedeutet nicht, dass du zu ihm zurückmusst. Er soll es nur verstehen können.«

Sie sah mich an. Ich wusste nicht, wie sie reagieren würde. Ich rechnete mit einem »Lass das sein, Sare, das geht dich nichts an«. Aber sie sah mich an und nickte.

»Danke«, sagte sie.

Und legte sich wieder hin und schloss die Augen.

75

Wie ein Profischnüffler spürte ich Eamonn über ein engmaschiges Netz von persönlichen Assistenten auf und erfuhr, dass er sich im Chateau Marmont aufhielt. Nun ist dieses Hotel dafür berühmt, dass hier Hollywoods ausschweifende Randalierer absteigen, und so nahm ich mir vor, mein Taxigeld zurückzuverlangen, wenn ich dort nicht auf Mickey Rourke und Courtney Love stieß, die sich an der Rezeption Koks vom Hintern des jeweils anderen reinzogen. Und es lag am Sunset Boulevard.

Der Sunset Boulevard kommt in dem Musical vor, das wir auf der Schauspielschule einstudiert hatten. Na ja, das Musical, das der restliche Jahrgang außer mir einstudierte, da es ja ein Musical war. Dieses Eintauchen in die Geschichte Hollywoods war ganz nützlich, weil es mich von der Aufgabe ablenkte, die vor mir lag. Während ich unterwegs war, rief Leo an.

Ich humpelte ins Hotel. Es war sehr düster. Ich blinzelte. Hätten sie doch nur ein paar Lampen angemacht, damit ich die Randalierer sehen konnte. Während ich mich langsam durch die Lounge bewegte, hielt ich Ausschau nach einem von ihnen. Aber ich sah niemanden von Bedeutung und stolperte über einen Teppich. Mit mehr Achtsamkeit setzte ich meinen Weg fort, hinaus auf einen von einer Pergola beschatteten weitläufigen Patio. Der Patio war mit Sofas und Teppichen ausgestattet.

Als erste Person sah ich Dolph Wax, der die Mitte eines großen Sofas belegte. Offenbar wusste er gar nicht, was man auf einem derart komfortablen Sitzmöbel machte. Er wirkte unsicher, ob er sich zurücklehnen oder vorbeugen sollte, und hatte sich deshalb für eine aufrechte Sitzhaltung entschieden, die nach Quälerei aussah. Flankiert wurde er auf der einen Seite von einer Dame mittleren Alters, neben der ein Griesgram wie ein Spaßvogel ausgesehen hätte. Ich fragte mich, wer sie wohl sein mochte, vielleicht seine Anwältin oder die Bongospielerin. Zu seiner anderen Seite saß ein großer Mann im Anzug mit einem Walkie-Talkie in der Hand. Das, so vermutete ich, war sein Bodyguard. Mir fiel auf, dass sich bei Dolph, als er meiner ansichtig wurde, die Nackenmuskeln verhärteten, als hatte er wieder Probleme mit dem Klavier. Dann entdeckte ich Eamonn. Er bemerkte Dolphs Gesichtsausdruck und drehte seinen Kopf, um das Objekt seines Missfallens ausfindig zu machen. Neben ihm stand noch ein anderer Mann, aber ich konnte nur dessen Hinterkopf sehen. Eamonn machte einen sehr müden Eindruck. Aber er lächelte mir zu und winkte mich herbei.

»Sarah, du machst wohl einen drauf heute?«

»O nein, ich bin eigentlich deinetwegen hier.«

»Oh, natürlich, ja, wir sind hier fertig. Dolph wollte mit mir die Vorteile einer Szene besprechen, in der Dolph Leo verhört«, teilte Eamonn mir mit. »Aber ich denke, wir sind gerade zu dem Schluss gekommen, dass wir uns damit nur wiederholen würden, wegen der anderen Szene, die wir bereits gedreht haben, wo Leo von den Polizeibeamten vernommen wird«, erläuterte Eamonn und gab sich dabei keine Mühe zu verbergen, wie genervt er war.

Der andere Mann, dessen Gesicht ich nicht sehen konnte, nickte zustimmend.

»Hast du Joel schon mal richtig kennengelernt, Sarah? Das ist Joel. Der Drehbuchautor.«

Ich sah den Mann an, der dafür verantwortlich war, dass ich vor der Kamera strippte. Ich versuchte, sein Lächeln zu erwidern – es gelang mir. Dann wandte ich mich an Dolph.

»Hallo, Dolph, herzlichen Dank noch mal für die Party vom letzten Abend. Die war toll«, sagte ich, weil meine Mum das so gewollt hätte und auch weil es die Wahrheit war. Diese Party rangierte ganz oben unter meinen besten fünf.

»Hm«, erwiderte Dolph darauf. Seine Mutter hatte ihm offenbar keine Manieren beigebracht.

»Tut mir leid, wegen … äh … Sie wissen schon, wegen des Endes«, ergänzte ich, um das Schweigen zu füllen.

»Also, wenn das alles war«, sagte Eamonn, dem die Spannung offenbar nicht entging, »dann habe ich jetzt eine Besprechung mit Sarah. Danke, dass du vorbeigeschaut hast, Dolph, ich finde es immer toll, wenn Schauspieler sich so leidenschaftlich in ihre Rollen einbringen.«

Alle erhoben sich. Dolph brauchte drei Versuche, bis er hochkam. Der Walkie-Talkie-Mann ging voraus.

»Ich begleite dich nach draußen, Dolph«, sagte Eamonn.

Bis auf Joel verschwanden alle. Ich hatte mir den Drehbuchautor schrecklich fettleibig mit Herzschrittmacher und einem Hang zur Pornografie vorgestellt. Und hätte nie gedacht, dass er jung und schlank war und gut aussah. Ich starrte ihn an.

»Möchten Sie einen Drink?«, fragte er.

»Äh … nein, danke.«

»Keinen Champagner?«

»Ich hoffe, Sie feiern eine neue lesbische Szene, die Sie für Taylor geschrieben haben.«

»Nein, ich feiere, Sie endlich persönlich kennenzulernen.«

»O danke. Mich freut es auch, Sie kennenzulernen. Ich hatte eigentlich schon die ganze Zeit damit gerechnet, Ihnen zu begegnen.«

»O ja?«

»Ja. Normalerweise habe ich für diesen Fall immer einen spitzen Gegenstand dabei«, sagte ich schadenfroh. Und lachte dann.

Im darauffolgenden Schweigen wurde mir klar, dass

ich nicht nur einem erfolgreichen Drehbuchautor Hollywoods Gewalt angedroht, sondern mich auch noch wie eine trampelige Cartoon-Figur aufgeführt hatte. Deshalb überraschte es mich nicht, dass Joel sein Jackett nahm, kurz ein paar Abschiedsworte murmelte und dann binnen weniger Sekunden verschwunden war. Ich schaute ihm nach und gelobte mir, mich in Zukunft Menschen gegenüber, die für meine Karriere nützlich sein könnten, besser zu benehmen.

»Das hat mir heute wirklich noch gefehlt«, seufzte Eamonn, als er zu mir kam. »Sollen wir was trinken gehen?«

»Meinetwegen nicht, danke.«

»Du hast Recht, ich sollte mich nicht wegen Dolph Wax oder Rachel an die Bar treiben lassen.« Wir nahmen auf zwei Sesseln, die im Foyer des Hotels standen, Platz. Eamonn seufzte und sah mich an. »Ich weiß, dass ich sie wegen der Dreharbeiten für einen Film wie diesen vernachlässigt habe. Aber …«, er hielt inne und vergrub seinen Kopf in seinen Händen, »… so schlimm war es nun auch wieder nicht. Dass sie einfach geht. Und nur eine kleine Notiz zurücklässt. Ich möchte dich was fragen, Sarah. Und ich möchte, dass du ehrlich zu mir bist.«

»Okay.«

»Hat sie einen anderen kennengelernt?«

»Nein, Eamonn, es ist nichts dergleichen. Es hat in Wirklichkeit mit all dem nichts zu tun.«

»Warum dann? Was ist mit ihr?«

»Eamonn, es tut mir sehr leid, dir das sagen zu müssen, aber sie hat Brustkrebs.«

»Wie bitte?« Eamonn wurde kreidebleich.

»Es ist wohl ziemlich ernst, denke ich. Der Arzt hat eine Mastektomie geplant, und danach wird sie Behandlung benötigen. Sie hat dich verlassen, weil sie nicht wollte, dass du dir Sorgen machst. Sie möchte, dass du dich ganz auf deinen Film konzentrieren kannst. Sie weiß, wie viel er dir bedeutet. Sie möchte nicht krank und eine Last für dich sein.«

Eamonn sagte eine Weile nichts. »Sie wird … sie … wird keine Last sein …«, brachte er dann heraus, aber die Worte blieben ihm im Hals stecken. »Sie wird …« Er versuchte es noch mal, musste aber innehalten, weil er nicht über die Lippen brachte, was er sagen wollte. Ich stand auf und ging auf ihn zu. »Ich kann nicht glauben, dass sie denkt, sie sei eine …«

»Hey«, flüsterte ich, hockte mich vor ihn hin und legte meine Arme um ihn, während er auf dem Sessel in seine Hände weinte.

»Ich muss später nach New York. Soll ich absagen und mit dir kommen, um sie zu besuchen?«

»Das liegt bei dir. Aber Rachel möchte wirklich, dass du den Film machst. Deshalb hat sie das getan. Sie wird es nicht gut finden, wenn du ihretwegen deine Pläne änderst. Fahr nach New York und triff dich mit ihr, wenn du zurückkommst. Ich werde mich um sie kümmern, während du weg bist.«

76

Ich gab mir alle Mühe, mich um Rachel zu kümmern. Eigentlich wusste ich nicht, was ich tun oder wie ich mich verhalten oder was ich zu ihr sagen sollte. Aber ich wusste, dass ich sie füttern, mit Martini abfüllen und auf ziemlich regelmäßiger Basis mit wirklich groben Scherzen aufheitern musste. So lautete der Lehrplan, und ich hielt mich dran. Damit wäre ich natürlich bei jeder amtlichen Erziehungsinstitution durchgefallen. Außerdem hätte ich für die Gestaltung des Speiseplans Jamie Oliver gut an meiner Seite brauchen können.

»Oooh, das sieht aber köstlich aus«, erklärte sie kategorisch, wenn ich ihr was ans Bett brachte – meistens Brokkoli. »Eine derartige Vielfalt, Sarah. Wie machst du das nur?«

»Es ist mir unangenehm, wenn du meine Kochkünste preist, Rachel«, wehrte ich dann verschämt ab. »Es ist eine Gabe.«

»Wie hast du das zubereitet?«, fragte sie, atmete tief ein und gab vor, das Aroma zu genießen.

»Also, ich habe es vier Wochen lang mariniert und dann mit etwas Knoblauch und Chili im Wok geschwenkt, dazu kamen ein paar Kräuter aus dem eigenen Garten und ein paar andere geheime Zutaten.«

»Komisch, es sieht aus, als hättest du das Zeug über einem Wasserkessel gegart.«

»Oh, das tut weh!«, stöhnte ich dann, weil ich in der Regel die vorangegangenen zwanzig Minuten damit zugebracht hatte, Brokkoli über einem Kessel in Dampf zu garen.

»Wie viele Michelin-Sterne hast du denn?«

Quatsch zu erzählen, war Rachels Verdrängungstaktik. Dagegen musste man vorgehen.

»Hier kommt das Flugzeug!«, schrie ich unvermittelt und aufgeregt, wenn sie so begann, bevor ich mit der Gabel voller Brokkoli durchs Zimmer stolperte, bis ich zu ihrem Mund gelangte.

»Oh, ist das dein Handy, was ich da höre?«, pflegte sie dann zu sagen, um noch etwas Aufschub für sich herauszuschinden, weil ich immer nachschaute, ob Simon sich gemeldet hatte.

Es war nie Simon. Der Einzige, der mich anrief, war Leo. Aber ich nahm seine Anrufe nicht entgegen.

»Ich kann diesen verdammten Brokkoli nicht ausstehen. Muss ich ihn essen?«, seufzte Rachel dann.

Das war immer eine schwierige Frage. Natürlich musste sie nicht. Ich war nicht zur Tyrannin geworden. Ich hatte einfach nur gelesen, dass Brokkoli gegen Krebs helfen konnte.

Also sagte ich: »Ja.«

»Ist das wirklich gut für mich?«

»Wenn man den Ärzten Glauben schenkt, ist es ein Wundermittel, aber du weißt ja, es könnte auch totaler Quatsch sein …«

Ich fühlte mich nicht wohl dabei, aber sie öffnete brav ihren Mund und ließ sich das erste Röschen hineinschieben. Dann kaute sie langsam auch den Rest.

Als Rachel am dritten Tag unseres Zusammenlebens als altes Ehepaar mal wieder mühsam ihren Brokkoli mit einem »Schlimmer-geht's-wohl-nicht«-Ausdruck kaute, klopfte es an der Tür. Ich stand da, begutachtete ein

Paket Spinat und überlegte, wie ich ihr den anpreisen sollte.

»Gleich gibt's Spinat, das ist mal was anderes, das wird ganz fantastisch«, sagte ich, nachdem ich beschlossen hatte, es mit aggressiver Verkaufstaktik zu versuchen. »Oh, hat da jemand geklopft?«

In der Annahme, dass es jemand vom Hotelpersonal war, ließ ich den Spinat stehen und eilte zur Tür. Ich trug meine Pyjamahose mit einem Kapuzenoberteil, was mich aber nicht kümmerte, denn das Hotelpersonal hatte sich inzwischen an die Vogelscheuche von Zimmer 117 gewöhnt.

Doch es war kein Hotelangestellter. Es war Eamonn Nigels im Anzug, der mich betreten ansah. Ihn begleiteten zwei Männer in weißen Jacketts mit Fliege. Es waren ältere Herren, die sich Geigen an ihre warmherzigen, weisen Gesichter drückten. Ich lächelte sie an. Ich liebe alte Männer mit Instrumenten.

»Nein, nein.« Eamonn wandte sich an sie und machte das Pst-Zeichen. »Gütiger Gott, nein. Das ist sie nicht.«

»Oh, Eamonn«, platzte es aus mir heraus. »Das hättest du nicht tun sollen.«

»Ist … äh … Rachel hier, Sarah?«

»Sie sagt, sie kann niemanden empfangen …« Plötzlich wurde ich beiseite gedrängt. Rachel kam auf Eamonn zugelaufen.

»Eamonn«, keuchte sie.

»Rachel. Ich will bei dir sein …«, begann Eamonn und merkte dann, dass ich immer noch da war.

Sie sahen mich beide an. Ich konnte verstehen, warum sie mich loshaben wollten, denn ich hatte bereits zu heulen begonnen. Ich wusste, dass ich gehen sollte, aber es war so schön, und ich hatte einen so guten Platz.

»Entschuldigt, ich zieh mir nur noch ein paar Schuhe an, dann lass ich euch allein«, sagte ich.

Ich konnte meinen zweiten Flipflop nicht finden. Dann klingelte auch noch mein Handy. Ich wollte natürlich Rachels und Eamonns romantisches Wiedersehen nicht stören, aber es hätte Simon sein können. Also griff ich nach dem klingelnden und vibrierenden kleinen Ding, beschloss, den anderen Schuh zu vergessen, nahm dann aber in letzter Minute noch meinen Laptop mit, für den Fall, dass ich für längere Zeit meinem Schicksal überlassen bleiben sollte. Schließlich quetschte ich mich an Eamonn und Rachel vorbei aus dem Zimmer. Und sobald ich weg war, hörte ich, wie die Geigen einsetzten. Als ich ein gutes Stück den Flur hinunter war, drehte ich mich noch mal um.

Ich sah Eamonn vor ihr knien.

77

»Du hast gesagt, du hast nicht mit ihm gevögelt. Du hast es gesagt.«

Das war Julia, die mich ganz untypisch auf meinem Mobiltelefon anrief.

»Bist du beschwipst?«

»Du hast gesagt, du hast nicht mit ihm gevögelt. Du hast gesagt, du hast es nicht getan.«

»Jules. Ich bin gerade mit nur einem Schuh aus meinem Zimmer verdrängt worden, und jetzt muss ich mir diesen Blödsinn anhören! Was soll das?«

»Du hast mit Leo Clement gevögelt. Warum hast du mir das nicht gesagt, du kleine Schlampe?«

»Jules. Ich habe Leo Clement nicht gevögelt«, zischte ich. »Und ich befinde mich im Foyer meines Hotels. Also werde ich dich nicht wie üblich anschreien und dir widersprechen.«

»Aber er sagt was ganz anderes.«

»Was?«

»Jedenfalls im *Nads*-Magazin.«

»Wie bitte?«

»Er behauptet, er habe dich gebumst. Ich nehme jedenfalls an, dass du das bist. Blaues Kleid, Engländerin, und der andere Kommentar würde dir bestimmt nicht gefallen.«

»Bitte, sag jetzt nicht, dass seine Kolumne WER TREIBT'S MIT WEM? heißt.«

»WER TREIBT'S MIT WEM?, genau, so heißt sie. Wie ist er denn so?«

»O mein Gott.«

Schon hatte ich den Laptop auf meinem Schoß. Ich wollte gerade zu tippen beginnen, da fiel mir wieder ein, dass die Kolumne nicht online war.

»Jules, Jules, man kriegt die nicht online. Du musst sie mir vorlesen.«

Julia sagte einen Moment nichts, dann hustete sie und las.

Eine gute Woche, Amigos. Ich hoffe, ihr hattet so viel Glück wie ich. Am Dienstag habe ich meine Cheer-

leaderin kennengelernt. Mamma mia. Sie hatte eine neue Uniform und wollte mir ihr Programm zeigen. Man muss diese Teenager bei Laune halten. Ich sagte ihr, sie müsse höher springen und sich weiter vorbeugen. Ich konnte einfach nicht widerstehen. Sie ist eine ganz Süße.

»Da ist was faul, Jules. Sag mir, dass du das erfindest!«

»Nee! Ich halt's in meiner Hand. Ich muss schon sagen, Sare, da ist ein Foto von ihm drin. Wirklich unglaublich. Egal, es kommt noch mehr, Babe. Willst du dir nicht lieber einen Drink holen?«

»Bei uns ist es elf Uhr morgens.«

»Musst du wissen.« Sie hustete wieder.

Aber meine beste Zeit hatte ich mit einer Engländerin. Normalerweise nicht mein Typ. Mehr bequeme Limousine als rasanter Sportwagen. Aber lustig. Ihr wisst schon, mehr schrullig versaut als heiße Braut, aber mal was anderes …

»O mein Gott! Jules! Jules?«

Mein Handy gab den Geist auf. Ich sah mein Gesicht in einem der Spiegel im Foyer. Ich sah aus, als hätte ich gerade sauer aufgestoßen.

»Ich fass es nicht«, geiferte ich.

»Schlechte Nachrichten?«, fragte mich eine Frau, die ich noch nie zuvor gesehen hatte.

»Kann man wohl sagen«, antwortete ich der Fremden.

Sie setzte sich neben mich, obwohl es im Foyer mindestens vierzig freie Sitzplätze gab. Sie war etwa in meinem

Alter und sah, und das kann man von Leuten in L.A. nicht oft behaupten, ganz nett aus. Ich wollte zwar im Moment keine neuen Freundschaften schließen, aber ihre Offenheit hatte etwas Tröstliches. Sie war nicht der übliche L.-A.-Typ. Ihre Haut war ein wenig trocken. Sie hatte ein paar Aknenarben auf ihren Wangen und war von ihrem Körperbau her auch eher bequeme Limousine als rasanter Sportwagen. Sie hätte fast Engländerin sein können.

»Schon mal was von einer Zeitschrift namens *Nads* gehört?«

»O ja, es ist ein englisches Magazin. Ziemlich großes Ding.«

»Offenbar bin ich auch ein ziemlich großes Ding.«

»Nein, sind Sie nicht. Sie sehen klasse aus.«

Natürlich sah ich alles andere als klasse aus. Ich war völlig aus dem Gleichgewicht, aber ich wusste ihr Bemühen zu schätzen.

»Nach Aussage von Leo Schwachkopf Clement bin ich nicht die Schlankste.«

Wenn man von sich selbst sagt, dass man nicht die Schlankste ist, ist das ja okay. Aber es von einem Mann zu hören, der einen nackt gesehen hat, ist nicht sehr nett. Ich wünschte, ich hätte ihm mein Aa auf der Anrichte zurückgelassen.

Igitt!

»Was sagen Sie da?«

»Kennen Sie einen Typen namens Leo Clement?«

Vielleicht, überlegte ich, sollte ich lieber nicht darüber reden. Dann fiel mir ein, dass Leo Clement nur allzu freudig darüber berichtet hatte. Und das in einem Männermagazin!

»Nun, der Name sagt mir was …«

»Also in der Zeitschrift *Nads* redet er über mich! Dass ich fett sei und er mich gevögelt habe«, keuchte ich.

»Oh.«

»Dieser Wichser.«

»Oh.« Sie sah mich an. »Wie heißen Sie? Ich bin Carol.«

»Hey, Carol. Tut mir leid. Ich bin Sarah. Sarah Sargeant, die auf Leo Großschwanz reingefallen ist.«

»Hatte er einen …?«

Sie warf einen kurzen Blick auf ihren Schoß, und ab dem Moment schloss ich sie ins Herz, denn ich hätte dieselbe Frage gestellt.

»Ja … nein … ich weiß es nicht! Ich habe nicht mit ihm geschlafen!«

In diesem Augenblick kam Eamonn mit Rachel Arm in Arm aus dem Lift.

»Verrenk dir nicht den Rücken, Eamonn!«, rief ich ihm zu.

»Sarah, sieh doch!«, kreischte Rachel und hielt ihre Hand hoch.

Ein Diamant von der Größe einer Paranuss funkelte an ihrem Ringfinger.

»O. Mein. Gott. Wenn das kein Klunker ist!«

Ich beobachtete sie, wie sie sich kichernd zur Tür hinausbewegten.

»War das Eamonn Nigels?«, wollte Carol wissen.

»Hm.«

»Woher kennen Sie ihn?«

»Oh, ich spiele in dem Film mit, den er gerade dreht.«

»Wow.«

»Sind Sie auch Schauspielerin?«

»Du liebe Güte, nein, nichts derart Interessantes.«

»Sarah!«

Das war Rachel, sie hatte wieder kehrtgemacht und kam auf mich zugerannt.

»Herzlichen Glückwunsch!«

Wir fielen einander laut kreischend in die Arme.

»Oooh, pass auf meine Brust auf.«

»Sorry.«

»Willst du meine Trauzeugin sein? Bitte. Eamonn möchte das auch! Bitte.«

Ich wollte ihr nicht sagen, dass dies mein drittes Mal war.

»Selbstverständlich.«

»Ah! Wir werden es bald machen, bevor ich in die Klinik gehe. Ich rufe dich morgen an, dann können wir planen!«

Und dann eilte sie, wieder kreischend, los, um Eamonn einzuholen.

78

Eamonn sorgte dafür, dass die besten Ärzte von L. A. sich Rachels annahmen, aber es dauerte trotzdem noch, bis die OP stattfinden konnte. Ich hatte all meine Szenen abgedreht. Mein sechswöchiges Abenteuer war vorüber, und ich hätte nach England zurückfliegen sollen. Eamonn bat mich jedoch, wenn möglich noch etwas zu bleiben, um Rachel Gesellschaft zu leisten. Ich sagte zu.

Ich zog in ihr Haus ein, und Rachel bat mich, ihr bei der Hochzeitsplanung zu helfen.

»Ich?«

»Ja, was dagegen?«

»Heißt das … ich bin deine Hochzeitsplanerin?«

»Ja.«

»Könnte das auch mein Titel sein?«, fragte ich begeistert.

»Wir können dich nennen, wie du willst.«

»Hochzeitsplanerin«, seufzte ich. »Wie in diesem Film.«

»Was?«

»Du weißt schon, dieser Film. Wie hieß der gleich noch mal?«

»*Verliebt, verlobt, verplant*, Sarah.«

»Oh. Tiefschürfender Titel. Man käme nie darauf, worum es geht. Genau! Warum fangen wir nicht gleich an?«

»Wir brauchen jemanden, der uns traut.«

»Erins Dad!«

Rachel zog ihre Brauen hoch.

»Ganz ehrlich, Rachel, er würde das großartig machen. Ich war in einer seiner Andachten. Er ist ganz locker drauf. Er ist wie für dich geschaffen!«

»Erstmal müssen wir einen Ort finden, wo es stattfinden kann.«

»Oh, das wäre wohl klug.«

»Hm.«

»Woran hast du denn gedacht?«

»Devon.«

Ein kleiner Wonneschauer durchrieselte mich. Ich liebe Devon. Ich halte es sogar für mein spirituelles Zuhause.

Unsere jährlichen Familienurlaube machten wir immer an einem Ort namens Salcombe. Es war der Höhepunkt meiner Kinderzeit. Nicht einmal die endlosen Stunden auf der M4 und M5, in denen mein Vater sich seine Kassetten »Fließend Deutsch in einer Woche« anhörte, konnten dem was anhaben. Ich wusste, dass Devon das lange Warten wert war. Ich saß auf dem Rücksitz und drückte meinen Kopf an die Scheibe, betrachtete die sich über die Scheibe bewegenden Regenraupen und wies voller Hoffnung auf die Autobahnraststätten hin, an denen wir vorbeikamen. Wenn wir von der Autobahn abfuhren und die Straßen so kurvig wurden, dass wir für vierhundert Meter fünfundvierzig Minuten brauchten, wurde mir ein wenig übel vom Autofahren. Aber sobald das Meer auftauchte, wurde ich wieder munter. Kalifornien ist hübsch und warm, aber nichts im Vergleich zu Devon. Ich genoss es sogar, fünfundvierzig Taschen mit an den Strand zu schleppen, um dort dann eingecremt und in Regenjacke im Regen Sandwiches zu essen.

»O mein Gott, du wirst in Devon heiraten«, rief ich, und Tränen schossen mir in die Augen.

»Jetzt reiß dich zusammen, Sarah, und schau dir das hier an.«

Sie warf mir eine Auswahl an Broschüren zu.

»Oh«, seufzte ich beim Anblick der glänzenden Fotos von auf dem Wasser tanzenden Fischerbooten und bunten Cottages. »O Rachel, das wird so wunderbar werden. Darf ich nicht ein paar kleine Glückstränchen weinen?«

»Na los«, sagte sie lächelnd.

Und ich ließ es mir nicht zweimal sagen. Ich weinte

wegen der Romantik und vor Erstaunen und wegen der Erinnerung an mein Zuhause und meine Kindheit. Aber auch die Tatsache, dass ich das letzte Mal mit Simon in Devon gewesen war, mischte sich unter die Tränen. Das war schon ein paar Jahre her. Wir waren nur gute Freunde gewesen, waren arm und brauchten Ferien. Wir liehen uns von Paranoid-Jay ein Zelt, und ich borgte mir Mums Wagen und los ging's. Ich zeigte ihm die Lieblingsplätze meiner Kindheit, wir aßen Krabbensandwiches auf Pontons, von denen wir unsere Füße ins Wasser baumeln ließen, tranken Lager in alten Biergärten und erzählten einander Spukgeschichten, wenn Nacht für Nacht der Regen unser Zelt attackierte. Als ich mich daran erinnerte, wie viel Spaß wir gehabt hatten, wurde ein Gedanke in meinem Kopf übermächtig: Du hast es richtig verbockt, Sarah.

Eamonn Nigels kam herein, als ich mir gerade die Nase putzte. Er beugte sich herab, schloss seine Augen und küsste Rachel. Der Kuss schien die ganze Welt zu bedeuten.

»Sarahschatz, was zum Teufel ist nur los mit dir?«, erkundigte er sich mit einem gütigen Halblächeln.

»Ach, Devon, es ist alles so wunderschön.«

»Darf ich dir unsere Hochzeitsplanerin vorstellen?«

»Guter Gott«, sagte Eamonn einfühlsam. Dann griff er nach einer der Broschüren, die ich mir noch nicht angesehen hatte. »Das hier gefällt mir.«

»Das wird dich ruinieren, mein Lieber«, sagte Rachel kopfschüttelnd.

»Das Geld ist da, um ausgegeben zu werden«, erwiderte Eamonn darauf entschieden.

»Es ist wirklich sehr teuer, Baby.«

»Aber umwerfend«, sagte er und betrachtete das Foto eines schönen georgianischen Hauses mit Blick aufs Meer, das auf einem Hügel thronte. Es war von hohen Bäumen und üppigen Pflanzen umgeben.

»Devon, ich bin in Devon«, trällerte ich tränenüberströmt zur Melodie von *Heaven, I'm in Heaven*, wobei ich über seine Schulter spähte.

»Es ist umwerfend«, stimmte Rachel ihm zu. »Ich war schon mal da. Ich glaube, das ist wirklich der schönste Ort, an dem ich je gewesen bin. Aber ich kann nicht zulassen, Eamonn, dass du so viel Geld ausgibst.«

»Kannst du wohl«, sagte er mit einem Funkeln in den Augen. »Und deshalb habe ich mir erlaubt, es heute zu buchen.«

Und jetzt gab es für mich kein Halten mehr. Typisch. Rachel fing auch zu heulen an. Selbst Eamonn weinte eine Träne.

»Die machen dort alles für einen. Wir lassen sämtliche Gäste für das Wochenende dort hinkommen. Und unsere professionelle Hochzeitsplanerin braucht nur noch mitzuhelfen, das Menü auszusuchen und den Sitzplan zu erstellen. Ich persönlich fände auch einen Sitzplan gut, bei dem ein Blutbad vorprogrammiert ist. Ihr wisst schon, Geliebte neben Ehefrauen, alle Exehemänner auf einen Haufen, der in Ungnade gefallene Tory Peer neben dem Geistlichen und einem Journalisten von der *Daily Mail*. So was in der Art. Für diesen Job bist du die perfekte Frau, Sarah Sargeant. Oh, und ich sollte dir das hier geben.«

Er fischte einen Stapel Briefumschläge aus seiner Jacketttasche und warf sie mir in den Schoß.

»Was ist das?«, fragte ich und holte aus einem eine Karte heraus. Es war eine Antwortkarte. Ich las laut vor. »*Woody Allen nimmt die Einladung dankend an* … Der arme Kerl, schon lustig, wenn man Woody Allen heißt. Da sind die Leute immer enttäuscht, wenn du einen Tisch in einem Restaurant bestellst, und dann tauchst du auf und bist nicht der berühmte Filmregisseur«, sagte ich und legte die Karte beiseite, um nach der nächsten zu greifen.

»Aber nicht, wenn du der berühmte Regisseur bist, Sarah«, bemerkte Eamonn.

Ich sah ihn an.

»Woody Allen wie in: Woody Allen kommt zu eurer Hochzeit?«

»Ja, wir kennen uns schon lange.«

»Eamonn, ich muss es jetzt sagen.«

»Dann sag's.«

»Leck mich!«

Wir lachten alle, aber der Anblick der nächsten Karte wischte mir meine Fröhlichkeit mit einem Schlag aus dem Gesicht.

Es war Simons Handschrift. *Simon Gussett, Ruth Addinel und die kleine Anna freuen sich, zur Hochzeit zu kommen*, stand da.

»Alles okay mit dir, Sarah?«, fragte Rachel.

»Ja«, sagte ich, aber gar nichts war okay.

Meine Augen hatten sich erneut mit Tränen gefüllt, und ich konnte nichts mehr sehen.

»O Sarah, ja. Ruth hat es … äh … das Baby.«

»Aber ich war davon ausgegangen, dass es … dass sie nicht von ihm ist«, sagte ich leise. »Ich dachte, sie sind nicht zusammen.«

»Es ist von Simon«, sagte Eamonn und legte mir sanft eine Hand auf meine Schulter. »Es tut mir leid, Sarah, es muss schwer sein für dich. Ich habe gestern ein langes Gespräch mit ihm geführt. Es gab einen … Vaterschaftstest. Und sie ist sein Kind, und sie haben beschlossen, eine Familie zu sein, Sarah. Es geht ihnen allen gut.«

Ich schob die Antwortkarte zurück in den Umschlag und gelobte mir, diese drei auf meinem Sitzplan so weit weg von mir wie möglich zu platzieren.

79

Am nächsten Tag, nachdem Eamonn wie üblich ins Studio aufgebrochen war, brachte ich Rachel ihren Tee mit Toast und Brokkolispieße mit Frischkäse.

»Wie geht es der zukünftigen Braut?«, fragte ich sie, wie ich das jeden Tag machte.

Und jeden Morgen entgegnete Rachel darauf mit der gleichen Antwort: »Sie kämpft!«

Aber an diesem Morgen sah sie aus, als wäre über Nacht jegliche Energie aus ihr gesaugt worden. Langsam setzte sie sich im Bett auf. Ihr Haar war zerzaust, und ihren Augen war der Schlafmangel anzusehen.

»Nicht besonders, Sarah, um ehrlich zu sein.«

»Hey«, sagte ich.

Ich brachte ihr das Tablett ans Bett und stopfte ihr ein Kissen unter den Kopf, damit sie es bequem hatte. Sie ließ ihren Kopf darauffallen und stöhnte.

»Hab nicht geschlafen«, sagte sie. »Meine Brust tut mörderisch weh, und meine Gedanken gehen ständig im Kreis.«

»Du warst wohl in einem Gruselkarussell und konntest nicht aussteigen?«

»Ja. Total. So was Blödes.«

»Kann ich was für dich tun?«

»Nein. Nein, nein, da kann keiner was tun. Das liegt nicht mehr in unseren Händen, vermute ich. Ich möchte einfach nur Zeit, nur mehr Zeit, Sarah. Ich möchte nicht, dass es damit endet. Krankheit und Tod. Ich meine, wenn's denn so sein soll – du kennst mich –, dann werde ich das Beste daraus machen. Aber ich möchte noch ein paar Tage. Eine Menge Tage. Ich gebe mich immer noch Tagträumen hin. Von Eamonn und mir, wie wir uns ein richtiges Zuhause einrichten und wie ich die Thaiküche lerne. Und du und ich, Sarah, ich möchte, dass wir zusammen nach New York fahren und dort auf Schnäppchenjagd gehen. Ich möchte dich einen Oscar gewinnen sehen und dir bei der Auswahl deines Kleides für diesen Abend helfen. Ich möchte Yogalehrerin werden. Ich möchte in Schulen gehen und Kinder Yoga lehren. Ich möchte Eamonn eine gute Ehefrau sein. Ich möchte alt werden und mich elegant wie eine französische Dame kleiden. Ich möchte nicht, dass das schon alles war. Mit zweiunddreißig.«

»Wird es auch nicht, Rachel. Lass dir deine Tagträume nicht nehmen. Wir fahren auf jeden Fall nach New York, und du und ich, wir werden in Paris sitzen, wenn wir sechzig sind, und die französischen Frauen werden dich auf Französisch beschimpfen, weil du so elegant und gepflegt aussiehst, und wir werden schon am Morgen Champagner Rosé trinken.«

»O Sarah, ich könnte mich in den Hintern beißen. Den größten Teil meines Lebens habe ich mich nur mit Blödsinn befasst. Mit meiner Figur und Männern und anderem Quatsch. Was war ich nur für ein Schwachkopf. Ich hätte nie gedacht, dass ich mal Schwachkopf sage. Siehst du, wie du mich beeinflusst? Ich wünschte, jemand hätte mir auf die Schulter getippt, als ich noch ein Teenager war, und gesagt: Das Leben ist kurz, verplempere es nicht mit Nichtigkeiten … Tut mir leid. Ich bin schon still.«

»Nein, nicht doch. Um es mit Bob Hoskins zu sagen: Reden tut gut.«

»O ja, eine Sache wollte ich dich fragen …«

»Und die wäre?«

»Siehst du das hier«, sagte sie und deutete mit einem Finger auf ihre Wange.

»Deine Wange.«

»Genau, Sarah, wunderbar. Das ist meine Wange. Aber genau da wächst mir immer ein Haar. Ein beschissenes Schamhaar wächst genau hier aus meiner Wange, und das muss rausgezupft werden. Und ich wollte dich bitten, wenn ich krank bin, ob du mir dann diesen kleinen Mistkerl rauszupfen wirst?«

»Natürlich.«

»Ich danke dir. Aber jetzt was Positives … siehst du, was du mit mir anstellst mit all dem Geblödel von wegen positiv? Die letzte Nacht hat ein Positives hervorgebracht: Ich habe mich entschlossen, Erins Vater zu bitten, uns zu trauen. Was hältst du davon?«

»Ich denke, er und Erin werden begeistert sein.«

»Du findest es nicht schräg, nachdem er mich doch vor ein paar Jahren dabei erwischt hat, wie ich in seiner Kirche Sex mit einem anderen Mann hatte?«

»Ich kann zwar nicht behaupten, dass das nicht schräg ist, Rachel, und ich werde auch große Mühe haben, mich während der Zeremonie nicht daran zu erinnern, weil ich dann bestimmt losprusten müsste, aber abgesehen davon finde ich, dass er der perfekte Mann ist, um dich zu verheiraten. Möchtest du, dass ich ihn frage?«

»Nein, ich glaube, das mache ich lieber selbst. Ich werde zu einer seiner Andachten gehen und ihn dort vielleicht fragen.«

80

Rachel war auf dem Weg zur Gebetsversammlung so nervös, dass ich ihre Hand halten musste.

»Wenn das nicht durchgeknallt ist«, flüsterte sie. »Verdammt durchgeknallt. Da haben sie mir in der Klosterschule all diesen Gottesscheiß eingetrichtert«, sie hielt inne und fügte dann rasch hinzu: »Entschuldige, Gott.« Dann fuhr sie fort: »Und ich habe mein ganzes Leben lang gedacht, es sei nichts weiter als ein Haufen alter Mist. Und jetzt mache ich das. Das ist doch eigentlich nicht richtig, oder? Es ist doch so, als ob du mit einem Typen ins Bett gehst und er macht sein Ding und dreht sich dann um, und kurz bevor er einschläft, sagt er: Oh, entschuldige, wolltest du, dass ich dir zum Orgasmus verhelfe?«

Das konnte ich nicht im Gehen bereden, also blieb ich stehen.

»Wovon sprichst du überhaupt?«

»Ach, ich weiß nicht. Ich finde nur, dass es, um hierherzukommen, für mich schon ein bisschen spät ist.«

»Aber das hat doch nichts mit dem Kerl zu tun, der dich nicht hat kommen lassen.«

»Ich hatte einen Freund, der hat das so gemacht. Und an den musste ich heute denken. Idiot.«

Wir befanden uns im Eingangsbereich vor dem Versammlungsraum. Die in Augenhöhe angebrachte Informationstafel verkündete: Jesus kommt. Wir schauten einander an.

»Selbst er kommt«, sagte Rachel.

»Duck dich!«, rief ich und ging in die Hocke, als wollte ich mich vor Gott verstecken.

Wir lachten. Ich wollte gerade vorschlagen, wieder nach Hause zu gehen, weil wir nicht in der richtigen Stimmung für stille Kontemplation waren, doch da kam Mr. Schneider durch die Tür und richtete seinen Blick auf uns. Er öffnete seine Arme und ging auf Rachel zu.

»Es ist so wunderbar, Rachel, dass Sie zu uns gekommen sind«, sagte er bedächtig. Mr. Schneider ist der einzige Mann, den ich kenne, der immer genau das zu meinen scheint, was er ausspricht. Kein Wunder, dass seine Tochter eine derart gute Schauspielerin ist. »Nun, Sarah, seien auch Sie gegrüßt«, wandte er sich an mich. »Wir haben für Ihre Freundin gebetet. Viele Worte sind an den großen Mann herangetragen worden. Ich hoffe sehr, dass Ihre Freundin sich besser fühlt.«

Rachel ergriff meine Hand. Ich glaube, sie wusste, dass sie gemeint war.

»Mr. Schneider … wissen Sie … ich … werde heiraten. Könnten Sie sich vorstellen, uns zu trauen?«

»Es wäre mir eine Ehre.«

»Aber … aber es ist schon sehr bald, weil … na ja … es muss so sein. In zehn Tagen.«

»Moment … in zehn Tagen …« Er nahm seinen Kalender heraus. »Ja, da habe ich Zeit.«

»Die Trauung findet aber in England statt.«

»Oh.«

»Wir werden für alles aufkommen. Für Sie und Erin, wenn Sie nichts dagegen haben.«

»Es wird uns eine Ehre sein.«

»Oh, besten Dank.«

»Kommen Sie mit hinein«, sagte er und öffnete wie ein Gentleman für uns die Doppeltüren. Ich ging an ihm vorbei, und er zwinkerte mir zu. »Gott segne Sarah Sargeant.«

»Gott segne Mr. Schneider«, erwiderte ich.

Wir traten ein. Wie beim letzten Mal standen die Stühle im Kreis. Die Blumen in der Mitte waren Sonnenblumen. Es war viel mehr los an diesem Tag. Alle anderen saßen bereits. Ich entdeckte den großen Eselsmann und seine Frau.

»Du meine Güte!«, rief Erin, als sie uns sah.

Wir trafen als Letzte ein, und Erin wies uns die einzigen zwei Stühle an, die noch frei waren, sich aber nicht nebeneinander befanden. Ich wünschte, ich hätte neben Rachel sitzen können, weil diese Stunde bestimmt nicht leicht für sie war. Mr. Schneider hatte beschlossen, dass wir uns in dieser Sitzung auf das Gute konzentrieren sollten, das aus der Not kam.

Das Gute im Schlechten erkennen, lautete sein Slogan. Ich wünschte, er hätte einen anderen gewählt. Rachel hatte Krebs. Da war es ziemlich schwer, ans Positive zu denken. Jeder in der Runde konnte sagen, wofür er beten wollte, und dann erläutern, wie die momentane Not auch als Segen gesehen werden könnte. Ich kam vor Rachel dran.

»Wollen Sie etwas sagen, Sarah? Sie wissen ja, keiner muss sich hier äußern. Der große Mann hört auch die stummen Gebete.«

»Oh.« Ich wollte eigentlich nichts sagen, aber aus irgendeinem Grund kamen diese Worte aus meinem Mund: »Ich habe einen Mann, den ich geliebt habe, an eine andere Frau verloren. Und ich war sehr unglücklich.«

Alle sagten: »Oh.«

»Ich dachte, wir sind füreinander geschaffen und würden für immer zusammenbleiben. Aber wenn ich die positive Seite betrachte, würde ich sagen, dass jetzt wenigstens er glücklich ist. Er hat ein Baby mit ihr, und er hat sich so sehr ein Baby gewünscht. Also hat er bekommen, was er wollte. Und das ist gut. Und ich bin froh, dass er glücklich ist. Ich bin wirklich froh, dass er glücklich ist.«

»Rachel?«, sprach Mr. Schneider sie freundlich an. »Möchten Sie uns etwas mitteilen?«

»Nein«, sagte sie leise und ließ ihren Kopf hängen, sodass niemand ihre Augen sehen konnte. »Wenn Sie nichts dagegen haben. Ich glaube, ich bin noch nicht so weit. Nein. Tut mir leid.«

Aber was hätte sie auch sagen sollen? Ich habe viele nette Ärzte kennengelernt, und die Brüste haben mir ohnehin nie gefallen?

Ich konnte wirklich gut verstehen, dass sie einfach nur schweigen wollte.

81

Fünf Tage später flogen Rachel, Eamonn und ich zurück nach London. Meine L.-A.-Erfahrung war vorüber. Nachdem ich fast aus dem Film ausgestiegen wäre, meinen Knöchel verstaucht, mir einen internationalen Superstar zum Feind gemacht hatte und in einem Männermagazin als dick bezeichnet worden war, konnte ich mir kaum vorstellen, schon bald wieder eingeladen zu werden. Meine Befürchtungen, mich im Film zu sehen, waren fast ebenso groß wie die, Simon auf der Hochzeit zu begegnen. Aber diese Ängste wirkten wie ein Gegenfeuer. Ich war so sehr damit beschäftigt, dafür zu sorgen, dass Rachel sich so wohl und glücklich fühlte, wie das nur möglich war, dass ich gar nicht viel Zeit hatte, über mich nachzudenken.

Ich konnte nicht glauben, dass Brian unseren Flug wieder begleitete. Das musste göttliche Fügung sein.

»Welche Diät hast du denn gemacht?«, erkundigte er sich, sobald er mich sah.

»Brot und Alkohol. Wie man in der ersten Woche sechs Kilo zunimmt. Darin bin ich ganz hervorragend.«

»Nein, Sarah Sargeant, im Ernst, du hast abgenommen, Süße.«

»Habe ich?«

»Was meinst du mit ›Habe ich?‹ Du bist doch eine Frau. Hast du nicht daran gearbeitet?«

»Nein. Ich habe mich ehrlich gesagt kein bisschen damit beschäftigt. Ich dachte, meine Jeans sei ausgeleiert.«

»Reizend, Liebes«, sagte er und stellte mir ein Glas Champagner auf mein Tischchen.

Ich nahm es nicht als Kompliment. Meine Freundin hat Krebs. Deshalb habe ich abgenommen. Mir wäre es lieber gewesen, ich hätte zugenommen, und Rachel wäre dafür gesund gewesen.

»Ich bin Hochzeitsplanerin.«

»Also, das ist bestimmt der perfekte Job für dich, bei deinem Organisationstalent«, meinte er trocken.

Eamonn, der auf der anderen Seite des Gangs saß, tat, als würde er ersticken. Brian trottete davon, und ich brütete weiter über meinem Sitzplan. Ich hatte Erin neben Woody Allen platziert, weil ich mir dachte, sie könnte seine neue Muse werden. Leo Clement hatte ich neben Erins Vater und eine lesbische Modedesignerin gesetzt, an einen Tisch, wo das Durchschnittsalter bei sechsundsiebzig lag, sodass er gar nicht auf die Idee kommen würde, neue Geschichten für WER TREIBT'S MIT WEM? zu erspinnen.

Leos Anrufe hatten nicht aufgehört. Und das fand ich verrückt. Vielleicht glaubte er, dass mich Demütigungen in der Boulevardpresse anturnten. Meinetwegen sollte er denken, was er wollte. Ich würde nie wieder mit ihm sprechen.

»Was ist das denn, mein Engel?«, fragte Brian, als er ein paar Macadamianüsse vorbeibrachte.

»Der Sitzplan für die …« Als ich in Brians warmherzig lächelndes Gesicht sah, ließ ich meinen Satz unvollendet. Ich hielt die Luft an. Ich hatte einen Geistesblitz. »Arbeitest du am nächsten Wochenende?«

»Nein.«

»Bist du in England?«

»Ja. Ich bin auf Heimaturlaub. Es sind sintflutartige Regenfälle vorhergesagt.«

»Möchtest du auf Rachels Hochzeit in Devon mein Beschützer sein?«

»Oh, wie in diesem Film *Die Hochzeit meines besten Freundes*! Ich könnte dein schneidiger eleganter schwuler Begleiter sein.«

»Würdest du das machen?«

»Mit Freuden!«

Ich jubelte. Ich hatte einen Begleiter. Auf der Einladung stand *Dresscode: Worin immer Sie sich schön fühlen.* Und so diskutierten Brian und ich jedes Mal, wenn er vorbeikam, um mir Champagner nachzufüllen, sein Outfit, und er kam oft.

»Hm. Ich hab mich letztens auf einer Party ganz toll gefühlt – da bin ich als Wonder Woman gekommen.«

»Rachel hätte vermutlich nichts dagegen … wenn du das möchtest …«

Er überlegte einen Moment.

»Nein«, sagte er traurig. »Ich habe die blaue Satinhose verloren. Ohne die geht das nicht.«

»Dann zieh an, worin immer du dich wohlfühlst.«

»Ich könnte eine Pilotenuniform tragen. Und könnte

dich dann in meine Arme nehmen, wie Richard Gere das am Ende des Films macht. Ach, warte, nein, das geht auch nicht, ich hab's im Rücken, weil ich mich letztens, als ich ein schweres Handgepäckstück in den oberen Schließfächern verstauen musste, verhoben habe.«

Und so ging es weiter. Uns blieben Tausende von Kilometern, um dieses Problem zu klären. Schließlich entschied Brian, einen roten Anzug zu tragen. Ich fand das nicht ganz so toll, aber er sprühte vor Begeisterung, sodass ich diese nicht dämpfen wollte, indem ich etwas anderes vorschlug.

Mindestens neunzig Minuten lang waren wir damit beschäftigt, einen gut aussehenden Millionär als Tischnachbarn für ihn zu finden, denn da ich am Kopfende saß, würde ich ihm nicht Gesellschaft leisten können. Schließlich hatte ich noch einen weiteren Geistesblitz.

»Du kannst neben Dominic sitzen. Er ist ein schwuler Theaterregisseur. Schneidig. Hat mich als der Bohnenstängel in *Jack und der Bohnenstängel* gecastet … aber wir drücken mal ein Auge zu«, sagte ich, radierte den Namen von Dominics Tischnachbarn weg und ersetzte diesen durch den von Brian. Und Dominics Tischnachbar setzte ich an den Altentisch mit Leo Clement.

»Wer ist das? Was hast du neben die Namen da geschrieben?« Er bückte sich und las das, was ich in winziger Schrift neben die Namen von Ruth und Simon gekritzelt hatte: *wenn möglich weit entfernt vom Haupttisch platzieren oder hinter einer Säule.*

»Das ist Simon«, teilte ich ihm leise mit.

»Wie? Der Bananenmann?«

»Hm, er und Yogafrau und das kleine Mädchen werden da sein.«

»O du Fröhliche!«

»Es wird mir gut damit gehen«, sagte ich.

Brian sah mich an, als würde er mir das nicht abnehmen.

»Gut?«

»Na ja, so gut eben, als ob man mir mit einer Mistgabel in den Fuß gestochen hätte«, verdeutlichte ich.

»Dein wirklich heißer schwuler Begleiter wird für alle Fälle eine Packung Kleenex in der Tasche seines roten Anzugs haben.«

»Danke.«

Mir wäre es lieber gewesen, Simon und seine Familie hätten ihre Einladung zur Hochzeit abgelehnt. Nicht dass ich sie nicht sehen wollte. Irgendwann musste das ja passieren. Ich wollte sie nur nicht an einem fröhlichen Tag sehen, mehr nicht. Ich wusste, dass es mir emotional nahegehen würde. Weshalb ein Volkstrauertag oder die Zeit nach einer Naturkatastrophe für ein Treffen besser geeignet gewesen wären. Eigentlich jedes Ereignis, wo die Leute öffentlich ihrem Schmerz und Kummer in Tränen freien Lauf lassen.

82

Meine schwelenden Ängste wurden langsam unerträglich. Vom Flughafen aus nahmen wir alle ein Taxi. Rachel und Eamonn setzten mich als Erste ab. Es war das erste Mal seit Tagen, dass ich ohne sie war. Plötzlich gab es nichts mehr, was mich von mir hätte ablenken können.

Simon hatte keine Nachricht hinterlassen. Ich suchte alles ab. Ich sehnte mich nach ein paar Worten. Dabei wusste ich nicht einmal, welche Worte das hätten sein sollen. Aber ich wollte Buchstaben auf einem Blatt sehen, die alles besser machten. Worte, die unter Simon und mich einen Schlussstrich zogen. Worte, die besagten, dass die Qual vorbei war. Und weg damit. Es kann weitergehen. Obwohl ich den Ausdruck »weitergehen« immer gehasst habe. Wenn Leute meinten, es müsse weitergehen, dann habe ich mich üblicherweise immer ganz schnell abgewandt und bin in die nächste Bar gegangen. Aber ich wünschte mir so sehr eine Nachricht von Simon, damit es weitergehen konnte. Ich brauchte einen Abschluss.

Als ich den Papierkorb für den Fall durchforstete, dass er einen Brief geschrieben, es sich dann aber anders überlegt hatte, fand sich auch dort nichts. Sogar im Badezimmer sah ich nach. Nichts. Nur etwas Schimmel. Die Küche brachte ebenfalls keinen Erfolg, lediglich die verrotteten Überreste einer Tomate fanden sich im Kühlschrank.

Es war nicht das Ende, das ich mir vorgestellt hatte. Es fühlte sich überhaupt nicht nach Ende an. Es erinnerte eher an eine illegal gebrannte DVD, deren Bildqualität zwar gut ist, die aber nicht den ganzen Film zeigt, sodass man nur dasitzen und auf den Bildschirm starren kann und nicht weiß, was man mit sich anstellen soll. Und ich tat so ziemlich dasselbe, was ich auch in diesem Fall getan hätte. Ich machte mir eine Tasse schwarzen Tee, weil keine Milch da war, und ging zu Bett.

Zum Glück war es nur für eine Nacht. Am nächsten Morgen holten Eamonn und Rachel mich ab, um nach Devon zu fahren. Fast die ganze Strecke entlang der M4 und der M5 musste ich an Simon denken. Und dachte noch immer an Simon, als wir von der Autobahn abfuhren und hinter einem Traktor mit fünfundzwanzig Stundenkilometern herzockeln mussten. Doch wenn ich an ihn dachte, dann war er nicht mein Simon. Der alte Simon. Der Simon, der mit mir nach Devon gefahren war. Der Simon, der mir die Füße massierte. Der Simon, der sich über meine Blowjobs lustig machte. Er war ein neuer Simon, den ich nicht kannte. Ruths andere Hälfte und Annas Dad. Jemand, der zweifellos über Schulbezirke und das Abstillen redete und ein Spucktuch mit Erbrochenem darauf über der Schulter trug. Jemand, der mit einem Mädchen namens Ruth zu Bett ging und nachts wach wurde, um sein wunderschönes Baby zu knuddeln. Jemand, der seine Zukunft kannte und wusste, wer die Hauptrollen darin spielte. Und sie lebten glücklich und zufrieden.

Aber wo verdammt noch mal blieb *mein* glückliches Ende?

»Das musst du schon selbst rausfinden«, flüsterte ich laut. Eamonn hatte die Rolling Stones so weit aufgedreht, wie der kleine schwarze Knopf das zuließ. Und so hörte mich keiner. »Wo ist mein glückliches Ende?«, flüsterte ich wieder.

Plötzlich drehte sich Rachel, die auf dem Beifahrersitz saß, zu mir um und legte ihre Hand auf mein Knie.

»Wir sind bald da. Geht's dir gut da hinten, Sarah?«, schrie sie.

Sie lächelte.

Und ich fühlte mich elend.

83

Anstatt traditioneller Junggesellinnen- und Junggesellenabende hatten Eamonn und Rachel sich für ein Männer- und ein Frauendinner am Vorabend der Hochzeit entschieden. Rachel hatte keine Lust auf einen langen anstrengenden Abend, an dem von ihr verlangt wurde, Sprühsahne vom Hintern eines Strippers zu lecken. Sie wollte was Schlichtes, das ihr erlaubte, sich wann immer sie wollte, davonzuschleichen und zu Bett zu gehen. Deshalb fand der Abend für die Frauen auch in dem georgianischen Haus statt, in dem alle Gäste untergebracht waren und wo auch die Hochzeit stattfinden würde. Die Männer wurden mit dem Bus in ein örtliches Fischlokal gefahren.

Erin und ich brachten die paar Stunden vor dem Junggesellinnenabend damit zu, den Speisesaal für Rachel zu schmücken. Wir hatten Platzdeckchen mit Fotos von Rachel gemacht, auf denen sie umwerfend aussah. Wir hatten einige peinliche Fotos von Rachel vergrößert und an die Wände gepinnt. Ich besaß ein paar ganz tolle von ihr aus ihrer Zeit auf der Klosterschule. Und ich hatte auch eins von ihr in der Stellung des Hundes gemacht. Das hatten wir mit den Worten Es ist Rachels Junggesellinnendinner – Ärsche hoch! an die Tür geklebt. Im ganzen Raum verteilten wir Kerzen und rosafarbene Luftballons.

»Das haben wir gut hingekriegt«, sagte Erin, die an der Tür stand und ihre Blicke durch den Raum schweifen ließ. Sie trug ihr Haar zu einem Pferdeschwanz zusammengebunden und eine Latzhose. Sie sah tatsächlich aus, als spiele sie bei *Unsere kleine Farm* mit. Am liebsten hätte ich gesagt: Gute Nacht, John Boy!, tat es aber nicht. Ich trug die Jeans, die ich im Flieger getragen hatte, und dazu einen Pullover mit einem Loch unter dem Arm und darüber eine Strickjacke. Ich hatte vergessen, wie kalt es in England war. Meine Haare hingen ungebürstet herunter. Ich war nicht geduscht, weil ich zu spät aufgestanden war und noch hundert Sachen zu erledigen waren. Ich fühlte mich wie jemand, zu dem man auf der Straße sagte: Hier haben Sie siebzig Pennys, gönnen Sie sich eine Tasse Tee.

»Ich denke, das hätten wir. Oh. Mist. Ich habe eine Karte gekauft, die wir alle unterschreiben können. Sie ist oben auf meinem Zimmer, Erin, ich lauf rasch hoch und hol sie, bin gleich wieder da.«

Ich lief an ihr vorbei und hatte gerade meine Hand auf der großen Bronzeklinke, als ich spürte, wie diese sich bewegte. Ich verharrte, um zu sehen, wer zu uns reinwollte.

»Oh, Sarah, sorry.«

Es war Ruth. Sie sah hübsch aus, aber erschöpft. Doch ich schaute ihr gar nicht richtig ins Gesicht, denn vorne an ihr dran hing ein kleines, haariges Geschöpf. Es hatte dicke rote Wangen und Unmengen weicher schwarzer

Haare, die in die Höhe standen, und große blaugrüne Augen. Sie erinnerte an die Miniaturversion von Simon für einen *Herr-der-Ringe*-Film. Das war die kleine Anna. Sie war ein unglaublich bezauberndes Wesen.

»Das ist Anna«, sagte Ruth.

Aber mir hatte es die Sprache verschlagen. Ich hatte nur Augen für Anna. Sie war das Coolste, was ich je gesehen hatte. Das war der Abschluss, auf den ich gewartet hatte. Das war alles, was ich wissen musste. Sie war ein Teil von Simon. Sie war ein kleines Bündel aus seinen Genen und seiner Energie, und sie stand ganz am Anfang ihrer Reise in diese Welt.

»Ich habe versucht, ein ruhiges Plätzchen zu finden, wo ich sie stillen kann.«

Jetzt musste ich einfach was sagen. Aber dieses Ding mit den verrückten Haaren hatte mich tatsächlich sprachlos gemacht.

»Komm rein, wir sind fast fertig. Hier drinnen hast du deine Ruhe, wenn du sie füttern musst«, sagte Erin, die auf uns zukam. Sie sah Anna an und gurrte: »Die ist aber süß.«

Aber Anna hatte nur Augen für mich.

»Ja, entschuldige, Ruth, komm rein«, brachte ich endlich über die Lippen.

»Danke.«

Sie trat ein und fragte: »Wie geht es dir, Sarah?«, dann stellte sie ihre Tasche auf den Boden und setzte sich auf einen der Stühle im Speisesaal.

»Gut. Und dir?«

»Nicht schlecht«, sagte sie und holte Anna aus dem Tragegurt. Anna trug einen kleinen in Babyblau und

Weiß gestreiften Strampelanzug, der ein wenig nach Sträfling, ein wenig nach Baby Gap aussah. »Oh, mein Handy klingelt, könntest du …« Ruth hielt inne und reichte mir Anna zum Halten.

»Äh … soll ich sie nehmen?«, fragte ich.

Anfangs hielt ich das weiche Bündel von mir weg, aber dann barg ich sie in meinen Armen. Wie soll ich sie beschreiben? Sie war mehr als zauberhaft. Sie war ein kostbares Wunder, das ich für immer beschützen wollte. Ich weiß, wie abgedroschen und beschissen sich das anhört, aber ich hatte das Gefühl, diese kleine Person, die ich eben erst kennengelernt hatte, bereits zu lieben. Womöglich sah ich sie nie mehr wieder, aber ich wusste, sollte sie während der nächsten sechzig Jahre irgendwas brauchen, würde ich alle Hebel dafür in Bewegung setzen. Was auch immer es war. Das war die kleine Anna. Wow.

Ich schaute sie an. Anfangs dachte ich, ich bilde mir das nur ein. Hielt es für einen LSD-Flashback. Aber sie lächelte. Sie öffnete ihren Mund und zeigte mir ihr Zahnfleisch, aber es war keine Grimasse der Qual oder der Beginn eines Gebrülls. Sie lächelte wirklich. Ich weiß, dass es eigentlich nur ein Reflex gewesen sein kann, denn sie war noch zu klein, um schon bewusst zu lächeln. Aber ich halte mich lieber daran fest, dass es ein richtiges Lächeln war. Und ich versuchte dieses Lächeln zu erwidern. Ich nahm mir einen Stuhl und setzte mich mit ihr und wiegte sie in meinen Armen. Das einzige Baby, das ich nicht zum Weinen gebracht hatte, brachte mich zum Weinen. Hier hatte ich mein Ebenbild gefunden.

»Kommst du zurecht mit ihr, Sarah?«

»Hm«, murmelte ich. Ich wollte nicht, dass Ruth mich

weinen sah. Das war eine Angelegenheit zwischen Anna und mir.

»Gib her, ich nehme sie dir wieder ab«, sagte Ruth.

»Sie ist wunderschön«, sagte ich und schluckte.

»Sie kommt nach ihrem Dad.« Ich nickte und lächelte und schaute auf meinen Schoß. »Wenigstens hat sie nicht meine große Nase mitbekommen.«

»Du hast doch gar keine große Nase«, log ich.

Schweigen. Ich war gelassen. Emotional ein wenig angeschlagen, aber gelassener ob der ganzen Situation denn je zuvor. Simon und Ruth hatten dieses beeindruckende lächelnde, niedliche kleine Ding im Strampler hervorgebracht. Darauf konnte ich doch unmöglich eifersüchtig sein. Jetzt konnte ich gehen. Es war gut, dass sie alle hier waren. Alles würde gut werden. Endlich.

»Sarah«, begann Ruth. »Es tut mir leid, dass …«

Ich wehrte ihre Worte mit einer dieser »Keine-Umstände«-Gesten ab, wie man sie macht, wenn man jemandem zwanzig Pence geliehen hat, und er versucht, sie einem zurückzugeben. Das kam uns beiden so lächerlich vor, dass wir lachen mussten.

»Ist schon gut. Ich bin froh, dass ihr alle glücklich seid.«

»Ja«, sagte Ruth, aber sie sah überhaupt nicht glücklich aus, als sie das sagte.

»So, ich gehe jetzt besser und mache mich fürs Dinner fertig …«

»Er ist nicht glücklich, Sarah.«

»Was?«

»Simon ist nicht glücklich.«

»Oh …«

»Ich meine, er hat geschäftliche Sorgen. Diese Viagra-

Dinger haben sich so gut wie gar nicht verkauft. Aber mit mir ist er auch nicht glücklich. Glaub ich jedenfalls. Wir möchten zusammenbleiben, aber die große Liebe ist es nicht.«

Ich spürte, wie meine Hand sich verkrampfte. Nicht, weil ich ihr eine Ohrfeige geben wollte, sondern weil ich nicht hören wollte, warum Simon nicht der perfekte Mann war. Mein Atem ging etwas schneller. Ich musste etwas sagen.

»Ruth … ich glaube nicht, dass wir dieses Gespräch führen sollten, deshalb werde ich jetzt auch nur eins sagen und dann gehen.« Sie sah mich erstaunt an, als rechne sie damit, von mir verhauen zu werden. »Simon ist einer der freundlichsten, lustigsten, positivsten, hübschesten und besonders toll aussehenden Menschen auf diesem Planeten mit ganz viel sozialer Intelligenz. Verlier ihn nicht. Ich darf das sagen, weil ich ihn verloren habe. Aber ich habe ihn an Gewinner verloren, die ihn verdient haben.« Ich sah dabei Ruth und Anna an. »Verlier ihn nicht, Ruth, denn du wirst es bedauern. Seit Simon und ich uns getrennt haben, ist kein Tag vergangen, an dem ich nicht in den Spiegel geschaut und gesagt habe: Sarah, du Dummkopf! Was hast du getan? Aber es ist gut, dass ihr eine Familie seid. Lern du aus meinen Fehlern, Ruth. Sorg dafür, dass es funktioniert, denn du wirst keinen besseren Kerl finden als Simon.«

Ruths Mund stand offen, als ich sie verließ. Und sie machte während der kurzen Zeit, die sie am Junggesellinnendinner teilnahm, einen recht aufgewühlten Eindruck. Ich wusste, dass sie mit mir reden wollte, und ich schäme mich, zugeben zu müssen, dass ich ihr den ganzen Abend aus dem Weg ging. Aber ein Gespräch mit ihr über die Probleme, die sie mit Simon hatte, stand nicht auf meiner Liste der Prioritäten für diesen Abend. Ich wollte mich nicht in den Problemsumpf von Simon und Ruth hineinziehen lassen. Also tat ich es auch nicht. Ich saß neben Rachel. Ich lernte ihre Familie kennen und Eamonns Familie und jede Menge attraktiver Frauen, die mit Filmregisseuren verheiratet waren. Und nach dem Abendessen veranstaltete ich eine Briten-gegen-Yankees-Scharade im Salon, wo wir Kaffee und Likör zu uns nahmen.

Als ich an diesem Abend in Rachels und meinem gemeinsamen Zimmer zu Bett ging, wandte sie sich, bevor sie die Lampe ausknipste, an mich und sagte: »Ich danke dir, Sarah, es war perfekt.«

Und ich wusste, dass sie das nicht gesagt hätte, wenn ich den halben Abend heulend in einer Ecke mit Ruth zugebracht hätte. Also nahm ich mir vor, auch am nächsten Tag an meiner Simon-und-Ruth-Vermeidungstaktik festzuhalten. Obwohl ich hoffte, noch mal mit der kleinen Anna schmusen zu können. Und an sie dachte ich, als ich einschlummerte.

84

»SARAH!!!«

Das war Eamonns Stimme. Er klopfte laut an die Tür. Ich riskierte ein Auge und konzentrierte mich auf die Nachttischuhr. Es war 7:14 morgens.

»Er darf mich vor der Hochzeit nicht sehen«, zischte Rachel.

»Mein Gott, Eamonn«, flüsterte ich, als ich zur Tür kam. »Du kannst mich doch nicht am Abend mit der verrückten irischen Seite deiner Familie bekannt machen und mich dann am folgenden Morgen anschreien. Das ist Missbrauch. Ich werde die Gewerkschaft einschalten.«

»Sieh dir das erst mal an«, sagte er und warf mir etwas hin.

Es war ein billig gemachtes Blatt für Promiklatsch.

»Der *National Enquirer*. Cool. Danke«, sagte ich.

Ich starrte auf das Titelbild, das Angelina Jolie, deren Schweißflecken in der Achselhöhle mit einem Kreis hervorgehoben waren, zeigte, und fragte mich, warum Eamonn ausgerechnet an diesem Tag den Zeitungsjungen spielte. Offenbar hatte er Muffensausen vor der Hochzeit.

»Schau rein.«

Ich begann zu blättern.

»Ich brauche dringend eine Tasse Tee«, stöhnte ich.

»Es steht auf der nächsten Seite.«

»Was?«, fragte ich, hob meinen Kopf von einem Artikel mit der Überschrift SCHOCKIERENDE BEISPIELE PLASTISCHER CHIRURGIE und sah Eamonn an. Sein Ausdruck sagte mir, dass ich das, was auf der nächsten Seite stand, lieber nicht sehen wollte. »Was ... was ... was steht auf der nächsten Seite, Eamonn?«

»Sieh sie dir an.«

»Nein«, schrie ich.

Aber dann beruhigte ich mich. Das einzig Peinliche, was mir seit einer Ewigkeit passiert war, hatte mit einem unglücklichen Vorfall auf einer Toilette und in einer Hecke zu tun, aber darüber konnte unmöglich ein Artikel im *National Enquirer* erschienen sein. Also blätterte ich um.

»Oh.«

»Genau.«

Die Schlagzeile lautete:

ICH HABE IHN NICHT GEVÖGELT,
SAGT DER ENGLISCHE STAR

Ich muss zugeben, dass ich die Verwendung des Wortes »Star« ganz nett fand. Normalerweise hätte sie mich dazu bewogen, tänzelnd zu einer Flasche Schampus zu greifen. Aber in diesem Fall konnte ich nur stöhnen. Denn unter der Schlagzeile war ein Foto von mir abgedruckt. Aber nicht irgendein Foto. Auf diesem Foto war ich ungeschminkt. Nein, das ist gelogen. Ich hatte sogar sehr viel schwarzen Eyeliner im Gesicht, nur war der von der Nacht davor und über meine Wangen verschmiert. Ich starrte auf meinen Laptop in meinem Schoß. Und es sah nicht so aus, als wäre das Verhältnis von Hals zu Kinn normal. Nein, es sah aus, als hätte ich dort, wo mein Hals hätte sein sollen, den Bauch eines Fettleibigen. Mein Gesichtsausdruck signalisierte »Verdauungsprobleme«. Sehr intelligent sah ich nicht aus. Eher wie jemand mit einem sehr eingeschränkten Genpool.

Ich las den Artikel.

Englische Schauspielerin empört über sexuelle Verleumdung. Sarah Sargeant, 34…

»Vierunddreißig!!!?«

... entdeckt in einer englischen Zeitschrift namens Nads, dass Leo Clement obszöne Bemerkungen über sie verfasst hat. Das wirft die Frage auf: Ist Leo Clement der Frauentyp, der er vorgibt zu sein, und bringt Palmer Newsome den Stand der PR-Agenten in Misskredit?
Carol Bronchstein geht der Sache nach.

»O Carol«, sagte ich traurig.

»Ist das die Frau, mit der du im Hotelfoyer gesprochen hast?«

»Ja, aber ich fand sie nett.«

»O Sarah.«

»Ich blöde Kuh.«

»Ja. Genau.«

»Ich bin ihr im Foyer begegnet, als du deinem Vögelchen den Heiratsantrag gemacht hast«, sagte ich zu ihm. »Also ist es praktisch gesehen dein Fehler.«

Ich starrte traurig auf das Foto. Der *National Enquirer* war allerdings so freundlich gewesen, auch noch ein Alternativfoto von mir anzubieten. Jetzt hätte man hoffen können, dass sie dafür ein Pressefoto verwendeten, dann hätte der Leser sehen können, dass dieses einfach nur wenig schmeichelhaft war. Aber nein. Sie verwendeten ein Standfoto aus dem You-Tube-Internet-Werbespot für Lümmelconga.

Ich las den Artikel, laut dem ich Leo unter anderem einen Schwachkopf genannt hatte. Offenbar hatte Carol sich an die Fersen von Leo und an die der PR-Agentin

Palmer geheftet. Sie behauptete, Palmer schreibe Leos Kolumne. In dieser Woche hatte er angeblich einen flotten Dreier in seinem Whirlpool in Malibu, obwohl er tatsächlich auf Lanzarote surfen war.

Zum Glück klingelte in diesem Augenblick mein Handy.

»Das ist meins, Eamonn. Ich gehe lieber ran, falls es was mit der Hochzeit zu tun hat. Warte einen Moment.« Ich rannte rasch zurück ins Zimmer und schnappte es mir vom Nachttisch. »Hallo?«

»Sarah, Sarah, Sarah.«

»Ist das etwa mein Lieblingsagent? Mann, dass du mich an einem Samstag um diese Zeit anrufst. Behandelt man so einen Star?«

»Hm.«

»Was ist denn? Du klingst, als würdest du gerade deinen Kopf in den Ofen stecken.«

»Wenn du das nächste Mal Schwarzarbeit machst, informierst du mich bitte.«

»Was? Wovon redest du? Ich habe keine Schwarzarbeit gemacht.«

»Sarah, ich hatte heute schon Crème de Menthe am Telefon, die waren außer sich.«

»Warum das denn? Was hast du denn gemacht?«

»Ich hatte es versäumt, sie darüber zu informieren, dass ihre heiß geliebte Schauspielerin, das Gesicht der wieder neu auf dem Markt beworbenen Crème de Menthe, außerdem das Gesicht eines Viagra-Produkts auf Pflanzenbasis ist. Und ich glaube nicht, Sarah, dass Crème de Menthe Einwände erhoben hätte, wenn du das Gesicht eines exotischen Parfüms oder irgendeiner Art von Schmuck wärst, aber du bist immerhin das Gesicht eines Produkts, das erektile Dysfunktionen beseitigt! Und Crème de Menthe möchte nicht mit erektilen Dysfunktionen in Verbindung gebracht werden! Also überrascht es nicht, dass sie den Werbevertrag gekündigt haben.«

»Oh«, sagte ich traurig. »Aber … aber … es ist doch nur ein winziger Internet-Spot.«

»Ja, schon, aber dieser Internet-Spot wurde schon über zwei Millionen Mal angeklickt.«

»Was? Tatsächlich? Scheiße. Tut mir leid.«

»Ja, mir auch.«

Ich legte auf.

»Jetzt wollen sie mich auch nicht mehr in diesem Werbespot haben«, sagte ich zu Eamonn.

Er sah mich freundlich an und nahm mich in den Arm.

»Es wird schon noch alles gut, Sarah Sargeant. Nur ein Fall von ein wenig zu viel Kommunikation, glaube ich«, sagte er und ließ mich los. »Bis später. Und pass auf meine Braut auf.«

Nie wieder würde ich Arbeit bekommen, weil ich einem Schauspielerkollegen zu Recht übel nachgeredet hatte. Mir war ein lukrativer Werbespot durch die Lappen gegangen. Das musste erst mal verdaut werden. Ich konnte jetzt nicht weiterschlafen. Ich schlüpfte in Rachels Stiefel und eine Jacke und brach zu einem Spaziergang auf.

Ich hatte gehofft, mir erst noch eine Tasse Tee sichern zu können. Aber es befanden sich bereits Gäste im Frühstückszimmer, und ich hielt es für klüger, Menschen aus dem Weg zu gehen. Also schlich ich mich durch die Vordertür hinaus und lief einen Pfad entlang, der in einen

Wald führte. Die Luft war frisch und kein Vergleich zu Camden oder L. A. Ich folgte dem Pfad, bis ich zu einer Bank an einer Lichtung kam, von wo aus man das Meer sah. Es war wunderschön.

Ich hätte gern »Devon, ich bin in Devon« gesungen, war aber etwas durcheinander. Gleich würde ich Leo auf der Hochzeit sehen, aber ich hatte ihn in einem Klatschmagazin einen Schwachkopf genannt. Deshalb musste er eigentlich auf die Liste der Menschen gesetzt werden, von denen ich mich am besten fernhielt. Wenn die noch länger wird, dachte ich, ist es vermutlich ratsam, auf meinem Zimmer zu essen. Und ich hatte meinen lukrativen Werbefilm wegen eines Potenzmittels verloren. Das war nicht einfach nur Müll. Das war vier Wochen alter Müll während eines Streiks der Müllabfuhr. Aber obwohl er stank und ekelhaft war, brachte er mich auf eine Idee. Ich holte rasch mein Handy aus meiner Tasche und wählte die Nummer des Hotels, in dem ich während meines L.-A.-Aufenthalts gewohnt hatte.

»Hallo, könnten Sie mich bitte ins Strandrestaurant durchstellen? … Danke. … Hallo, bei Ihnen arbeitet eine hübsche Kellnerin. Sie hat dunkle Haare und hat eine Diät … o ja … das ist sie … sie ist nicht zufällig da? Hervorragend! Könnte ich sie sprechen? … Hallo, hier ist Sarah Sargeant, Sie haben mir Ihr Buch *The Secret* geliehen … O nein, er ist noch immer mit ihr zusammen. Aber hören Sie, ich bin raus aus diesem Werbefilm. Sie könnten also den Regisseur kontaktieren. … Wieso nicht? Sie haben doch nichts zu verlieren. … Cool.«

Wir tauschten unsere Telefonnummern, und ich wollte ihr gerade die Informationen durchgeben, die sie brauchte, als ich etwas hörte. Es war das Knirschen von Kies und eine vertraute Stimme in meiner Nähe. Ich musste mich verstecken. Ich verließ im Laufschritt den Pfad und hetzte den bewaldeten Hang hinauf. Hinter einem Baum versteckt, versuchte ich meinen Atem zu beruhigen und lauschte.

»Jay! Kumpel! Beruhige dich. Erzähl es mir langsam ... Wie viele? Wie viele? ... Jay, Kumpel, so beruhige dich doch. Nein, nein, nein ... Hab nichts geraucht! ... Ja.« Es war Simon. »Zeig mir das Geld!«, jubelte er. Ich musste lächeln. »Was ist denn passiert? Hast du irgendwo eine Anzeige geschaltet? ... The national was? Oh. *National Enquirer!* Was, meine Sarah? Wie eine Vogelscheuche? ... Gott segne sie ... äh ... meine Sarah Sargeant.« Ich wartete darauf, dass er meinem Namen noch hinterherschob »so eine Irre«, aber es kam nichts. Er beließ es dabei. Er sagte meinen Namen voller Wärme. Er sagte bloß meinen Namen voller Wärme und das bedeutete mir so viel.

Wieder Kiesknirschen, als er weiterging. Ich begann den Abstieg zurück zum Weg. Aber ich blieb erneut wie angewurzelt stehen.

»Hey, Kumpel!«, schrie Simon. »Hey, du!« Offenbar rannte er.

»Hey.«

Es war nur Leo Clement.

»Du weißt nicht zufällig, wo ich hier einen Zeitungsladen finde?«

»O nein. Aber du könntest an der Rezeption fragen, die können dir bestimmt weiterhelfen.«

»Danke.«

»Wonach suchst du denn?«

»Nach dem … wie hieß der noch mal? *The National Enquirer.*«

»Komm mit.« Leo lachte. »Ich habe einen ganzen Stapel.«

Ich beugte mich vor und sah sie den Pfad entlangjoggen.

»Hebst du Gewichte?«, hörte ich Simon fragen.

»Nein. Ich surfe«, antwortete er, bevor sie außer Hörweite waren.

Ich musste an Leo Clement in seinem halb hochgezogenen Neoprenanzug denken und daran, wie er mein Gesicht mit seinen rauen Händen gehalten hatte, bevor er mich küsste. Und da wurde mir etwas klar.

Leo Clement! Wenn er eigentlich gar kein Frauenheld war, was war das dann mit mir? Könnte es vielleicht echt gewesen sein? Hatte er mich womöglich wirklich gern? Ich würde ihn ja später auf der Hochzeit sehen.

Mein Magen begann zu flattern, als wäre er Gastgeber eines Tanzwettbewerbs.

85

Rachel und ich machten uns in unserem Zimmer fertig. Nachdem die Damen für das Make-up und die Frisuren gegangen waren, standen wir beide vor dem wandfüllenden Spiegel.

»Ach, Sarah, hast du der Dame die CD mit dem Lied gegeben, zu dem wir hereinkommen?«

»Du meinst *I Still Haven't Found What I'm Looking For*?«

»Sarah!«

»Oder meintest du *Road to Hell*?«

»Sarah, es ist mir ernst damit. Hast du …«

»Was denn? *Fifty Ways to Leave Your Lover*?«

»Ich höre gar nicht hin. Ich weiß, dass du es gemacht hast.«

»Ja, ich habe *Love Is a Battlefield* heute Morgen nach unten gebracht und der Dame gegeben.«

»Ich werde jetzt nicht darauf eingehen, weil es sonst ewig so weitergehen wird. Hast du Eamonn gesehen?«

»Ja, und er sieht schneidig aus.«

»So ist das also«, sagte sie und betrachtete ihr Spiegelbild. »Ich heirate.«

Rachel trug ein langes cremefarbenes Kleid. Aber ohne jede Ähnlichkeit zur Klorollendame. Es hatte ein Korsagenoberteil, das mit alter Spitze besetzt war, die auch den Saum des weich fließenden Rocks schmückte. Sie wirkte elegant und unaufdringlich. Ihr Haar trug sie offen und leicht gewellt, darauf einen Kranz aus frischen Blumen.

»Du siehst absolut umwerfend aus.«

»Tun wir beide«, sagte Rachel und lächelte mich im Spiegel an.

Ausgerüstet mit dem Wissen, dass Leo nicht der Wichser war, für den ich ihn noch vor Kurzem gehalten hatte, gab ich mir besondere Mühe beim Herausputzen. Ich trug das blaue Kleid, das ich an dem Abend bei Dolph getragen hatte. Für mich war das Leos Kleid. Rachel und ich hatten uns nach einer Alternative umgeschaut, aber nichts annähernd Schönes gefunden. Also hatten wir es reinigen und den kleinen Riss kunststopfen lassen, den Leos Hecke an jenem Morgen danach hinterlassen hatte. Rachel bestand darauf, dass mein Make-up von ihrer Visagistin gemacht wurde. Und so hatte ich Smoky Eyes, obwohl ich wusste, dass die Wimperntusche schon in einer halben Stunde meine Wangen hinunterfließen würde.

»Was meinst du, habe ich bei einem Typen, den ich in einer internationalen Zeitschrift verunglimpft habe, noch eine Chance?«

»Da wäre ich mir nicht so sicher. Aber wenn man so aussieht wie du heute, kann man vermutlich seine Mutter ein Miststück nennen und käme trotzdem gut dabei weg.«

»Vielleicht bringe ich Erins Dad dazu, speziell für mich eine Andacht abzuhalten.«

Es klopfte an der Tür.

»Ist mein kleines Mädchen fertig?«

Das war Rachels Dad, der sie für die Zeremonie die Treppe hinunterbegleiten würde.

»O Mist. Es wird tatsächlich ernst«, japste sie.

»Hm. Du heiratest einen wunderbaren Mann an einem wunderschönen Ort. Ist doch wunderbar, oder?«

»Hältst du es für eine gute Idee? Du weißt schon, im Moment?«, flüsterte sie.

Ich wollte eigentlich sagen: »Sei nicht so ein Dummkopf«, aber ich tat es nicht.

Ich bremste mich.

»Ja«, sagte ich stattdessen und sie lächelte.

86

Es gibt nichts Schöneres als eine Hochzeit. Es ist eine Orgie der Liebe. Ein Fest der Seele. Eine Explosion des Wohlwollens. Wenn ich die Wahl hätte, würde ich jeden Samstag, wenn nicht gerade *X-Factor* im Fernsehen läuft, auf eine Hochzeit gehen.

Eamonns und Rachels Hochzeitszeremonie war jedoch so wunderschön, dass ich vor Freude darüber, daran teilnehmen zu dürfen, gerne für immer auf *X-Factor* verzichtet hätte. Keiner hätte die beiden perfekter trauen können als Erins Dad.

»Ich lernte Rachel vor einigen Jahren kennen, als sie meine Kirche in New York besuchte«, begann Mr. Schneider.

Die Menge brach in »Ahs« aus, und Rachels Granny sagte laut: »Sie war auf einer Klosterschule, sie ist sehr religiös.«

Rachel drehte sich schockiert zu mir um und verzog das Gesicht, während ich meine Wangen einsog. Dann schaute ich Erin an. Ihre Augen wurden groß, und ihr Mund öffnete sich, und ich konnte genau verfolgen, wie bei ihr der Groschen fiel, und sie wusste, wann sie Rachel schon mal begegnet war.

»Ich war angetan von ihrem Temperament und ihrer Lust … am Leben«, fuhr Mr. Schneider fort. »Das Vergnügen, Eamonn kennenzulernen, hatte ich erst vor Kurzem, als er meine Tochter für seinen letzten Film castete. Ich kann nicht genug betonen, wie glücklich ich mich schätze, an diesem wunderschönen Ort hier in England zu sein, um diese beiden Menschen in der Ehe zu vereinen. Das Leben hat sie auf die Probe gestellt, doch in ihrer Liebe sind sie verbunden, um sich dieser Probe gemeinsam zu stellen, und das feiern wir heute. Bitte erhebt euch und singt unser erstes Lied – eins meiner Lieblingslieder: *All You Need Is Love.*«

Es gab nicht wie üblich das peinliche Mitbrummeln eines Kirchenlieds, das keiner kannte. Alle schmetterten den Text mit. Ich drehte mich um, weil ich mir die versammelten Gäste ansehen wollte. Doch ich sah nur Leo Clement. Er trug die Weste und die weißen Schuhe, die er auch damals bei Dolph getragen hatte. Er stand neben Brian, der mir zuwinkte. Leo blickte von seinem Gesangbuch auf und lächelte, und schien mir zu sagen: All you need is love. Aber da musste ich plötzlich an Simon denken.

War Liebe wirklich alles, was nötig war? Vermutlich nicht. Simon und ich hatten einander geliebt, und unsere Beziehung war trotzdem den Bach runtergegangen.

»Ich bin jetzt siebenundzwanzig Jahre verheiratet, und berate Ehepaare in New York. Und sie haben immer das gleiche Problem. Sie hören auf, miteinander zu reden. Deshalb möchte ich Eamonn und Rachel mit auf den Weg geben: Hört nicht auf, miteinander zu reden.« Er lächelte. »Obwohl man meinen könnte, dass Sie, Rachel auf diesem Gebiet keine Ermahnung brauchen.« Dann wurde er wieder ernst. »Sagt euch, wenn ihr voller Liebe für den anderen seid, sagt euch aber auch, wenn der andere sich wie ein Dummkopf verhalten hat. Erzählt einander immer, was ihr empfindet. Es könnte schwerer sein, als ihr glaubt. Und jetzt denke ich, sollten wir unser nächstes Lied singen: *Nothing's Gonna Stop Us Now.*«

Und wir schmetterten alle diese Powerballade, als hinge der Kuschelrock davon ab.

Nach der Zeremonie gab es Champagner und auf dem Rasen vor dem Haus sollten Fotos gemacht werden. Ich hatte während der ganzen Trauung nur geheult und wollte mich mal kurz davonstehlen, um meinen Smoky Eyes kosmetische Erste Hilfe angedeihen zu lassen. Ich war schon fast an der Tür des Haupthauses, als eine Hand meinen Arm berührte.

»Sarah Sargeant!«

»Ja …«, sagte ich zu einem großen Mann mit buschigem braunem Bart.

Er kam mir irgendwie bekannt vor. Er war beleibt und trug einen teuren, aber zerknautschten Anzug.

»Peter Jackson«, stellte er sich vor.

Ich kannte seinen Namen von der Sitzordnung. Aber ich konnte mich nicht erinnern, ob ich ihm schon mal begegnet war, und wenn ja, wo. Dann ging mir ein Licht auf.

»O mein Gott«, sagte ich, bevor ich mich bremsen konnte. »Der Peter Jackson aus *Herr der Ringe*?«

»Ja. Eamonn und ich kennen uns schon lange. Er hat mir Ausschnitte aus seinem neuen Film gezeigt. Ich muss schon sagen, großartige Leistung.« Er sah mich ernst an. »Ganz großartige Leistung. Ich glaube, von Ihnen werden wir noch mehr zu sehen bekommen, Sarah. Sind Sie Engländerin?«

»Ja«, sagte ich. »Aus Croydon.«

Warum ich das hinzufügte, werde ich nie wissen.

»Das wäre mir nie aufgefallen.«

»Wirklich?«

Ich japste nach Luft.

»Wirklich.«

Er nickte.

Wein jetzt bloß nicht, Sarah, sagte ich mir, bitte, bitte, wein einmal nicht in deinem Leben, wenn schöne Dinge passieren.

»O danke … und … entschuldigen Sie, es ist ein rührseliger Tag«, sagte ich und musste danach ganz schnell auf die Toilette.

Es kam mir so unwirklich vor. Peter Jackson fand mich gut in unserem Film. Er suchte mich auf, um mir das zu sagen.

»Sarah«, hörte ich wieder meinen Namen rufen.

O bitte, lass es Woody Allen sein, flehte ich stumm. Aber er war es nicht, es war noch besser. Es war Leo.

»Hey«, sagte ich.

»Hey.«

Unsere Blicke verschmolzen.

»Es tut mir leid.«

»Dir tut es leid! Leo, mir tut es schrecklich leid. Ich habe dich einen Schwachkopf genannt!«

»Dann bin ich also ein Schwachkopf.«

Er lächelte.

»Ich meinte das nicht so. Ich meine, damals schon. Aber nur wegen deiner Äußerungen in deiner Kolumne.«

O ja, Leo, es war mir ernst damit, sehr ernst.

»Du musst mich gehasst haben!«

»Nein!« Ich seufzte. »Na ja, ein bisschen schon.« Ich griff verlegen in mein Haar. »Deshalb bin ich auch nicht auf deine Anrufe eingegangen und …«

Irgendwo ertönte eine Glocke, und ein höflicher Engländer rief: »Würden sich bitte alle für das Gruppenfoto auf den Stufen versammeln?«

Das war auch gut so, denn beinahe hätte ich meine Frisur ruiniert.

»Ich muss nur mal kurz ins Haus, Leo, wir sehen uns später.«

Er bückte sich und küsste mich auf die Wange. Er verweilte mit seinen Lippen ein wenig länger, als angebracht gewesen wäre. Ich schloss die Augen. Es war so intim.

»Sind wir wieder Freunde?«, flüsterte er mir ins Ohr.

Wie hatte es Michael Flatley geschafft, in meinen Bauch zu kommen?

»Hm«, wimmerte ich.

Und ich wusste, dass wir uns später richtig küssen würden, und dies in einem Haus in Devon am Meer, und ich konnte es kaum erwarten.

87

Das Dinner war zu Ende, und ich hatte Ruth oder Simon noch immer nicht gesehen. Das war der einzige Vorteil meiner wirklich nur in Ansätzen hervorragend geplanten Sitzordnung – ich hatte nämlich Peter Jackson zweimal berücksichtigt, dafür Marcus, Eamonns Sohn, vergessen. Aber keiner regte sich auf, schließlich feierte man eine Hochzeit, und alle waren vom Champagner ohnehin beschwipst. Himmlisch.

Das Essen war köstlich. Die Reden waren brillant, wenngleich es nicht so lange gedauert hätte, sich sämtliche Folgen von *Die Sopranos* anzuschauen. Alle schienen aufstehen und das Wort ergreifen zu wollen. Marcus, Eamonns Sohn, war schon als Trauzeuge sehr lustig und anrührend, und am Ende seiner Rede sah ich mit meinen Smoky Eyes wie der Joker in *Batman* aus. Dann erhob sich Eamonn und sprach. Er sagte, dass Rachel ihn erst zum vollständigen Menschen mache.

»Verzeihung.« Das war Rachel, die mit ihrem Käsemesser an ein Glas klopfte und sich erhob. »Ich weiß, dass die Braut normalerweise keine Rede hält, aber es gibt da ein ganz besonderes Dankeschön, das ich gerne aussprechen würde.«

Die Menge verstummte.

»Tja, wo fange ich an? Am besten wohl mit einer kleinen Vorgeschichte. Ich muss euch sagen, dass ich früher nie eine beste Freundin hatte. Offenbar bin ich durchs Leben gegangen und habe wunderbare Frauen kennengelernt, deren Freundschaft ich aber verlor, weil ich anderweitig zu beschäftigt war, um sie zu pflegen. Jetzt sehe ich dem Tod ins Auge. Bitte, wenn ich das sage, ist das nicht makaber gemeint. Ihr sollt wissen, dass ich ihm ins Gesicht schaue mit dem Ausdruck von Lara Croft und dass ich ihm keine Chance gebe. Aber ich bin mir seiner Gegenwart jetzt mehr bewusst denn je. Also möchte ich ein paar Worte über meine wunderbare Freundin Sarah sagen. Sarah gehört zu den Menschen, die immer das Positive sehen. Das hat mich stets genervt. So sagte sie etwa: ›Ich habe zwar Übergewicht, aber auf der positiven Seite können sich die gut fühlen, die dünner sind als ich.‹

Oder: ›Mein Freund hat mich wegen einer anderen Frau verlassen. Ich bin am Boden zerstört, aber irgendwie und irgendwann wird was Gutes dabei herauskommen.‹ Entschuldige, Simon, wo immer du bist; wenigstens können jetzt alle darüber lachen.

Als meine Diagnose feststand, sagte ich zu Sarah, ich wolle kein Mitleid. Ich wollte nicht heulen und in Selbstmitleid baden, ein Entschluss, den ich manchmal bedauerte, wenn Sarah ihr Repertoire wirklich schrecklicher Scherze abspulte.« Alle lachten, ein wenig zu wissend, wenn Sie mich fragen. »Aber jetzt werde ich das Positive sehen und dabei wahrscheinlich doch ein paar Tränen vergießen. Denn hier stehe ich, und es ist der Tag meiner Hochzeit, und ich habe einen Ehemann.« Sie hält inne und lächelt, nachdem sie das Wort »Ehemann« gesagt hat. »Nicht irgendeinen Ehemann, sondern den besten Mann der Welt. Einen Mann, den ich auf eine Weise liebe, wie jemanden zu lieben ich mir zuvor nie hatte vorstellen können. Er heiratet mich zwei Tage, bevor mir eine Brust amputiert wird; er liebt mich bedingungslos und ist bereit, mit mir diese Tortur durchzustehen. Und ich habe eine großartige Freundin – Sarah. So stehe ich heute vor euch wunderbaren Menschen und fühle mich, trotz der Krankheit, die meinen Körper angreift, die mich müde und wütend macht und mich vor Schmerz aufschreien lässt, tatsächlich viel reicher als je zuvor.

Und ich möchte mich deshalb bei Sarah bedanken, die mich auf jedem Schritt dieses Wegs begleitet hat. Bei jedem Arzttermin war sie an meiner Seite und hielt meine Hand. Kein Tag verging, an dem sie nicht angerufen und gesagt hat. ›Ich komme vorbei und mache dir einen Tee.‹

Sie hat es sogar übernommen, Eamonn über meine Krankheit zu informieren, als ich mich dazu nicht in der Lage fühlte. Sie hat mir geholfen, den heutigen Tag zu organisieren. Ich habe mich ihrer Kraft bedient, als ich selbst keine mehr hatte. Und obwohl das Leben mir ein hartes Los zugeteilt hat, fühle ich mich auch sehr, sehr glücklich. Das ist die Wahrheit. Und deshalb möchte ich, dass ihr euch alle erhebt und auf Sarahs Wohl trinkt. Auf Sarah! Sie ist eine Göttin.«

Ich erhob mich, konnte aber nichts sehen. Wieder einmal liefen mir die Tränen in Strömen über die Wangen.

Irgendwann wurden die Tische an die Wände geschoben, und die Band legte los. Eamonn und Rachel hatten für ihren Eröffnungstanz *We Go Together* gewählt, den Song mit dem *Grease* endet. Eamonn sah für einen Mann, der zwei linke Füße hat und auf den so viele Augenpaare gerichtet waren, recht glücklich aus. Ich stand zwischen Dominic und Brian in seinem roten Anzug und jubelte. Ich sollte über ein zweites Standbein als Ehevermittlerin nachdenken, dachte ich, denn die beiden kamen wirklich gut miteinander klar.

»Ein Drink?«, fragte Dominic, als der Song zu Ende war.

»Sehr gern, danke Dom.«

Dominic entfernte sich.

»Halleluja!«, rief Brian und kniff mich in die Taille. »Großartiger Typ. Hat ein bisschen was von Silas Anderson. Beherrschend und beeindruckend.«

Ich verdrehte die Augen.

»Er hält dich für einen Superstar!«

»Mich?«

»Meinte, du seist eine ganz umwerfende Schauspielerin.«

»Das stimmt nicht, oder?«

»O Liebes, nicht weinen. Er hat auch erwähnt, dass du singst, als würde man dich strangulieren. Aber jetzt stell mich endlich dem Bananenmann vor, solange ich noch aufrecht stehen kann.«

»Ich habe ihn selbst noch nicht gesehen«, sagte ich und sah mich um.

»Ist das nicht der mit dem süßen Baby? Und der grässlich aussehenden Blondine?«

»Pst. Sie ist in Ordnung.«

»Beim Dinner waren sie noch da. Vielleicht bringen sie das Baby zu Bett.«

»Hm.«

»O Schätzchen, sieh mal, wer da kommt …«

Ich wusste es, bevor ich mich umdrehte. Ich wusste, dass er von Leo Clement sprach.

»Sarah«, sagte Leo, als er vor mir stand. »Möchtest du tanzen?«

»Oh«, sagte ich und überlegte dabei, ob ich betrunken genug war. »Ja, aber du solltest wissen, dass ich eigentlich nicht das mache, was man gemeinhin unter Tanzen versteht.«

Er lächelte und legte seine Hand auf meinen Rücken, wobei er seine Finger sanft unter den Stoff meines Kleids schob. Brian nickte zustimmend und tat dann, als würde er angesichts von Leos Schönheit ohnmächtig werden. Der Sänger versuchte es mit *Angels.* Zum Tanzen ein Albtraum. Ich zappelte nervös, bis Leo mich an sich ranzog. Ich wusste nicht, was ich mit meinen Händen machen sollte. Also legte ich sie auf seine Schultern. Ich spürte seine Muskeln unter seinem Hemd. Unsere Gesichter waren sich nah. Ich wollte nicht mit ihm reden. Ich gab mir Mühe, ihm nicht auf die Füße zu treten, und lächelte ihn an.

»Ich bin ein Trottel«, sagte er.

»Schwachkopf«, korrigierte ich ihn.

»Okay, ein Schwachkopf… Wirst du mir englischen Slang beibringen, Sarah Sargeant?«

»Mit Sicherheit, Leo Clement. Du wirst von einer Meisterin lernen.«

»Dieser Typ, dein Freund, dein Exfreund, ist das …?«

»Ist jetzt geklärt. Er ist mit seiner Frau und dem Baby hier.«

»Mit diesem süßen?«

»Ja, sie ist süß, die kleine Anna.«

Ich spürte, wie er seinen Griff verstärkte, und schmolz an seiner Brust dahin.

»Wie sehen deine Pläne aus, Sarah Sargeant?«

»Ich habe keine Ahnung, ehrlich gesagt. Aufgrund dieser wunderschönen Geschichte im *National Enquirer* ist mir ein Werbespot flöten gegangen, der es mir erlaubt hätte, ein paar Jahre nicht mehr arbeiten zu müssen. Und deshalb weiß ich darauf wirklich keine Antwort. Ich möchte für Rachel da sein. Aber ich denke, die beiden werden einige Zeit allein verbringen wollen, nur sie beide.«

»Hättest du Lust, etwas Zeit in Malibu zu verbringen?«

»Oh …«

»Wann immer du willst …«

»Ja … äh … Ja, ich denke schon.«

Er küsste meinen Kopf.

»Ich habe allerdings leider kein Gästezimmer.«

»Oh, das ist schlecht«, ich errötete.

»Ich kann dir surfen beibringen.«

Ich musste lachen, als ich mir vorstellte, was ich für eine Figur auf einem Surfbrett abgeben würde. Doch beim Gedanken an mich im Neoprenanzug verging mir das Lachen.

»Vielleicht werde ich besser nur am Strand sitzen und dein Handtuch halten, bis du aus dem Wasser kommst.«

»Sarah.« Das war Rachel, die mir auf die Schulter tippte. »Entschuldige, Leo. Sare, würdest du mir bitte auf der Toilette mit meinem Kleid helfen?«

»Natürlich.«

Mit einem vorgetäuschten Knicks dankte ich Leo für seinen Tanz, hakte mich bei Rachel unter und steuerte die Toiletten an. Simon, Ruth und Anna standen auf dem Flur. Rachel ging strahlend auf Anna zu, die von Ruth im Arm gehalten wurde. Ich hielt mich zurück, weil ich in Gegenwart von Simon nicht wusste, was ich tun oder sagen sollte.

»Sarah.« Er nickte mir zu.

»Hi«, sagte ich. Er sah müde aus. Er sah überhaupt nicht aus wie Simon. Er wirkte älter und als läge das Gewicht der Welt auf seinen Schultern. Er schien jeglichen Pep verloren zu haben. Ich wollte ihn aufheitern. »Hat dir deine kostenlose Werbung gefallen?«

»Oh.« Er lächelte. »Ja, war spitze, besten Dank!«

»War mir ein Vergnügen.«

»Also, wir gehen jetzt«, sagte Ruth unruhig.

»Warum brecht ihr schon so früh auf?«, hakte Rachel nach.

»Anna und ich müssen … zurück nach London«, stammelte sie.

»Oh, ja dann, danke, dass ihr gekommen seid.«

Ich trat einen Schritt vor und lächelte die kleine Anna an, und sie schenkte mir wieder ein breites Zahnfleischgrinsen.

»Du bist die Coolste«, sagte ich ihr, denn sie war es.

»Jaaa!«, sagte Simon und strahlte. Er nahm Anna in seine Arme. »Genau das sagt Daddy auch immer zu dir, nicht? Du bist die Coolste.« Er küsste ihren Kopf, und Anna gluckste.

Ich beobachtete sie. Es war der Moment, in dem die Mistgabel in meinen Fuß gestochen wurde.

»Sie sieht dir so ähnlich.«

Ich wollte es nicht laut aussprechen. Eigentlich dachte ich es nur. Meine Stimme brach ein wenig, als ich es sagte, und mein gequälter Tonfall überraschte alle, mich selbst eingeschlossen.

»Wir bringen dich jetzt besser zur Toilette«, sagte ich überstürzt zu Rachel, und wir gingen.

Ich hielt Rachels Kleid hoch, während sie auf der Toilette saß.

Eingehüllt in alte Spitze sagte Rachel unvermittelt: »Dann weiß er also, dass er die falsche Wahl getroffen hat.«

»Sag das nicht. Sie werden schon klarkommen.«

»Mann, die Energie zwischen ihnen war fürchterlich.«

»Hör auf damit, Rachel.«

»Doch, es stimmt. Zum Glück hast du deinen Schmusefreund Leo!«

»Hm«, sagte ich.

Aber ich lächelte nicht dabei. Simon derart am Boden zu sehen, gefiel mir nicht. Simon am Boden war wie Kalifornien im Nebel oder *X-Factor* in Schwarz-Weiß oder alkoholfreies Bier. Einfach nur schrecklich.

Wir kehrten zurück aufs Fest. Dominic und Brian tanzten. Ich zeigte Brian heimlich den erhobenen Daumen. Simon sprach mit Eamonn, und Rachel gesellte sich zu den beiden. Ich nicht. Ich hielt mich zurück, bis Leo sich mir näherte.

»Hast du das Bootshaus schon gesehen?«, fragte er.

»Nein«, lächelte ich.

»Möchtest du denn das Bootshaus sehen?«

»Hm. Da sollte ich mir wohl besser andere Schuhe anziehen …«

»Okay. Ich kümmere mich um Champagner, du kümmerst dich um deine Füße.«

»Aber zur Varietévorführung müssen wir wieder zurück sein!«

»Die möchte ich auch nicht verpassen«, sagte Leo.

Rachel hatte Sunflower Oil um eine Vorführung gebeten. Ich verriet Leo nicht, dass sie bestimmt gut hundert Kilo auf die Waage brachte.

Ich rannte hoch in mein Zimmer, wo ich Rachels Stiefel fand. Ich streifte meine hochhackigen Schuhe ab und schlüpfte hinein. Beim Verlassen des Raums fand ich eine gefaltete Nachricht auf dem Boden vor der Tür, die ich beim Hereinkommen wohl übersehen hatte. Ich vermutete eine Information das Frühstück betreffend, eins meiner Lieblingsthemen. Ich las sie im Gehen. Es ging nicht ums Frühstück. Und als ich zu Ende gelesen hatte, konnte ich nicht mehr weitergehen. Ich ließ mich auf dem nächsten Treppenabsatz in einen Sessel fallen.

Sarah,
ich schulde Dir eine Entschuldigung. Eine gewaltige sogar. Ich frage mich, ob dies nicht die größte Entschuldigung ist, die ich je ausgesprochen habe.
Ich habe Dir Deinen Simon genommen. Und habe mir dabei wirklich nicht viel gedacht. Ich habe überhaupt nicht viel an Dich gedacht. Ehrlich gesagt habe ich Dich immer für ein wenig verkorkst gehalten. Als ich herausfand, dass Du mit Simon zusammen warst, ging ich nicht davon aus, dass es etwas Ernstes war. Aber anscheinend war es das.
Ich glaube, er liebt Dich wirklich, Sarah. Ich glaube nicht, dass er mich je geliebt hat. Wir waren beide so geblendet von unserer Liebe zur kleinen Anna, dass wir dachten, ein wenig von dieser Liebe würde auf uns abfärben. Aber das ist nicht der Fall.
Also werde ich Simon verlassen. Ich muss ihn gehen lassen, damit er sein Glück findet. Er sagte mir, Du gehst mit jemandem. Aber das tust Du nicht, und so wie du gestern Abend von ihm gesprochen hast, glaube ich, dass Du ihn noch immer liebst. Deshalb weiß ich, dass ich Platz machen muss, damit ihr beide wieder alles ins Lot bringen könnt. Dabei habt ihr beide meine volle Unterstützung. Aber vor allem tut es mir leid. Ich halte Dich für eine bemerkenswerte Persönlichkeit. Wahrhaft bemerkenswert.
Ruth

Ich schaute auf meine Stiefel. Ich sollte zum Bootshaus gehen, um dort mit Leo Clement zu knutschen, dachte ich. Aber wie konnte ich jetzt zum Bootshaus gehen? Mir war, als hätte Ruth wie ein Asteroid in mein Leben eingeschlagen und sich dann aus dem Staub gemacht und mich mit jeder Menge Schutt zurückgelassen. Ich wusste weder was ich denken noch was ich tun sollte.

Leo kam die Treppe hochgerannt, zwei Stufen auf einmal nehmend, und entdeckte mich, wie ich zusammengesunken und lebensmüde dasaß.

»Was ist passiert, Sarah?«

»Ach, ich habe einen Brief bekommen.« Matt hob ich ihn hoch. »Er hat mich ziemlich fertiggemacht.«

»Tut mir leid«, sagte er.

Wie er so vor mir stand, sah er gleichermaßen besorgt und zum Anbeißen aus.

»Nein, mir tut es leid.«

Ich sprang auf, knüllte den Brief zusammen und warf ihn in hohem Bogen Richtung Papierkorb. Ich verfehlte mein Ziel erheblich und musste deshalb hinflitzen, ihn aufheben und hineinwerfen. Ich hätte es nicht getan, wenn ich nicht genau wüsste, dass ich dann den ganzen Abend die Stimme meiner Mutter im Kopf hören würde, die mich tadelte: Was wäre, wenn alle das machten?

Gemeinsam stiegen wir die Treppe hinunter. Und es fühlte sich richtig an. Ich hatte keine Ahnung, was mich mit Leo erwartete. Die Zukunft war ein leeres Blatt, das darauf wartete, beschrieben zu werden. Noch hatten wir nichts verpfuscht. Das konnte man von Simon nicht behaupten. Die Zukunft mit Simon wäre ein großer unordentlicher Raum, vollgestopft mit Verletzungen der Vergangenheit. Er hatte mich mehr verletzt als alle anderen zuvor. Ich hatte lange gebraucht, um mich wieder aufzubauen. Aber das war jetzt geschafft. Und die Konstruktion fühlte sich stabiler an als zuvor. Ich wollte nicht riskieren, dass sie wieder dem Erdboden gleichgemacht wurde.

Am Treppenende nahm ich Leos Hand. Wir türmten durch den Hintereingang hinaus in die milde Nacht.

»Es ist eine wunderbare Nacht«, rief ich.

Ich streckte meine Arme aus und wirbelte herum, den Blick zu den Sternen gerichtet. Leo packte mich mitten in einer Drehung, hob mich hoch und warf mich über seine Schulter.

»Lass mich runter, du wirst dir wehtun, das ist mein Ernst«, kreischte ich und schlug auf seinen Rücken ein.

Aber er ging weiter. Wir näherten uns der Bank, auf der ich am Morgen gesessen hatte. Dort saß jemand, und noch ehe sich dieser Jemand umdrehte, wusste ich, dass es der verflixte Simon war. Er beobachtete uns. Leo bemerkte ihn nicht, er lief einfach mit mir auf der Schulter vorbei. Ich hatte aufgehört zu kreischen. Plötzlich fühlte sich alles falsch an.

»Kannst du mich bitte runterlassen, Leo?«, bat ich.

»Aber ja«, sagte er gehorsam.

»Leo.« Ich sah diesen unglaublich schönen Mann an, der aufgrund eines Fluchs bisher weit hinter seinen Möglichkeiten zurückgeblieben war. »Leo, dort auf der Bank sitzt ein Typ, und das ist der Mann, du weißt schon, der Freund, um den es in dem Brief ging. Der Brief kam von der Frau, mit der er hier war. Sie glaubt, er liebt mich noch immer. Und, o mein Gott! Ich weiß nicht, was ich tun soll. Ich möchte so gern zum Bootshaus gehen, aber es kommt mir so …«

»Mann, das scheint ja wirklich ein großes Ding mit diesem Typen gewesen zu sein.«

»Ich weiß nicht. Wir waren zwar nur ein paar Monate zusammen und haben uns aufgeführt wie Verrückte, und dann verließ er mich wegen einer anderen Frau. Aber eigentlich hasste ich ihn nur dafür, dass er nicht mehr Teil meines Lebens war.«

»Hört sich nach Liebe an.«

»Hm. Fühlt sich aber nach Sadismus an.«

»Also, ich denke, du solltest zu ihm gehen und mit ihm reden.« Leo schürzte die Lippen, lächelte und zuckte dann mit den Schultern. »Ich gehe rein und trinke einen Wodka. Und ich werde mich von dir verabschieden. Vermutlich sollten wir unseren Zug hier und jetzt anhalten.«

»Ja«, seufzte ich traurig.

»Aber ich war gern mit dir zusammen, Sarah Sargeant. Von dem Augenblick an, als ich dich mit Polizeieskorte aus dem Flughafengebäude in L. A. habe kommen sehen, dachte ich, dass du was Besonderes bist.«

Leo drehte sich um und ging. Ich wartete, bis ich ihn zurück im Haus vermutete. Dann lief ich zu Simon, der zum Glück immer noch auf der Bank saß.

Mein Magen rebellierte, als ich ihn sah, als er den Mund vor Erstaunen aufriss und seine Augen groß wurden. Er machte so ein unschuldiges Gesicht.

Und dann warf ich mich neben ihn auf die Bank und schlug auf seine Brust ein.

»Hi, Sarah Sargeant«, sagte er lässig.

»Hau bloß ab«, erwiderte ich schroff.

»Schöne Hochzeit gehabt?«

»Ich schon.«

»Ich genieße gerade diesen friedlichen Abend, und da kommt diese Verrückte und beginnt, auf mich einzudreschen.«

»Gut.«

Simon lachte. Also sagte ich ihm, er solle verschwinden.

Er fragte darauf: »Sollen wir reingehen und tanzen?«

Ich seufzte. Ich tanzte liebend gern mit Simon. Er hatte vollstes Verständnis für mein fehlendes Rhythmusgefühl und hüpfte mit mir herum und interpretierte die Texte. Mir schien, als hätte ich erst neulich mit ihm getanzt. Aber das konnte nicht sein, denn ich hatte ihn ja lange Zeit nicht gesehen.

»Oh«, sagte ich, als mir der Grund dafür klar wurde. »Ich hatte da diese Stripteaseszene im Film. Das war furchtbar peinlich, wie du dir vorstellen kannst. Die einzige Möglichkeit, sie zu machen, war die, mir vorzustellen, dass du da warst und mich auf die Schippe nahmst und riefst: ›Zeig uns deine Bobby Davroes!‹«

Plötzlich kam ich mir erbärmlich vor, ihm das erzählt zu haben. Und ich wünschte, ich hätte es bleiben lassen. Aber er lächelte. Und ich erwiderte sein Lächeln. Es war ein trauriges Lächeln.

»Vielleicht sollten war das mal in echt machen.«

»Was sagst du da?«

»Ich meine, ich weiß, dass ich alles absolut vermasselt habe, und zwar in jeder Hinsicht. Aber du bist die Einzige für mich. Ich kann wirklich nicht ohne dich sein. Es ist alles so beschissen, Sare. Ohne Sarah Sargeant gibt es nicht viel Sonnenschein.«

»Aber … Simon … du hast mich doch verlassen.«

»Ich weiß, und vielleicht kannst du mir das auch nicht verzeihen. Ich weiß nur, dass ich meinen Kumpel vermisst habe. Und ich flog rüber zu dir, aber dann sah ich dich mit diesem Typen.«

»Ich war gar nicht mit ihm zusammen. Ich konnte nicht mal mit ihm vögeln, weil ich an dich denken musste, du Mistkerl.«

»Und dann in Facebook all die Typen, die mit dir ausgehen wollten. Ich dachte, ich lasse dich besser in Ruhe.«

»Oh«, sagte ich.

Julia hatte sich offenbar mitreißen lassen und kein Ende gefunden, fremde Männer zu bitten, mich auf meiner Facebook-Seite anzubaggern.

»Was meinst du, kannst du uns noch eine zweite Chance geben?«

Ich antwortete nicht. Ich schaute hinaus in die Dunkelheit.

Ich hatte einmal eine ganz wunderbare Beziehung zu einem Mann namens Simon. Wir hätten glücklich und zufrieden bis ans Ende unserer Tage zusammenleben können. Taten wir aber nicht. Unsere wunderbare Beziehung folgte den üblichen ausgetretenen Pfaden.

Sie ging den Bach runter.

Ist es nach alldem, was mit uns geschehen ist, möglich, ein zweites Mal anzufangen und es richtig hinzukriegen?

Ich weiß es nicht.

Ich weiß es wirklich nicht.

Aber ich werde es versuchen.

»Na komm schon«, sage ich.

Mein Kinn zuckt, als würde ich gleich losheulen. Ich blinzle die Tränen zurück, weil ich ihn ansehen möchte. Er ist hier, mit seinen dunklen Haaren. Und diesen blauen Augen, die meinen so ähnlich sind. Als würde man in einen Spiegel schauen. Er ist so sehr Teil von dem, was mich ausmacht. Als käme er vom selben Stern.

»Ich liebe dich, Simon Gussett«, sage ich und war mir nie im Leben einer Sache so sicher.

Er lächelt. Auf seiner Wange glänzt eine Träne.

»Ich liebe dich, Sarah Sargeant.«

Unsere Gesichter sind sich sehr nah. Er beugt sich vor und küsst mich sanft auf die Lippen. Ich lasse meinen Tränen freien Lauf. Sie verbinden sich mit seinen. Dann zieht er sich ein kleines Stück zurück.

»Zeig uns deine Bobby Davroes«, sagt er augenzwinkernd.

Danksagung

Einigen ganz wunderbaren Menschen schulde ich großen Dank. Der Erste ist mein Dad. Gäbe es einen Preis für den in Frauenliteratur am besten versierten Vater, dann würde er dir zustehen, Dad. Ich danke dir, dass du unermüdlich gelesen, zugehört und mir Ratschläge erteilt hast. Du bist wunderbar. Wie auch Mum, deine glamouröse Partnerin. Ich liebe euch beide so sehr. Ich danke euch!

Ein dickes Dankeschön schulde ich zweifellos auch Paul, dem Mann, dem die herausfordernde Rolle zukommt, im Alltag mit mir klarkommen zu müssen. Ich danke dir dafür, dass du mich so unglaublich verwöhnst, mich zu wunderbaren Orten mitnimmst und mich erste Klasse fliegen ließt, und dass du mir keinen Vorwurf machtest, als ich mich am Champagner betrank und mich vor Begeisterung nicht mehr einkriegte.

Ich bedanke mich auch bei der schönen Caroline Devlin, dich zu kennen, ist wirklich ein Vergnügen!

Herzlichen Dank auch an Simon und Avia Hawksworth, Brent Gaffan und Carol Incontro für die kalifornischen Abenteuer. Und wie immer ein großes Danke schön an meine legendären Freunde Simon Paul Sutton und Julia Veidt. Außerdem möchte ich noch zwei wunderbar positive und inspirierende Frauen erwähnen: Jan Roberts und Amanda Barr.

Auch auf die Gefahr hin, dass jetzt alles ein *Jerry-Maguire*-Ende nimmt, möchte ich doch meinem Agenten Rowan Lawton danken, dem besten Agenten der Welt. Ich bin ein wirklich großer Fan von dir, Rowan.

Ich schätze mich überaus glücklich, derart wunderbare Verleger zu haben. All den Menschen, die zum Belletristik-Team von Macmillan gehören, kann ich gar nicht genug danken. Vor allem meiner Lektorin Jenny Geras, aber auch Jeremy Trevathan, Imogen Taylor und Thalia Suzuma und den genialen Werbefrauen Becky, Amy und Naomi, nebst der umwerfenden Helen von der Presseabteilung. Ebenso den brillanten Eli Dryden und Jennie Condell.

Zu guter Letzt möchte ich mich noch bei all denjenigen bedanken, die mein erstes Buch gekauft und es mir dadurch ermöglicht haben, ein zweites zu schreiben. Ich war hin und weg von der Freundlichkeit und Unterstützung meiner Freunde, meiner Familie und meiner Leser und meiner stolzen Schwester Gail Roberts, die sich bei WHSmith hinstellte und allen sagte, sie sollten mein Buch kaufen – und das war überhaupt nicht peinlich! Danke auch meinem zwölfjährigen Neffen, der bei Facebook einen Fanklub ins Leben gerufen hat, und den vielen E-Mails von reizenden Leuten, denen ich nie begegnet bin.

Ich danke euch.